琥珀の夏

辻村深月

文藝春秋

琥珀の夏　もくじ

装画　はるな檸檬
装丁　大久保明子

琥珀(こはく)の夏

プロローグ

足音が近づいてくる。

通された会議室の、ひんやりとしたパイプ椅子の上で近藤法子(こんどうのりこ)は居住まいを正す。小さく息を吸い込むと、自分が思ったより緊張していることに気づいた。

「お待たせしました」

ドアが開き、入ってきたのは瘦(や)せぎすの、背の高い女性だった。年は法子よりだいぶ上に見える。化粧気がなく、染めた様子のない黒髪に数本の白髪が目立つ。

「弁護士の近藤です」

椅子から立ち上がり、法子が頭を下げた。そんな法子に、女がそっけなく「田中(たなか)です」と応じた。彼女が自分の立場や肩書を名乗ることを期待したが、何もなかった。

責任者か、話がわかる人を、と頼んでいたが、誰なのだろうか。門前払いをくわされず、ひとまず時間をもらえただけでもマシなのかもしれなかった。本来なら、所長と二人でここを訪ねるつもりだったが、アポ取りの電話の時点で、多人数で押しかけるような真似はしないでほしい、と告げられていた。

一人きりで来て関係者に取り囲まれるようなことになったらどうしよう、とひそかに心配していたが、他に人が来る様子はない。

「で？」

女の声に不機嫌さが滲んでいた。弁護士が訪ねてくる用件は、自分たちに好ましいものでない場合が圧倒的なのだろう。法子を煙たがる様子を隠しもしない。互いに向かい合って座る。

「電話で応対した者から少し話は聞きましたけど、具体的にどういうことなんですか」

社交性も社会性もあまり高くはなさそうだ、とその声を聞きながら思う。内部の相手とは雄弁に語れるのかもしれないが、〝外〟の相手と話すことに慣れていない。こちらがまだ何も話さないうちから、身を守るようにもう攻撃的な口調になっている。

彼らが今置かれた状況から考えると無理からぬことだ。しかし、自分たちを守るためであるはずのその姿勢が、マスコミを通すと、外からはより危険な、攻撃的なものに見えてしまうことに彼らはきっと無自覚だ。その無自覚さが痛ましい。

「伺ったのは、先月静岡県で見つかった、女児の白骨死体の件についてです」

法子の声に、女は顔色を変えなかった。能面のような無表情。威圧するように、こちらを見つめ返す。日当たりの悪い会議室は、電気がついていないせいで昼間なのに暗かった。その暗さが急に息苦しく、迫るように感じられる。

「〈ミライの学校〉の跡地から見つかった遺体が自分の孫かもしれない、とおっしゃる依頼人からの求めを受けて、今回私が代理人としてこちらに伺いました。依頼人の名前は――」

「うちは無関係ですよ」

法子の言葉を遮り、女が言った。

暗い部屋の中でも、表情に乏しいせいで、かえって顔に刻まれた皺の動きが強調される。鼻筋が通り、切れ長な目をしているから美人といえなくもないが、険のある顔立ちだ。頰の肉が薄く、痩せすぎているせいか、目つきが異様に鋭い。

ふいに、ドアが開いた。

「失礼します」

緊迫した空気を破るように、お茶が運ばれてきた。入ってきたのは、大学生くらいの若い男性だった。彼の出現に田中と名乗った女が口をつぐんだ。重たい沈黙の中で、法子はお茶を運んできた彼に「ありがとうございます」とお礼を言う。招かれざる客であるはずの自分に丁寧にお茶が出されるとは思っていなかった。

しかし――。

「いえ」

驚くべきことに、その青年が微笑んだ。皮肉も嫌みもない、場違いなほど自然な笑い方だった。

眼鏡をかけた、小鹿のような小ぎれいな顔をした青年だ。世の中の悪意などまるで知らないような、部外者にも躊躇いのないその微笑み方に覚えがある。あれから時がだいぶ経って、「学校」は以前と同じ形ではもう存在していないと聞いた。けれど、彼もまた――そこで育った子どもなのだろうか。

青年が出ていくと、田中が再び言った。

「ともかく、うちは無関係です。警察にもそう伝えています。捜査には協力していますけど」

「そうでしょうか」

法子が言うと、女が初めてまともに法子を見つめた。

睨んだ、と言っていい、敵意を感じる視線だった。その視線に、彼らが今日まで何度となくこうしたやり取りを強いられ、その度に疲れてきたのだということが感じられる。あの白骨死体を「身内ではないか」と訴える声と対峙するのも、おそらく初めてではないのだろう。

「無関係です。こちらも、予期せぬことでとても戸惑っています」

突き放すような声を聞きながら、法子は考える。声なき声で繰り返し思う。

そうだろうか、と。


今でもまだ、かろうじて、思い出すことができる。

雑草の生い茂った〈広場〉。

〈広場〉の隅にあった、トタン屋根の物置小屋。

何年も乗られていないような錆びついた自転車が一台、横倒しになって、雑草の中に放置されていた。

鳥の声。流れの早い川の水面の上で飛ぶ蝶やトンボ。丘を越えてみんなで入りに行くお風呂。食堂に並ぶ、かき氷の機械。木造の、木洩れ日がきれいな〈学び舎〉。森の中の道なき道の先にある青い屋根の〈工場〉。先生との〈問答〉。ホワイトボードに競って単語を書くゲーム。河原から一歩踏み入った水の深い緑色。〈広場〉に漂う花火の煙。森の奥に佇む——あの〈泉〉。

——順番。

——順番だよ、押さないで。

そんなふうに声を掛け合いながら、覗き込んだ、あの〈泉〉。汲んできた水が入ったバケツや桶を〈広場〉の隅に置いて、夏の太陽を眺めながら休憩した。

遺体発見のニュースを聞いて、真っ先に思い浮かんだのはあの、〈広場〉だった。確認すると、果たして「彼女」はまさに〈広場〉のあった場所に埋められていた。

依頼人だけではない。私もまた、思っている。自分が「彼女」を知っていたかもしれない、と。

見つかったのは、ミカちゃんなんじゃないか。

私も、あの夏、あそこにいた。だから、そうじゃないかと思ってしまう。

第一章　ミカ

最初の記憶は、〈学び舎（や）〉の玄関から始まる。

どうやってそこまで来たのかは、おぼえていない。記憶の中のミカは一人きりで、「先生」の前に立っている。「先生」たちを見上げている。

「おかえり。今日からここがミカの家だよ」

びっくりしたのか、不思議に思ったのか。おぼえていない。初めて会う大人たちが、みんなにこにこしていた。

「美しい子だ」と、誰かが言った。

これまで「かわいい」と言われたことはあったけれど、「美しい」は言われたことがなかった。そんな言葉をかけられたことに戸惑いながら、それでも、わかることがあった。どうやら、自分は歓迎されている。来たことを、喜ばれている。

「ミライはここにしかないからね」

ここ。

それは場所のことかと思ったが、その「先生」はミカの額をさわり、頭を撫でていた。「ここ」にしかない「ミライ」は、どうやら自分の頭の中に眠っているらしい。完全に理解できたわけではなかったけれど、はっきりとそう感じられた。ちょっと、くすぐったいような、誇らしいような気持ちがした。

だけど――。

ここまで、どうやって来たのか、おぼえていない。つないでいたはずの手がいつの間にかなくなっていることに、その時になって急にミカは気づいた。気づいて、泣いた。いない、いない、いない、いない。

いない。

泣き声が、涙が止まらない。

あっちにいるよ、と誰かが言ってくれることを、当たり前のように待っていた。これまで、スーパーで迷子みたいになっても、公園からの帰り道で姿を見失っても、半泣きになって探すと、いつも、たいてい、すぐ近くに姿を見つけることができたのに。

「大丈夫。大丈夫」

先生たちが声をかける。

「大丈夫だよ、ミカ」

抱きしめてくれる。その腕も胸もあたたかい。

ミカを抱きしめる胸も腕もあたたかいのに、けれど、言ってくれない。あっちにいるよ、と言ってくれない。代わりに「先生」のひとりが呟くのが聞こえた。

「これは時間がかかりそう」

それが何のための時間なのか、わかるのは、この記憶がかなり過去のものになってからだ。

◇◆◇

森の湧き水は、一年中、温度が変わらない。だから、夏は冷たく、冬はちょっと暖かく感じられるのだと、「先生」たちに教えてもらった。

その泉の水で〈学び舎〉の廊下を雑巾がけするのは、ミカたち女子の朝の日課だ。男子が汲んできたバケツの水を使って、女子がみんなで水拭きする。

「あっち終わったー？」

「終わった。――あ、ミカ」

四年生の、ヨシエちゃんとミチエちゃん。自分より年上の、小等部のお姉ちゃんたちと話すのが、ミカは大好きだ。

「手伝う」

ミカはまだ幼等部。けれど、自分の受け持ちの分の雑巾がけはもう終えてきた。もともと幼等部は子どもだけじゃなくて先生も一緒に雑巾がけをするから、仕事が少ないのだ。

ミカの申し出に、ヨシエちゃんとミチエちゃんが顔を見合わせた。ヨシエちゃんが「いやぁん、ミカはかわいいなぁ」と、とろけるようなふざけ調子の声を出し、ミカを大げさに抱きしめる。

「じゃあ、お願い。一緒にやろ」

「うん！」

本当は小等部の子たちと一緒にいたいから、自分の分の雑巾がけはぱっぱと大急ぎで先に片付けてきたのだ。今みたいに、ヨシエちゃんたちにほめて、かわいがってもらいたくて。

雑巾を持ち、バケツに汲まれた泉の水に手を入れると、冷たくて気持ちよかった。

朝の鳥たちが鳴く声が聞こえる。冬になって、ミカが寒さを我慢するかわりに、〈学び舎〉の森の空気が日に日に透明に、澄んだものになっていくような気がする。鳥の声が澄み切った空に向けてひときわよく響くようになった。

ガシャン、と音がして、ヨシエちゃんたちが顔を上げる。森の泉まで水を汲みに行った男子たちが、新しいバケツに水を入れて戻ってきたのだ。

ヨシエちゃんたちが、雑巾がけしていた廊下からぱっと身を起こす。玄関近くまで走り出す。玄関に立っていたのは、六年生のシゲルくんと、三年生のヨウイチだった。水を張ったバケツが三つ、窓からの光を受けてキラキラと光っている。

「シゲくん」

ミチエちゃんが言った。バケツをこちらに渡しながら、シゲルくんが無言でミチエちゃんを見る。

シゲルくんは無口だ。ひょろりと背が高くて、坊主頭。

ミカは、シゲルくんの坊主頭が好きだった。他にも坊主の子は何人かいるけど、一度、夏のお祭り会の時に、六年生が幼等部の子たちをおんぶしてくれたことがあって、その時に触ったシゲルくんの坊主頭が、じゃりじゃりして、気持ちよかった。背中越しに見つめる坊主頭は、太陽の光を受けると灰色か銀色みたいで、すごくきれいだと思っていた。

　来年からは、ようやくシゲルくんと同じ小学生になれるのに、シゲルくんはその時はもう中学生になってしまって、一緒に学校に行くことはできないのだと、最近、先生から聞いた。一緒に〈麓〉の小学校に行けないのは、とてもさみしい。

　ミチエちゃんに呼ばれたシゲルくんは、ぶっきらぼうにこっちを見ただけで、何も言わない。そのシゲルくんに、ミチエちゃんがねえねえ、と語りかける。

「昨日話したけど、明日は本当にうちらで水汲み、行くからいいよ。シゲくんは、雑巾がけしててくれれば。それか、休んでてもいいから」

　ミチエちゃんの弾むような声に、ヨシエちゃんが横から、うんうん、と頷く。シゲルくんの顔が、困ったように——めんどくさそうにゆがむ。

　ヨシエちゃんが言った。

「今日も行くって言ったのに、気づいたらもういないんだもん。早起きだよねー、男子」

「——女子に力仕事、させられないから」

　シゲルくんがぼそっと言った。その途端、ミチエちゃんとヨシエちゃんから、「きゃー！」と高い声が上がった。「なにそれー！」「かっこよすぎー！」と、二人が口々に言う。

　女子二人にそう言われても、シゲルくんは少しもうれしそうではなかった。むしろますます困ったようにその顔が曇る。

「いいから！」と強引に、ミチエちゃんが言った。

「私たちがやりたいって言ってるんだから、明日はまかせてよー！　先生たちにはバレないようにするから！」

「――行こうぜ、ヨウイチ」

シゲルくんが言って、そのままヨウイチをつれて、〈学び舎〉から出て行ってしまう。

「もうっ！」

「シゲくん、ユウズウきかないよね！」

「ミチエちゃんたち、水汲みに行きたいの？」

ユウズウってなんだろう、と思いながら、ミカが尋ねる。

泉の水汲みは、大変な仕事だ。女子が雑巾がけをする前から起きて、森の奥の泉まで何度も往復する。

ミカの問いかけに、ミチエちゃんとヨシエちゃんはまた、顔を見合わせた。二人しかいない四年生の女子は、髪の長さや顔立ちはまったく違うのに、見ていると双子のようにそっくりに思えることがある。いつも一緒にいるからかもしれない。

「ミカに教える？」

ミチエちゃんが、ヨシエちゃんに聞いた。ヨシエちゃんが、「どうしようかなぁー」とわざとらしいくらい大きな声でもったいぶるように言って、それから、ミカに、にっこりと笑いかけた。

「ミカならいいよ。かわいいから」

するとー―、その時だった。

「あ」

ミチエちゃん、ヨシエちゃんの両方の口から小さな声が漏れた。ミカと同じ年の、幼等部のチトセちゃんが、いつの間にかやってきていた。ミカが適当にぱっぱと終えてきた廊下の掃除を、きっとまだ丁寧にやっていたのだ。新しいバケツの水を取りに来たのかもしれなかった。

小学生たちと遊んでいたように思われたかも――、ミカが気まずく思ったことに気づいたのか、気づいてないのか。チトセちゃんは、ミチエちゃんやヨシエちゃんと目を合わせた後で、ふっと視線をそらして、シゲルくんたちの汲んできたバケツの水に駆け寄る。そのまま、自分の持っていた雑巾を、その場でゆすぎ始めた。

背中の真ん中あたりまで伸びた、長い黒髪。ヘアバンドをしてるけど、しばったりしているところはほとんど見たことがなくて、長い髪が自慢なんだろうって、いつも、小等部の女の子たちが話している。

なんか気取ってる、と言う子もいる。ミカも、近いようなことを思ったことがある。

――ここで生まれた子じゃないからかな。

そう、二年生のナナちゃんが言ったことがあって、その響きに、ミカが、稲妻に打たれたようにショックを受けていると、すぐに、ナナちゃんや、他の子たちが、「ミカは違うよー」と抱きしめてくれた。「ミカは、だって、もうずっといるじゃん」と言ってくれたし、「私だってそうだよ」と言ってくれる子たちもいた。

みんなが来たのは、――ミカが来たのも、もうずっと、おぼえていないくらい前のことだ。けれど、チトセちゃんが来た時のことは、みんなおぼえてる。まだ、つい、この間。この前の春のことだ。

ザブザブ、ザブザブ。

チトセちゃんが雑巾をゆすぐ音が、玄関に響き渡る。ミチエちゃんとヨシエちゃんが、嫌な感じに目を合わせる。ミチエちゃんがほとんど口の動きだけで、「ここでやらなくてもいいのにねー」と言った。

その声は、チトセちゃんに聞こえていそうだったけど、チトセちゃんは、ただザブザブ、ザブザブ、雑巾をゆすぐだけ。うつむいて、バケツの水を覗き込みながら、ただそうしている。

チトセちゃんとは同じ年だから、助けてあげたかった。仲間はずれみたいな感じがして嫌だったから、ミカは何か言おうとして——けれど、何を言えばいいのかわからないでいると、ヨシエちゃんがおもむろに、「こっち来て」とミカの腕を引っ張った。

ミチエちゃんと二人で、ミカを囲み、「ナイショだよ」と囁(ささや)いた。一人でいるチトセちゃんを意識するように、小声になる。

「朝いちばんの泉の水に、大事なものを流してお願いすると、どんな願いでもかなうんだって」

「え？」

「ほんとだよ。中等部の子たちが言ってた。ナルミちゃん、わかる？」

ミカはこくん、と頷いた。中等部の三年生。すごく大人っぽくて、みんなのリーダーみたいな子だ。顔を思い浮かべていると、ミチエちゃんが続けていった。

「恋がかなったんだって。高等部のシンスケくんと、少し前からつきあってるの」

「つきあってる……」

よくわからなくておうむ返しに呟くと、二人がくすくす笑った。やだー、かわいいー、とミカに言いながら。

「ミカにはまだわかんないかなー。ごめんね」

「ミチエちゃんもヨシエちゃんも、好きな人、いるの？」

ミカが尋ねる。「つきあう」はわからないけれど、恋がかなう、という響きの方にはなんだか胸がわくわくした。すると、それまで楽しそうに囁きあっていた二人が、そろって黙った。互いにまた顔を見合わせ、それからにんまり、ミカの方を向いて笑った。

「いくらミカでも、教えない」

学年や年が違うから、もうそこから先は入れてもらえないのだ。急に目の前で線を引かれてしまったように思って、聞きすぎたことを後悔した。

二人は、しかし、すぐにまた調子を取り戻す。

「でも、それ、朝イチの水じゃないとダメなんだよねー」

「そうなんだよねー。男子来る前じゃないとなぁ」

二人が言って、ミカを振り向いた。意味ありげに微笑(ほほえ)んで。

ヨシエちゃんが言った。

「ミカも、もしやるなら、早くした方がいいよ」

「え？」

「ミカ、シゲくんのこと好きでしょ」

いきなり言われた。いきなりすぎて、声が出なかった。二人がにやにや笑っている。

「五年生のエリカとか、中等部のユッコちゃんとか、シゲくんのこと好きな子、多いもんね」
「あと、ミカ知らないかもしれないけど、〈麓〉の学校でもシゲくんのこといいって言ってる子、いっぱいいるよ」

ミチエちゃんとヨシエちゃんが言って、ふふっと笑う。立ちすくむミカを残して、とっとと行ってしまう。「明日、早起きしようかな」「じゃあ、私も」二人だけで会話しながら。

手の中の雑巾が、固まってしまったように重たい。

四年生二人に置いて行かれてしまったように見えていたら、かっこ悪い。嫌だな……と思って前を見ると、チトセちゃんがまだ、ザブザブザブザブ、雑巾を洗っていた。

黙ったまま、別のバケツのところまで行こうとすると、ふいに声がした。

「ねえ」

チトセちゃんが雑巾をゆすぐのをやめて、こっちを見ていた。上級生たちがいるところでは滅多にしゃべることがないけれど、チトセちゃんは、本当は、とてもかわいい、鈴の音色みたいな張りのある声をしている。同じ年で、普段一緒にいるから、ミカは知っている。

今の、四年生とのやり取りのことで何か言われるのだろうか――。

身構えたミカに、チトセちゃんが言った。

「こっちのバケツ、使おうよ」
「え?」
「使おう」

チトセちゃんの前にあるバケツの水は、雑巾を洗っていた後なのに、ほとんど濁(にご)っていなかった。汚れていない雑巾を、ずっとゆすいでいたのかもしれない。

ミカが「うん」と返事をする。手の中の重たい雑巾を、ゆっくりとバケツの水に沈めた。

◇◆◇

夜は、ホールに布団を敷いて全員で眠る。小等部になると、男女で部屋がわかれると聞いたけど、幼等部は全員一緒の部屋だ。

眠る場所は決まっていて、布団も決まっている。布団と枕には、それぞれ同じ数字がついている。1、2、3、4、と続いた番号ではなくて、3、7、12、23、34、のように飛び飛びの数字。どうしてなのかはわからない。最初はちゃんと全部あったものが、少しずつバラバラになって、それでその数字なのかもしれない。

ミカは47番の布団だ。

先生たちも、何人かは一緒の部屋で眠るけれど、同じタイミングでは寝ない。子どもたちが寝た頃にやってきて、朝も、ミカたちが起きる頃にはもう先に起きている。ミカたちのものより大きな大人用の布団は、一番端っこの出入り口付近に敷かれている。

「おやすみなさい」

ひとみ先生が電気を消して出ていく。

しばらくは、みんな静かにしているけれど、やがて、ひそひそと話す声が小さく聞こえ始める。夜のナイショ話に、ミカは加わる時もあれば、加わらない時もある。誰も何も話さないで、すぐに寝てしまう夜もある。

その夜は、隣の布団のヒサノちゃんがミカに話しかけてきた。

ヒサちゃんの話は、最近、チトセちゃんの悪口が多い。「ごはんの時の食器の片づけ方が間違ってた」「あんまりしゃべらなくて変な子」「すぐ泣く」――。ミカも、チトセちゃんが泣いているところはよく見る。他の子には優しくて、すぐに「大丈夫？」と話しかけるはずのヒサちゃんが、チトセちゃんが泣いてる時には、つまらなそうな顔をして「うるさい」って言ったりしていて、びっくりしたこともある。

ヒサちゃんがチトセちゃんのことを嫌いなのは、たぶん、小等部のユタカくんが、夏のお祭り会でチトセちゃんをおんぶしたからだ。背の順とか、生まれた順番とかでどの子がどの子と一緒になるかはだいたい決まっているけれど、チトセちゃんが来る前まで、ヒサちゃんはユタカくんと一緒なことが多かった。チトセちゃんが来てから、それがちょっと変わって、ユタカくんを取られたような気持ちになっているのかもしれない。

この日もチトセちゃんの悪口かと思ったら、違っていた。

「泉の水のこと、聞いた？」

小等部の子たちから聞いた、「願いがかなう」話だろう。ミカはこくんと頷く。すでにもう自分がそれを知っていることがちょっとうれしく、そして、ほっとする。

秘密やナイショ話は、いつも、上の子たちからやってくる。中等部の子たちから、小等部へ、そして、ミカたち幼等部へ。幼等部もまだ本当に小さい級の時だったら、何も知らなくてもいいかもしれないけれど、一番上になると、秘密を教えてもらえないことは恥ずかしいことだ。

たとえば、チトセちゃんだったら、かわいそうだけど、誰からも教えてもらえないかもしれない。

「聞いた」

ミカが囁き声で返事をする。布団をかぶって、顔を半分隠しながら、二人で額をくっつけるようにして話す。

「流すんだったら、何、流す？」

「え？」

「宝物……」

ミカが聞いた話では、〝大事なもの〟を流すといいという言い方だったけれど、ヒサちゃんは〝宝物〟という言葉で聞いたのかもしれない。タカラモノ。唇の内側でそっと呟く。

寝る前のナイショ話は、いつも、途中から意識が眠りの中に溶けていって、終わりの方が曖昧(あいまい)になる。タカラモノ、タカラモノ、とヒサちゃんと一緒に呟いて、そのまま、どちらも答えないまま、話はおしまいになった。

大事なものを流さないと、願いごとをかなえてもらえないのか、と思ったら、胸が少しチクンとした。

◇◆◇

泉には、昼間、お散歩に行く。

晴れた日もだけど、雨の日も。

雪の日に行ったこともある。

晴れた日の、太陽の光を弾いて輝く姿だけではなくて、光の差さない雨の日も、周りの水たまりが凍っているような雪の日も、泉の〝いろんな顔〟を見ておくことが大事なんだ、と先生たちに言われた。

その日は雨で、ミカたちはみんな傘をさし、長靴を履いて、山の、森の奥に入っていった。いつものように、二列に並んで。

細かく降っていた雨が、森に入ると急にまばらになり、その分、粒が大きくなる。木の葉に雨が当たり、そこに溜まった水滴がまとめて落ちるせいでそう感じるのだと、もっとずっと小さな時に、先生たちに教えてもらった。

みんなは雨の日のお散歩を嫌がるけど、ミカは嫌いじゃなかった。長靴で泥を踏みつけるその感触も匂いも、足元を見つめて歩くと出会う小さな蛇やミミズも、蛙も、おもしろい。

ただ、好きな雨と嫌いな雨がある。その違いがよくわかっていなかったけれど、最近になって気づいた。寒くなければ、好き。夏の雨が好きなんだ、とようやくわかった。

今日みたいな冬の雨の日は、とても寒い。

傘をさして友達と並んで歩くと、布団の中でナイショ話をするときのように、小さな屋根の下でくっつきあった雰囲気になる。ふざけて大声を上げた男の子たちに、先頭のくみこ先生が「こらー！」と注意する声が聞こえた。

「足元が悪いから、ふざけないでちゃんと前を向いて歩きなさい。滑って転ぶと大けがをするよ」

「……ねえ」

いきなり、隣で声が聞こえた。ミカは、チトセちゃんと並んで歩いていた。黙ったまま顔を向けると、チトセちゃんが言った。

「足元が悪いって、どういう意味かな」

ミカはちょっと考える。自分の足元を見つめ、「こういう地面のことじゃない？」と答えた。

「濡れてるってこと」

「そうかー」

チトセちゃんが頷いた。

泉への道は、小さい頃から毎日のように歩いている。晴れた日は、周りで遊ぶことも多いけれど、雨や雪の日は、本当にただ行って、みんなで泉の前に立って様子を見るだけだ。

森の泉の周りは、とても静かだ。

泉を囲むようにしてたくさんの木がある。木はまっすぐ立っているだけだけど、背の高い木々が水面を覗き込むように、森全体が泉を包んで守っているみたいだと感じる。

散歩は、泉につながる川に沿って坂道を上がっていくコースだ。その途中には、泉の水を汲んで詰めるための、〈工場〉があって、その工場の青い屋根が見えてくると、泉まではあと少しだった。

泉に着くと、列が崩れた。そうしろと言われたわけでもないのに、みんなで泉を囲むようにふちに立って、様子を眺めた。

「泉はこんな表情も見せるんだね。自然の中で」

水野（みずの）先生が言った。水野先生は幼等部の校長先生で、白い髪と白い髭（ひげ）が特徴のおじいちゃん先生だった。有名な絵の先生でもあるらしい。

ミカは、水野先生が好きだ。

前に、校長室の前を通ったら、ドアが開いていて、中で水野先生がおかしを食べていた。じっと見ていたら、先生が気づいて「まずいところを見られちゃったな」と言って、「ナイショだよ」とミカに食べていたおせんべいの欠片をわけてくれた。ごはんやおやつの時間以外にお菓子がもらえるなんて初めてで、甘いお砂糖がまぶされたおせんべいは夢のようにおいしかった。以来、ミカは実はこっそり、たまに校長室に行く。行くと、水野先生も困ったように笑って、「おいで」と部屋の中に入れてくれる。膝の上で、お菓子も食べさせてくれる。一番好きなのは、ビスケットの裏がぷっくり、ピンクや白の甘い部分でふくらんだ、あのお菓子だ。

――昔、最初にここに来た時に、「ミライはここに――」とミカの頭を撫でてくれたのも、きっと水野先生だ。優しく、頭に手を置かれるたび、はっきり、そう思っていた。

雨が水面を叩いている。まるで小さな楽器が一度にたくさん打ち鳴らされているみたいだ。

「雨の泉を見て、どう感じる？」

水野先生がみんなに尋ねる。

いつもの〈問答〉が始まった。最初にさされたのはヤスくんだった。傘に邪魔されて顔が見えないけれど、先生の近く、前の方でヤスくんの青い傘が傾いた。

「冷たい」

「冷たいって、たとえばどんなところを見てそう思う？」

「ええっと……」

言葉に詰まるヤスくんの声が、雨音のせいでよく聞こえない。ミカは、もし自分がさされたら、なんと答えようかと考える。さっき思ったように、小さな楽器がたくさん鳴っているみたいって答えたらどうだろう。そうしたら、水野先生がほめてくれそうな気がする。いい〈目〉を持ってるって。みんなもそんな〈目〉を持つようにって、言ってくれる気がする。

「ねえねえ」

ふいに、ヒサちゃんに呼ばれた。雨音の中でヒサちゃんが傘をこっちにくっつけてくる。〈問答〉はまだ続いていたけれど、うまく答えられないヤスくんがとぎれとぎれに言うのを、先生たちはなぞなぞのヒントを出すようにしながら、ゆっくり話しかけていた。〈問答〉は一人の子につき少なくとも三回はやり取りが続くから、まだミカたちがさされる気配はない。

「もし、チトセちゃんが泉の水に何か流そうとしてたら、私たちで止めようね」

ヒサちゃんが、いきなり言った。その目が、ちらっと傘の向こうを見る。目線の先に、チトセちゃんがいた。こちらの様子に気づいた様子もなく、雨粒を受ける泉をまっすぐ見ている。

ヒサちゃんは、チトセちゃんに自分の好きなユタカくんのことでお願いをされるのが怖いのかもしれない。ミカが黙ったままでいると、「ね、約束」とせかすようにさらに言った。

「あの子、たぶん、私たちに入れてほしいって思ってるけど、それ、お願いされたら嫌でしょ?」

入れてほしい、は、「仲間に入れてほしい」だ。ヒサちゃんの口調がイラだったようになる。

「あと、チトセちゃん、シゲくんのこと好きかもしれないし」

びっくりして、ヒサちゃんを見る。チトセちゃんがユタカくんを好きかもしれないから、だから止めたいと言ってきたんじゃないのか。思わず「どうして?」と声が出ると、ヒサちゃんが笑った。

「だって、この間、話してたし、好きでもおかしくないから」

わかるようなわからないような、不思議な答えだった。ヒサちゃんはひょっとしたら、ミカがすぐに答えないから、だからなんとなくシゲルくんの名前を出したのかもしれない。お願いごとはどうでもよくて、ただ、チトセちゃんのすることを全部邪魔したいのかもしれない。

チトセちゃんは泉のお願いごとのやり方を知っているのだろうか。ミカが四年生たちに教えてもらった時、近くで雑巾を洗っていたし、聞こえていたとしてもおかしくない。

「――地面がとっても冷たくて、水も、奥の方が凍っててもおかしくないと思ったからです」

ヤスくんが答える声に、水野先生が「そうだねえ！」と大きな声を上げた。

「じゃあ、それはどうしてだと思う？」

「冬だから……」

ヤスくんが言う。すると、水野先生が大きく息を吸った。みんなに呼びかける。

「すごい！　ヤスアキはすごいね。そう、同じ雨でも、泉はきっと冬と夏では感じ方が違うんだ。夏の雨は、じゃあ、どんなだったか覚えてる？　タカシ、どう？」

別の子の名前が呼ばれて、ミカは残念な気持ちになる。どうやら、自分の番が来て、雨を楽器みたい、と答えることは、今日はなさそうだ。

雨の中に混ざる泥の匂いが、今日は特に強い気がした。長靴の先がもうドロドロで、つま先も冷たかった。早く帰りたいな、とタカシくんと先生の間で新しく始まった〈問答〉を聞きながら、思う。

前の方にいるチトセちゃんは、まだ黙って泉を見ていた。さっき、自分のことを話されていたなんてまったく知らないような遠い目をしていたけど、本当は、聞こえていたから、そんな目をしていたのかもしれない。

秘密は、毎日、誰かのものを聞く。流れてくる。

泉の願いごとなんて、自分たちがするのは無理だと、ミカもヒサちゃんも、わかっている。中等部の子たちならできるのかもしれないけれど、朝一番の泉に行くのなんて、私たちには無理だ。きっと小等部の子にだって無理だ。

しかし――。

小等部五年生のエリカちゃんが、お気に入りのリボンを流してお願いをしたらしい、というナイショの話は、それから少しして、聞いた。

噂だと、願いごとは、シゲルくんと〝りょうおもい〟になりますように。

「どうするミカ、取られちゃうよ？」

朝の雑巾がけで、ヨシエちゃんとミチエちゃんが教えてくれた。りょうおもい、という言葉の意味はなんとなく、わかった。

ミカにその話を教える二人は、心配するようでも、楽しそうでもあった。二人が「エリカ、勇気ある」と言っていて、その「勇気」という言葉が、心に残った。

◇◆◇

夜中にトイレに起きてしまう日があるとしたら――やろう、と決めていた。

これまでも、夜、急に目が覚めて、ひとりでトイレに行くことがあったから、狙ったようにそうしなくても、自然と起きる時があるかもしれない、と思っていた。その時に、泉に行ける気持ちになったら、やろう、と決めていた。

目が覚めると、みんなは寝ていて、スースー、と寝息が聞こえた。

ホールの上にある窓から、丸い、大きな月が見えた。

月光がまっすぐにミカの布団まで伸びていて、その明かりに手を伸ばした瞬間に、目がはっきりとさえた。

――夜と朝がつながっていることを、ミカは知っていた。

朝早く起きる先生たちに「いつ起きてるの」と聞くと、「まだ暗いうちからだよ」と言っていた。「先生たちは働き者なの」と、笑っていた。

〝暗いうち〟の夜は、朝とつながっている。

朝一番の泉の水には、夜から行けば、たどり着ける。

ホールの端に敷かれた、先生たちの布団には誰も寝ていなかった。もう起きたからなのか、それともまだ寝る前だからなのかはわからなかった。

みんなの寝息が聞こえるホールをそっと出て、まずはトイレに行く。トイレの電気をつけると、急に視界が明るくなって目がしぱしぱした。

見つからないようにする――という気持ちは、あまりなかった。隠れたりするつもりはなくて、ただ黙ってホールを抜け出した。荷物の置いてある、着替えの部屋に行く。

棚に並んだたくさんの引き出しの中から、自分のお道具箱のふたを開ける。そこにある自分の〝宝物〟の長方形の包みを持って、ジャンパーを羽織り、部屋を出た。

幼等部の〈学び舎〉の玄関に、鍵はかかっていなかった。

外に出ると、月の光が突き刺さるように感じた。吐く息が白い。思っていたより、ずっと寒い。

〈学び舎〉の窓に、いくつか明かりがついていた。そこから、大人が起きている気配を感じた。今が夜と朝、どちらにより近いのか、何時なのかは、まったくわからなかった。

いつもはみんなで行く泉への道をたどり、一人で森に入っていく。

夜の森は――、まったく知らない世界だった。

あれだけ眩しく、刺すようだと思った月の光が、森に入った瞬間に色を変えてしまったようだった。木々の合間を縫うように伸びて、森の道を照らしてくれるけれど、場所によっては急に光が感じられなくなる。

――森は、こんな表情を見せることもあるんだ。

水野先生が「泉はこんな表情も見せるんだね」と言ったことを真似して、心の中で思ってみる。実際に呟いてみると、急に自分が大人になったような気がした。

ひとりきりでいることが、心細いけれど、かっこいいことのように思えた。小さい頃から何度も歩いているお散歩の道。泉を目指して、歩いていく。

怖い、という気持ちは、なかった。森の動物も虫も、友達だと教わっていたからかもしれない。ここは、私たちの泉を守る、優しく特別な森だと先生たちも言っている。

ガサッという物音がしても、フクロウらしき鳥がホーホー鳴く声が聞こえても、木の枝の影がお化けのように見えても、足を止めることはなかった。怖くなかった。むしろ、普段は昼の姿しか知らない森の、別の姿を見られることが新鮮だった。

怖い、と思ったのは、道を見失ってからだった。

知らない場所に出たように思えて、最初、あれ？　と思った。道を間違えたのだろうか？でもそんなことはあるわけがない。毎日のように歩いてきたお散歩コースを、自分が間違えるなんてそんなはずない。

まさかまさか――。

夜だから、そう見えるだけ。知っている場所のはず。

けれど、あの大きな岩は、いつものお散歩の時には見たおぼえがない。この大きなウロのある木も、見たら、絶対におぼえているはずだけど、知らない。ううん、正確には知ってるけど、それは先生たちと森探検をした時に通ったからで、泉への道じゃない。

道を間違えたのかもしれない、と思ったら、初めて怖くなった。

「――おーい……」

小声で呟いてみる。だけど、何も返事は返ってこない。

誰もいない。

「どっち……？」

また呟いてみる。答えはない。

宝物を流したら、すぐに戻るつもりだった。だけど、足の先が雨のお散歩の時よりずっと冷たくなっている。ホーホー、とフクロウの声が聞こえた。

走り出していた。

知っているはずだった森が、夜でも平気だったはずの森が、急に怖くなってくる。頭上の木々の重なりが、誰かの大きな顔に見えてくる。その顔が追いかけてくるように思えてくる。

はっはっ、という自分の息遣いが荒い。心臓がドキドキしている。

長方形の包みを胸に抱きよせるようにして、それだけは落とさないように気をつけながら、ミカは走った。

どこをどうやって走ったのか、おぼえていない。

目指したのは、森の出口だったはずなのに――、視界に何かが光った。木々の奥で、何かがチラチラ、ミカを呼ぶように光を放っている。

泉だ。

水面が、月光を反射して、輝いていた。

普段のルートとは違うけれど、迷ううちに、ミカは泉に出たのだ。急に知っている、開けた場所に出て、ほっとしたけれど、体はものすごく冷たくなっていた。

一人きりの、夜の泉。

近くで川の流れる音だけが聞こえていた。息が白くて、寒くて、体が震える。だけど、まん丸い月を鏡のように映す泉は、月を中に閉じ込めた巨大な宝石のようだった。きれいだった。

長方形の包みを、胸からそっと離して、見下ろす。

ミカの宝物。――お父さんとお母さんからもらった、絵の具。

その時になって、ミカは気づいた。

宝物を流して、願う。

流すのって、どうやればいいのだろう？　願うのはどのタイミングだろう？　心の中で念じればいいの？　それとも声に出して？　何かに書いて、一緒に水に入れるのだったら、どうしよう。ミカは平仮名だったらだいぶ書けるようになっていたけれど、今は書くための道具を持っていない。絵の具、しか。

『すいさいえのぐ　16色』と書かれた箱を開くと、青や赤、色とりどりのチューブが並んでいた。

――ミカは絵が上手だから。

前に会った時に、くれた。本当は、ひとりだけ特別なものは持てないかもしれないけれど、幼等部の校長の、水野先生は絵の先生だから、特別に認めてくれるかもしれないよって、お父さんが笑顔で言って。ミカ一人が使うんじゃなくて、みんなで使ってほしいですって、渡しなさいって。

でも、ミカはそれを――、先生に渡さなかった。

お父さんとお母さんにもらったプレゼント。二人のところから戻ってすぐに自分のお道具箱にしまい込んだ。誰にも見つからないように、その上にお絵かき帳を重ねて隠した。

しばらくは、バレたらどうしようって心配だったけれど、誰からも何も言われなかったから、大丈夫だったんだ、とほっとしていた。

手が、指が、かじかんでいた。

青の絵の具を選んで、蓋（ふた）を開けると、絵の具の強い匂いがした。これまでも、絵の具を使って、みんなで手形をつけて遊んだり、色水を作ったりすることは、〈学び舎〉の活動の中でもあった。けれど、絵の具を独り占めしたのは初めてだ。

二人がミカにくれた、絵の具。ミカだけの、宝物。

泉の前に身を乗り出して、手を入れると、水が冷たかった。だけど、我慢できないほどじゃない。水中に絵の具のチューブを入れて、思い切り、押す。

月明かりを溶かした水の中に、青色が広がった。

その様子が面白くて、鮮やかで——楽しかった。色が出なくなるまで、青色のチューブを一生懸命、引き絞る。一本を、すっかりぺちゃんこになるまで水の中でねじって空にしてから、ミカは、祈った。

声に出した。

「お父さんと、お母さんに、会えますように」

それだけじゃ足りない気がした。もっともっと、やらないとダメかもしれない。次に赤、次に白。泉の水の中に、絵の具が溶けていく。最初はきれいだった色が混ざりあって汚くなる。水の中に入れた手もどんどん冷たくなってきた。泉の反対側のふちに回り込み、まだきれいな新しい水の中に、別の色を出す。

「お父さんと、お母さんと、ずっと一緒にいられますように」

声を張り上げる。繰り返す。

「お父さんと、お母さんに会えますように」

会えますように。一緒にいられますように。

何度も何度も、白い息と一緒に声を吐き出す。

いつも――、一年の終わりと始めの、「年末」と「お正月」に、会える。でも、それはこの間、終わってしまった。終わってしまったから、またずっと、待たないといけない。これから、春が来て、夏が来て、秋が来て、冬が来て、そんな、長い間。

お正月の終わり、幼等部の〈学び舎〉に戻る時に、ミカは泣いて嫌がった。また会えるから、と二人は言ったけれど、ここで離れたら、もうおしまいだと思った。壁に張りついて、柱にしがみついて――、抵抗するミカを、「マンガみたいな嫌がり方だなぁ」とお父さんが笑って見ていた。「そんなふうにされるとこっちも涙が出そう」とお母さんが目に手を当てていた。

「お母さんと一緒に、寝られますように」

続けて繰り返すうちに、声がとぎれとぎれになる。声に出すと、こんなに言ったら、気づかれちゃう、と思う。大人たちにこの願いが知られてはいけないことを、ミカは無意識に知っていた。だから誰にも、水野先生にだって、ひとみ先生にだって、友達のみんなにも、言ったことがない。

――おいで、ミカ。

子どもたちだけで並んで眠る時と違って、お母さんと一緒の布団は、いい匂いがした。足を絡(から)めて、お母さんが腕を広げて、その中に納まると、布団の中が、一人でいる時よりずっと早くあたたかくなった。時間が止まってほしいと思った。

「お母さんと寝られますように。――おかゆが食べられますように」

ずっと前に会った時に――。ミカが熱を出したことがあった。その時、白い、お米をドロド口にしたみたいな、おいしいのを食べた。お母さんが作ってくれたのだ。甘い、小さくしてある卵焼きと、おかかにお醬油をかけたものを載せて、食べて。

　あれが、ミカがこれまで食べたものの中で、一番おいしかったごはんだ。

〈学び舎〉で熱が出た時、その話をひとみ先生にすると、先生から「ああ、おかゆ」と言われた。

「ごめん。ここではおかゆは出ないんだけど」

と、お味噌汁にごはんを入れたものをもらったけれど、あの時も、本当は、おかゆが食べたかった。

「お父さんとお母さんと、おかゆが、食べられますように」

　繰り返し、絵の具を入れる場所を変えながら、夢中になって、ミカは祈る。途中から、手も足も、顔も、頬も冷たくて、自分が何をしているのかわからなくなってきた。

「お父さんと――、お母さんに――」

　息が切れる。急に、胸の真ん中に、ものすごく、悲しいような、苦しいような、自分でも言葉が見つからない気持ちの、大きな塊みたいなものがこみあげてきて、ミカは泣き出した。

「お父さん、お母さん、お父さん、お母さん、お父さん、お母さん、お父さん、お母さん、お父さん、お母さん、お父さん、お母さん、おとう、さ、おかあ……」

　なんで泣いているのか、どうして二人のことを呼んでいるのか、わからなくなった。ああ、あああああ、と言葉にならない声を上げながら、ミカはしゃくりあげた。途中から、その声すら出なくなって、でも、ミカは泣き続けた。

抱っこしてほしい。

迎えにきてほしい。

ミカって呼んで、手を握ってほしい。

お母さんにさわりたい。

一緒にいたい。

わあああああああああ、と大声で泣きながら、絵の具を流してしまったことが、急に悔しくなってきた。二人にもらった大事な宝物。絶対に、誰にも見つからないようにしまっておいたのに、流してしまった。

泉に流さないと、願いがかなわないから。

二人に会えないから。

こんなに大きな声で泣いたら、泉にじゃなくて、お父さんとお母さんに聞こえちゃうかもしれない――。聞こえちゃったら、知られちゃったら、悲しむかな……。

手が水と絵の具で、もうドロドロだった。洗いたい、と思ったけれど、もう冷たくて、寒くて、あと一度泉の水に自分が手を入れることがまるで想像できない。手が、自分の手なのにかたくて、押すとへこむビニールみたい。気づくと、ジャンパーにもパジャマにも、絵の具がたくさんついていた。

泉のほとりの草にも、絵の具がたくさん飛んでいた。どの色のチューブもへこんで、全部がもうつぶれている。

急に心配になってきた。絵の具をこんなふうに使って、お父さんとお母さんが悲しむかもしれない。怒られるかもしれない。

嫌われるかもしれない――。

そう思った瞬間、急に、眠気が襲ってきた。苦しくて悲しくて、気持ちがズタズタなはずなのに、その眠りはとてもあたたかく、柔らかだった。

お母さんの布団で眠る夢を見るように、甘く、あたたかだった。

◇◆◇

ミカ、と呼ばれる声で目が覚めた。瞼がとても重い。

瞼だけではなく、体が全部重いのだと、少し遅れて気づく。

「ミカ」

シゲルくんの、坊主頭が目に入った。心配そうにこっちを見ている。

「シゲ、くん……」

体が熱かった。熱いのに、背中がぞわぞわした。

目を開けただけなのに、途端に首の後ろを誰かに引っ張られたように、視界が回る。目が、回る。頭が痛い。

濡れた草が、頬についていた。湿った地面の、泥の匂いがする。

近くに、水色のバケツが三つ、あった。

そのバケツの向こうに、怖々とこっちを見るヨウイチがいる。朝の水汲みに来たのだ、とそれでわかった。

太陽の光を感じた。

朝だ。

「大丈夫？」

シゲルくんが言った。反射的に、ミカは頷いた。無理して声を出そうとしたけれど、「う」という小さな声にしかならなかった。

シゲルくんとヨウイチが顔を見合わせる。

シゲルくんの背中におんぶされて、ミカは森を出た。

去年の夏のお祭り会の時のように、おんぶされながら、ミカはそっとシゲルくんの坊主頭に触れた。前の時と同じように、その感触が気持ちよかった。でも、前より短くて、さらにチクチクしている気がする。

「シゲルくん」

「ん？」

ヨウイチくんが、バケツを一つ抱えて、少し後ろをついてくる。シゲルくんの首筋にかかる息がはっきりと熱いのが、自分でもわかった。

「髪の毛、伸びないの？」

どうしてそんなふうに言ったのか、よくわからない。シゲルくんも不思議に思ったはずだ。けれど、しばらくして、シゲルくんが答えた。

「母さんが、切ってくれた」と。

「この間、会った時。だから、今、短いんだ」

「そっか」

頷くと、また涙が出そうになって、ミカはぎゅっと目を閉じる。シゲルくんの背中に必死にしがみつこうとするけれど、体に力が入らなくて、何度も、落ちそうになる。

泉からつながる、川の流れる音が、ずっと聞こえていた。

◇◆◇

雪の中で、ずっと溺（おぼ）れているみたいだった。

頭の中が白い。目を閉じても、白い靄（もや）みたいな場所に自分がいるような気がしてくる。枕にくっつけた頭が、そのまま、枕と一緒に布団の奥へ奥へ、沈みこんでどこか深い場所に落ちて、体ごと飲み込まれていくようだ。

大人がみんな、騒いでいた。

普段みんなと寝ているホールでも、〈学び舎〉の保健室のベッドでもない、どこか知らない小さな部屋で、ミカは寝ていた。

シゲルくんの背中で揺られていた感覚を思い出す。だけどもう、シゲルくんはいない。

大人たちがミカをシゲルくんの背中から降ろす時に、シゲルくんが心配そうにこっちを見た。行かないでほしかったけれど、シゲルくんの背中から、小等部や中等部の、ミカはまだ名前がよくわからない男の先生たちがミカを持ち上げ、抱える。

眠りと、頭が痛いのと、起きていてもぼんやりするのとで、ずっと長い夢を見ているような気持ちだった。

「大変」

ひとみ先生が言った気がする。寝かされた布団のひんやりした感覚が気持ちよかった。だけど、ふっと気づいた次の瞬間に、その布団の中がミカの体の熱でぐちゃぐちゃに熱くなっている。毛布も乱れている。

ミカの頭が沈み込み、飲まれてしまうように思っていた枕が、いつの間にか、水枕に変わっていた。ガラガラ、ガラガラ、ミカが少し頭を動かすたび、中で氷が揺れる音がする。ごつごつとした氷が、気持ちいいけど痛かった。

昼間なのか、夜なのか、わからないまま、気づくと窓の外で光が移り変わっていく。天気もよくわからない。雪が降っている気がするけれど、それはミカの頭の中で、ずっと雪に溺れている気持ちが続いているからなのかもしれない。ストーブの熱と、窓を内側から曇らせている暖気を確かに感じるのに、体の内側が寒くて、だけど熱かった。

「ミカ」

ひとみ先生がいて、「食べられる？」とごはんを見せてくれた。

真っ白い、ごはん。ごはんだけど、スープみたいな。

おかゆだ、と気づいた瞬間、こくん、と頷いていた。工作で使うのりを温めたような匂いがしていた。

うまく起き上がれなくて、ひとみ先生が、ミカの体を支えて、スプーンで一口、おかゆを口に運んでくれた。唇ががさがさで、そこにおかゆがくっつくと、ひさしぶりに体が水に触れた感覚があった。

憧れていたおかゆは、味がしなかった。

甘い卵焼きも、醤油のおかかもないからかもしれない。だけど、そう言っていいのか、わからなかった。ひとみ先生が、小鳥の置物のような、笛のような形の容器で、ミカの口に水を運んで飲ませてくれる。そして言った。

「ミカ。大丈夫だからね。熱はきっと下がるから。自然の回復力に任せるのが一番だからね」

これまでみんなでいる時には聞いたことがないくらい、優しい声だった。先生が、先生なのに――、ミカだけに、優しく言葉をかけてくれるのは不思議な気持ちだった。

「みんな、怒っていないから」

そう聞いて、ああ、と気づいた。

そうか、自分は怒られることをしてしまったんだ、と。

夜中に勝手に外に出るのは、たぶん、してはいけないことだった。泉の水への願いごとは、小等部の子たちもしていたけれど、あの子たちも朝早くに出かけて行っただけで、夜に抜け出した子はいなかったはずだ。

「ミカ」

次に呼ばれた声は、ひとみ先生のものではなかった。

男の――水野先生の声。

幼等部の〈学び舎〉の、校長先生。

外は薄暗かった。

ストーブの青と赤の炎が、部屋の入口の方で燃えているのが微(かす)かにわかる。その熱を感じる。

ひとみ先生も、ごはんもない。どれくらい時間が進んだのか、わからなかった。

水野先生が、布団のすぐそばに座って、ミカを見下ろしていた。

「……先生」

水野先生、と呼ぼうとしたけれど、喉の奥がくっついてしまったようになって、名前のところがかすれた。

水野先生の目が、図鑑やビデオで見るゾウの目みたいに見えた。優しそうだけど、何を考えているのかはわからない。

水野先生の後ろから、何人か、他の先生が来る気配がした。そのほとんどが小等部や中等部の先生たち。ミカがいつも一緒に過ごす幼等部の先生は、ひとみ先生も含めて誰もいない。

「苦しいかい？」

ミカは頷かなかった。苦しいのかどうかもわからないくらい、頭がぼんやりしていた。白髪のまざった先生の髭を見ていると、先生がまた聞いた。

「泉に絵の具を混ぜたのは、ミカだね？」

今度も頷かなかった。だって、違う。混ぜたんじゃない。流した。

水野先生がじっとこっちを見ている。その目の奥に、ミカは何か感情を見つけようとする。だけど、先生がどう思っているのか、わからない。言葉にならない不安が、そうしていると、どんどん胸に広がってくるようだった。

水野先生がさらに聞いた。

「――混ぜたのは、小等部の子たちが話していた願いごとをかなえようとしたからなんだね？

他に理由があるわけじゃないんだね？」

　そう聞かれて、ミカはそこでようやく、寝たまま、顎(あご)を引いて頷いた。言葉が出てこなかった。

　怒っていない、とひとみ先生はおかゆを運んできた時に、言っていた。水野先生にも、今、叱られているわけではない。だけど、大人たちが怒ったり、困ったりしている気がするのはどうしてなんだろう。

　私だけじゃない。

　他にも、リボンや、宝物を流した子たちがいる。ミカにそれを教えてくれた、ミチエちゃんやヨシエちゃんだって、やりたそうにしていた。

　秘密は子どもだけのものだったはずなのに、どうして大人たちがいつの間にか願いごとについて知っているのだろう。

　大人が「怒っていない」のは、ミカが夜に無断で抜け出したり、今、熱が出ていることに対してではないのだ、と、急に気づく。気づくと同時に、胸の奥が、熱の寒気とは全然別の冷たさでヒタヒタと濡れていく感覚があった。

　次に、願いごとについて、聞かれるのだろうと覚悟した。

　一体、何を願ったのか。聞かれたら、正直に答えようと思った。お父さんとお母さんに会いたいこと。怒られても、そうしたいこと。

　しかし、水野先生も、その後ろにいる先生たちも誰もミカにそれを尋ねなかった。真剣な目で顔を見合わせて、だけど誰ももう、何も聞かない。大人だけで視線を交わしあっている。

「寝なさい」

水野先生が言った。穏やかな声だった。

「ゆっくり休んで、早く元気になりなさい」

「……はい」

答える声がかすれる。大人たちが、何かを話しながら出ていく。閉じたドアの向こうから、水野先生が他の先生に何か言う声が聞こえた。

みんながいなくなってから、あ、と思った。

ミカの宝物の絵の具は、両親からもらったものだった。どうしてあんなものを持っていたのか、先生たちに問いただされてもおかしくなかったのに、誰も、それについても聞かなかった。

——お父さん、お母さんに、先に聞いたのだろうか。ミカにあれを持たせたことについて、二人が怒られたのかもしれないと思ったら、胸がぎゅうっと痛んだ。

ミカの願いごとは、かなわなかったのだろうか。お父さんと、お母さんに会いたいのに、二人がいない。来ない。

せっかく流したのに、あれじゃ流したことにならなかったのだろうか。先生たちの言うように、「流した」じゃなくて「混ぜた」だから。

布団の中で背中を丸める。顔を両手で覆うと、まだ、自分の指から絵の具の匂いがした。

大人を困らせている悲しみより、ずっと強い悲しみがこみあげて、目のふちに涙がにじんでくる。乾いた頰っぺたに、塩辛い涙がしみてくる。

願いごともかなわないのに宝物の絵の具を失ってしまった悲しみと後悔が胸を貫き、布団の中でミカは、声を殺して泣いた。先生たちも、両親も――、大人は、誰も来ないままだった。呼ぶように泣いたのに、誰も来なかった。

◇◆◇

子どもの声を聞いたのは、それからだいぶ、時間がたってからだった。

この部屋に来るのは先生たちばかりで、自分と同じくらいの子の声を聞くのがずいぶん久しぶりだった。

「……ミカちゃん」

ここで寝るようになって何日たったのか、わからないけれど、最初の頃よりは頭の中がだいぶすっきりして、いろんなことを考えられるようになっていた。寒気ももうほとんどしなくて、ただ、同じ姿勢でずっと寝続けているせいで、頭の後ろが痛かった。

顔を上げると、コツコツ、と音がした。見ると、窓の向こうを小さな手が叩いている。

ゆっくりと起き上がる。足が立つ感覚を忘れてしまっているようで、布団から出て膝でそろそろ移動しようとしただけで、足全体が、じん、と痺れた。

窓辺に行って、ゆっくりと立ち上がる。ミカを呼んでいたのは、チトセちゃんだった。窓の外に背伸びして立っている。

目が合う。チトセちゃんの頬っぺたが赤い。外はとても寒そうだった。チトセちゃんは一人きりで、こっちを見ていた。帽子をかぶって、マフラーをしていた。

ミカは窓を開けようとした。けれど、鍵まで手が届かない。背伸びして、腕を伸ばすけど、あと少しのところで届かなかった。

「開けなくていいよ」

窓越しに、チトセちゃんの声がした。だけど、ミカが開けたかった。ガラス越しだと、声が小さくしか聞こえない。チトセちゃんの声がちゃんと聞きたくて、なおも手を伸ばそうとすると、ひさしぶりに立った足がふらついて転びそうになった。

「いいよ」

もう一度、チトセちゃんが言った。ミカが尋ねる。

「みんなは」

ひさしぶりに声を出すせいで、うまく話せない。チトセちゃんが「遊んでる」と答えた。

「今日の〈かつどう〉は〈あそび〉だから。〈広場〉とか〈畑〉の方に行ってるよ」

「うん」

みんなの顔が懐かしかった。もうずっと会っていない。

窓越しに、チトセちゃんの顔がちょっとうつむいた。だけどすぐにまた、ミカを見つめる。

「願いごと、したの?」

いきなり聞かれて、びっくりした。チトセちゃんとは願いごとの話をしたことがなかったからだ。だけど、じっとこっちを見つめるチトセちゃんの目はただ透明で、ミカのことを悪く思っている感じじゃなかった。だから、頷いた。

「……した」

チトセちゃんの顔が、窓越しに小さく息を吐いた。白い息の塊が口元に広がるのを見て、こっちと向こうでは、寒さが全然違うのだと感じた。

チトセちゃんが、何か言おうとした。

すると——。

ピューイ、とホイッスルの音がした。ここで寝てる間も何度も聞いた。遊びの時間や活動の終わりを知らせる、先生たちの合図の笛の音。

チトセちゃんが、黙ったまま、音がした方を見る。それから、ミカに顔を向け、また何かを言おうとして——言葉を飲み込むように唇を閉じ、小さく「またね」とだけ言った。

「元気になってね」

ミカが、「うん」と呟く声は、たぶん、届かなかった。チトセちゃんが走っていく。その向こうに、他の子たちがいる気配がして、ミカは自分だけがみんなと一人違う場所に来てしまったような、そんな、寂しい気持ちになる。

その気持ちを振り切るように布団に戻り、背中を丸めて、寝ようと努力する。

◇◆◇

「みんな、ミカの風邪が治ったよ。よかったね。戻ってきたよ」

ひとみ先生が言い、ミカがいつもの席に座る。戻ったミカを、みんなが静かに見ていた。

その日の最初の活動は〈ことば〉だった。毎日、その日に何をするかはみんなの話し合いで決まる。外が寒いからか、今日は部屋の中でできる〈ことば〉をやりがたる子が多かった。

「じゃ、今日は、この後でこの間やったことわざのクイズをします。みんな、カルタでおぼえた言葉、おぼえてる－？」

はいはい－、おににかなぼう、ろんよりしょうこ、とすぐにあちこちからバラバラに声がする。ことわざは昔から伝えられているという〈ことば〉だ。そういう言葉には、人と人とが生きていくためのヒントや〈ことわり〉がたくさん詰まっている、と小さい頃から、ミカたちはたくさん、おぼえていた。

「隣の子と、自分の好きなことわざについて、確認し合ってみようか」

先生が言う。その時になって初めて、ちょっとおかしいと思った。隣の席のヒサちゃんが、ミカに全然話しかけてこない。本当に、なんにも。こっちを見ないようにしている気がした。

ヒサちゃん――。

声を出そうとして、なぜか、できなかった。どうしてかわからない。

呼んで、それでも答えてくれなかったらと思うと、それがとても怖かったからなんだ、と気づいたのは、〈ことば〉が終わってからだった。遊びの時間になっても、ヒサちゃんはミカに声もかけずに、あっさり別の子の方に行ってしまって、それで本当に、ヒサちゃんはミカと話したくないんだ、と気づいた。

自分がどれくらい、みんなと別の部屋で寝ていたのか。はっきりとはわからない。けれど、自分がみんなと違う時間を過ごしてしまったんだ、と悟る。

翌日になると、〈学び舎〉の朝の雑巾がけに戻った。

大好きな――ミカにいつもいろんなことを教えてくれるヨシエちゃんやミチエちゃんに会え

る。二人は、ミカになんて言うだろう。

そう、思っていたけれど。

雑巾を手に、二人のところに行くと、二人がミカを見た。あっと気づいたような表情に一瞬なって、だけど――ミカに何も言わなかった。

目を逸らし、ミカがいないかのように、雑巾がけを始める。

「ミッちゃん、そっちからやろうか」

「わかった。ヨッちゃんは、じゃあそっちね」

そんな会話が、わざとされている気がして、ミカは思い切って「ねえ！」と声をかけた。

雑巾を手に、廊下にかがんでいた二人が、ぴたりと話すのをやめた。二人してきゅっと唇を結んだ、ちょっと不機嫌そうな顔になっている。相変わらず、何も言わない。

「――みんな、怒ってるの？」

勇気がある、と言ってもらえるんじゃないかとすら、実は、ミカは思っていた。

願いごとで自分のリボンを流した五年生のエリカちゃんみたいに。まだ幼等部の子なのにすごいって、そうこっそり言われるんじゃないかと、思っていたのに。

二人が顔を見合わせる。その顔に、うんざりしたような表情が浮かぶのを見て、背中がすうっと寒くなる。聞いたのは自分だけど、ああ、本当に怒ってるんだ、と気づいた瞬間、どうしよう、どうしよう、と気持ちが焦る。

「……ミカ、願いごと、しに行ったでしょ」

先に口を開いたのはヨシエちゃんだった。

ミカは怖くて、黙りこんでしまう。ミチエちゃんも言った。ミカを責めるように。

「どうして、夜、行ったの？」

言葉が出てこない。

夜と朝がつながっていること。夜遅くと、朝早くは、同じ時間の続きにあることを、説明したかったけれど、うまく伝わらない気がした。

二人はとても怒っている。呆れている。答えないミカに、ヨシエちゃんが言った。

「大人にバレちゃったんだからね」

え——と、ミカの口がぽっかりと開く。ミチエちゃんが言う。

「願いごとのこと、大人にバレて、みんな、いろいろ聞かれたんだから。やったことがある人は誰かとか、誰が最初にやりだしたのかとか。やったことがある子はみんな怒られたんだから」

「もう二度とやらないようにって、先生たちに禁止されちゃったんだよ。朝と夜、先生たち、毎日、見張りに立つから、もう二度とやれなくなっちゃったんだから」

「ミカのせいだよ」

言葉が、胸を射抜くようだった。

ミカのせい。

「泉の水はすごく大事なのに、人が作ったジンコウ的なものを流したり沈めたりしちゃダメだって、〈会〉で言われたんだから。願いごとした子は全員、前に出て、みんなの前で謝らせられたんだから」

「泣いてる子もいっぱいいたんだからね」

想像、してみる。

〈会〉は、子どもの〈学び舎〉と大人の〈事務所〉の間にある、大きな建物の中でいつもやる。大事な話がある時は、幼等部から大人まで、〈学び舎〉の全員が集まる。

大人もみんないるあの場所で、好きな人のことで願いごとをした子がみんな、前に立って謝る。

願いごとも好きな人がいることも、子どもだけの秘密で、大人にはバレちゃいけないことだったということは、ミカにも、なんとなくわかる。

みんなが泣いてた、ということは、シゲルくんのことが好きだと言われていた「勇気」のあるエリカちゃんもだろうか。

みんなに謝らなきゃ——という感情が胸を衝き、だけど、どうしていいかわからずにいると、二人がミカを睨んだ。

「なんで、ミカは、〈会〉出なかったの」

冷たい声だった。

「風邪ひいたからって、なんで、謝らないままでいいの」

「だいたいなんでまだ幼等部なのに、願いごとやろうなんて思ったの」

「シゲルくんのことだって、別にそんなに好きじゃないんでしょ」

「好きになったたって無理だよ。だって、シゲくんはもう六年だけど、ミカはまだ幼等部なんだから」

二人が交互に責める声は、途中から、どっちがどっちの声かわからなくなっていく。ミカはますます、何も言えなくなる。

願ったのが、シゲルくんのことじゃなかったことも、言えなくなる。

ミカの願いごとはかなわないままで、だから、泉の願いごとなんて嘘だったかもしれないことも、言えなくなる。

でも、気づいた。

二人は、ミカのせいでもう泉の願いごとができなくなってしまったことが嫌なんじゃない。大人に自分たちの秘密がバレたのが嫌なんだ。だからミカを許せないんだ――。

「教えるんじゃなかったね」

ミチエちゃんが言った。ミカにじゃなくて、ヨシエちゃんに、囁くように。

「ミカになんて、心開くんじゃなかった」

ココロヒラク――という言葉が、ずくんと、胸を刺した。意味が完全にわかったわけではないけれど、自分が何か、決定的なものを失ってしまったんだということは、その言葉でよく伝わった。

「泉を汚して、なんで平気なの？」

追い打ちをかけるように、ヨシエちゃんが囁いた。

泉を汚した、という言葉に、はっとする。

熱で寝ていた時に、先生たちが会いに来て、その時からずっとおかしいなと思っていたことを、その言葉が説明してくれたように思った。

ミカはただ、宝物を流しただけ。沈めただけだと思っていたけれど、大人から見ると、それは、「汚した」ことになるのだ。

夜の中で、泉の水に色がどんどん広がっていったこと、夢中だったこと。その時の水の中の手の冷たさを、はっきりと思い出す。

――混ぜたのは、小等部の子たちが話していた願いごとをかなえようとしたからなんだね？他に理由があるわけじゃないんだね？

水野先生の声は――そういう意味だったんだ。

「きっと、追い出されるよね」

ミチエちゃんが言った。

「先生たち、すごく怒ってたもん」

気づくと――ミカは、ひとりで幼等部の校舎に戻っていた。

自分が大変なことをしてしまったんだと思うと、胸が苦しくて苦しくて、息ができなくなりそうだった。

――きっと、追い出されるよね。

頭がくらくらする。

どうして先生たちはミカをちゃんと怒らないんだろう。怒ってくれたら、ミカだって謝る。ちゃんと、話す。汚すつもりなんかなかったって、話す。

お父さん、お父さん、お父さん。

お母さん、お母さん、お母さん。

二人はミカがしたことを知ったのだろうか。

だとしたら――。

歯を食いしばる。握りしめた拳に力が入る。

だったらやっぱり自分の願いごとを、知ってほしい。どうせ、大人たちに、お父さんやお母さんにも怒られることになるかもしれないなら、ミカの願いごとを知ってもらえないのは損だ。

そんなふうに、まだ思ってしまう。

二人と一緒にいたい。だけど、それよりもずっと切実な気持ちがこみあげてくる。苦しくなる。

ここを追い出されたら、どうしよう。

水野先生の部屋の前で、チトセちゃんに会った。チトセちゃんは、今日もまた、ひとりきりだった。

ミカを見ても、チトセちゃんは表情を変えなかった。寝ている時に会いに来てくれた時と同じように透明な目のまま「ミカちゃん」と、呼んだ。

みんながミカと話すのを嫌そうにする中、変わらないのはチトセちゃんだけだった。雑巾がけも、お絵かきも、お散歩も、いつもと同じようにしている。周りの子にまじらずにそうしているのは、ミカとチトセちゃんだけ。ひとりぼっち同士だからといって、ミカと特別仲良くするわけではない。けれど、自分以外にも、ひとりでいるチトセちゃんの存在が、ミカの心を軽くしてくれているのは確かだった。

ミカは、水野先生の部屋のドアをノックしようとしていたところだった。チトセちゃんが尋ねる。

「水野先生に用事？」

「うん」

「私も」

そのまま、二人とも黙った。しばらくして、チトセちゃんがぽつりと言う。

「私は、呼ばれたの」

「……一緒に、入ってくれる？」

これまでも、時々、訪ねていくと、こっそりお菓子をくれた優しい水野先生。ミカだけが特別にそうしてもらえていると思い込んでいたけど、チトセちゃんも、そうしていたのだろうか。いつも優しい水野先生だけど、今日は、とても心細かった。チトセちゃんが、大きな丸い目をぱちくりとさせる。けど、すぐに「うん」と言った。

ノックをすると、内側から「はい」という声がした。黙ったまま、二人でドアを開ける。

「いいよ」と。

水野先生は、一人きりだった。入ってきたチトセちゃんとミカを見て、その目が「おや」という感じになる。ちょっと驚いているみたいだった。

校長室は、水野先生の椅子と机があるだけの、小さな部屋だ。ストーブの上でやかんがしゅんしゅん、音を立てている。暖かい空気がこもっている。

「どうしたの」

水野先生が言った。ミカはきゅっと唇をかみしめる。おなかの底がまた、痛くなってくる。

チトセちゃんが、そんなミカを気にして、少しだけこっちを見た。最初に口をきいたのは、チトセちゃんだった。水野先生に向き直る。

「先生に呼ばれて来たら、そこで、ミカちゃんに会って」

「うん。ミカ、どうしたの？」

水野先生の声は、今日も怒っていない。ヨシエちゃんたちの話と、全然違う。怒られないことが、不安だった。

「謝りに、きました」

ようやく言うと、胸の奥が熱くなった。喉のすぐ下から、熱の塊のようなものが、ミカの喉を押す。泣くつもりなんかなかったのに、目から涙が出るより先に喉が震えて、声が先に泣いてしまう。

水野先生が静かに目を見開いた。

ミカの言葉が止まらなくなる。

「みんなに聞いたから。私が、絵の具を流したのは、いけないことだったたって。先生たちが、私が寝てる間にみんなのことを怒ったって」

「誰かにそう言われたのかな？」

聞かれて、はっとする。名前を言ったら、その子たちがまた怒られてしまう——。絶対に言っちゃダメだと思って、かわりに言った。「みんな」と。

「みんな、言ってる。どうして、ミカは怒られないのかって。やったのは、私なのに」

チトセちゃんが何も言わず、黙ってくれていることがありがたかった。話しながら、ミカは、ああ、だから私はこの子についてきてもらったんだ、と思う。この子ならきっと、何も言わずにいてくれると思っていた。

「先生、ごめんなさい」

ミカは謝った。頬にはっきり涙が流れていた。

「ひとみ先生も、水野先生も、私に何も言わないけど、怒ってるんだったら、怒ってください。謝るから。ごめんなさい。謝るから」

「ああ――ミカ！」

水野先生がいきなり立ち上がった。そのまま、ミカに近づき、大きな、皺（しわ）の刻まれた硬い掌（てのひら）が、ミカの顔を包んだ。乾いた手が、ミカの顎の先の涙を掬（すく）い取る。

ミカはびっくりした。びっくりしたまま、水野先生を見ると、先生の目が悲しそうで――そして、優しかった。

怒っていない。呆れていない。

困っていない。

そう思った瞬間、ミカは泣き出した。さっきよりも大きな声で「ごめんなさい！」と泣きながら謝った。

「先生、ごめんなさい」

「ミカはそんなこと、気にしなくていいんだよ」

水野先生が言った。大きな声で。

「泣かなくていい。ごめんね。先生たちも子どもたちみんなにちゃんと説明すればよかった。

みんなに言われて、つらい思いをさせたね」

ミカは黙って首を振る。ぶんぶん、と振り続ける。

水野先生が体を起こした。ミカの両頬を自分の両手で包んで、顔をあげさせる。まっすぐにミカを見つめる。その目が潤んでいた。

「誰も怒っていないよ。ミカのことは、先生たちは本当にただただ心配していただけだから。――みんなのことだって、怒ったり、責めたりしたわけじゃないんだ。また同じようなことが起こると困るから、あんな遊びはもうしないようにと注意しただけで」

「泉を、汚したのに？」

泣きすぎたせいで、ヒック、という声が止まらない。しゃべるのがとても苦しかったけれど、言った。

汚した、というミカの声に水野先生が「ああ――」と大きく息を吐いた。優しい、泣きそうな目でまたミカを覗き込む。

水野先生が、「そんなふうに思って、気にして」と、大きな息とともに、声を吐き出す。

「悪いことをしたと、ずっと、自分を責めていたのかい？」

「だって、だって――」

「いい子だ。ミカは、いい子だよ。何も悪くない。ただ、知らなくて、やってしまっただけなんだから」

水野先生が、こらえきれなくなったように、ミカの肩をぎゅっと抱きしめた。髭が、ミカの涙で濡れる。湿った髭が、ミカの頬に触れる。

先生とこんなに顔が近づくのなんて、初めてだ。

「絵の具は大丈夫なんだ」

そのままの姿勢で、先生が言った。

「あの後、大人たちみんなで調べた。先生のお友達で、そういうことに詳しい人にも聞いたよ。ミカの使った絵の具は大丈夫。スイサイだからね。きれいに水に溶けて、やがて流れる。泉の水はなんともない。これがユセイだったら、重くて、泉の底に沈んでしまったりして大変だったろうけど、大丈夫。泉はこんなことで負けないよ」

ミカはしゃくりあげる。しゃくりあげたまま、水野先生の腕の中でじっとしていると、水野先生がまた、ミカを見た。

「それがわかったから、誰もミカを怒らなかった。本当に、怒っていないんだよ」

本当だろうか――。

まだ心が不安で揺れるミカに、水野先生が大きく、首を縦に振って頷いてみせる。

「私は感動している」

と、先生が言った。

横に立つチトセちゃんを見る。

「チトセもそうだろう？　誰にも怒られていないのに、ミカは自分の考えで反省して、わざわざ僕のところまで自分から謝りに来たんだ。人に言われたからではなく、自分の、まっすぐな心で反省して」

水野先生の陰になって、チトセちゃんが頷いたかどうかは、ミカには見えなかった。水野先生が、ひとり言のように、宣言する。

「僕はね、君のそのまっすぐな心にこたえたい」

水野先生が言う。

「みんなで、このことを、〈問答〉で考えてみよう。幼等部でも、小等部でも。中等部や高等部でもだし、大人たちもだ」

水野先生が立ち上がり、ドアを開けて、「ひとみ先生！　ひとみ先生！」と廊下に顔を出す。

「誰でもいい。先生はいる？」

はいはい——と声と足音がして、誰か先生がやってくる気配がした。水野先生の声が続く。ちょっと話が、ミカがすばらしいんだ、そんなふうに、ミカをほめている。

頬の涙が、いつの間にか乾いていた。話されているのはミカのことなのに、怒られると思っていたらほめられて、ミカはあっけにとられて、ぼんやりしてしまう。

廊下で、先生たちが話している。〈会〉を開こう——、〈問答〉を——。

小さな校長室に残されて、立ち尽くしたミカは、チトセちゃんの方に顔を向ける。チトセちゃんも、ミカと同じように戸惑うような顔をしていた。チトセちゃんは校長先生に呼ばれたということだったけど、その用事はもういいのだろうか。自分が邪魔をしてしまったのだろうか。

そもそも、チトセちゃんは、どうして、ここに呼ばれたんだろう。

本人に聞いてみたかったけど、聞けない気がした。さっきまで何も言わずにミカのそばにいてくれたのだ。だから、ミカも、聞いちゃいけない気がした。

◇◆◇

「今日は長い〈問答〉になるよ」

その次の日、幼等部のみんなで、〈問答〉があった。先生も、子どもも全員、広いホールに集まって、水野先生が直接、ひとりひとりに話しかける。

みんなも知っていると思うけど——と、ミカが夜中に抜け出した話が、そして始まった。

夜に出かけるのは、いいことではないよね、ヤスアキ。

泉の水に、何かを沈めることも、汚すこともよくないよね、アスカ。

どうしてよくないと思う？

どんな危険があると思う？

水野先生の〈問答〉は続く。

でもね、ミカは知らなかったんだ。

知らなかっただけなんだ。

だけど、僕のところに謝りに来た。

誰も怒っていないのに、自分で反省して、まっすぐな心で。

みんなにも、謝りたいって。

「そういう心の人を、どう思う？　ヒサノ」

——ヒサちゃんがさされて、ミカはほっとする。

ずっと仲がよかった、ヒサちゃん。一緒に〈問答〉をする時も、ごはんを食べたりする時もずっと隣のヒサちゃん。

もう、口をきいてくれない、ヒサちゃん。

ミカがはっとしたよりも、さされたヒサちゃん自身は、もっと、はっとしたみたいだった。

背筋を正して、周りを気にするように、ぐるっとみんなのことを見る。みんなを見回すその視線が、ミカの前で一瞬、止まる。だけど、視線がすぐ離れる。そして、言った。

「えらいと、思う」

ヒサちゃんが言って、ミカはぎゅっと、手を握りしめる。

今のが、心からの言葉でありますように――と願う。祈る。大人に言われたから言った、〈問答〉用の言葉じゃなくて、私のことを、本当にそう、思ってくれていますように。

普段、〈会〉で使うホワイトボードが、その日の〈問答〉でも運び込まれてきていた。そこに、水野先生が言葉を書いた。

「ゆるす」と。

「泉の水は、確かに大事だ」

そう言った。

「だけど、まっすぐな心で謝れる人のことは、許して、みんなも受け入れてあげないといけない。ミカは悪くない。――みんなも知っていると思うけど、ミカは絵の具を流しました」

みんな黙っていた。黙ったまま、静かに水野先生の言葉を待っていた。

「だけど、絵の具は大丈夫。先生が、詳しい人たちに聞いて、ちゃんと確かめました。ミカの流した絵の具は、安全な成分でできていて、泉の水を汚したことにはなりません。沈まずに、ちゃんときれいに流れて、泉は、今はもう元通りです」

水野先生がそこまで言うと、張りつめたようだったホールの空気がふっと和らいだ。先生が「ミカ」と呼ぶ。

「みんなに、何か、言いたいことはあるかな？」

いきなり呼ばれて、びっくりする。

言いたいことなんて——なかった。何を言えばいいのか、思い浮かばない。水野先生がこっちを見ている。ミカを待っている。

言いたいことなんてないけど、立って、そっちに行った方がいいことだけは、わかった。水野先生が言ってほしそうなことを、必死に考える。考えて、考えて、考える。頭の中が真っ白になっていく。

普段の〈問答〉と、一緒だ。先生が言って、ほしいこと。ほめて、くれそうなこと。

立ち上がって、歩いていく。みんなの前に立つ。

「……みんな、ごめんなさい」

呟くと、言いたいことではなかったはずなのに、不思議と涙が出た。涙が出ると、ああ、本当はこれを言いたかったのかもしれない、と思った。

先生たちが、ミカに駆け寄る。

「いいんだよ、ミカ」

「そうだよ、ミカ。大丈夫」

水野先生と、ひとみ先生が言う。他の先生たちも励ますようにミカの手を握りに来た。

「水彩絵の具なんだから、全然、気にすることないよ」

大人たちにそう言われ――、長い長いその日の〈問答〉が終わった後で、ヒサちゃんが、ミカのところに来た。

少し、もじもじして、それから、ミカに「いっしょに行こ」と言った。

ミカはうれしくて、うれしくて、「いいよ」とかすれた声でこたえると、ヒサちゃんがほっとした顔をした。

水野先生の長い長い〈問答〉は、先生の言葉通り、小等部でも、中等部でも、高等部でも、やられたようだった。だからきっと、大人たちも、やったのかもしれない。

朝の雑巾がけの時間に、ヨシエちゃんとミチエちゃんが、気まずそうに顔を見合わせて、「あのさ――ごめんね」と言ってきた。

「でも、ミカ、別に、うちらに言われたから気にしたわけじゃないもんね？」

「自分で反省したから、水野先生のところに行ったんでしょ？」

そう、確認された。

その後あった学校全体の〈会〉の時、高等部や中等部の子たちの視線を感じた。〈会〉が終わってから、高等部の女の子たちのグループに、「あなたがミカちゃん？」と聞かれた。

年上の、おとなっぽいお姉さんたちに話しかけられてドキドキしていると、その中の一人が言った。

「勇気あるね」と。

「もうすぐ小等部なんだって？　小等部になると、私たちともいろいろ一緒にやることが増えるから、楽しみにしてるね」

そう言ってくれた。

◇◆◇

春からは、小学生になる。

ミカは元通り、ヒサちゃんや小等部の子たちと話せるようになってほっとしていたけれど、チトセちゃんは相変わらずだった。

相変わらず、ひとり。

ミカに特別話しかけてくることもない。ミカは気になっていた。自分がひとりでいた時、変わらず話しかけてくれたのに、そのチトセちゃんを今は自分がひとりにしてしまっている気がする。

これから〈麓〉の小学校に行って、〈学び舎〉でも小等部の生活が始まる。これまで以上に年上の子たちと関わるようになるのに、仲のいい上級生もいないなんて、チトセちゃんは大丈夫なのだろうか。

普段通りに過ごしていても、前よりもチトセちゃんの姿に目が行くようになった。

〈麓〉の小学校を見学する日、みんなが先生の説明を聞く中、チトセちゃんだけがぼんやり、窓の外を見ていた。あの寒かった冬から、季節があたたかな春に向かっている。窓の外が太陽で黄色く光っていて、その光を浴びて座るチトセちゃんの長い髪がきれいだった。

〈麓〉の小学校の見学から戻ってくると、チトセちゃんは、ひとみ先生からひとりだけ「ちょっと」と呼ばれた。みんなが幼等部の〈教室〉に向かう中、廊下の向こうにつれて行かれる。ヒサちゃんたちみんなは「あー、今日のごはん何かな」とか話していて、誰も気にしていないようだったけれど、ミカは気になった。チトセちゃんが、最近、先生たちに呼ばれることが増えている。ミカが水野先生のところを訪ねた日だって、わざわざ、校長先生に呼ばれていた。

　みんなと離れ、チトセちゃんとひとみ先生が消えた廊下の角からそっと顔を出し、向こうを覗く。

　水野先生のいる、校長室の前に、女の人が立っていた。痩（や）せている、髪の短い、女の人。唇が赤い――お化粧しているんだ、と思った。〈学び舎〉の生活では、お化粧をしている先生はいないから、〈麓〉の人みたいでびっくりして――それからすぐ、「みたい」じゃなくて、きっと〈麓〉の人なんだと気づいた。洋服も、〈学び舎〉の先生たちと全然違う。千代紙みたいな柄が入ったシャツと、桜色の長いスカート。いつもの廊下が、その人がいるだけでぱっと明るくなったように感じた。

　その人の顔がチトセちゃんを見て――急に、笑顔になった。

　優しい、優しい、顔に。

　ひとみ先生につれて来られたチトセちゃんの頭を、長く細い指をした手が、撫でる。その仕草でわかった。たぶん、そうだ。

　チトセちゃんの――お母さんなんだ。

〈学び舎〉の先生たちは、大人は、誰か一人の子をあんなふうに特別にさわったりしない。頭に手を置かれたチトセちゃんは後ろ姿で、表情は見えなかった。

ミカはあわてて廊下の角に隠れた。胸がドキドキしていた。どうしてかわからなかった。

ただもし――もし、チトセちゃんが、あの女の人に、私たちには見せない顔で笑い返していたら。そう思ったら、胸が苦しくなった。そんな顔を見たくない、と思った。

春からはみんなで小学生――。

学校はどんなところで、朝はどんな道順で行くか、小等部の子たちとの生活はどうなるか。〈学び舎〉から〈麓〉の小学校までは、かなり歩くことになる。何度か小等部のお姉さんたちと一緒に歩いてみたけれど、本当に遠い。

登下校では黄色い帽子をかぶるように言われて、一人にひとつ、渡された。

チトセちゃんは帽子をもらっていなかった。一人だけ、机の上に帽子がなかった。

どうしてだろう、と思っていたら、ホールで寝る前に、ヒサちゃんが隣の布団から、囁いてきた。

「チトセちゃん、小等部に行かないらしいよ」

「えっ！」

心臓がどくん、と跳ね上がった。

チトセちゃんの寝ている布団は、ホールの奥の方だ。ミカたちの場所とは離れている。だけど、つい、目がそっちを見てしまう。ぼんやりとした薄闇の中で、枕の上のチトセちゃんの頭だけがかろうじて見える。

ヒサちゃんが続ける。

「もうすぐいなくなるんだって」

「それ、誰に聞いたの？　先生たち？」

「ううん」

ヒサちゃんが首を振った。

「先生たちは何も言わないけど、今日も帽子、もらってなかったでしょ。小等部の子たちが言ってたの。チトセちゃん、幼等部だけだったんだねって。ほら、前にもいなくなった子、いたじゃん。ユイちゃんとか、トモくんとか、おぼえてない？」

「いなくなって、どこに行くの？」

胸がドキドキし続けている。思い出すのは、チトセちゃんの頭を撫でた、あの女の人のことだ。

ここを出て、チトセちゃんはたぶん――。

「知らないけど……」

ヒサちゃんが眠そうに頭を一度、振り動かした。ヒサちゃんが言う。

「だからなんか、あの子、私たちと違う感じしたのかなー」

いつもみたいな、いじわるな口調じゃなかった。ただそう思ったから言った、という感じだ。体の奥の方が、じんじん痺れているようだった。どこもぶつけていないのに、どこかが痛い。重たい。居心地が悪い感じがする。

ヒサちゃんの言う通り、ここにきて、いつの間にかいなくなる子たちが前にもいた。もっとずっと小さい時に、一緒にいたけど、いつの間にかどこかに行ってしまった子がいた。その子たちがいなくなって、チトセちゃんが入ってきたのをおぼえている。そして、今度はまたそのチトセちゃんがいなくなる――。

嫌だ、と自分が思っているのだということが、後から、どんどん、わかってくる。

チトセちゃんの布団の方を、また見る。

ミカたちの噂話に気づいているのかいないのか、まったくわからないけれど、薄闇の中に見える頭は動かない。隣のヒサちゃんは、いつの間にか、布団にくるまっている。だからミカも、真似してそうした。自分の布団の中に頭まで入る。

嫌なのは、チトセちゃんがここからいなくなることじゃない。

ゆっくりと、気づいた。

確かにこれからも、ここの仲間でいてくれたら、と思う。いないよりはいてほしいと思う。だけど、チトセちゃんとミカはそこまで仲良くないし、いつも一緒にいるわけじゃない。

でも――だからだろうか。

ミカが特別仲良くしてあげなかったから、チトセちゃんはここから出ていくことにしたのだろうか。そう思ったら、胸がぎゅっと痛んだ。仲良くしてあげたらよかった、と思った。

だって、チトセちゃんだけ、ここから出てお母さんと暮らすんだとしたら、とても、とてもズルいから。

そんなのは、許せなかった。チトセちゃんだけ、そんなふうになるのは、絶対に嫌だった。

この間廊下で見た、あの優しそうな女の人は、ミカのお母さんじゃない。全然、知らない人だ。だけど、あの人に、一人だけ頭を撫でられて、手を引かれていくチトセちゃんを想像すると、胸をかきむしられる思いがする。苦しくなる。そんなことになってしまうくらいなら、いくらでも優しくして、仲良くして、友達になればよかった。考えながら、涙が出てくる。

布団の中で、ミカの涙は止まらなかった。

◇◆◇

先生たちは、本当に何も言わなかった。

チトセちゃんが出ていくとしたら、それはもう「お別れ」になるはずなのに、何も言わない。ミカたちが気づかなかったら、どうするつもりだったんだろう。何も知らないまま、ある日急に、チトセちゃんがいなくなって、お別れができなかったって思っても、先生たちは平気なんだろうか。

当のチトセちゃんも、自分からは何も言わない。

六年生が使っていたランドセルが、幼等部にやってきた。「ソツギョウしたから」と、六年生の子たちが持ってきて、一人ずつ、挨拶する。

「学校は楽しいところです」

「〈学び舎〉の〈問答〉は、学校でもいろんなことを考えるのにとても役に立ちます」

「学校でも、小等部の仲間との絆があったから、他の子よりも楽しく過ごせました」

その中に、シゲルくんがいた。黒の、革の上の方が皺になってはげそうなランドセルを手にしている。シゲルくんが、みんなの前に立って言う。

「ボクたちのランドセル、大切に使ってください。次はみんながいつか、このランドセルを新一年生に渡す役目になります」

シゲルくんの目は、全員の方を向いていた。途中、ミカのことも見てくれた。シゲルくんたちはこれから中等部になる。町の、中学校へ行く。

ひとりひとりに、ランドセルが配られる。

六年生たちのお古のランドセルをもらう子と、先生が出す、新しいランドセルをもらえる子がいた。新しいランドセルは、箱に入っていた。中から出されると、ぴかぴかだった。

毎年、新しいものの子と古いものの子がいるのは、当たり前のことだと聞いていたから、ミカたちもそういうものだと思っていた。上の子たちが、「新しいランドセルの子はいいなぁ」とか、「壊れたら、新しいのもらえるかな」とよく話していた。

いざ実物を目にしたら、新しいランドセルの方がいい、と思う子の気持ちが前よりずっとわかった。みんなもそう思っているのが伝わってくる。

だけどミカは、できるなら、シゲルくんのランドセルがほしいな、と思っていた。

並べられたランドセルから、どれがいい、悪いと選ぶ権利は、子どもたちにはない。先生たち大人が、「はい、あなたはこれ」「あなたには、それ」と目の前に置いていく。ミカたちは運命が決まるのを、ドキドキしながら、ただ待っていた。

シゲルくんのものが来ることはないと、本当は知っていた。だって、女の子は赤で、男の子は黒だから。

ランドセルは、新しいものから順に置かれていき、六年生が使っていた古いものは、きれいなものから選ばれていった。そうすると、古いものがいくつか余る。革が皺になってはげそうだったシゲルくんのランドセルは、誰のものにもならなかった。ミカは渡された新しいランドセルを抱える。シゲルくんのは捨てちゃうのかな、と思ったら、それをずっと使っていたシゲルくんの気持ちが気になった。シゲルくんはうつむいて、自分のつま先の方を見ていて、顔を上げなかった。

チトセちゃんは、その時間、同じ部屋にいなかった。

ミカは聞かなかったけれど、ヒサちゃんや、何人かの子たちはチトセちゃんに直接、聞いたらしい。

「帰るの？」

という言葉に、チトセちゃんは頷いた。

「帰るよ」と、答えたそうだ。

「どこに」という問いかけには、「ナガサキ」と答えたという。

ナガサキ、という場所がどこなのか、ミカは知らなかった。

◇
◆
◇

帰る。

チトセちゃんが、帰る。

ある日突然、先生たちがミカたちに何も言わないまま、チトセちゃんは朝起きても、一緒に雑巾がけに行こうとしなかった。

チトセちゃんの着替えを入れる棚が、きれいになっていた。いつの間にか、空っぽだった。

雑巾がけもせず、校長室の方に行こうとするチトセちゃんを、ミカは呼び止めた。

「行っちゃうの？」

尋ねると、チトセちゃんがゆっくり、ミカを見た。長い髪がきれいだった。長い髪も、ちょっと鋭い目も、声も、話し方も、かわいかった。本当は、かわいくてきれいな子だと、ずっと、思っていた。

「うん」

チトセちゃんが頷いた。

先生たちが説明してくれないから、お別れを言っていいかわからなかった。チトセちゃんと別れ、二階の雑巾がけをただただ、一生懸命していると、ふいに、車の気配がした。下の方で、聞きなれないエンジン音がしている。

一緒にいた四年生の女の子たちと窓から見下ろすと、知らない車の前に、チトセちゃんが立っていた。すぐそばに、この間見た、あの女の人がいる。その横に、男の人も。男の人は、車の方を向いていた。その顔が少しだけ、見える。

ああ、たぶん、あの人がチトセちゃんのお父さんだ。お母さんより、お父さんの方に、チトセちゃんはそっくりだ。

「チトセちゃん、今日行くんだー」

「あれ、お父さんとお母さんかな」

ヨシエちゃんとミチエちゃんが話している。その声を聞きながら——ミカは雑巾をパッとその場に置いて、走り出した。

チトセちゃんのところへ。

「チトセちゃん！」

上履きのまま、〈学び舎〉の裏口から出て呼びかけると、チトセちゃんと、その横のお父さんとお母さんらしき人が一斉に顔をこっちに向けた。

水野先生がいた。ひとみ先生たち幼等部の担任の先生も勢ぞろいしていた。

みんな、突然現れたミカを、びっくりしたように見ている。

そんな中、ただ一人、チトセちゃんだけが、静かにミカを見ていた。

「ミカちゃん」

チトセちゃんが呼ぶ。

ミカはなんと言っていいかわからずに、黙ったまま、チトセちゃんの前に歩いていく。チトセちゃんのお母さんの表情が和らいだ。

「お友達？」とチトセちゃんに尋ねる。

「チトセのお見送りに来てくれたの？」と、今度はミカに。

前を通ると、チトセちゃんのお母さんから、いい匂いがした。

「同じ年の、友達なんです」

ひとみ先生が説明する。すると、今度は水野先生が付け加えた。

「とても仲のいい、二人なんです」

仲がいいわけじゃない。そんなことじゃない。そう思うけれど、言われると、そうだったような気がしてくる。この子のことが、とても好きだった気がしてくる。

「まあ、そうなんですね」「ええ、きっと寂しいんだと思います」「いいお友達に恵まれて、自然の中で、本当に先生方や、〈学校〉には多くのことを教えていただいて――」「いえいえ、私たちがというより、子どもは自分の中にあるもともとの学びを――」

大人たちが話す横で、ふいに、チトセちゃんがミカに尋ねた。

「何、お願いしたの」

大人に聞こえないほどの、小さな声だった。

ミカはゆっくりとまばたきをする。驚いたからだ。

これまで誰も、ミカにそれを聞かなかったから。

チトセちゃんの目は真剣だった。何を考えているか、よくわからない目をいつもしていると思っていた。だけど、その目が今、まっすぐにミカだけを見ている。

ミカは答えた。

「……お父さんとお母さんに、会えますように」

小さな小さな声は、口にすると、何かが溶けだしていくようだった。ずうっと自分が、誰かにこれを聞かれたかったのだということを、その時になってミカはようやく知った。

チトセちゃんが、唇を引き結んだ。今度は、チトセちゃんの方が驚いたようになって、ますます、じっと、ミカを見つめる。

ミカはそれ以上、何も言わなかったし、チトセちゃんも何も言わなかった。

ただ、次の瞬間。チトセちゃんが、無言でミカに手を伸ばした。両手をミカの首の後ろに回し、それからただ一度、ぎゅっと、ミカを強く、抱きしめた。

華奢な体が、ものすごく近づいて、それから離れると、チトセちゃんからも、チトセちゃんのお母さんのようないい匂いがした。離れたチトセちゃんの目が、涙は出てないのに、泣いているように見えた。

「ミカ、チトセさん、そろそろ」

水野先生が言う。ミカは呼び捨て、チトセちゃんは、「さん」づけだった。

「いい友達に巡り合えて、二人とも、よかったね」

水野先生が目を細めて、何度も頷いている。チトセちゃんのお母さんもうれしそうだった。だけど、チトセちゃんのお父さんはさっきから、何も言わない。お母さんのようにミカに微笑みかける様子はなくて、ずっと車の方だけを見ていて、先生たちのことさえ見ない。黙ったままそっぽを向かれていると、何も言われていないのに、ミカは自分が怒られているように感じた。

「ミカ」

ひとみ先生がミカの肩を後ろからそっとつかむ。チトセちゃんと、離される。チトセちゃんの目はまだミカを見ていた。だけど、お母さんに促されて、とうとう、視線が離れた。

おぼえているのは、そこまで。この後のことを、ミカはおぼえていない。

雑巾がけを中断して、走って行ってしまったミカのことを、ヨシエちゃんやミチエちゃんは、上から見ていたはずだ。戻った時に、何か言われたかもしれない。だけど、おぼえていない。チトセちゃんがいなくなった後の幼等部の教室で、特別、みんなが寂しがったり、悲しがったりしていたかどうかも、おぼえていない。

幼等部の記憶は、ここで終わるから。
チトセちゃんとの別れが、まるですべてだったように。
ミカは、〈ミライの学校〉小等部の子どもに、あっという間になったから。

第二章　ノリコ

　バスの後部座席で、ノリコは「どうしてこんなことになってしまったんだろう」と考えていた。

　これまで一度も、長い時間車に乗っても、こんなふうに気持ちが悪くなったことはなかった。学校の遠足前に配られるプリントの、持ち物欄の下の方に「乗り物酔いの薬」と書いてある。低学年の時、「これ何？」とお母さんに聞くと、「乗り物に酔いやすい子のために書いてあるんだよ。あなたは大丈夫だけど」と言われた。

　だから、酔いやすい子、というのがいるんだな、となんとなく知っていたけれど、自分は無関係だとばかり、思っていた。

　バス乗り場までは、ユイちゃんのお父さんが車で送ってくれた。その時までは平気だったし、バスに乗ってしばらくしてからも、ユイちゃんの隣で窓の外に見えるものをお互いに指さしあったり、いろいろ話したりして、楽しかったのに。

山道を登って、降りた。

　下り道でカーブが多くなったあたりから、おかしくなった気がする。看板のあの絵がおかしい、花が咲いてる、ユイちゃんが話してくれる声に頷く（うなず）のがだんだん、つらくなってきて、「ちょっとなんか変、かも」と口にしたら、吐きそうになった。ユイちゃんが「おかあさーん」と自分のお母さんを呼んでくれて、やってきたユイちゃんのお母さんや大人たちが、「酔っちゃったのね」と言うのを聞いて、ああ、これが「乗り物酔い」か、と思った。

　後部座席に寝かされて、目元にタオルをのせられる。エチケット袋、と言われて、家から持ってきたスーパーの袋を広げて口元にあてられたけど、吐きそうなのに、吐けない。だから、気持ち悪い。

「朝、薬は飲んできた？」

　大人たちに聞かれて、首を振った。本当は言い訳したかった。私は、「酔いやすい子」じゃなかったはずなので、だから準備してこなかったんだと。そういえば、ユイちゃんのおうちの人からもらった今日についていろいろ書かれたプリントにも、持ち物欄に薬のことが書いてあった気がする。自分には関係ないと思って、読み飛ばしてしまったけれど。

　バスの中でユイちゃんと話したり、「親友」みたいに一緒に過ごすのが、とても楽しみだったはずなのに、気持ち悪さに耐えられなくて、目を閉じたまま、車の揺れを感じ続ける。早く着かないかな、と思う。

　隣に座っていた自分がいなくなって、ユイちゃんを一人にさせているのも申し訳なかった。ユイちゃんに、こんなことなら、ノリコの隣になんて座らなければよかったと思われているんじゃないか――。

横になったノリコを乗せたまま、バスは、他の待ち合わせ場所を回った。そこで待っていた人たちをまた乗せて、一緒に目的地に向かう。

中のひとつの待ち合わせ場所から乗ってきた子の一人が「ユイちゃん！」と呼びかけるのが聞こえて、それにユイちゃんが「アミちゃん！」と答える声がした。二人はもともと知り合いだったようで、そこからは、二人が盛り上がる楽しそうな声が続いた。

寝たままで、見えないけれど、たぶん、「アミちゃん」が、空席だった「ユイちゃん」の隣に座ったのだろう。二人が、時折、他の子の声も間に挟みながら、外に見えるものを指さしたりしてはしゃぐ声が聞こえてきて、ノリコは、「ああ、ユイちゃんが一人にならなくてよかった」と思った。自分が乗り物酔いしたせいでユイちゃんが一人で過ごすことになったら、何のために来たのかわからないな、と思ったのだ。

「え、アミちゃん、あの人とどうなったの？　前に話してた、コウスケくんだっけ」

「ええー、やだ、そんなのずっと前に好きだった人だよ。今は……」

二人の声が聞こえる。

声だけだからまだわからないけど、「アミちゃん」も、きっとユイちゃんと同じでかわいいんだろうな、と思った。話題がなんか、そんな感じだ。もしノリコが乗り物酔いにならずに起きていたら、ユイちゃんはあの子をノリコに紹介して、友達にならせてくれただろうか。そう思ったら残念な気もしたし、だけど、そんなにかわいくて恋愛の話が得意な子と自分では話が合わないかもしれないと、ひとまずおしゃべりしないで済んだことにほっとしている部分もあった。

「あの子、寝てるの……？」

バスの中、別の子の声がして、それに「どうしたんだろうね」とさらに別の子の声が重なる。こっちを見られているんだと思ったら、恥ずかしくなって、体中に、ぎゅっと力が入った。どうしてこんなことになっちゃったんだろう、とまた思う。

きっかけは、夏休みに入る、少し前だ。

ある日、習い事のピアノを終えて家に帰ると、ユイちゃんのお母さんがノリコの家に来ていた。

「こんにちは、ノリコちゃん」

ノリコはびっくりした。ユイちゃんのお母さんと自分のお母さんを、特別仲がいいと感じたことは、これまでなかった。授業参観の時も、親子遠足や運動会の時も、二人が一緒にいたという記憶はない。ノリコのお母さんと仲がいいのは、同じ地区の、こどもクラブの役員とかを一緒にやっていたことのあるメグミちゃんの家とか、タクマくんのお母さんとか保育園が一緒だった子たちの親だ。

ユイちゃんは、ここから遠い、制服がえんじ色のバスで通う幼稚園の子だったし、住んでいる場所も学校を挟んだ反対側だ。

それに、ユイちゃんとノリコだって特別仲がいい、というわけじゃない。子ども同士が仲良くないのに、どうしてユイちゃんのお母さんがうちにいるんだろう。なんだか不思議な気がした。

「こん、にちは……」

ノリコはぎこちなく挨拶をする。

ユイちゃんは、とてもかわいい子だ。ノリコがそう思ったというより、みんなからそういわれている。クラスのみんなの「好きな人」の噂で、ほとんどの男子から名前が挙がる。ノリコは、ケイコちゃんとかマリちゃんとか、他の子もかわいいように思うけど、女子からも男子からも、圧倒的に「かわいい」といわれるのはユイちゃんだった。だから、そうなんだと思う。習い事をたくさんしていて、バレエとピアノと英語とお習字と、あとは、新体操に通っている、と聞いていた。

だからか、担任の先生たちもユイちゃんに、体育の時間、「これ、ちょっとやってみて」とよくお手本を頼む。バレエや新体操をやっている子はこんなに体が柔らかいんだ、というのを、ノリコはユイちゃんを見て初めて知った。

ノリコもピアノは習っているけれど、ユイちゃんと比べたら腕前は全然下だ。あんなふうに堂々と弾けない。ユイちゃんのママにピアノをやっていることを知られたくなくて、お母さんが作ってくれたピアノ柄のキルティングバッグを背中に隠してしまう。

「お母さんたち、まだ、ちょっと話してるからね」

ノリコの母親は看護師をしている。この時間、家にいるということは、今から夜勤か早番だったか、どっちかだ。夜勤だとしたら、今夜のごはんはお父さんが作ってくれるのだろうか。それとも、お父さんも仕事が遅い日だったら、近くに住むおばあちゃんの家で夕ご飯を食べて、そのまま泊まることになるかもしれない。

お母さんたちのいるリビングの机には、何かのパンフレットとか、プリントみたいなものがたくさん広げられていた。何を話しているのか気になって、自分の部屋に行ってからもそれとなく耳を澄ましていると、途中、声が聞こえた。

「実は、高校受験で成功する子って、ほとんどが塾に通ってるかどうかより、小学校までに自然の中で遊んだ経験を持ってるかどうかがわかれ目なんですよ」

「本当においしい野菜って、なんの調味料も使っていないのに、野菜の味だけで食べられたりしません？　つまりは、どれだけいい水で育った野菜かどうかってことなんだと」

「ユイも食べ物の好き嫌いはまったくないですし」

「今の学校の勉強も、ほとんどがここで教えてもらった力でやれている気がしていて、今はまだ四年生ですけど、うちではこれから先受験を考える頃になっても、きっと塾には通わせなくても大丈夫だなって思っているんです」

話しているのはほとんどユイちゃんのお母さんで、ノリコのお母さんは、へえ、とか、ああ、とか相槌（あいづち）を打つだけだった。漏れ聞こえてくる内容から、自分に関係があることなのではないか、という気がして、なんだかソワソワする。

しばらくして「ノリコ」と呼ばれた。

「何？」

「ビデオがあるんだって。一緒に観よう」

そう言われ、リビングに出ていくと、いきなり映像が始まった。

『ミライの学校』

という文字が現れる。そのあとに、もう一行。

『夏の〈学び舎〉留学編』

最初に出てきたのは、幼稚園か保育園くらいの子どもを膝の上に乗せた、誰かのお母さんだ。小さなソファーに座り、後ろに台所が見える。クラスメートのシンタくんの家の、団地の台所と、雰囲気がよく似ている。

『驚きました』と言う。

『〈ミライの学校〉から帰ってきて、家に入ってきた途端、子どもの、目の輝きが違うんです。ごはんがおいしかった、お水の味って、ごはんにちゃんと吸い込まれてるんだね、お母さんに手紙も書いたよ、帰ってきたらあっちの先生たちにも書くって約束したんだ。便せん出して――って、話し出したら止まらないんです。そんなこと、まったく言う子じゃなかったのに』

膝に乗せた子どもとは別に、ノリコと同い年くらいの子どもがお母さんの後ろを通る。照れ臭そうにカメラの方を見て、すぐに行ってしまうけれど、それをそのお母さんが微笑みながら見送る。

『思ったこと、考えたことがあったとしても、それを言葉にするのは苦手な子だったのに、言葉が内側からあふれてあふれて止まらないっていう感じでした。作文も、あんな長い文章を書ける子じゃ、絶対になかったのに。たった一週間離れていただけなのに、成長を感じました』

『すごいと思ったのは、やはり〈問答〉の力ですね』

画面が、別の家に切り替わる。

画面に映っているのは、やっぱり知らない誰かのお母さんと、お父さんらしき人だ。子どもはいないけれど、二人が並んで話している雰囲気でなんとなくそう思った。今度はさっきと全然違う家だ。ドラマとかで見る別荘みたいで、大きそう。後ろに暖炉が見えて、その中で火が燃えている。

『対話の力は確実についたと思います。大人から押しつけられたり、教えられたからこうするっていうんじゃなくて、なんていうのかな、子どもの感性のまま、ちゃんと思考のロジックを獲得している感じがしたんです』

話しているお父さんは、白髪交じりの長い髪を後ろで束ねていて、画家とか芸術家みたいな雰囲気の人だった。その横のお母さんも、痩せていてきれい。汚れひとつない、新品みたいな真っ白いセーターを着ていた。去年、ノリコがお母さんに「これがほしい」と言ったら、「白なんて汚れやすいからダメ」と買ってもらえなかったようなセーター。

『一週間も親元から離れるということで、最初は心配だったんです。でも、思い切って送り出してよかった。全国各地にお友達ができたことで、彼の中に確実に自分の生まれ育った場所だけじゃない、新しい地図ができたんだ、と感じました。〈学び舎〉で普段から〈問答〉や〈ことば〉に触れて過ごしている子たちと話せたことも、とても刺激になったようでした』

自分の子どものことを「彼」と呼んでいるんだ、と気づき、「いい家」なんだなぁ、となんとなく思ったらムズムズした。この人たちの家の子も、バレエとか、バイオリンとか、特別なことをしていそう。親も、子どもの言うことを、ちゃんと対等な雰囲気で聞いてくれそう。

――ユイちゃんのおうちみたいに。

うちとは全然違う。

ビデオが、どこか、きれいな山の中を映す。

子どもがたくさんいた。季節は夏のようで、日焼けしている子が多い。虫取り網を持ってカブトムシやクワガタをカメラに見せている子、みんなで何か地図のような紙を広げて、「ね、あっちじゃない？　チェックポイント」と話しながら探検のようなことをしている子。画面が切り替わる。「いただきます！」と声をそろえて、みんなで食堂のような場所でごはんを食べる。カメラがそのごはんをズームしていく。

テレビの画面に映った子の一人が、大きな口をあけて青菜のおひたしを食べ、「おいしい！」と笑顔になる。みんなで一列になって、かき氷の機械を回す。ガリガリガリガリ。削った氷に色とりどりのシロップをかける。笑い声が弾ける。それから全員で、声を揃える。「論語」、「ことわざ」、「百人一首」、と画面の上に表示され、それらを暗唱する子どもたちの顔がアップになる。その声が途切れる。

唐突に、静かな、湖のような場所が映った。

木々に覆（おお）われた、深い緑の森の中、きらきらと水面が輝いている。木々の間から、光が注ぐ。鳥の声が、「チチチ……」とする。「リーリー」という声は、虫のものだろうか。大きなアゲハ蝶や、羽の黒いカラスアゲハが飛んでいる。

おとぎ話とかＲＰＧに出てくる、「伝説の泉」みたいな感じだった。そこの水を飲むと、主人公たちがヒットポイントもマジックポイントも回復する場所。まるで、海外のファンタジー映画のようだけど、日本にこんな場所が本当にあるのだろうか。

その静かな湖の後で、画面がまた全然違う場所を映す。

今度は、屋内。どこか、広い、教室のような場所に、たくさんの子どもたちが座っている。真剣な顔をした大人が子どもたちの前に立ち、その様子はまるで学校のようだ。

子どもたちは、太陽の下ではしゃいでいたさっきまでの雰囲気とは打って変わって、皆、真面目な表情だ。眼鏡をかけた、先生のような雰囲気のおじいさんが、座っている子どもたちに話しかける。

『どうして、戦争はなくならないんだと思う?』

子どもたちの顔が、みんなしっかり前を向いている。一人の子が『みんなが自分のことばっかり、考えるから』とぽつりと言った。先生がさらに尋ねる。

『自分の、何のことばっかり考えてるんだと思う?』

その子が下を向いて、答える。

『お金とか、ゆたかさ……』

すると、今度は別の、もっと年上の男の子が、『それだけじゃないと思う』と話す。

『豊かには、オレもなりたいけど、だけど、自分だけが豊かじゃいけないんだ』

別の女の子が『そうだけど!』と強い口調で言った。

『でも、そういう気持ちがあったからこそ、私たちの世界や地球はここまで発展してきて……。でもそれがどこかで間違っちゃったんだと思う……』

『やられてやり返してたら、それは戦争になるよ』

『でも、じゃあ、みんなはやられたらやり返す、をせずにいられるかな?』

先生の言葉に、皆が黙り込む。黙り込んで、唇を引き結び、自分の手に目線を落としている子もいる。誰も笑わない。真剣だ。

ビデオを見ながら、ノリコは驚いていた。

それは、小学生の子たちがそんなふうに話し合いをしている、ということについてもだったけど、もっと驚いたのは、彼らの中に泣いている子が何人もいたからだ。男の子の一人が目に涙をためていて、拭う様子もなく、涙がぽつっと、座った彼の膝の上に落ちる。自分自身が嫌なことをされたからとか、体が痛いとか、そういう理由じゃない。目の前にいない人のための、誰かのための、涙。だって、日本は今戦争をしていない。世界のどこかで戦争が起こっていることはノリコも知っているけれど、この子はそのために泣いているのだ。

そんな涙を見たのは、初めてだった。それが大人ならわかるけれど、自分とそう年の変わらない子のものだというのが信じられなかった。

「どうかな?」

ビデオが終わると、ユイちゃんのお母さんがノリコに聞いた。なんだか照れくさそうな顔をするおばさんの目が赤かった。今のビデオを見て、おばさんもちょっと泣いたみたいだ。

いい人なんだな、と思った。

「夏に、うちのユイと一緒にここに行かない? おばさんも行くから安心よ。お母さんと、考えてみてね」

そう言った。

ユイちゃんのお母さんが帰っていった後で、ノリコの母は、すごく乗り気だったのかというと、特にそういうわけではなかった。

「お母さんはどっちでもいいよ」

　と、本当にそれくらいにしか思っていなさそうな軽い声で言っただけだった。

「あんたがユイちゃんと行きたいかどうかで決めていいよ。ひょっとすると、同じクラスのエリちゃんも行くかもしれないって」

　エリちゃん、の名前を聞いて、胸の真ん中が一気にぐっと重くなった。さっきまでの、ちょっといいかな、と思っていた気持ちが、それで台無しになる。

　ユイちゃんは好きだけど、エリちゃんはあまり好きじゃない。向こうも、ノリコとは仲良くしたくないだろう。それに、ユイちゃんとエリちゃんはもともと仲がいいし、二人が一緒に行くとしたら、二人だけで仲良くしてしまって、ノリコはそこにはもう絶対に入れないという気がした。エリちゃんが行くなら、行きたくない、と早々に結論が出た。

　しかし、翌日、学校に行くと、ユイちゃんがにこにこしながら話しかけてきた。

「ノンコちゃん、〈学び舎〉、一緒に行く?」

　ユイちゃんは明るく、見ていていつもまぶしいような子だった。

　同じ町に住んでいるはずなのに、都会っぽい感じがするのは、どうしてなんだろう。お母さんが買ってくる服のせいなのだろうか。髪の結び方も、同じ三つ編みでも、ユイちゃんの髪の方がずっときれいに結べている気がする。ノリコのお母さんがやってくれるみたいにきっちりしすぎていないし、柔らかそう。

〈学び舎〉、というのが、昨日ビデオで見た〈ミライの学校〉の別名のようだった。

「うちのお母さんが、昨日、ノンコちゃんも一緒に行けるといいねって言ってたから」

「あ、うん……。まだ、迷ってて」

ノンコちゃん、という呼び方は、クラスの中でも一部の子しかしない。ユイちゃんに言われると、くすぐったい気持ちになる。

自分がクラスで、おとなしい――「地味な子」に分類されていることは、これもまた自分がそう思ったんじゃなくて、周りからの扱いでなんとなく、ノリコにはもうわかっている。普通にしているつもりなのに、何かが、どうしてかみんなとズレてしまう。男子の「好きな人」の話題になっても、ノリコの名前はまず出ないだろう。

私はそんなに変な顔をしているのだろうか、と鏡を見るけれど、みんなとどう違うのか、わからない。体型だってすごく太っていたり、痩せたりしているわけではない。だけど、自分がなんだか人気がない、ということはわかる。地味なら地味であきらめられたらいいのに、ノリコはユイちゃんたちみたいなかわいい子たちのグループと、本当は仲良くしたかった。だけど、ユイちゃん以外の他の子たちが苦手だ。あの子たちは間違ってもノリコを「ノンコちゃん」なんて呼ばない。

だけど、その中で一番かわいくて頭がいいのは、ノリコにも優しいユイちゃんだ。本当にできる子は、人のことを嫌がったりしなくて、むしろ誰にでも優しいんだと、ノリコはユイちゃんを見ているといつも思う。

昨日、ビデオを見て、ユイちゃんのその優しさやまっすぐさがどこから来ているのか、なんとなくわかった気がした。あのビデオを見て目を赤くしていた、そういうお母さんに育てられてきた子なんだということも。

「〈学び舎〉、すごく楽しいよ」

ユイちゃんが言った。笑うと、八重歯が覗いた。ユイちゃんが笑うのを見て、なんか、あの歯がかわいいな、と思っていたら、エリちゃんたちが言っていたのだ。「ユイの八重歯、かわいいよね」と。だから、あの歯を八重歯というんだと、初めて知った。

ユイちゃんが一生懸命続ける。話してくれる。

「ごはんがすごくおいしくて、毎日、川で泳いだ後にかき氷、みんなで作って食べるの。食べ放題なんだよ。お米もね、あそこで食べると、なんだか甘くて、家で食べるのと全然違うの。野菜とかも、全部、近くの農家から直接もらってるのだから、新鮮ですごく甘いの」

ノリコは野菜があまり好きではない。ピーマンやネギや、ナスや、苦手なものがいっぱいある。トマトや玉ねぎも、食べられるけど進んで食べたいわけじゃない。お母さんからはいつも「好き嫌いが多くて困る」と言われる。

野菜を「甘い」なんて考えたことがなかった。本当にそんな野菜があるのなら食べてみたかった。ユイちゃんの口から聞くと、お米も野菜も本当においしそうに思えてくる。

「一週間があっという間だよ。すごく楽しいから、一緒に行こうよ」

普段クラスにいて、ユイちゃんが自分にこんなふうに話しかけてくれることはなかった。「一緒に行こうよ」という言葉が、胸の真ん中に、じん、と響いた。嬉しかった。この子にこんなふうに誘われるなんて。

ユイちゃんが、それからちょっと残念そうな顔で続ける。

「エリリンも誘ったんだけど、その頃はおばあちゃん家にいくからダメなんだって。おばあちゃんの家、海の近くで、夏休みの後の方だとクラゲが出ちゃって海水浴できないから、早めに行くことになっちゃったんだって」

「そうなんだ」

ユイちゃんは残念そうだったけど、その話を聞いて、ノリコの心が甘く揺さぶられる。エリちゃんはこない。ユイちゃんだけ。みんなが仲良くしたい大好きなユイちゃんだけ。

そこで過ごした時間は、他のクラスメートが知らないものだ。だとしたら、〈学び舎留学〉が終わったその後で学校に戻ってきた後も、ユイちゃんはノリコと特別に仲良くしてくれるようになるかもしれない。――きっと、なる。

「……ちょっと行ってみたいな」

ノリコが呟くと、ユイちゃんの顔がパッと輝いた。「うん！」と頷く。

「絶対一緒に行こう！」と、ノリコに言った。

下校の頃には、ノリコの気持ちはもうほとんど、「行く」方に傾いていた。他の子は誘われたのかどうかわからないけれど、今年の夏休みは、ああいうところに行くのもいいのかもしれない。

ランドセルに教科書をしまって、教室から出ようとしたところで「ねえ」と呼び止められた。え、と思って振り返ると、エリちゃんだった。他に、ハルミちゃんとミエちゃんもいる。普段、ユイちゃんと仲のよい子たちだ。

「〈ミライの学校〉、行くの？」

いきなり聞かれた。ユイちゃんはもう帰ってしまったのか、この時はいなかった。

朝の、ユイちゃんとノリコの会話を聞いていたのかもしれない。この子たちはいつもこうだ。だから苦手なんだ、とノリコは思う。ノリコみたいな子には、いつも、名前を呼ばなくて、いきなり話しかけていいと思ってる。一方的に、自分が聞きたいことや、言いたいことだけを言ってくる。

「うん。お母さんとまだ考えてる途中だけど、たぶん」

そんな必要はない、と思うのに、この子たちと話す時、ノリコは緊張してしまう。怒らせないように、と思ってしまう。

ノリコの言葉に、三人が顔を見合わせた。自分たちが大好きなユイちゃんが、ノリコみたいな子と仲良くするのが面白くないのかもしれない。エリちゃんが言った。

「ユイっちってさ、幼稚園の時、途中まであそこにずっといたんだよね。エリと同じ幼稚園にひまわり組から入って来たけど、それまではずっと」

今度もまたいきなりだった。一方的に自分たちにだけわかるように話している。そういう声を聞くと、ノリコは萎縮してしまう。どんな顔をすればいいのかわからなくなる。こういう時にすぐ、この子たちの求める表情ができるようになったら、自分もこの子たちに仲良くしてもらえるのだろうか。

エリちゃんがちらりと、ノリコを見た。

「知ってた？」

「ううん」

首を振るよりほかに、言えることがなかった。どういうことなのかわからなくて混乱する。

昨日見た〈ミライの学校〉のパンフレットにもビデオにも、静岡県の地名が書いてあった。ユイちゃんはそこから引っ越してきた、ということなのだろうか。

エリちゃんが、他の二人を振り返る。それから、少し、様子が変わった。普段、一方的にノリコに言葉を投げつける時みたいにじゃなくて、ちゃんと語りかけようとするかのように、一歩、歩み寄る。囁くように言った。

「ずっとだよ。すごくない？」

「え？」

じれったそうに、エリちゃんがさらに言った。

「ノリコちゃんさ、一緒に行ってあげることないって」

今度も意味がわからなかった。黙ったまま三人の顔を見つめ返すと、彼女たちの表情が曇った。ノリコは今回も、この子たちの思う通りの反応を返せなかったんだと悟る。

エリちゃんの眉間に微かに皺が寄った。

「なんで何も言わないの。ノリコちゃんって、ほんと、頭いいはずなのに、会話できないよね」

言われた瞬間、喉と両肩がかっと熱くなった。

——自分の取り柄が成績しかないことは知っている。授業中も、先生は誰も答える人がいないと、困ったようにノリコをさす。そういうことの全部が、だけど、この子たちを苛立たせていることも、ノリコはよく知っている。先生、ノリコちゃんだけヒイキしてるよね、と言われたり、勉強だけできればいいと思ってるのがムカつくとか、それより私、運動神経がいい方でよかったーとか、バカでも友達いてよかったーとか、よく言われたりしていることも。

勉強なんかできても、ノリコは絶望的にかっこ悪いのだ。勉強もできて、運動神経もよくて、新体操やバレエで体も柔らかいユイちゃんには憧れても、ダサいノリコには誰も憧れない。知っている。わかっていても、自分ではどう直せばいいのかわからない。

言い返せないノリコに満足したように、三人が笑い声を響かせる。

「エリリン、言い過ぎ！」

「ごめーん。今の、もし傷ついたんだったらごめんねぇ？」

明らかに傷つけるために言ったんだろうと思うのに、そんなふうに感じてしまうノリコが悪いのだろうか。そんなふうにしか考えられないから、「会話ができない」って、思われてしまうんだろうか。

一応謝られたから、「ううん」と言う。

「大丈夫、ごめん」と言う時に、笑いたいのにちっともうまく笑えずに、緊張で頬が引き攣る。そんなノリコを一人残して、みんなは、笑いながら離れていく。悪いことをしたとまったく思っていなさそうなのに、ノリコの方はなぜか、いつも謝ってしまう。

夏の〈学び舎留学〉に行くことを決めると、ユイちゃんと、ユイちゃんのお母さんは、何度か、ノリコの家にやってきた。ユイちゃんがうちに遊びに来てくれるようになって、ノリコはとても嬉しかった。夢みたいだった。

うちのピアノを、ユイちゃんは、ノリコが弾く時とはまるで別の楽器のように、上手に弾いた。

「今年はノンコちゃんと一緒の夏休みで嬉しいな」

ユイちゃんが言う。だけど、それは、ノリコの方が、もっとそう思っていた。

「持ち物をそろえに行こうか。夏用の洋服とかパジャマも買った方がいいよね」

普段は服を買う時にノリコを一緒につれて行ってくれることのない母がそう言ってくれて、とても嬉しかった。

すそにフリルのついたかわいい薄紫色のパジャマを、買ってほしい、とノリコはねだった。お母さんからは、「パジャマなのに派手じゃない？」と言われたけれど、今回だけは譲らなかった。だって、あのかわいいユイちゃんの友達としていくのだから、ダサい恰好なんかできない。ふわふわの、柔らかいフリル。新しいパジャマを荷物に詰める時、胸がはしゃいだ。

「ホームシックになんかならないでよ」

お母さんに笑いながら言われて、「ホームシック？」と聞き返す。

「家やお母さんを恋しがって泣くこと」

「ならないよ」

もう四年生なのに。

ニヤニヤするお母さんに、なんだかバカにされているみたいでカチンとくる。だいたい普段から夜勤も多いのに、お母さんを恋しがるなんて、そんなわけない。

「まあ、そうか。うちの子がそんなデリケートなわけないしね」

お母さんに言われて、さらにムッとする。

デリケートじゃないのはお母さんの方だ。お母さんがデリケートじゃないからって娘までそうとは限らないのに、決めつけないでほしい。こんな無神経な言い方じゃなくて、もっと、子どもの気持ちを考えた言い方をしてくれるお母さんがよかった。

ユイちゃんの家なら、きっとそうなのに。

◇◆◇

知らないうちに、眠りに落ちていた。

そのおかげで、車酔いの気持ち悪さから逃れられた。目を開けた時、まだ少しだるい感じがあったけど、気分はだいぶよくなっていた。

どれくらい時間が経ったのかわからないけれど、バスの中の空気が変わった気がする。目に載せられたタオルをそっとずらすと、ノリコの横で心配そうに様子を見ていたはずの大人たちもいなくなっていた。

車内でみんなが話す声もまだしていたけれど、朝ほど大きくはない。ユイちゃんとアミちゃんの声も聞こえなかった。

後部座席に寝転んだまま、視界の斜め上にある窓から空を見上げる。

バスはどこかの山か森の中を進んでいるみたいで、緑色の木々が窓に広がっている。夏の太陽の光が葉っぱの影をすごく濃くしていて、その影が別の木の葉っぱと重なる。黒と緑のコントラストがとてもきれいだった。山道なのかもしれないけど、さっきみたいなぐにゃぐにゃ道ではなくて、バスは今、長く続く坂を上っているみたいだ。

「ノリコちゃん、大丈夫？」

ノリコが目を開けていることに気づいたのか、ユイちゃんのお母さんがきてくれた。ノリコは迷惑をかけてしまったことが恥ずかしくて、小さく頷いた。ユイちゃんのお母さんが「ああ、よかった！」と大きく声を出して、「もうすぐ着くからね」と言った。ユイちゃんたちが座っている方を見る。

「ユイたちも、さっき少し寝てたよ。出発が早かったから、やっぱりまだちょっと眠いんだね」

「はい」

途中で寝てしまうくらい、それくらい遠い場所に、これから自分たちは行くんだなぁと思う。朝出たばかりの家が、今はきっと、もうすごく遠い。

遠足で学校のみんなと一緒に遠くに行ったことはある。だけど、泊まったことはない。学校の時は全員知っている子だったし、先生だっていたけれど、今は、ユイちゃんとそのお母さんしか知らない。こんなふうに自分の両親と離れるのは、考えてみたら初めてだ。

ユイちゃんはさみしくないのかな。

ユイちゃんはお母さんと一緒だけど、お父さんと離れている。家に一人で残っているお父さんも、さみしくないのかな――。

「みんなー、そろそろ〈学び舎〉に着くよ。準備して」

バスの中で、集合場所からずっと一緒だった女の人――時田（ときた）さんに言われる。はきはきしてきれいで、気分が悪くなったノリコにも優しかったその女の人は、雰囲気がどこかユイちゃんのお母さんに似ていた。細くてきれいで、優しそうで、話も上手そうで、ノリコのお母さんとは、やはり違うタイプの人。「お姉さん」と呼んでもよさそうなくらい若く見えるけど、赤ちゃんを抱っこしていたので、ああ、お母さんなんだな、と思った。

順調に進んでいたバスが、急に停まる。起き上がり、窓から外を見ると、駐車場みたいな場所だった。ノリコたちの乗ってきたもの以外にも、何台も何台もバスがきていて、停める順番待ちをしている。

こんなにたくさん人が来るのか、と驚いてしまう。

「ノンコちゃん」

前の席の方から、ユイちゃんがノリコのリュックを持ってきてくれる。自分も背中にリュックを背負って、降りる準備万端という感じだ。

「もう大丈夫?」

「うん。大丈夫」

「よかった」

ほっとしたように頷くユイちゃんの後ろに、目がくりっとした背の高い女の子がいた。よく日焼けしていて、髪が短い。水泳とか、スポーツが得意そう。ユイちゃんが紹介してくれる。

「アサミちゃんだよ。〈学び舎〉で毎年一緒になるの。私たちと同じ年で、みんな、アミちゃんて呼んでるの。——アミちゃん、さっき話してた、同じ学校のノリコちゃん。私は、ノンコちゃんて呼んでる」

「オッケー!　よろしく」

アミちゃんが言う。ノリコがどう挨拶していいかわからずにいるのと違って、ものすごく明るく活発そうな声だった。それを聞いて、ああ、と思う。この子もきっと、ユイちゃんと同じで、学校では中心グループにいる子なんだろうな、と。そんな子が、ノリコに尋ねた。

「私も、ノンコちゃんて呼んでいい？」

気後れしてしまう気持ちもあるけれど、それよりもっと大きく湧き上がってきたのは喜びだった。もし、同じ学校だったらノリコとは絶対に仲良しではなかったであろう子が、ユイちゃんの紹介で、ノリコの友達になってくれる。

ノリコはぎくしゃくと頷いた。

「うん。私もアミちゃんって、呼んでいい？」

「もちろん！」

ノリコが自分の学校で友達と呼べるような子がほとんどいないことなんて、ここでは関係ないのだ。ユイちゃんに紹介してもらうと、まるで、自分が学校でも普段からユイちゃんのあのグループにいる子たちの仲間だと思ってもらえそうで、とても嬉しかった。ここではずっとそんなフリができる気がする。そうしていい、気がする。

「よろしく」

アミちゃんに向けて答えた声が、ずっと寝ていたせいで掠(かす)れて、かっこ悪かった。ちゃんと話せない暗い子だと思われたらどうしよう。けれど、アミちゃんもユイちゃんも気にする様子がない。

「大丈夫？　具合悪かったら言ってね。私たち、知ってる先生が多いから、言ってあげる」

先生、という言葉が出て、ああ、〈学び舎〉には先生がいるんだな、と理解する。ビデオで見た教室のような場所には、確かに校長先生っぽい、おじいちゃんの先生がいた。

「あとは同じ班になれるかだけど、たぶん、無理だよね」

「うん。それは仕方ないよ」

二人が話しだして、ノリコは、えっと思う。班、という響きが胸を微かに重くする。ノリコの気持ちを見透かしたように、二人が言う。

「同じバスで来た子と一緒になれることはほとんどないんだー。だけど、大丈夫だよ。すぐ友達できるから」

「そう、なんだ」

一週間、ずっとユイちゃんと一緒にいられるものだとばかり思っていた。不安になってくる。ユイちゃんやアミちゃんなら確かにすぐに友達はできるのかもしれないけれど、自分と友達になってくれる子なんているだろうか。

「アミ」

アミちゃんが呼ばれた。呼んだのは、さっき、ノリコが「お姉さんみたい」と思った、赤ちゃんを抱えた、あのキレイな時田さんだった。アミちゃんが振り向いた。そして、言った。

「お母さん」

「リンスとシャンプー、大きい方を持ってきたよね？　去年、小さいやつで足りないって言ってたから、今年は大きいの買って洗面台に置いておいたけど」

「え、トラベル用のバッグから出したのしか持ってきてないけど」

「えぇーっ！　どれのこと？　足りなくなったからってお母さんに言っても貸してあげられないからね」

二人の会話を聞きながら、ノリコはものすごく驚いていた。とてもきれいで、若く見えるのに、この人はアミちゃんのお母さんなのか。アミちゃんと話しながら、抱いていた赤ちゃんを別の人に渡している。「はあい、ママのところに帰りましょうね」と言って。どうやら別の人の赤ちゃんを抱っこしていたようだった。

「アミちゃんのママはね、英語の先生なんだよ」

そっと、ユイちゃんが教えてくれた。学校の先生という意味かと思っていると、ユイちゃんが続ける。

「昔、アメリカで暮らしてて、英語が喋れるの。だから、今もアミちゃんの学校の子とかに、家で英語教えてるんだって」

「へえ……」

その話を聞いて、ふっと思い出す。夏のこの〈学び舎〉に誘ってくれたのがユイちゃんの家であることを知って、ノリコのおばあちゃんやお父さんたちが、「ユイちゃんのお母さんはすごいんだぞ、だって、大学が東京のあそこだから」と話していた。近所の大人たちの間では有名らしい。大学の名前も言っていて、それは、確かにノリコもテレビとか漫画の中で「頭がいい」とされる人たちが通う学校だと知っていた。

「普通は入れないんだぞ」と、おじいちゃんに言われた。テレビで見るあの政治家や、有名な学者の人や、そういう人たちが卒業したところなんだと聞いて、ノリコは不思議な気持ちになった。そんなすごい人たちと同じ大学に行くって、どんな感じだったんだろうと。生まれた場所を離れて、大学のために東京にいくって、すごいことだなぁと思った。

今、バスの中で子どもたちに降りるしたくをさせているおばさんたちは、みんな優しくて、なんていうか、上品な感じというか、「いいおうちの人たち」という感じだけど、ものすごく特別な人という感じでもない。それなのに、頭のいい大学を卒業していたり、英語が話せたり、ユイちゃんのママも、アミちゃんのママも、素敵なんだなぁと圧倒されてしまう。

バスから降りる。

ずっと横になっていたせいで頭が少しくらくらするけれど、一列になって、前の子についてバスのステップを降りる。外に出た瞬間、わあっと胸の奥から、声が出た。

空気が澄んでいる。

朝までいた、自分の町の空気と全然違う。涼しい。夏なのに、ちょっとひんやりしている。山が近く、緑がすごく濃い。空が青い。雲も真っ白だ。町とは違って、いろんなものの、自然の色がくっきりしている。

並んで停められた他のバスからも、ノリコたちと同じようにリュックを背負った子たちが、たくさん降りてきていた。男子もいるし、女子もいる。

駐車場の整理をしているおじさんたちが案内してくれる。あっちだよ、もうすぐ会が始まるから、まずは講堂へ――。

駐車場は、建物がある場所とは少し離れていて、山道を、みんなで列を作って下りていく。案内された大きな建物の前に、長机が準備されていた。机の上には名前を書いた紙があり、一緒にバスでやってきた大人たちが、ひとつひとつ、名前を確認していく。ユイちゃんが言っていた、「班」が書かれているようだ。確認が済んで、大人たちがワッペンみたいな、名札を持って戻ってくる。

「配るよ」と言って、一人一人に手渡してくれた。

班といっても、数字の一班、二班ではないようだった。ノリコは「みどり班」だ。

「みどり　4年　のりこ」

と書いてある。苗字がない。

全員に手渡され、講堂の中に入ると、「『あか』はこちらへー！」とか「『あお』の子たちはこっちだよ」と、あちこちから声がしていた。ユイちゃんは「むらさき」。アミちゃんは「きいろ」だった。班の人数は結構多くて、十人から十五人くらい。班というより、クラスみたいだ。

大人たちも、どうやらそれぞれ班にわかれるみたいで、いつの間にか、胸にノリコたちと同じような名札をつけていた。

みんながそれぞれ自分の班の方に歩き出す。そばを離れる直前に、ユイちゃんに右手をぐっと引っ張られた。思いがけず強い力だったので、驚いて顔を上げると、ユイちゃんが言った。

「寝る時は、一緒にだからね」

「えっ？」

「寝る時は班じゃなくて自由だから。寝る時間になったら、ユイとアミちゃんと、一緒に寝よう。お布団、とっとくから、私たちのこと探してね」

「……わかった」

ノリコが頷くと、満足したようにユイちゃんが自分の班の方に歩いていく。その後ろ姿越し、壁の上の方に、大きく文字が貼られているのが見えた。

『ようこそ、ミライの学校へ』

文字は、よく見ると、和紙のような紙をちぎって貼ったちぎり絵だ。スイカやカブトムシ、ちょうちょの絵があるけれど、それらもすべてちぎり絵だった。大きな大きな看板は、子どもたちが何人も力を合わせて作ったもののように見えた。ノリコの学校でも、一年生を迎える会とか、運動会の時に、六年生が中心になってちぎり絵を作る。

その時になって、初めて、気づいた。

合宿に来る、とばかり思っていたけれど、ここは〈ミライの学校〉だ。ノリコが普段学校に通うのと同じように、ここに通っている子どもたちがいるのだろうか。

◇◆◇

「今日から皆さんが入学する〈ミライの学校〉の校長先生――しんたろう先生のご挨拶です」

紹介されると、それまでざわざわしていた子どもたちが静かになる。ノリコの学校の全校集会と一緒だ。校長先生の話になると、ひとまず、静かにする。

前に立った先生は、あのビデオで見たおじいちゃん先生とは別の人だった。もっと若い。白髪も少しあるけど、黒髪の、眼鏡をかけたおじさん。普通のTシャツとズボンみたいな恰好で、あんまり校長先生っぽくない。クラスの誰かのお父さんって感じだった。

「みなさん、ようこそ、〈ミライの学校〉へ」

しんたろう先生が言った。

いろんな先生たちがいるんだなぁと、ノリコはぼんやり、目の前で始まった挨拶を眺めていた。

頭の中は、さっき集められたこの班の中で、話しかけて友達になれる子はいるだろうか、ということでいっぱいだった。ここにいるのはどうやら、小学生までのようだ。それより小さな、バスで一緒だった幼稚園や保育園の子たちや、あの赤ちゃんはいつの間にかいなくなっていた。さっき講堂の前で、「〝幼等部〟はこちらへ」という声がしていたから、そっちの方につれて行かれたのかもしれない。

同じ年の子は、ひとつの班にどれくらいいいるんだろう。同じ年だからって仲良くなれるわけじゃないけど、まずは、同じ四年生の女の子から話しかけてみるのがいいんだろうな、と考える。

大人にはいつもこういうところがある。

前々から仲がいい子たちを引き離して、新しい子たち同士の中に子どもを入れるのがいいと思っているようなところが。二年に一度の、学校のクラス替えもそうだ。三年生になって、二年生まで仲がよかったヤスコちゃんやサキちゃんと離れたことで、ノリコは学校に仲のいい子がいなくなった。

「学校、なんていう名前だから、皆さんはここを窮屈な場所だと思ってきたかもしれませんね。でも、〈ミライの学校〉は違います。遊びながら、学ぶ場所です。実は、本当の学びは、遊びの中にしかない。学びと遊びは同じもの、というのがここの大原則です。知識を得ることには、本当は喜びや楽しさが感じられなければなりません。皆さん、自分の頭を押さえてみてください――」

ぼーっとしていたら、周りの子たちがいつの間にか自分の頭に両手を載せていた。前に立っている校長先生も、同じように頭に手を載せている。あわてて、ノリコも真似をした。

「ミライは、ここにしかありません」

しんたろう先生が言った。

「私たち大人じゃない。皆さんの中にしか、ありません」

しんたろう先生が頭から手を下ろす。子どもたちを見つめる。

「まずは、今日から一緒に過ごす仲間たちと、なるべくたくさん、友達になって帰ってくださいね。それから、皆さんの先生を紹介します。まずは、きいろ班、じゅんぺい先生」

「はい」

声がして、先生がひとりひとり、挨拶していく。どうやら、この学校では、先生の名前も下の名前で呼んで、苗字では呼ばないのだ。みんな、紹介される自分たちの先生を興味津々って感じで見ている。

あれっと思ったのは、「だいだい班」の先生の紹介の時だった。

「だいだい班、まみ先生」

「はい」

明るい声で返事をしたのは、さっきバスの中で見たアミちゃんのお母さんだった。えっ、と思っていると、次の「きみどり班」で「ちはる先生」が呼ばれた。――ユイちゃんの、お母さんが。

「皆さん、よろしくお願いします」

ユイちゃんのお母さんが言う。

ノリコは咄嗟にユイちゃんを見た。離れた班になってしまったけれど、ユイちゃんがどこに座ったのかは気になったから、広い講堂の中でもずっと意識していた。

ユイちゃんは、黙って、他の子と同じように前を見ていた。それが自分のお母さんかどうかなんて関係なく、誰であってもそうしたかのように。

他にも、さっきまでバスで一緒だったおじさん、おばさんたちが次々「先生」として呼ばれていく。だからきっと、他の「先生」たちもみんな、さっき駐車場に停められていた別のバスに乗ってここまできた人たちなんだろうと思った。だとしたら、もともとここにずっといる「先生」じゃない。なのに「先生」なんて不思議だ。

先生たちの紹介が、全部の班で終わる。そうなってから初めて、ノリコは、講堂の奥に気配を感じた。誰かが待っている、気配。

「これから一週間、皆さんと過ごす、〈学び舎〉の友達を紹介します」

しんたろう先生が言うと、子どもたちが現れた。ノリコたちと同じくらいの子もいれば、それよりもずっと大きい、中学生や高校生に見える子たちもいる。全部で二十人くらいだろうか。

「わからないことがあったら、聞いてくださいね。——はい。では、ここからはみんなに任せます」

講堂の空気が一気に変わった。

やってきた高校生の女の子や男の子は、いかにも「先輩」という感じがした。かっこいい。

物慣れた雰囲気で、しんたろう先生からマイクをもらう。全員の前に立つ。

「ようこそ〈ミライの学校〉へ。皆さんを、私たちは歓迎します」

高校生くらいの、一番大人っぽい女の子が言った。

堂々と前に立ったその子の姿に、その場の全員の目が釘付けになる。この子たちは普段からここに通っているのだろうか。自分たちは夏の間だけだけど、ずっと――？

そう思った時に、ふいに頭を、この間のエリちゃんの言葉がかすめた。

――ユイっちってさ、幼稚園の時、途中まであそこにずっといたんだよね。

――ずっとだよ。すごくない？

誰かが、目の前のこの子たちについて説明してくれるだろう、と思っていた。けれど、知りたいことへの説明はないまま、自己紹介が進んでいく。ただ、「〈学び舎〉の子」としか、教えられない。彼女たちも、そういうものだというふうに、どんどん、挨拶していく。

「アリサです。わからないことがあったらなんでも聞いてね」

「ツヨシです。早くみんなと仲良くなりたいです」

「ミチエです」

「ヨシエです」

「ショウタです」

「ヒサノです」

「ミカです」――。

並んだ子たちの全部を、すぐには覚えられない。

全員の名前は覚えられないと思ったけれど、何回か来ている子たちの中には、去年まででですでに友達になっている子もいるようだ。座っている子の何人かが、前に立つ〈学び舎〉の子たちに手を振って、それに、その子たちが照れ臭そうに微笑み返している。ユイちゃんもそうだった。同じ年くらいの女の子たちに向け、小さく手を振っている。

「一緒に自分たちの中に、豊かなミライをつくり出しましょう」

今度は、さっきの女の子ではなく、同じく高校生くらいの、別の男の子が言った。スポーツ刈りの男子が多い中で、この子はそうじゃない。眼鏡をかけていて、クールな感じ。頭がよさそうで、ちょっとかっこいい。

そう思ってから、あれっと気づいた。

ここに来る前にビデオで観た、あの、〈問答〉。戦争の話をしていたあのやり取りの中で、目に涙をためていた坊主頭の男の子と、どこか似ているかもしれない。

「よろしくお願いします」

笑わない顔のまま、ぶっきらぼうに彼が言う。確か、シゲル、と名乗った人だった。

「ねえねえ」

まだ挨拶が続いているのに、ふいに、隣に座っている子に話しかけられた。髪の長い、眼鏡をかけた女の子だ。襟付きのワンピースを着ている。

「四年生？」

その子が、名札を指さす。その子の名札にも「みどり　4年　さや」とある。ノリコが頷くと、その子――サヤちゃんが嬉しそうに笑った。

「私も」

ノリコが尋ねる。

「どこからきたの？」

「カワサキ」

県の名前が返ってくると思ったのに、カワサキってどこだろうと考えていると、そこで、〈学び舎〉の子たちの挨拶が終わった。サヤちゃんとの会話が途切れ、聞き返すタイミングを失ってしまう。

ただ、話しかけられたことで、少なくとも、この一週間、一人ぼっちになってしまうことはなさそうだ、とほっとする。

歓迎の会が終わると、班ごとにそれぞれの先生たちにつれられて、〈学び舎〉を案内された。みどり班の先生は何人かいたけれど、その日、主に案内をしてくれたのは、さちこ先生という女の先生だった。年は、ユイちゃんのお母さんたちよりだいぶ上みたいだ。おばさんとおばあさんの中間くらいに見える。

アミちゃんやユイちゃんのお母さんじゃなくて、なんだかちょっと残念だ。もし二人のうちのどちらかだったら、一緒のバスで来たから、とか、娘のクラスメートだから、とか、ノリコのことを特に気にかけてくれたかもしれない。もしそうだったらきっと楽しかったろうな、と思う。

さちこ先生が言う。

「今日はもう遅いから、お風呂に入ってごはんを食べたら、すぐに寝ること。明日、改めて、ここでの生活の説明の会があります」

お風呂に入ってごはんを食べたら。

普通、お風呂はごはんの後じゃないのかな？　先生が間違えたのかと思っていたら、そうではなかった。本当に、お風呂はごはんの前に入る。子どもの人数が多いから、ごはんの前に入る班と、後で入る班にわけているらしい。

お風呂は、〈学び舎〉の外、小高い丘を越えた先にあった。昔、お母さんたちと行った旅館の露天風呂みたい。その時も、泊まっている部屋からだいぶ歩いた。外に、お風呂だけの小屋がぽつんとあった。

知らない子たちとお風呂に入るのは、緊張した。

小学生でも、ブラジャーをしている子もいるし、していない子もいる。まだ日によってつけたりつけなかったりしているノリコは、最初服を脱ぐのが恥ずかしかったが、先生から「ほら、早くしないとお湯につかる時間がなくなるよ」と言われて、結局、躊躇う間もなくなった。今日はブラジャーをしていない日だった。ぱっぱっと服を脱いで、体を洗う。湯船は浅くて、子どもがしゃがんでも肩までつかれないくらいだった。夏でなければ寒かったかもしれない。

「初めて来たの？」

さっき話しかけてくれたサヤちゃんが聞いた。お風呂だから眼鏡をしていない。眼鏡をしていないと、急に違う子になったように見えてドキッとした。

「うん」

裸のまま、浅い湯船に並んでつかり、頷く。みんなが持ってきたリンスやシャンプーは、自分が持ってきたものより大きい気がする。一週間、自分が持ってきたものだけで足りるだろうか。アミちゃんも、バスの中でお母さんに注意されていた。

足りなくなったら、どうしよう。

クラスの子で、いつも髪がベタッとしたり、フケがあったりする子は、嫌われている。陰で悪く言われている。逆に、かわいくて人気がある子はいつもきれいな髪からいい匂いがする。もし、最後の日までにノリコがシャンプーを使い切ってしまったら、誰か、余ってる子がわけてくれるだろうか。サヤちゃんと、その頃までに仲良くなっておいたら大丈夫だろうか。この子のシャンプーは大きいかな……。

「サヤちゃんは？　前にも来たことあるの？」

「私も初めて」

湯船の中で、サヤちゃんが目をしぱしぱさせて、両手で湯船のお湯を掬い、顔を洗った。

「食べ物の好き嫌いが少しでもなくなるようにって、お母さんに言われて。座禅のお寺の合宿にいくか、こっちにするか、聞かれて、こっちを選んだの」

「座禅……」

座禅って、あれだろうか。床に座って並んでいる人たちの後ろを、木の棒みたいなものを持ったお坊さんが行ったり来たりして、動いてしまった人の肩を叩く、あれ。

考えていると、サヤちゃんがにやっと笑った。

「座禅は足が痛そうだから、だからこっちにしたんだよ」

どうやら本当にノリコも知っているあの座禅のお寺のことなんだ、と思ったら、そんなところに子どもが行けるのかと驚いてしまう。〈学び舎〉のことも知らなかったし、世の中にはいろんな合宿があるんだなぁと思う。

「私も好き嫌い、多いよ」

ノリコが言うと、サヤちゃんが笑った。

「私はね、牛乳と卵がダメ。お肉もそんなに好きじゃない」

「えっ！ じゃ、何食べてるの」

「野菜は結構平気だけど」

卵なんて、いろんな料理に入っているのに。牛乳だって、好きとか嫌いとか、考えたことがなかった。

ガラリ、とお風呂の戸が開く。

「ほら、次の班の子たちが来るから、早く出ます。今日は急かすけど、明日からは急かさないから、自分たちで時間を考えるんだよ」

「はーい」

さちこ先生に言われて、みんな一斉にざばっと上がる。恥ずかしがる暇もなく、またバタバタと服を着る。

一日身に着けた下着をどうしたらいいか迷っていると、「明日の朝、回収します」と言われた。

「明日、係を決めるよ。洗濯係になった人が集めて、洗濯場に持っていきます。アイロンをかけたりね」

ここでの生活でも、学校と同じように係があるらしい。ちょっと面倒な気もしたけれど、どんな係があるのか気になるし、自分が何の係を誰とやるのかを考えると少し楽しみでもあった。

その後のごはんを、ノリコはものすごく楽しみにしていた。好き嫌いがなくなる、おいしいごはん。甘い野菜。全然違う味がするという、お米。

明日から係を決めるけれど、今日のところは、と、年上の五年生と六年生が学校の給食のように盛りつけをしてくれる。ノリコたちは並んで、給食の時と同じように、お盆の上にごはんやおかずをもらう。

ごはんとお味噌汁と、酢豚のようなおかずと、卵焼きと青菜のおひたし。牛乳、あとはお茶。見た目は、学校の給食と変わらない。

「人間は大地と離れては暮らしていけません。感謝して食べましょう。いただきます」

先生の話のあと、班ごとにごはんを食べる。

ノリコはまず、白いごはんを食べた。

おいしい水の味が吸い込まれているという、ごはん。だけど――特別な味がするようにはノリコには思えなかった。

ちょっとがっかりする。それこそ、給食と同じくらいのおいしさ。ほかほかしていない分、家のごはんの方がおいしく感じた。

野菜の味だけで何もつけなくてもおいしい、と言われた野菜も、にんじんはにんじんの味だし、ピーマンはピーマンの味だった。甘いとは思えない。酢豚のタレは確かに甘いけど、ちょっと薄くて水っぽい。

卵焼きだけは甘くて、これは好きだと思った。

隣のサヤちゃんをちらりと見ると、サヤちゃんは瓶の牛乳を開封さえしていなかった。卵焼きも食べていない。一番おいしいのに、食べられないなんてどうするんだろう、と他人事ながら心配になる。食べないならほしいな、だけど、今日会ったばかりの子にそんなふうに言えない……そんなことを思っていると、別の男子が声を張り上げた。

「あれ、それ、食べないの？　もらっていい？」

みどり班で一番やんちゃでうるさそうな男子。名札には「まさひこ」とあった。サヤちゃんが何か言おうとすると、それより早く「ダメっ！」と大きな声がした。

「自分の分のお膳は、自分で全部きれいにすること。人のものを欲しがるなんてもってのほかです！」

さちこ先生に言われて、マサヒコがつまらなそうに顔をしかめる。隣に座っていた男子と何か話して、笑い合う。この二人は確か、ノリコたちより一つ年上の五年生のはずだ。

ごはんが終わって歯を磨き（みが）――ホールに行くと、部屋の隅に布団が用意されていて、自分たちで敷くように言われた。

「誰がどの布団って決まっていないから、自分たちで場所を選んで眠りなさい。班ごとでなくてもいいから」

先生の声がして、ユイちゃんに言われた通りだったんだと思う。

「ノリコちゃん、どこで寝る？」

サヤちゃんに聞かれて、どうしようかと思っていると、ふいに「ノンコちゃん！」と呼ばれた。

見ると、ユイちゃんだった。アミちゃんも横にいる。こっちを見て、手招きしている。

「こっち。布団、ノンコちゃんの分も敷いといた」

あ、と思ってサヤちゃんを振り返る。すると、サヤちゃんがすっと引いた。「友達、いるんだね」と言って、その場を去っていく。

気になったけど、ユイちゃんたちに、サヤちゃんも入れてほしい、と言える雰囲気じゃなかった。サヤちゃんも、一緒のバスで来た子たちがいるかもしれないし。

「友達できた？」

ユイちゃんに聞かれて、パジャマに着替えながら、「できた」と答える。

「ユイちゃんは？」

「私も。センダイから来た子、ミワちゃんっていうの」

「へえ……」

アミちゃんとユイちゃんと、布団の中に入ってからも話したいことがたくさんあった。みんなでお風呂に入った感想、ここのごはんを初めて食べた感想。野菜が甘いってどういうことなのかを知りたいということ……。

「みんなもう、眠れるかな？　着替えがまだの人いる？」

聞き慣れた声がして、顔を上げるとユイちゃんのお母さんだった。

〈学び舎〉に着いてから、ずっと知らない人に囲まれていたから、ユイちゃんのお母さんの姿を見るとほっとした。目が合ったらいいな、と思って見ていたけど、ユイちゃんのお母さんはこっちを見ない。ノリコたちがこっちにいることに、気づいていないのかもしれない。

「ちはる先生、こっちの枕カバーが破れてます」

「あら、そう？　あ、本当だ。気づいてくれてありがとう」

ユイちゃんのお母さんが、別の子に呼ばれている。こっちに来る気配がない。ノリコはユイちゃんに視線を戻す。てっきりユイちゃんも自分のお母さんの方を見ていると思ったけれど、そうじゃなかった。着替え終えて、さっさと布団に入っている。

ユイちゃんのお母さん、いるね、と話しかけようとしていたノリコは咄嗟に口をつぐんだ。そのことについて、なんというか、話しちゃいけないような気がしたのだ。

ユイちゃんが布団に寝転んで、ノリコを見上げた。

「ねえ、タカおにいちゃん、かっこいいと思わない？」

「タカおにいちゃん？」

「講堂で挨拶したでしょ。中学生のタカシお兄ちゃん」

「ああ……」

〈学び舎〉で生活をしている子たちの中に、いたかもしれない。どの人か、すぐに顔は思い出せないけれど。すかさずアミちゃんが続ける。

「去年の子たちで、タカおにいちゃんのこと好きだった子、たくさんいたもんね。合宿の後も手紙書くって言ってた子いたり」

「そうそう。去年はそんなにいいと思わなかったけど、今年、なんかかっこよくなってない？　ちょっと光ＧＥＮＪＩの誰かっぽいっていうか」

「誰かって誰～」

「うーん、と、内海くん……」

「嘘！　光の方なの？　私、ＧＥＮＪＩの方が好き」

「私だって、そうだけど」

二人の間でアイドルの話が始まってしまって、ノリコはだんだん入れなくなる。ノリコはあまり歌番組やドラマを観ない。そんなところもクラスの中でみんなの輪に入れない理由なのかもしれない。

この話が終わったら、私もごはんのこととか、二人と話したい。〈学び舎〉のことや、明日決めるという係のことや、ここの楽しさについて、聞いてみたい――。

「消すよ～」

いろいろ話したいと思っていたけれど、先生が電気を消す。ユイちゃんもアミちゃんも、ぴたりと話すのをやめる。

「おやすみ」

「おやすみ」

「おやすみ」

三人で、互いに言い合う。

その時――。

「やっと、一日、終わった」

声がした。ユイちゃんの声だった。

ノリコは、えっ、と思う。びっくりして。だけど、びっくりしすぎて、声にはならなかった。

ユイちゃんがさらに言う。

「あと、六日もある」

「仕方ないよ」

アミちゃんが言った。

「残りも、がんばろ」

二人の声が途切れた。そのまま、静かになる。眠る準備に入ったのがわかった。

布団の中で、ノリコの心拍数が上がる。どういうこと？　と思っていた。ここに来る前の、ユイちゃんの笑顔と、ノリコへの言葉を思い出す。

――〈学び舎〉、すごく楽しいよ。

ユイちゃんが笑うと、八重歯が覗いた。ユイちゃんが一生懸命、話してくれた。

――ごはんがすごくおいしくて、毎日、川で泳いだ後にかき氷、みんなで作って食べるの。食べ放題なんだよ。お米もね、あそこで食べると、なんだか甘くて、家で食べるのと全然違うの。野菜とかも、全部、近くの農家から直接もらってるのだから、新鮮ですごく甘いの。

同時に、もうひとつ、声が蘇る。今度はユイちゃんじゃなくて、エリちゃんの。

――ノリコちゃんさ、一緒に行ってあげることないって。

心臓がドキドキしている。ユイちゃんはいい子。優しくて、素敵な子。わかってる。でも――。

楽しくないんだ。

ノリコも、さすがに気づいた。

ここ、楽しくないんだ。

ユイちゃんとアミちゃんの寝息が聞こえる。二人だけじゃなくて、他の子のものも。

――ホームシックになんかならないでよ。

お母さんの声を思い出す。ならないよ、と、ノリコは答えた。答えていた。それもまだ初日。一日目。あと六日もあるのに。ホームシックになんてなるわけないと、さっきまで、思っていたのに。

お母さんに買ってもらった、フリルがついたパジャマ。着替えたけど、ユイちゃんもアミちゃんも話に夢中で、誰も褒めたり、何か言ってくれたりしなかった。誰も、見ていなかった。

布団の中で、ぎゅっと目を閉じる。熱い涙が滲（にじ）んできて、もうここで考えるのをやめないと泣いてしまう――と思う。空耳でなければ、いろんな子の寝息に交じって、微かな泣き声が聞こえる気がした。広い、広い、布団の並ぶホールの中で、ノリコのように泣いている子がいる気配が、ずっとしていた。

◇◆◇

翌日の朝は、ぼうっとして過ごした。

夜の間ずっといろんなことを考えていたせいで、起きていても視界がなんだかぼんやりしている。けれど、ユイちゃんもアミちゃんも、昨日とまったく同じ態度のままだ。

「おはよう！　今日もがんばろ！」と明るく挨拶して、さっさと洗面に行ってしまう。のろのろと、ノリコもその後に続いた。

歯磨きをしながら——きっと騙されたわけじゃないんだ、と思う。それは、一晩中、ずっと考えて出した、ノリコの結論だった。

ユイちゃんは、ノリコを騙したわけじゃない。たとえば、お母さんに言われて、一人でも多くの子をここにつれて来るように言われたとか、そういうことじゃ、きっとない。

だけど、じゃあ、どういうことなのだろう、と考えると、また混乱してしまう。

シャカシャカ、と音を立てて、アミちゃんとユイちゃんが歯を磨く。

「ノンコちゃん、この歯磨き粉、使う？　イチゴの味だよ」

と、チューブを見せてくれる。そうされると、ユイちゃんのことはやっぱり嫌いになれない、と感じた。

「うん」と呟いて、チューブを使わせてもらう。イチゴの味なんて、ノリコの家ではまず買ってもらえない。ただの白くて辛い歯磨き粉しか、ノリコは持ってきていない。

「おはよう、ユイちゃん！」

「あ、ミワちゃん。今日もむらさき班、よろしく！」

やってきた女の子とユイちゃんが微笑み合う。昨日、仲良くなったという同じ班のミワちゃんだろう。他の子たちもやってきて、ユイちゃんに「おはよー、ユイっち」と挨拶している。学校のエリちゃんたちと同じ呼び方で、もうすっかり、昔からの友達みたいだ。

〈学び舎〉二日目の記憶は、ほとんど、ぼんやりしている。

ここでの生活についての説明の〈会〉があった。ここの人たちは、集会のことをみんな〈会〉とだけ呼ぶ。それがなんだか変なの、と思った。

係を決めた。配膳係になった。明日からは河原で遊ぶから、その前に、と、川遊びのルールを決めた。どんな危険があると思う――という質問をぐるぐる繰り返す。あの話し合いは、ビデオで見た〈問答〉に似ていた。

夕ごはんの時に、むらさき班の前を通って――そこで、「あ、ノンコちゃん！」とユイちゃんに呼び止められた。一日の活動のほとんどが班ごとで、ユイちゃんの姿を見かけることはあまりなかったから嬉しくて顔を上げると、ユイちゃんから、ふいに言われた。

「今日から私、ミワちゃんたちと寝るね。むらさき班の子たちでそういうことになったから」

ユイちゃんは微笑んでいた。

「アミちゃんにもそう伝えるつもりだけど、二人で寝てね」

「うん、わかった」

笑ったけど、うまく笑えたかどうかわからなかった。どうして笑ってしまうのかもわからなかった。アミちゃんのことは好きだけど、あの子はあくまでユイちゃんの友達だから、ユイちゃん抜きだと何を話したらいいかわからない。

寝る時になって、布団を敷くホールでアミちゃんに伝えると、アミちゃんは、「そうなんだ」と言っただけだった。ユイちゃんはアミちゃんにも伝える、と言っていたけど、伝え損ねたみたいだ。

「じゃ、今日は二人で寝よっか」

あまり気にしたふうがなくて、この子は大人だな、と思う。すごいと思うけど、そういうことをいちいち気にしてしまうノリコはやっぱり子どもで、ダメなのかもしれない、と思い知らされるようだった。

「ノンコちゃんって、学校に好きな人いる？」

「――いない」

布団に横になって、話す。電気を消した後、暗闇に目が少し慣れて、天井の梁(はり)の形を、ノリコはじっと見ていた。

アミちゃんとの会話は、なかなか弾まなかった。つまらない子だと思われているだろうなと、アミちゃんに申し訳なかった。

明日には、この子も、同じきいろ班の誰かと寝ることにするだろう。そう考えると、最初の夜にサヤちゃんが誘ってくれたのを断ってしまったことが悔やまれた。サヤちゃんは、今更頼んでも、もうノリコとは寝てくれないかもしれない。どうして、むらさき班の子たちと寝るって、昨日のうちにユイちゃんは決めてくれなかったんだろう。

昨日より今日の方が、仲良くなった子が多い分、夜の子どもたちのひそひそ話がたくさん聞こえていた。楽しそうな笑い声もする。

先生が見回りに来ないかな、と期待してしまう。もう眠りたい。見回りにきて、喋っている子たちを叱ってほしい。アミちゃんも、もう寝ようとしている。ノリコとじゃ、話が合わないから。つまらないから。

◇◆◇

翌朝の、ことだった。

アミちゃんと一緒に、また、歯磨きと洗面に行く。ちらっと見ると、ユイちゃんは、ミワちゃんや他の子たちと楽しそうに布団を片付けているところだった。

「私、先にトイレ、寄ってくね」

アミちゃんが行ってしまって、ノリコは一人、水道の方に歩いていく。一階の洗面所は列ができていた。一人になりたくて、二階への階段を上る。

廊下の窓の向こうで、ぴちちち、と鳥が鳴く声がした。

一人きりで窓辺から外を見ると、森の緑は相変わらず美しかった。

友達をつくるようにと言われたけれど、一人になったことで、かえってちゃんと景色が見られて、ここに来た意味があったような気がしてくる。空気がきれい。目に入ってくる緑が、全部、鮮やか。

一人だけで来ていたなら、楽しかったのかな、と思う。

誰と寝るとか、友達ができるかとか、そういうことを全部気にせずにいられたら、もっと景色をゆっくり見たり、いろんなことを楽しめたかもしれない。

その時だった。

「おはよう！」

急に、背後から声がした。びくっとして、ノリコは息を吞む。

振り返ると、雑巾を手にした女の子が立っていた。合宿で来た子たちのようなパジャマ姿じゃなくて、もうきちんと着替えている。白いブラウスに、デニムのスカート。

――〈学び舎〉の子だ。

そういえば、昨日も、ノリコのみどり班に来て、一緒に係決めや、ごはんの配膳を手伝ってくれた子だ。

名前は確か、ミカちゃん。

「あ……」

勝手に上の階に来たことを怒られるだろうか。そう思っていたら、ミカちゃんの目が輝いた。

彼女の口から「わあ〜」と声が出る。

「そのパジャマ、すっごくかわいいね。色も、フリルも」

ミカちゃんが、にっこりと微笑んだ。

第三章　法子

つけっぱなしにしたテレビから、その単語が聞こえた。

土曜日の昼下がり、午前中に仕事で顧問先との打ち合わせに出ていた夫が帰ってくるのを待って育児を交代し、法子は区に提出する書類を書いていた。

もうすぐ三歳になる、娘の藍子（あいこ）が笑う声がしていた。机の上にはまだ、夫が食べた昼食のスパゲティの皿が残ったままだった。

書いていた書類は、藍子の認可保育園の申込書だった。保育園の待機児童問題が叫ばれて久しいが、幸いにして、藍子はゼロ歳の頃から認可ではないものの、東京都の小規模認証保育園に入ることができていた。しかし、今いる「サニー・キッズの森」は二歳児クラスまでしかない。

小学校に上がる前の五歳児クラスまである保育園への転園を、ずっと希望し続けていた。このままだと、来年から藍子を昼間預けられるところがなくなってしまう。保育園以外にも、延長の預かりがある私立の幼稚園なども検討しなければならないだろうか、と夫と話しているところだった。三年前、必死に保育園の見学をしてまわった時と同じことをまた繰り返すのかと思うと頭が痛い。本当は、そろそろ二人目の子どもを持つことだって考えたいのに。

書きかけの書類から顔を上げ、テレビを見つめる。

聞こえてきた何かの単語に反応したはずなのに、それが何だったのか、すぐにはわからなかった。でも何かが、引っかかった。

画面には、真剣な眼差しの男女のニュースキャスターが立っている。右上のテロップに、「団体施設跡地で女児の白骨遺体発見か」とあった。

どこかの宗教団体で、また何かがあったのだろうか。

頭の中に、自分が高校の頃に報道された地下鉄サリン事件や、その後の関係施設での捜索の映像が漠然と呼び起こされる。あの時のように、また何か宗教団体がらみの事件なのだろうか。

ぼんやりとテレビの画面を眺めていると、耳が、思わぬ単語を拾った。

『静岡県内のこの土地は、かつて〈ミライの学校〉と呼ばれる団体が本部を構えていた場所で、二〇〇二年に閉鎖されるまで、多くの子どもたちが敷地内で共同生活を送っていたということです』

目を見開く。

時が止まったようだった。テレビの音が、さっきより明瞭に聞こえる。

『〈ミライの学校〉には、多い時で百人近い子どもたちがおり、その大半が〈ミライの学校〉の理念に賛同する親たちの実子だったと見られています』

隣の部屋で、父親と遊ぶ藍子の、キャハハハ、という笑い声が大きく響いた。あわてて、テレビのリモコンを探す。テーブルの隅から取り上げ、もどかしい手つきで音量を上げる。

『〈ミライの学校〉は、二〇〇一年に団体が販売する飲料水に不純物が混入していたとして商品を回収、保健所の調査が入り、それを契機に工場や関係施設が次々に閉鎖されました。今回発見された遺体は、この土地に予定されていたゴルフ場建設の地質調査により――』

画面が切り替わる。

〈ミライの学校〉と書かれたラベルを巻いたペットボトル。ラベルの絵に見覚えがあって、目が釘付けになる。明らかに子どもが描いたと思しき水彩画。

――一番うまい子のを、使うんだよ。

昔、そう聞いた。ラベルには子どもの字。絵に描かれた子どもの口から吹き出しの形で、「ぼくの」「わたしたちの水だよ」と、幼い書き文字がある。ペットボトルは明らかに今の時代のものではない。十年以上も前の、問題になって回収された当時のニュース映像だろう。古いものだ。

空撮の画面が映る。

山の上だ。ヘリコプターが飛んでいる。その下にこんもりとした森が広がっている。森の中に青い屋根が見えた。その色を観た瞬間に、鳥肌が立った。

〈工場〉だ。販売する水を詰めるための。

法子はリモコンを握りしめたまま、身を乗り出して目を凝らす。工場の横に、今にも泉の姿が見えそうだった。しかし、見えない。画面はすぐにまた切り替わってしまう。次の映像を見た瞬間、今度は完全に息が止まった。

　水色のビニールシートがかけられた一画がある。

　それを観た瞬間に、初めて、報じられているニュースの内容が頭の真ん中にしっかりとした重みを伴って沈み込んだ。

『女児の白骨遺体発見か』

　この場所で、女の子の遺体が発見されたのだ。

　ビニールシートに覆われているが、周りに建物などはなさそうだった。もしも建物が残っていたとしても、子ども時代の記憶だから、しっかりわかったはずはない。けれどさっきの〈工場〉は、観た瞬間にわかった。直感があった。

　ここはあの、〈広場〉ではないか。

　思うと同時に、すっと、血の気が引いていく。

「どうしたの？　テレビの音、大きすぎない？」

　夫の声がした。隣の部屋で遊んでいたはずの藍子の笑い声がいつの間にかやんでいた。夫のズボンの裾をつかみ、法子のすぐそばで、母親の顔をぽかんと見上げている。

「私、ここ……」

「うん？」

「私、ここ、いたことがある」

　画面を指さす。夫の瑛士は法子とは司法修習生時代に知り合った同業者だ。瑛士が微かに目を細めた。

「え？」

「私、ここにいたの。子どもの頃、合宿で。三年間くらい、毎年」

「ここって……、あの、水の団体？」

瑛士がようやく理解できたように、画面と法子の顔とを見比べる。法子は頷いた。頷きながら、微かな違和感を覚えていた。なぜかはすぐにはわからなかった。

ニュースはまだ続いている。夕方近くの民放のこの番組では、キャスターの向かいに三人の有識者のコメンテーターが座っていた。宗教問題を扱う時によく顔を見る大学教授がコメントを求められ、話している。

『一九九五年の地下鉄サリン事件を境に、日本ではカルト的なものに関する認識が大きく変わっていきました。その上で、〈ミライの学校〉は飲料水への不純物混入という重大な事件を起こしたわけですよね？　閉鎖空間の中で追い詰められて、何が起こっていたのか。きっと私たちが想像もできないような何かが――』

「え、え、ちょっと待って。オレ、それ初耳なんだけど」

画面の声を遮るように瑛士が言った。戸惑っているのだろうけれど、口の端が笑うように引き攣っている。冗談でも言っている時のように。

「どういうこと？」

「友達に誘われて」

法子は答えた。呆然としていた。

今日まで――本当に、今の今、画面の向こうから〈ミライの学校〉という名前が聞こえるまで、すっかり忘れていたことだった。もっと言うなら、忘れていた、という認識すらなかった。夫に話していなかった、という認識もだ。隠していたわけでは毛頭なく、そもそも話すようなことだとも思っていなかった。

〈ミライの学校〉に、小学四年から小学六年まで、毎年行っていた。夏休みの一週間をそこで過ごした。当時の法子にしてみれば、それはとても大きなことだったはずなのに、今の今まで、思い出すことがなかった。けれど、一気に扉が開いていく。思い出していく。

一番に思い出すのは、ミカちゃんと、シゲルくん。

薄紅色の、誰か大人に譲ってもらったような便せん。いつの頃からかやめてしまった、文通。

「クラスの友達の家のお母さんが、ここの活動をしてる人で。誘われて、小学生の時に三年間、夏休みに一週間くらい行ってたの。だから、この、今テレビで映ってる場所も知ってる。私だけじゃなくて、他の同級生も、行ってる子がいて」

「夏の間だけ、外部の子を受け入れてたってこと？　サマースクールみたいな形で」

瑛士はようやく話を聞ける態勢になったようだ。外部の子、という言葉にしっくりこないものを感じつつ、無言で頷いた。

夫に聞かれて初めて、あの夏休みがどういうものだったのか、改めて自分の中で捉え直されていくようだった。法子にとっては、同級生だった小坂由衣（こさかゆい）に誘われただけの、ただの夏の思い出。「外部の子」や「サマースクール」と言われても、すぐにはピンとこない。

夏休み。自然の中で過ごし、子どもたちのグループでなんでも話し合い、ルールを作って生活する。自分の頭で考え、実行できる子になる。〈問答〉を通じて、思考力を培（つちか）う――。

ああ、そうだ。あれは〈問答〉という名前だった。先生や仲間たちと、互いに何度も質問をし合い、物事について考えていくあのやり取り。

一つを思い出すと、断片的な記憶が芋づる式に掘り起こされていくようだ。思い出す。法子たちはあそこを〈学び舎〉と呼んでいた。

「いいところ——だったんだよ」

次に出たのは、そんな言葉だった。口に出してから、自分で驚いていた。驚いたことで、きっとこれが自分の本音なのだろうと気づく。

いろんなことがあった。夏の間、親から離れて、テレビも見られなくて、おやつを好きな時に食べられるような自由もなくて、山の中だからお店なんかもなくて、本もマンガも持っていけなかった。だから、もちろん合宿の日々は窮屈だった。一緒に行った友達や、そこで仲良くなった子たちとも一週間の間に何度か衝突があったし、険悪になっても逃げだせない環境をつらいと感じたこともあった。

けれど、それでも楽しかった、と思う。

学校の子たちとは違う、新しい友達と知り合い、普段と違う環境の中、河原で遊び、かき氷を食べて、たくさんたくさんいろんなことについて議論のような〈問答〉をして、いろんな言葉や考え方を学び、別れる時には涙ぐんだ。

——〈麓〉に帰っちゃうんだね。

ふいに声を思い出して、はっとする。

テレビには、コメンテーターが話す隣にまたさっきと同じ空撮の、緑の生い茂る山が映し出されていた。

内部の子、とか、外部の子、という言い方で考えたことはなかったけれど、当時、友達になった〈学び舎〉の子たちは、山の下から合宿に来た法子たちを〈麓〉の子、と呼んでいた。〈ミライの学校〉の外を、〈麓〉と呼んでいた。

「いいところだったの。自然の中で本当にみんなでのびのび、学校の勉強みたいなことじゃなくて、なんでもみんなで話し合ってその日の活動とかイベントを決めて――。班ごとに一緒に巨大な紙芝居を作ったり、男子たちは泥だらけになって相撲したり、女子も布を染めて、自分でスカートを作ったりして――」

話しながら、胸の鼓動が速くなっていた。

テロップにあった「団体施設」という文字、「女児の遺体」、コメンテーターの言葉。落ち着かない気持ちになる。自分が何かに違和感を覚えていることがわかる。けれどそれが何なのか、はっきりわからなくて、心がざわつく。

「合宿は、一週間もいると必ずといっていいほど子どもの中で揉め事が起こるんだけど、それも大人がみんなに『考えてごらん』ってまかせて自分たちで解決させるの。学校ではそこまでやらないことを、子どもを信じてまかせるっていう方針が徹底してて。実際、私をそこに誘ってくれた友達は、小さい頃からそのやり方に慣れてたせいか、すごく頭のいい子だった」

カルト的なもの、という言葉に引っかかったのだ、と話しながら、気づいた。有識者のコメンテーターが言っていた。「カルト的」。法子の知る〈ミライの学校〉とその言葉が結びつかない。

するとその時、黙って聞いていた瑛士が「そっか」と呟き、それから、細くため息を漏らした。

「なんだ、驚かせるなよ」

「え?」

「いきなり、『ここにいた』なんて言うから、法子の親が信者だったのかと思ったじゃないか。だとしたら聞いてないよって、ちょっと焦った。知り合いの家がそうだっただけか」

「信者って……」

今度は夫ではなく、法子の口元が引き攣る番だった。

「〈ミライの学校〉は宗教じゃないよ。いたのも本当に普通の子たちだったたし、宗教のような教祖がいたりするわけじゃないし」

「そう? でも、宗教じゃないとしても、極めてそれに近い思想じゃない? 今話を聞いても、やってることがなんていうかほとんど自己啓発セミナーだし。『学校』って名乗ってるけど、ここ、別に正式な学校法人ではなかったんでしょ? そういうところもなんか胡散臭いよ」

自己啓発セミナー、という言葉に揶揄のような含みを感じた。

反論しようとする。けれど、うまく言えない。〈問答〉で戦争や、世の中の争いごとが何故なくならないかについて話し合った。子どもたちそれぞれのいいところを、みんなで話し合う時間があった。自分たちひとりひとりが大切にしているもの、好きなもの、嫌いなものを言葉でとらえ直し、昔の人たちが残した言葉に生きるヒントを探して――その時間を、子どもの頃の法子は尊いことだと思っていた。話せば話すほど、豊かな気持ちになれる、いいことだと感じていた。

けれど、瑛士の言っていることの方も、わかってしまう。

法子もまた、あそこで過ごしたことがなければ、〈ミライの学校〉を怪しく感じていたはずだ。それはわかる。

「あと、水」

瑛士が言った。両親の会話に飽きたのか、藍子がよちよち、瑛士の足元から離れてテーブル脇の椅子に乗り、書きかけの書類に手を伸ばしたので、法子はあわてて抱き上げる。

「オレもうろ覚えだけど、〈ミライの学校〉って、水で問題起こした団体だよね？　水を売るってほんと、いかにもって感じじゃん。あと、確か、その時に報道で見たけど、ここ、親と子どもが別々に暮らすんでしょ？　親から子どもが引き離されるって、それもちょっと普通の感覚じゃありえない。君のお母さん、よく、娘をそんなところに行かせたね。教育に関しては結構厳しい人だと思ってたから、意外」

「水の事件は、合宿に行った何年も後のことだから」

不純物混入のその事件のことは、法子にとっては、聞いたことがある、という程度の記憶だ。司法浪人中で、相当あわただしかった頃だった。報道で事件のことを聞いた時は驚いたし、その時も〈学び舎〉の合宿について思いを馳せたけれど、大変そうだな、と思った程度で、すぐにまた忘れた。死者が出るような事件ではなかったせいかもしれない。

「ふうん。でもなんか、そういうことに対する意識が薄い、おおらかな時代だったんだなぁって思うよな。怪しまずに子どもを行かせちゃうような。ちょっと呑気すぎる気もするけど」

まとめのように瑛士が言って、それから、「あのさ」と付け加えた。

「そのこと、あんまり人に言わない方がいいと思うよ」

「え？」

瑛士の顔に、微かに気まずそうな笑みが浮かんでいた。

「友達に誘われただけで、法子の家が違うんだとしても、誤解されかねないから」

そのこと、というのが何を指すのか、咄嗟にはわからなかった。合宿のことだ、と少し遅れて理解する。すると、今度は微かにではなく、猛烈な違和感があった。その途端、さっきから感じていた違和感の正体が紐解かれていく。

——ここって……あの、水の団体？

〈ミライの学校〉が、水の団体だ、とだけ思われていることが、法子には違和感がある。テレビ画面のテロップの「団体施設」という曖昧な記述のされ方も。「カルト的」と呼ばれることや、「自己啓発セミナー」とざっくりとした理解のされ方をすることも。

法子は小学生の頃、数回合宿に行っただけだ。この場所を知っている、と大騒ぎするほど、ここを知っていたわけではないし、日常的に暮らしていたわけではない。

でも、と思う。瑛士に反論したくなる。

でも——の先が、自分でわからない。自分が、何を、言いたいのか。

あそこの窮屈さを知っている。閉塞感を知っている。親と離れて、あの子たちが暮らしていると知った時の驚きも。

でも。

自分がさっき口にした言葉が、改めて、蘇（よみがえ）ってくる。あそこにいたのは、普通の子たちだった。その感覚を、報道でしか〈ミライの学校〉を知らない人にどう伝えたらよいのか、わからない。長い付き合いである夫にすら伝える言葉が見当たらないことに、法子は戸惑っていた。

机の上のものをいじらないように、と母親に抱きしめられた藍子が、じたばたと暴れた。うーっと声を出して法子の手を逃れ、床の隅に置かれたお気に入りの人形の方へ行ってしまう。離れていく時、柔らかいたっぷりとした頬っぺたが法子の頬に一瞬触れて、そこからミルクとおひさまの匂いがした。

その香りが鼻先をかすめた瞬間、ふいにぞっとするような寒気が体を包んだ。

女児の遺体。

瑛士や、したり顔で「カルト」という言葉を使うコメンテーターより、はるかにあそこを知っていると思う法子でも――いや、そんな法子だからこそ、その事実に凍りつく。テレビの中のニュースは、さっきから遺体が発見された経緯や、〈ミライの学校〉が過去に起こした水の事件について、同じことを角度を変えて報じるだけだ。新しい事実は伝えられない。女児が何歳かということや、遺体がどれくらい前のものなのかということ、外傷はあるのか、死因は何か。詳しいことは、きっとまだわかっていない。

知っている子でなければいい。

自分がそう思っていることに気づいて、それが、自分が知る子である可能性もあるのだと遅れて悟り、慄然（りつぜん）とする。

たとえば、ミカちゃん。

思い出すのは、やはり、あの子だ。六年生の夏、最後の合宿に行った時には、会えなかった。たくさんいる子どもたちの中に、彼女はいなくなっていた。

――秘密、教えてあげようか。

最初に出会った年、ミカちゃんは言っていた。

――本当は、お母さんと一緒に暮らしたいんだ。〈麓〉の子みたいに。

重大な秘密を告げる、ように。

もともと親と離れて暮らしている〈学び舎〉の子たちは、きっと、法子と違って離れていることが当たり前で、それを寂しいんじゃないかとか、かわいそうだと思うことの方が失礼なのだと、法子は思っていた。それをそのまま伝えると、ミカは微笑(ほほえ)んだ。

そう？　と。

――寂しいものは寂しいし、悲しいものは悲しいよ。

どんな表情だったか、わかる。思い出せる。けれど、子ども時代の記憶は残酷だ。ミカの顔をはっきりとは思い出せない。髪型は、五年生の時はショートカットだった。困ったような表情や、笑っていたことは覚えていても、顔立ちの記憶が曖昧だ。スカートをはいていることが多かった。デニム地だった気がする。服装の一部とか髪型とか、断片は思い出せるのに、夏の間だけの友達の姿は、今、像を結ぼうとすると、夢のようにぼんやりしている。

六年生の、最後に行った合宿。

思い出す。ミカはその時、いなかった。会えなかった。もともと、夏の合宿で来た子が、〈学び舎〉の子全員と会えるわけじゃない。選ばれた、お手伝いの子だけが来ているのだと説明された。ミカは今年、たまたま来ていないだけだ、と。

でも、その時にも思った。少しくらい、私に会いに来てくれてもいいんじゃないのかな、と。〈学び舎〉の子どもたちが暮らしている建物は、合宿の場所のすぐ近くなのに、と。

考えが暴走している。

法子は混乱している。もっというなら――きっと、悪い興奮の中にいる。子ども時代の記憶がニュースの現場映像と共鳴したことで、それをより身近に引きつけたいと今の自分は思ってしまっているのではないだろうか。

きっと、自分が〈学び舎〉を去った何年も後に、何かがあったのだ。それこそ、水の事件があった前後。法子がもう大人になってから。そう、思い込もうとする。けれど、こうも考えてしまう。遺体は、もっとずっと前からあった、ということもあり得るのだろうか。

たとえば、法子が最初に合宿に行った夏、あの時にはもう、〈学び舎〉の土の下に、人知れず、誰かわからない〝彼女〟の遺体が眠っていたということはないだろうか。

「何があったんだろうな」

黙ったままテレビを見つめ続ける法子の横で、瑛士が呟いた。

「いなくなっても騒がれなかったってことは、やっぱり、信者の誰かの子なのかな」

かわいそうに、と瑛士が言った。

〈ミライの学校〉に行ったことがあると人に言わない方がいい。夫から言われたことについて、法子はまだ考え続けていた。忘れていただけで、隠したり、わざと黙っていたわけじゃない。けれど――。

「あの水の団体」といわれていた〈ミライの学校〉は、今回のことで、きっと「あの遺体の」といわれることになる。

それだけはもう確実だろう、という気がした。

◇◆◇

「近藤先生、お電話です。三番に新谷さまから」

職場にその電話がかかってきたのは、突然だった。

法子が籍を置く銀座の山上法律事務所は、所長の山上には個室があるが、他はひとつの部屋で三人の弁護士が事務員とともに働いている。その朝は、たまたま法子だけが在所していた。

法子のボスである山上は今年で六十五歳。企業法務案件を多く手がけている。若い頃に水泳で鍛えてきたという首回りの筋肉がしっかりしていることと、同年代の男性の中では長身のせいか、昔から妙に貫禄がある。

電話を取り次ぐ事務員に「わかりました」と答え、点滅する三番のボタンを押す。

「はい、お電話代わりました。近藤です」

『ああ、もしもし、先生ですか』

電話の向こうから懐かしい声がした。新谷は、小岩にある工務店の社長だ。山上法律事務所が長く顧問を務めているが、普段の業務は所長が直接担当しているため、法子に電話があるのは珍しかった。

「すいません。あいにく、山上が不在にしておりまして」

先回りして言った法子を、『ああ、いえいえ』と電話の向こうの声が遮る。

『山上先生でもいいんですけど、まずは近藤先生にご相談に乗ってもらえたらと思って。私の知り合いというか、昔、仕事でお世話になった方がちょっと困ってまして。誰か弁護士を紹介してほしいというので、先生に』

「私にですか？」

新谷の知り合いというからには、やはり会社の経営者なのだろうか。だとしたら、なおのこと、法子よりはるかに経験豊富な山上の方がよいはずだ。聞き返した法子に、新谷が言った。

『先生、五年前に、店のことじゃなくて、うちの妻の家の相続のことでお世話になったじゃないですか。あの、義弟が大変だった』

「ああ――」

法子が産休に入る前のことだ。

新谷の妻の母親が亡くなり、その遺産相続について、法子が担当となった。父親の方は十年近く前にすでに亡くなっており、空き家となる不動産だけが主な財産で、遺産の金額としては決して大きな案件ではなかったが、新谷の妻には絶縁状態になっている弟が一人いた。その弟の取り分について、できれば法律に則ってきれいな形で処理したい、というのが主な相談内容だった。

それだけなら、よくある話だったのだが、一点、厄介だったのは、その弟が新興宗教に入信し、出家して俗世とのかかわりを断っていたことだった。詳しい詮索は控えたが、家族と絶縁状態になったのも、そのあたりの事情からだったようだ。

遺産を分与するのは構わないが、相続した遺産がそのまま新興宗教に取られてしまうのは心情的に抵抗がある、という新谷夫妻の相談に乗りながら、法子は、山上のサポートの形で、弟の問題の方を引き受けた。連絡が取れず、母親の死すら伝えるすべがないというその弟に会うため、「道輪の会」というその団体と連絡を取り、交渉を重ねた。紆余曲折あったが、最終的には、弟が遺産の相続を放棄する形で決着がついた。

大きな金額でないとはいえ、当座の生活費としては十分な額だったと思う。しかし、彼は「母にも、姉にも、迷惑をかけたので」と訥々と語り、放棄を選んだ。

新谷の妻の弟は、坊主頭で、ガラス玉のように透明な目をしていた。細い肩を縮めて座る姿は老人のようで、とてもまだ五十代だとは思えなかった。

「大変だったなんて、そんなことはないですよ。弟さんにもご納得いただけましたし」

『私の知り合いが、今、同じように宗教のことで困ってるんです』

「え？」

同じく、「道輪の会」の信者の家族ということか。しかし、次の瞬間、法子の耳に思いがけない言葉が届いた。

『〈ミライの学校〉ってあるでしょう？　あの、先月、子どもの遺体が埋められてたのが見つかった』

胸の真ん中を、いきなり見えない手で鷲摑みにされたようだった。咄嗟に言葉に詰まった法子の返答を待たずに、新谷が続ける。

『その人――吉住さんといいますけど、娘さんが子どもをつれて〈ミライの学校〉に入ってしまって、今も連絡が取れないままなんだそうです。遺体が出て来た、静岡のあそこで娘が暮らしていたことは間違いないそうなんですが』

「はい」

やっとのことで相槌を挟む。

『今回見つかった女の子が自分の孫なんじゃないかって心配してるんです。どうやら、報道されている遺体の埋められた時期や年齢が合うみたいで。その孫とも、小さい頃に会ったきりだそうなんですが』

言葉はまだ出てこなかった。

思い出したのは、今度もまた、自分の子ども時代の夏だった。そこで流れていた時間、暮らしていた子たち。その子たちがどんな親や背景を持って暮らしていたかなんて、当時はまったく考えなかった。けれど、当然のように、あの子たちの親にも親がいる。〈麓〉で暮らす、祖父母だっていたのだ。

遺体発見のニュースから、もう一か月近く経過していた。依然として遺体の身元は判明しないままだが、それでもいくつかわかってきたことがある。

遺体は三十年近く前のものらしい。年齢はおそらく九歳から十二歳。小学校三年生から六年生ぐらいである可能性が高い。

法子は今年、四十歳だ。

合宿に行った夏は、十歳から十二歳。その符合に驚愕しつつ、けれどあそこで出会った子どもたちのことを考えそうになるたびに、その衝動を押しとどめた。

あの遺体が、当時出会った子たちの誰かであるなんて、そんな偶然があるはずない。きっと自分の知らない子だ。そこにミカの顔を当てはめようとするのは、自分の思い込みだと。

「どうして、私に――」

咄嗟に、正直な気持ちがこぼれ出てしまう。普段の仕事では絶対に口にしないことだと気づいてはっとして、受話器を持ちなおした法子に、新谷が屈託のない調子で答えた。

『近藤先生、うちの妻の弟の時に、あの宗教にちゃんと掛け合って、スムーズに解決してくださったじゃないですか。吉住さんから話を聞いて思い出して、ちょっと話したら、その先生を紹介してくれないかって』

「いえ、私は……」

新谷の弟の件では、彼が新興宗教の信者だったとはいえ、法子はあくまでも、自分は相続問題を担当したに過ぎないと思っていた。

入信していること以外、所在がわからないという弟の居所は、大きな問題ではなかった。「道輪の会」に尋ねたらすぐにわかったし、姉の代理人に会うかどうかの意思確認などについても、最初は会の代理人と話す必要があったが、一度、弟と直接会えてからは、話が一気に会を通さない個人的なものになっていった。むしろ、相続問題に会が介入することを、彼の方で嫌がっている雰囲気があった。会の顧問弁護士や代理人の同席も途中からはなくなったし、弟の態度は、遺産をもらうことよりも、かつての家族との縁を切りたいという気持ちの方が大きいようにも思えた。

宗教団体というものは、信者に関わる金にとことん汚い、というようなイメージを、それまでの法子は漠然と持っていた。

新谷の弟と話した後で、「道輪の会」から何らかの形でアクションがあってもおかしくないと、法子は覚悟していた。しかし、会からそれ以上何かを言われることもなく、相続問題はあっさりと片付いた。

交渉に際して知った「道輪の会」の教義には、現世での欲と金を徹底的に遠ざける――という一文があった。どこまで忠実に守っているかわからないが、その教義が弟に相続放棄という選択をさせたのかもしれない。

相続問題で弟に会うために訪れた「道輪の会」の共同住宅は、壁がひび割れた古い建物で、その廊下の奥へと消えていく弟の背中を、法子はなんとも言えない気持ちで見送った。新谷夫妻は、最後まで、弟に直接会うことを希望しなかった。

「あの時はたまたまお手伝いすることになりましたが、弟さんの件は、『道輪の会』が深くかかわってくるという問題ではありませんでしたから」

『いやあ、でも、ああいうところに対してのご経験があるというのは一緒でしょ。私の紹介ということで、ひとまず、吉住さんに会っていただけないでしょうか』

ちょっと待ってください、という言葉が、口から出かけた。

山上法律事務所も法子自身も、宗教問題の専門家ではない。弁護士事務所には、それぞれ得意分野がある。中には、新興宗教に対する問題を得意とし、出家した家族や、出家に際して団体に寄付した財産を取り戻すための訴訟を多く請け負う事務所もある。

新谷の問題の時も、実をいえば、その分野に明るい同業者に意見を求めもした。得意とする事務所に心あたりがないわけでもない。

吉住氏には別の事務所を紹介して、そこにまかせるべきだ――。

そう、一瞬のうちに思った。頭ではそう判断した。

そのはずなのに、喉からは、なぜか、「わかりました」と声が出ていた。

「わかりました。私の連絡先を伝えていただいて構いません」

◇◆◇

事務所の応接室に現れた吉住夫妻は、小柄な夫婦だった。

羽を閉じて仲睦まじく一つの止まり木に寄り添う、文鳥かカナリヤのような小鳥を思わせる。ともに白髪に白いシャツとブラウスだったから、なおのこと鳥の姿を連想したのかもしれない。

吉住孝信（たかのぶ）と清子（きよこ）。年齢は八十七歳と八十五歳ということだった。

「〈ミライ〉と名がつくようなところは、ろくなもんじゃないよと、最初、私はそう言ったんです」

吉住孝信が言う。その言葉を、法子と、所長の山上は黙ったまま聞いていた。

色の濃いふち取りのレンズの分厚い眼鏡をかけ、補聴器をした孝信は高齢でも身なりに気を遣っている様子で、若い時にはさぞ優秀な商社マンだったのだろうという風格があった。勤めていた商社を退職する直前、住まいのリフォームを依頼したことで、工務店を経営する新谷社長と親しくなったそうだ。

夫に寄り添うように座る妻の清子も、品のよい老婦人だ。事務所に入る直前まで差していたのであろう花模様の日傘を、席についてすぐ、「ちょっとすいません」とわざわざ断わって、お茶が来るまでの間に几帳面な仕草で折りたたんで、ハンドバッグにしまっていた。今は少しうつむいて、そのハンドバッグの持ち手を握りしめ、夫の言葉を聞いている。

「未来、は大きな言葉です。そんな言葉を自分で名乗ったり、まして、教育できると考えているような人間や団体はろくなもんじゃない。〈ミライの学校〉なんて名乗っていいのは、エコエネルギーや新しい技術を開発する会社だけだと言ったら、保美と大げんかになりました」

補聴器をしているせいか、声は大きく、口調はむしろはっきりと明瞭だった。顔にも手にも皺が目立ち、声も掠れがちだが、話が聞きやすい。

保美、というのが彼らの一人娘の名前だ。

「親の私たちが言うのもなんですが、真面目で、優秀な娘だったんです。そんなところに入ってしまうなんて、とても想像できないような」

視線をわずかに上げて、今度は清子がそう言った。手は、まだハンドバッグの持ち手をしっかりとつかんだままだ。

彼女が娘の出身校として名前を告げたのは、都内で名門といわれる私立の中高一貫校だった。そこから地方の国立大に進学し、ＰＲ会社に就職。その後、同僚だった男性との結婚を機に退職。一児をもうけるが、ほどなく離婚したという。

〈ミライの学校〉で生活を始めると、吉住夫妻が娘から聞かされたのはその時だ。夫妻はそれまで、〈ミライの学校〉の存在も、ましてや娘がそこの理念に感化されていることも知らなかった。

孫娘はその時、二歳になったばかりだった。

「どれだけ反対しても、保美は聞く耳を持たなかった。離婚したばかりで不安だったでしょうし、きっと寂しかったんでしょう。そこを〈ミライの学校〉に付け込まれたんだと思います。私たちは、あまりに娘が頑なので、途中であきらめました。一時の流行病みたいなもので、きっと実際に暮らしてみたら嫌気がさして実家に帰ってくるだろうと。だけど、孫だけは置いていくように、と伝えました。どんなものを信じていても、それはあなたの自由だけど、子どもをつれて行くのはやめなさいって。でも――」

清子のハンドバッグをつかんだ手が、わななく。震えている。顔が陰りを帯びる。

「保美が、笑ったんです。それじゃ意味がないって。むしろ自分だけなら、〈学び舎〉には行かないかもしれないけど、子どものためを思って一緒に行くんだって。お母さん、ミライはこの子たちの中にしかないんだよって、孫の頭をなでて」

――鳥肌が立った。

法子は黙ったまま、二人を見つめ返す。知っている、聞いたことのある言葉だったからだ。ミライはここにしかありません――。頭に手を当てて、〈学び舎〉の大人たちが言う。

清子の口から〈学び舎〉という言葉が躊躇いなく出たことの方にも、はっとする。これまで誰とも共有できなかった呼び名。皮肉なことに、この人たちは、中に入ったことはなくとも、別の角度からやはりあそこを知っているのだ。

「反対して、親子の縁を切るとまで言ったのに、入ってしまって」

清子が震える声で言うと、孝信が続けた。

「――あそこが親と子どもを引き離して暮らさせる場所だって知ったのは、もう、保美が孫をつれて行ってしまった後のことです」

口調に、無念さが滲(にじ)み出ていた。

「それまでは、私らはいろいろあっても、子どもはやっぱり親と暮らすのが一番だろうと思うことでどうにか気持ちの整理をしてきたのに、裏切られた思いでした。保美は、育児放棄をするために入ったのかって思ったら、我が娘ながら情けなくて、孫を守れなかったことも、悔しくて」

言葉にすると今でもその思いがこみあげるかのように、頰が赤く上気していた。

「その時に、保美さんとお孫さんを探して、〈ミライの学校〉から取り戻そうとはされなかったんですか」

法子の横に座る山上が初めて、彼らに尋ねた。孝信が頷く。

「しました。でも、どれだけ〈ミライの学校〉に訴えても、実際に静岡の施設を訪ねても、保美は私たちには会いたくないと言っていると、会わせてもらえなかった。連絡すら取らせてもらえなくて、あれじゃ、保美がもうそこにいなくても、たとえ死んでたとしてもわからないって、妻と話すこともしょっちゅうでした」

死んでた、という言葉が出て、応接室の空気がさらに張りつめたようになる。孝信が「水の事件の時も」と続ける。

「とうとう、あそこが大変なことをしでかしたって、この時は代理人を立てて、また〈ミライの学校〉に、今度こそ保美と会わせてもらえるように掛け合いました。だけど、その時にはもう、娘はいないと言われました。〈ミライの学校〉を脱退して、施設も出ているって」

一息にそこまで話してから、重たげに首を振る。

「本当かどうかは、わかりません」

「お孫さんについては」

山上の問いかけに、孝信が答える。

「〈ミライの学校〉の話だと、保美が一緒につれて行ったそうです。だけど、あれから何年も経ちますが、娘にも孫にも、私たちは一度も会えていません。連絡もない。どこに行ったか、一切わからないんです」

時折口調が激しても、理路整然と話すこの吉住夫妻の娘である保美は、二人の言う通り、堅実に育てられた優秀な娘だったのだろう。

しかし、だからこそだったのではないか、と法子は思う。

あそこで出会った「先生」たちは、皆、優秀で、頭のいい人たちだった。うちのような平凡なお母さんとは違う。そう、子ども心に、無邪気に何度も思った。学歴があり、語学にも堪能で、子どもたちを育てようとする理想像の通りに「自分で思考する力」に長けていた。純度の高い理想を、だからこそ、追い求めていた。

「先生たちに、お願いしたいのは」

ふるふると、今度は孝信の手が震える。きわめて怒りに似た、やるせなさのような感情で今そうなっていることが、険しい表情からはっきり伝わる。

「あの骨が、孫かどうか、確認してほしいんです」

骨、という言葉が重たかった。遺体ではない。骨。ニュースを聞いてから、この夫婦はずっと、施設の場所や発見した遺体の状況を、娘や孫の存在に重ね合わせて、絶えず具体的に想像してきたに違いなかった。

「違うなら違うでいいんです。むしろ、違っていてほしい。何もわからないまま、親にあんなところにつれて行かれて、親とも離されて育って、それで死んでいたんだとしたら、あまりにかわいそうで」

かわいそうで、かわいそうで、かわいそうで。

繰り返す孝信の横で、清子の目から涙が流れた。うう、と小さな声が漏れ、清子が顔を覆う。その声に触発されたように、孝信の目もまた赤くなり、潤み始める。

孝信が続ける。

「孫は、生きているなら、今年、四十歳です。四十歳だとしたらもう大人だから、どこでどんな目に遭っていても、それがその子の人生かもしれないと、私たちだってもう、そう思える。だけど、ニュースを聞いて、子どものまま、あの子の時間は止まったのかもしれないと思ったら胸がちぎれそうです。子どものあの子には何の罪もない。あまりにかわいそうで、私たちも、死んでも死にきれません」

言葉を聞きながら、法子も唇を引き結ぶ。そうしていないと、気持ちが持っていかれそうになる。

生きているなら、四十歳。

それは、今の法子と同じ年だ。

吉住夫妻に会ってから、自分がずっと、彼らの中にひとつの面影を探していることに気づいていた。

ミカの面影。

彼女に似た雰囲気。

ぼんやりとしか思い描けない、自分の中にあるミカの思い出に繋（つな）がるものを。

そう思えば思うほど、自分がびっくりするほど彼女のことを覚えていないことに気づかされる。ミカの面影が、吉住夫妻の中に見えるようにも見えないようにも、どちらにも思えてくる。

子どもには罪がない。

吉住夫妻と別れた時、孫娘が二歳だった、ということにも、胸が締めつけられる思いがした。

法子の娘、藍子の小ささと温かさを思い出すと、その年で親と引き離されることの意味が、子ども時代に想像したのとはまるで違う重みを伴って迫ってくる。

――寂しいものは寂しいし、悲しいものは悲しいよ。

ミカちゃんの声が蘇ってくるようだった。

「お孫さんのお名前を伺ってもいいですか」

法子が尋ねた。

吉住夫妻が顔を見合わせる。答えたのは清子だった。

「孫の名前は――」

第四章　〈ミカ〉の思い出

「私、ミカ」

ミカが自己紹介する。

その子は――とても驚いているようだった。

いきなり話しかけられて戸惑っているのか、何も答えない。恥ずかしいのかもしれない。ミカはもう着替えているのに、その子はまだパジャマ姿だから。

でも、その子が着ている薄紫色のパジャマは裾にフリルがついていてとてもかわいい。ミカなら一日中、そのパジャマを着ていてもいいくらいだけど――思いながら、笑って尋ねる。

「それ自分で選んだの？」

〈学び舎〉では、自分で洋服を選ぶことはできない。だから、羨ましくなってつい、声が出た。

「いいなぁ。センスがいいんだね」

「……ノリコ」

「え？」

「私、ノリコ」

ようやく、その子が答えた。無視されているわけじゃないとわかって、ミカはほっとする。〈学び舎〉合宿が始まって、今日で三日目。毎年の合宿の手伝いをするのが、ミカは大好きだった。

確か、この子は昨日、みどり班にいた子だ。

「ノリコちゃん、四年生だよね。私と同じ」

ミカが聞くと、その子はさっきよりもっとびっくりしたようだった。また黙ってしまったので、あんまり喋るのが好きじゃないのかな、と思っていると、その子――ノリコちゃんが言った。

「覚えてるの？」

「ん？」

「合宿の子、すごくたくさん、いるでしょ？〈学び舎〉の子たちは、いちいち、覚えてないかと思ってた」

「あー。さすがに全員、名前がわかるわけじゃないけど、同じ年の子は覚えるよ。仲良くなりたいもん。私も四年なんだ。よろしくね」

ミカが彼女に話しかけたのは、落ち込んだ顔をしていたからだった。

ノリコちゃんが、本当に落ち込んでいたのかどうかはわからない。だけど、合宿の期間中、こうなってしまう子が毎年、必ずいる。班の友達や、一緒に寝るグループから、はずされてしまったり、はみ出てしまう子。〈学び舎〉に来ても、心がずっと〈麓〉にあって、帰りたがってばかりいる子。

そして、ミカは、そういう子を見つけるのがどうしてか得意だ。

この子――ノリコちゃんには、そんな雰囲気があった。だって、そうじゃなければ、人の少ない二階までわざわざ一人で歯を磨きに来たりしない。

みんなの中でうまくやれる子より、ミカは、そういう子と話す方が好きだった。見つけると放っておけない。

気持ちがわかる、気がするから。

「よろしくね」

ミカが言うと、ノリコちゃんが「うん」と小さく頷いた。自分と話すのは楽しくないのかな、と心配していると、その顔が急に笑みを浮かべた。

「よろしく」

笑ってくれて、ミカも、とても嬉しくなる。

◇◆◇

「同じ年の子は覚えるよ。仲良くなりたいもん。私も四年なんだ」

ミカちゃんの声は、明るくはきはきとしていた。ノリコはぼんやり、歯ブラシを手にしたまま、その声を聞く。

「よろしくね」

ミカちゃんに言われる。

胸がドキドキしていた。〈学び舎〉の子はこの場所に慣れていて、大人の先生たちにも物怖じしない。みんなから人気があって、だから、ノリコは昨日、ミカちゃんが配膳を手伝いにきてくれても到底話しかけることなどできなかった。話せるのは、一部の積極的な子たちの特権のように思っていた。

まさか、〈学び舎〉の子が急に自分に話しかけてくれるなんて——。

ミカちゃんは、かわいい子だった。

ただ、ユイちゃんやアミちゃんとは雰囲気が全然違う。二人もとてもかわいいけれど、ミカちゃんはアイドルや好きな男の子の話で盛り上がったりするタイプではなさそうだ。うまく言えないけど、目がきりっとしてなんというか凜々しいのだ。

ミカちゃんなら、ノリコが、ここの景色をきれいだと思っていることや、山の雰囲気を気に入っている話をしても、受け止めてくれそうな気がした。今初めて話したばかりなのに、とても不思議だけれど。

「よろしく」

すんなり声が出て、自分で驚く。尋ねていた。

「ミカちゃんは、ここに、ずっと住んでるの?」

〈学び舎〉の子には聞きたいことがたくさんある。〈学び舎〉の子、といわれるだけで、彼女たちがどこで寝泊まりしていて、どうしてここで暮らしているのかなど、大人は、誰もちゃんと説明してくれないからだ。

聞いちゃいけないのかな、と躊躇いながら尋ねたのだけれど、ミカちゃんがあっさり「そうだよー」と答えた。

「今は、あっちにある、ホールとか大人の寮の空き部屋で寝てる。普段は、みんなが今使ってるこの〈学び舎〉で寝てるんだけど、合宿の間はあっち」

「え、私たちが貸してもらっちゃってるってこと?」

「うん。でも、いいんだ。〈麓〉の子が来るの、楽しみだから」

ミカちゃんがにこっと笑った。

その時、下から先生の声がした。

「おーい、歯磨きが終わったら着替えだよー。朝ごはんに遅れないように、食堂に急いでねー」

その声にはっとして、あわてて歯磨き粉を取り出す。水道をひねると、水の冷たさに驚いた。山の水って、こんなに、目が覚めるほど冷たいのか。

「また後でね」

ミカちゃんが言った。言葉が耳の中に、じんと染み込むようだった。

さっきまで、ノリコの心は、ユイちゃんやアミちゃんのことや、今夜は誰と寝たらいいのかということでいっぱいだったのに、ミカちゃんの一言で、気持ちがすごく軽くなる。

歯磨きを終え、着替えて、食堂のテーブルに班ごとに集合する。

班のテーブルの真ん中に、今朝は、まな板と包丁が用意されていた。並んでいるのは、大きな桃だ。

「桃を近くの農家の方にいただきました。テーブルごとにみんな、自分たちで切って食べるのよ。誰か女の子、切るの、お願いね」

さちこ先生に言われて、自分たちでやるのか、と驚いた。

ノリコは、お母さんやおばあちゃんの料理を手伝うことはあるものの、包丁を握ったことはない。桃をむくなんて、相当難しそうだ。

「やったこと、ある?」

同じ四年生のサヤちゃんに尋ねると、サヤちゃんは「ううん」と首を振る。どの子もみんなそんな感じで、包丁を遠巻きに見ていたけれど、やがて、それぞれの班の六年生の女の子たちがやるように先生に言われて、大人に教えてもらいながら、切りわけてくれた。

「帰る頃までには、全員、できるようにするよ。大人になって、いつかお母さんになった時に困らないようにね。……やっぱり年々、包丁を使える子、減ってる気がするなぁ」

さちこ先生が独り言のように口にする。

桃は、文句なしに甘かった。

コッペパンと牛乳、ゆで卵も、全部食べる。初めて、ちゃんとここの食事が〝味わえた〟感じがした。隣のサヤちゃんは牛乳と卵を残していて、先生に怒られていた。

朝ごはんを終えると、〈会〉がある。〈ミライの学校〉では、学校の集会とか学級会みたいな話し合いの活動を、全部〈会〉というみたいだ。朝の〈会〉で体調について全員確認された後で、重大なことを伝えるように、さちこ先生が言った。

「今日は、いよいよ泉を見に行きます」

いよいよ、と言われてもピンとこなかった。だけど、「森に入って、少し奥まで歩くから、みんなとはぐれないように」と先生が続けるのを聞いて、あ、と思った。

合宿紹介のビデオで、ＲＰＧとかに出てきそうな、伝説の泉みたいな場所を観た。そういえば、あそこに行きたいと、合宿前は漠然と思っていた。

「皆さんが合宿に来てから飲んでいる朝の水や、野菜を洗う水、炊いたお米に吸い込まれている水も、全部、今から行く泉からもらっているものです。〈学び舎〉の掃除をするときにも、ここの子たちは〈泉〉の水をもらってきて、それで拭き掃除をしてくれています。今日はみんなも特別に水汲みをさせてもらえるそうです」

さちこ先生が説明する。各班の前には昔話で見るような大きな水桶やバケツが用意されていた。

みどり班の担任は、さちこ先生ともう一人、それよりだいぶ年下に見える、けん先生という男の先生がいる。けん先生はおしゃれな眼鏡をかけていて、どことなく都会っぽい感じ。着ているポロシャツは昨日も今日も、鮮やかな緑色だ。初日の自己紹介で、「みどり班の担任になると聞いていたので、ありったけの緑色の服を探してきました」と言っていた。他の女の先生のことは、つい、誰かのお母さん、という目で見てしまいそうになるけれど、よく通る堂々とした声で話すけん先生は、本当の学校の先生でもおかしくなさそうだった。

さちこ先生が説明している間、班の中の四年生の男の子が、つまらなそうな顔をして立ち上がり、部屋を出て行こうとした。それを、けん先生が追いかける。

合宿に来て、この三日間で、こういうことがよくあった。その子は、人の話を聞くことや座っているのが苦手みたいで、すぐに一人だけ立ち上がって歩いたり、部屋を出ていこうとしたりする。さちこ先生から、そのたびに「ノブっ！」と怒られているから、ノリコも名前を覚えた。説明の途中で、さちこ先生がちらりとノブを見る。怖い声で、「ノブ、お話の間は座るの」と注意した。ノリコは、またか、と心の中で小さくため息をつく。

ノリコは不真面目な子が嫌いだ。自分が真面目なタイプだからかもしれないけれど、ふざけたり、すべきことをちゃんとやらない人を見たりすると、イライラする。

ノブがむくれた顔つきのまま、どうにか席に着く。さちこ先生が説明を再開した。

「泉は、とても大切な場所です。いい水のそばで、自由に遊び、学ぶ、というところから、〈ミライの学校〉は始まりました。私たちは合宿の間だけお世話になるけど、普段からここで暮らしている人たちにとっては、私たちが思う以上に大切な場所だから、今日は絶対にふざけたりしないでね。そんな場所を見せてもらえるのは、ものすごく貴重な機会です」

みんなで靴を履き、〈学び舎〉の外に出る。建物のすぐ近くの〈広場〉と呼ばれる場所で、班ごとに列を作った。

「一度に全部の班が行けるわけではないので、みどり班ときみどり班の、二つの班で一緒に行きます。今日はもう先に、むらさき班とあか班が行ってるから、途中の道ですれ違うかもしれません」

さちこ先生の説明の最中、列の真ん中にいた誰かが、いきなり地面にだらりと横になる。また、ノブだ。えっ、と思ってしまう。朝着替えたばかりのシャツも、ズボンも、髪の毛でさえも、乾いた黄色い砂まみれだ。やる気がなさそうに、全身の力を抜いているように見えた。

「やだぁ……」

サヤちゃんがメガネの奥の目を曇らせる。食べ物の好き嫌いが多くて、活動の時にいつもハンカチを膝の上に敷いているサヤちゃんが相当のキレイ好きだということは、ノリコも三日目で、なんとなくわかるようになっていた。

サヤちゃんの声が聞こえたのか、地面にだらっと体を投げ出したノブが、いきなり、こっちを見た。ノリコはドキッとしてしまう。言ったのは隣のサヤちゃんだけだから、睨まないでほしい——と思ったのだが、ノブの目には光がなかった。睨む、とか、そんな意思を感じないくらい、こっちを向いているけれど、何も見ていないみたいな目だった。

同じ班になって三日目だけど、ノブみたいな子とは最後までうまくやれない気がする。何を考えているかわからないし、できたら、あまり近づきたくない。この子は普段の学校でもこうなのだろうか。

ノリコがそんなことを考えていた、その時だった。けん先生が呆れたような声で「おーい、ノブ。背中が地面とくっついちゃったのか？」とノブを起こそうとする。さちこ先生みたいに、怒鳴るんじゃなくて、とてものんきな言い方で。

「ノブ。そうしていたかったらずっとそのままでもいいけど、ここ、日陰がないからそのうち干からびちゃうぞ。ほら、横にミミズの死骸あるの、見えるか？」

けん先生が言っても、ノブは大の字になったまま、空を仰ぎ見ていた。だけど、けん先生は、ノブを怒らない。

「おもしろいなぁ、ノブは」と言って笑う。腕を引っ張ったり、背中を抱き起こしたりもしない。

「あと、それから」

けん先生が、空を仰ぐノブの顔に、自分の顔を近づけた。目と目を合わせて、それから、笑った、ように見えた。

「オレ、お前のこと、大好きだから」

そう言った。ノブは相変わらず目を開けて上を見ているだけで、答えない。答えなんて期待していないように、けん先生がまたおもむろにノブから離れた。

「早く起きた方がいいぞ。本当にお前まで干からびちまう。――シゲルくん、ノブが好きなだけ寝ててもいいから、もし気が向いてこっちくるようなら、後から一緒にきてくれる？」

「わかりました」

大人っぽい声がして、咄嗟に顔を向けた。いつの間にか、〈広場〉には〈学び舎〉の子どもの、シゲルくんと、その横にミカちゃんが来ていた。

ミカちゃんと目が合う。ノリコを見つけて、その顔が微笑んだ。小さく指先だけ動かして手を振ってくれる。

わあっと、心がふくらむ。

「仲、いいの？」

サヤちゃんに聞かれる。そう聞かれることすら嬉しくて、ノリコは「うん」と答えた。

「朝、歯磨きの時に会ったの」

「そうなんだ」

その時、ふと、聞くなら今だという気がした。

「サヤちゃんって、寝る時、今、誰と寝てる?」

ユイちゃんがいなくなって、アミちゃんも、今日からはもう班の子と一緒に寝るだろう。ノリコとでは、つまらないから。もしそうなったらノリコは一人ぼっちだ。一日目、サヤちゃんに誘ってもらえたのにユイちゃんたちの方に行ってしまったことを、昨日からずっと後悔していた。

「……決まってないけど」

サヤちゃんが答える。

一人で寝ている、ということだろうか。答えるサヤちゃんはちょっと気まずそうだった。友達がいないように見えるのは、誰だって怖い。ノリコが尋ねた。

「今日から一緒に寝ない?」

「え、いいよ」

「よかった。ありがとう」

ほっとして、サヤちゃんに感謝する。

泉に向かって歩く時、ミカちゃんたち〈学び舎〉の子は、先生と一緒に先頭と最後尾を歩いていて、ノリコたちの隣には来なかった。そのことが少し残念だったけれど、一緒に行けることは、それだけでとても嬉しかった。

森の中を進むと、土と、草の匂いがぐんと濃くなった。どこか懐かしい匂いだった。空は晴れているけれど、森の奥には、雨に濡れたままの場所がどこかにあるみたいだ。湿った土や葉っぱの匂いがする。

チ、チチチチ、という鳥の声。
シュワシュワシュワシュワ、というセミの声。

耳のすぐ近くを飛び去る、何かの虫の羽音。

「すべるところもあるから注意してね」

さちこ先生が前の方から呼びかけてくる。白い色をした太陽が、木々の葉っぱの重なりの向こうに見える。森の中は、木ばかり、岩ばかりで、盛り土のような山肌がすぐ近くに迫っているところもあったり、道なき道、という感じだったけれど、よく見ると、人が通れる場所はあらかじめ決まっているようだった。きっと、〈学び舎〉の人たちが何度も行き来をしているせいだ。

前方に、青い屋根の建物が見えてくる。ざわざわ、子どもの話し声とざわめきが聞こえる。

「ここは〈工場〉」

足を止めて、さちこ先生が言う。

「泉の水を、〈麓〉に送るために詰める場所です。ここの水は本当にすごいから、〈麓〉でも人気なの。――先に、むらさき班とあか班の子たちが来てるね。私たちとは入れ違いで戻りますから、道を開けてあげて」

〈学び舎〉に戻るむらさき班の列の中に、ユイちゃんがいた。ノリコに気づいて「あ!」と声を上げ、嬉しそうに笑う。こっちに向けて、手を振ってくれた。

それを見たら、ノリコも嬉しくなって、手を振り返した。そんなノリコを見て、横のサヤちゃんがぼそっと言った。

れた。

「一緒に来た子なの。同じ学校で」

ここの名前も〈ミライの学校〉とか〈学び舎〉だから、普通の学校のことを話す時はややこしいな、と思う。けれどサヤちゃんはちゃんと意味がわかったみたいで「ふうん」と頷いてくれた。

「友達、多いよね」

ユイちゃんが、ノリコとすれ違った後、むらさき班の子が、やはり同じように「友達？」と尋ねるのが聞こえた。ユイちゃんがそれに「うん！」と答える声も。

その様子を見ていたら、ユイちゃんは、ノリコを騙したわけじゃないんだ、と改めて思えた。

――やっと、一日、終わった。

隣の布団で、寝る前に漏れ聞こえた、衝撃的なあの一言。

けれど、たとえ騙されたとしても、悲しくはなかった。気持ちはもう穏やかだ。

ユイちゃんが、ノリコを騙してでもここにつれて来たかったんだとしたら、それだけ必死だったんだ。ノリコやエリちゃんを誘うユイちゃんは、なんていうか、すごく、切実だったから。

こっちで新たに友達ができるまでのほんの一日か二日の間のことでも、誰かに一緒にいてほしかった。それくらい、一人で来るのが嫌だった。それこそ、クラスで友達がいないノリコでもいいや、と思うくらいに。

ノリコだって薄々わかっていた。ユイちゃんが、自分を頼りにしていたこと。だから、バスの中で気持ち悪くなってしまった時に、こう思った。ノリコが乗り物酔いしたせいでユイちゃんが一人で過ごすことになったら、何のために来たのかわからないな、と。

頼られたことが、嬉しかったのだ。

そう思うと、ショックなのは、合宿に来る前の、エリちゃんの言葉の方だった。「一緒に行ってあげることないって」というあれは、どちらかといえば、ノリコへの親切心で言ってくれたのだ。ユイちゃんのあの、切実な気持ちを知っていたから。

友達じゃないの――？

どうしてもそう、思ってしまう。思ってしまうと、胸がつぶれそうになる。友達ってなんだろう。彼女たちのグループにあんなに入りたい、仲良くしてほしい、とノリコは憧れていたのに。あの子たちは、大好きなはずのユイちゃんのことを、どうしてそんなふうに言ってしまえるのだろう。

もうひとつの言葉の方も、思い出す。

――ユイっちってさ、幼稚園の時、途中まであそこにずっといたんだよね。エリと同じ幼稚園にひまわり組から入って来たけど、それまではずっと。

――ずっとだよ。すごくない？

あれは、ユイちゃんも、〈学び舎〉で暮らす子の一人だった、という意味なのだろうか。ミカちゃんたちと同じような。

そういえば、と、ノリコは後ろを振り向く。むらさき班の、道の先に消えていく列を目で追う。

みどり班ときみどり班で、一緒に泉を目指して歩いてきたけれど、きみどり班にはユイちゃんのお母さんのちはる先生がいる。二人はすれ違う時に、さっきノリコとユイちゃんがやったみたいに手を振り合ったりするのだろうか。

けれど、ノリコが目を向けた時には、列はもうだいぶ進んでいて、ユイちゃんの姿もちはる先生の姿もちゃんと確認できず、二人がすれ違うところは見られなかった。

ノリコは、自分のお母さんを、すごくいいお母さんだと思ったことはない。ユイちゃんやアミちゃんのお母さんみたいに若々しくもおしゃれでもないし、親だから、大人だから、と頭ごなしに怒ることも多くて、子どもの気持ちをわかってくれる感じはまったくない。それでも、小さい頃から一緒に暮らすのが当たり前で、離れて暮らすことなんて想像ができない。こんなに長く離れるのは、今回の合宿が初めてだ。お父さんともそうだ。お母さんが夜勤の時に家に泊めてくれるおじいちゃんやおばあちゃんとも、こんなに長く顔を合わせなかったことはない。

ずっと――という言葉が示す長さを考える。

ユイちゃんは、小学校に入る前はここにいた。一年とか、長い間、家族と離れていたという意味だろうか。だとしたら、エリちゃんが「すごい」と言ったのもわかる。

自分がショックを受けていることに気づいた。

ノリコにとっては親と暮らすことが当たり前すぎるから、一緒に暮らしていないことが想像もつかないのだ。同じ年でそんな子がいるなんて。しかも、知っている子がそうだなんて。

夏の間だけの合宿だから、この場所で寝泊まりするのも我慢できるけれど、〈学び舎〉の子たちはここで暮らすのが日常なのか。小さい頃からずっと。ミカちゃんも、お父さんやお母さんと離れて暮らしているのだろうか。

ここに来てから、テレビもマンガも見た覚えがない。おやつはもらえるけれど、チョコやグミが手軽に買えるお店も近くにはなさそうだ。考えれば考えるほど、自分には無理だと思えて戸惑ってしまう。それとも、ノリコたちに隠しているだけで、〈ミライの学校〉のどこかにテレビはあるのか。

「……サヤちゃん、〈学び舎〉の子たちって、ずっとここで暮らしてるって知ってた？」

むらさき班とすれ違い、列が進み始めてから、ノリコが尋ねた。小声で話せば、ミカちゃんたちには聞こえないだろうと思った。サヤちゃんが「え？」と短く口にしてから、こくりと頷いた。

「うん。〈合宿〉に来る前に、ビデオで見た。親がいると頼っちゃうけど、子どもたちだけなら、早いうちに自分で考えて育つ力がつくって」

「そうなんだ」

ノリコが観た〈合宿〉用のビデオとは、内容が少し違う気がした。サヤちゃんが続ける。

「子どもたちだけで生活して、大人はその活動や考える力に手を添えて助けるだけなんだって。そうやって育つから、〈学び舎〉の子って、学校のテストとかでもみんなすごく成績がいいらしいよ。特に、国語がすごいって」

サヤちゃんがメガネをかけなおし、ペロっと舌を出す。

「うちも、親が入れようと思ったこともあるみたいだけど、ずっとはいろいろ無理そうだからって、ひとまず、夏合宿にきたの。〈ミライの学校〉のことは、お母さんがキルティング教室に行ってる市民センターにチラシが置いてあって、それで知ったんだって」

「〈学び舎〉の子たちって、寂しくないのかな」

ぽろっと、思わず声が出た。サヤちゃんがノリコを見る。ノリコの目が、自然と先頭を歩くミカちゃんの背中を見てしまう。

「ずっと、お父さんお母さんと離れて、子どもだけで暮らすの」

「寂しくないと思うよ」

あっさりとサヤちゃんが言った。ノリコはびっくりした。サヤちゃんがノリコを見る。

「だって、〈学び舎〉の子たちは小さい頃からそうなんだから。親と暮らしてたことがそもそもないだろうし、子どもだけの方が当たり前なんだから、寂しく思ったりするわけないよ」

そう言うサヤちゃんの目が、ちょっと呆れるような――そんな感じに見えた。ノリコに言う。

「自分が親と暮らすのが普通だからって、自分の常識だけでかわいそうとか同情するの、ここの子たちに失礼だよ」

体温が下がっていく。さーっと、体の中を、上から下へ。

違う、違う、と思う。

かわいそうなんて、そんなこと、思ってない。同情なんてしてない。ただ、寂しいんじゃないかって思っただけで。

そのことをちゃんと伝えなきゃ、と思う。話してしまったことを後悔する。これじゃまるで、ノリコが陰口を言ったのを、サヤちゃんに諭されたようじゃないか。

「私、そんなつもりじゃ――」

咄嗟にノリコが言ったその時、「わあ、見て！」と前方で声がした。

「きれい！」

顔を上げると、キラキラと、まばゆい光が見えた。

その光に、胸の底から、わあ、と息の塊がこみあげてくる。サヤちゃんに話さなきゃ、と思っていたことも忘れて、目を大きく見開く。前の子の頭越し、肩越しに、輝く水面が見えている。

泉。

周りを背の低い草木に囲まれた泉の水面が、視界いっぱいに広がっていた。

森の中に入ってからずっと感じていた、湿った土の匂いがより強くなる。水の気配に、空気がぴりっと緊張しているように感じた。鏡のように澄んだ水が、空気を張りつめたものにしている。泉のふちを、アゲハ蝶が二匹、追いかけっこをするように飛んでいた。

「順番。順番だから、押さないで」

皆で泉を代わる代わる覗き込む。人の手がほとんど入らない水の奥は、本当に鏡のように透明に澄んでいた。

とても、とても、美しかった。ビデオで見たのより、何倍も。

◇◆◇

泉から帰った午後は、山の下の方へみんなで歩いて行った。泉へは上る、という感じだったけれど、今度は、下る。

全員、〈学び舎〉で水着に着替えていた。水着姿で再び〈広場〉に集合し、班ごとに列をつくる。タオル一枚を手に、足元はビーチサンダル。

河原の水遊びが今日から始まる。

〈広場〉に立ったノリコは、落ち着かない気持ちになっていた。

合宿の持ち物に「水着」とあるのを見て、ノリコもノリコのお母さんも、深く考えずに学校のスクール水着と帽子をバッグに入れた。けれど、スクール水着の子もいるものの、女子の中には、色鮮やかなリボンやフリルがついた水着の子がすごく多い。それか、スポーティなデザインのスイミングスクールの名前が入っている水着。そういう子は、運動神経がよさそうで、かっこよく見える。

ノリコの水着には、胸元に大きく、学年とクラス、名前が書かれた布が縫い付けられていて、すごく恥ずかしくなってくる。しかも、去年のサイズがまだ着られるからって、「3−1」の「3」がマジックで上から強引に「4」に直されている。この中で、間違いなく自分が一番ダサい恰好をしている。

〈広場〉には、ユイちゃんやアミちゃんの姿も見えた。二人ともスクール水着でありますように、と祈るような目で見たけれど、二人はパステルカラーのおしゃれな水着を着ている。ちょっとだけ裏切られたような気持ちになる。

必要かもしれないから持っていくようにとお母さんに言われて、同じく名前入りの水泳帽まで持ってきてしまった自分がなんだかみじめになってくる。みんな、当然のように帽子なんてかぶっていない。あわてて帽子を背中に隠した。

班ごとに、〈広場〉を順に出発する。むらさき班が先に出発する時、ユイちゃんがまたノリコに気づいて、小さく手を振ってくれた。体育座りをして自分の順番を待ちながら、ノリコは手を振り返したけれど、本当は、水着を見られたことが消え入りたいほど恥ずかしかった。ユイちゃん、きっと、ノリコの家はやっぱりダサいって思っただろうな、と思う。

やがて、みどり班の順番が来て、歩き始める。

〈学び舎〉を出発して二十分ほど歩いた後、道の脇の林にわけ入っていく。川の音がする。その音が、どんどん近づいてくる。広い広い、河原に出る。上の方ではごうごう、目の前ではゆったりと、川が流れている。

「水遊びは、十分に気をつけること」

川を背にして、さちこ先生が言う。他の班でもそれぞれ、先生たちの説明が始まっていた。

「あそこの岩の陰と、紅葉の木の下は深くなっているから、絶対に近づかないこと。このあたりは流れがゆっくりだけど、それでも、毎年、何人か、溺れかける子が出ます。くれぐれも気をつけて」

先生の言葉に「はい」と頷く。そんなことより、早く水に入りたかった。山は確かに涼しいけれど、夏の日差しはそれでも強力だ。水着を着た背中を太陽にじりじり焼かれ、道中、痛いくらいだった。

さちこ先生が話した後で、けん先生が前に出た。みんなの顔を見回して——途中、その目が、ノリコのところで止まった。

「ぼくの話なんかいいから、もう川に入りたくて入りたくてたまらないって顔してるな」

心の中を読まれたような気がして、ドキッとする。

普段の学校でも「真面目なタイプ」だから、ノリコはあまり、こんなふうにからかわれたりするのに慣れていない。思わず顔を伏せたくなったけれど、けん先生は、すぐにノリコから視線を逸らした。どうやら、ノリコだけではなくて、子どもたちみんなに対して言ったことだったみたいだ。

「あとで、遊びの中で何か気づいたことがあったかどうか聞くから、みんな、心にとめておいて。河原にどんなおもしろいものがあったか、話し合ってみよう」

けん先生の言葉に、みんながちょっとだけ顔を見合わせた。遊びの時間だと思っていたのに、急に宿題を出されてしまったような。その動揺を感じ取ったのか、けん先生が笑う。

「まあ、難しく考えなくていいから。――じゃあ、水遊び、楽しもう！」

その言葉が合図になったように、みんながそれぞれ水に近寄る。男子は一気に、女子はそろそろと。

ノリコは、水に足先をつけて、あまりの冷たさに「いっ！」と変な声が出た。入ることを楽しみにしていたし、今も頭上から太陽が照りつけていて、髪の毛が熱くなっているけれど、それでも、ここまで冷たくなくてもいいのに。飛び込んだ男子たちが、「ぎゃー！」「やっぱ！死ぬ、冷たすぎる！」と悲鳴を上げている。そこに、別の男子たちがふざけた調子で水を蹴り上げてかける。すぐに互いに水をかけあう遊びが始まり、大騒ぎになっていく。

「男子って、元気だよね」

サヤちゃんが言った。サヤちゃんも、胸に名札こそついていないけれどノリコと同じようなスクール水着を着ていたので、ほっとする――けれど、それと同時に、身勝手にがっかりもしてしまう。ノリコと仲良くなる子は、やはり、学校でも合宿でも、おしゃれな水着を着ない、こういう子なんだ、と。

水の冷たさにも少し慣れてきた。ノリコは思い切ってどうにか腰のあたりまで川に体を沈める。熱くなった頭にも手で水をすくってかけられるようになっていた。しかし、サヤちゃんは水の中に浅く座り、お尻と足をつけているだけだ。冷たいから、というより、水の中に入ること自体に抵抗があるみたいに。

「やめろよ！　ちょっとたんま、たんま！」

男子が楽しそうに笑う声が聞こえて、サヤちゃんがそっちを見た。それから言った。

「ノブって、こういう時は普通に遊ぶんだね」

ノリコもふざけ合う男子たちの方を見る。

さっきから水の中を駆け回っている男子たちの輪の中に、確かにノブがいた。やる気がなさそうに〈広場〉に寝転がったり、すぐに立ち上がって出て行ってしまういつもとは違って、他の男子に交じって水をかけたり、かけられて逃げたりしている。そうしていると、他の男子と変わらないように見える。

「真面目な話し合いとか、面倒でもやらなきゃならないことの時はやらないのに」

「……ほんとだ」

サヤちゃんの声がうんざりしているように聞こえた。きっと、そういうのが許せないんだと思う。だとしたら、ノリコと一緒だ。

「ふざけすぎて、足を滑らせたりするなよ！　あと、石で切るかもしれないから、サンダルは脱ぐなよー！」

けん先生ののんびりとした注意の声が、男子に向けて飛ぶ。

泉の、あの幻想的な雰囲気も大好きだけれど、河原は河原で、なんだかすごくいいな、と思う。

「ノリコちゃん！」

ふいに名前を呼ばれ、振り返るとミカちゃんがいた。〈学び舎〉の子たちはみんな、水着には着替えていない。半ズボンをさらに膝の上までたくし上げて、Tシャツの裾を縛って、普通の服のまま、足だけ水の中に入れている。

「ミカちゃん」

「見て、トンボいるよ」

ミカちゃんが指さす先に、トンボが飛んでいた。「ほんとだ」と呟くと、ミカちゃんが笑う。

「秋の生き物みたいにいわれるけど、このあたりだと、夏でももう飛んでるんだよね」

「うん。すごい」

川の方に顔を向けて、ミカちゃんがノリコに言う。

「あとでスイカ、あるからね。今、みんなで冷やしてるから」

ミカちゃんが自分の足元を指さす。大きなスイカが三つ、水の中に浸されている。

同じ年だけど、ミカちゃんはまるで頼りになるお姉さんのようで、〈学び舎〉の子たちはみんな、大人っぽくてかっこいいなぁと思う。

そんなミカちゃんの横で、「シゲルくん」と呼ばれていた〈学び舎〉の男の子が、川の中の石を使ってスイカが流れていかないように堤防のようなものを作っていた。他の男子たちのようにはしゃいだりせずに、無言で屈み、作業をしている。

その後、河原にビニールシートを敷いて、目隠しをして、スイカ割りをした。包丁で切るのと違って、棒で叩かれてぐしゃぐしゃになったスイカを、みんなで「何これー」と笑いながら食べる。クールでキレイ好きなサヤちゃんも、その時は笑って一緒に食べていた。

スイカを食べたから、もう今日はおやつがないかと思っていたら、「かき氷タイム、しようかどうか迷っているんだけど……」と、けん先生が言った。

かき氷を食べられる時間があって、シロップを選びたい放題でとても楽しい、ということをユイちゃんに聞いたノリコは、ずっと楽しみにしていた。

「〈学び舎〉に戻って、早く着替えられたら、かき氷タイムにしてもいいよ」

さちこ先生が言って、みんな、いつもより素早く行動する。水遊びは楽しかったけれど、帰る頃にはみんな体が冷えていた。水から上がった後、タオルを毛布みたいにしてくるまる。〈学び舎〉でダサいスクール水着を脱ぐことができた時には、ノリコは、やっと気持ちが楽になった。

着替えて食堂に行くと、長机の前に、かき氷を作る機械がすでに用意されていた。お祭りや花火大会の屋台で見るような本格的な、大きな機械。ところどころ塗料の色が剝がれているところもあって、古いもののようだったけれど、その雰囲気がとてもよかった。脇に、手動の重たげなハンドルがついている。

机には、色とりどりのペットボトルが班ごとに置かれていた。ペットボトルの表面には、それぞれ名札のようにガムテープが張られ、テープの上にマジックで「いちご」とか「ブルーハワイ」とか、書かれている。かき氷のシロップ。こんなふうに、大きな容れものに入ったものを見るのは初めてだ。

氷が運ばれてきた。たらいの上に、長方形の大きな大きな、透明な塊が載っているのを見て、子どもたちから歓声が上がる。

「すっげえ！」

「でけえ！」

「はい、まだ触らない！」

先生の声が飛ぶ。あお班の男の先生だ。

「かき氷の氷はなんと、今日行った、あの泉の水をもらって作っているんだよ」

先生の言葉に、みんなから「ええーっ！」と驚きの声が上がった。先生がにこっと笑う。

「だから、大事に食べましょう。氷を残すともったいないから、おかわりも大歓迎だよ」

かき氷を作る機械は一台しかない。だから、順番が来るまで、子どもたちは班ごとに座って待つ。

「じゃあ、今日はピンク班から」と言われて、ピンク班の子たちの「やったー！」「ラッキー！」という声が食堂に響き渡った。そのすぐ後に、ガリガリガリガリ、氷を削る音が聞こえてくる。相当力が必要みたいで、男の先生たちが順番でやってくれている。

シロップの甘ったるい匂いが、蓋（ふた）を閉じていても机の回りに漂っていた。順番を待つ間、みどり班のみんなの前にけん先生が立つ。

「さっきの河原のことを、みんなに聞こうか。水遊びしてみて、何か気づいたことや発見はあった？」

尋ねる声に、ノリコの胸がドキドキした。

ドキドキするのは、言えることがないから、ではなかった。そういう子も多いかもしれないけれど、ノリコの場合は、言えることがあるから、逆にドキドキする。だいたいいつも意見や感想をちゃんと言葉にできているし、問題の答えだって、ほとんどの場合、わかっている。

けれど、さされて答えた後で、みんなに変な目で見られるのが嫌なのだ。「やっぱりノリコちゃん、わかってるんだ」「できるんだ」――そんなつもりはないのに、ノリコが目立ちたがり屋でみんなに自慢でもしたかのように、呆れるような、そういう目で見られる。

ここでもそんなことになったら、どうしよう。サヤちゃんに、うんざりされたら。

「じゃ、ノリコ、どう？」

名前を呼ばれて、ドキン！　と心臓が跳ね上がる。目が合わないように下に向けていた顔を上げ、けん先生を見る。

すでに、何人かがさされて、答えた後だった。

けん先生がノリコの名前を覚えていたことに、まず、ちょっと驚いていた――名札をつけているから、それを見ただけかもしれないけれど。

「……トンボがもう飛んでいて、驚きました」

ここまで出ていた意見は、「水が冷たかった」とか、「尖(とが)ってる石があった」とか、そういうことだった。それにひとつひとつ、けん先生が言葉を返していた。「どんなふうに冷たかった？」とか、「その尖ったところに触ってみた？」とか。

「トンボか！」

けん先生が言った。嬉しそうに頷き、「トンボは何匹くらい見た？」とさらにノリコに聞いてくる。

「二回か、三回。二匹で、くっついて飛んでるのもいました」

「ノリコ、すごいね」

けん先生が、にやっと、ノリコに向けて笑いかけた。その表情に、ノリコがちょっと戸惑っていると、先生が続けた。

「ぼくが何匹くらい？　って聞いたのに、回数で答えたね。どうして回数なんだろう？　って思ったら、二匹一緒に飛んでるのも見たからってすぐに説明してくれた。よく見てるね」

ノリコは息を呑んだ。心臓の鼓動が、さっきより速くなる――嬉しかった。

それは、大人がちゃんと自分の話を聞いてくれた、ということに関する嬉しさと、驚きだった。正確な答えを言わせることだけが目的じゃなさそうで、まるで、ノリコと会話を楽しんでいるような。

そんな大人の人は初めてだった。他の、たとえば、学校の担任の先生だったら、「何匹って聞いたら、匹で答えて」って、注意されただろうという気がする。

けん先生が「よく見てる」と言ったせいで、横のサヤちゃんや、みんながノリコにより注目したようだった。少しの気まずさと誇らしさが入り混じる気持ちでいたノリコに、先生がさらに訊いた。

「他には、ノリコ、気づいたことある？」

普段の学校の授業でなら、ないです、と言ってしまったはずだ。答えは一人一つ、それ以上の余計なことを言ったら、目立つし、呆れられるから。でも――。

「水の深いところは、どこも、深緑色をしてるんだな、どうしてなんだろうって、思って見てました」

喉が熱くなる。思っていることを、ここでは人目を気にせず、きちんと真面目に話していいんだ。

けん先生が「ああ」と声を出した。それから、ノリコに向けて大きく頷いた。「本当だ」と呟く。

「ほんと、そうだな。あの、水の深くなってる場所は確かに色が違うけど、なるほど、深緑色ね。だけど、どうしてあの色なんだろうな。水自体は透明だし、川の底が緑なわけでもないと思うけど」

そう！

ノリコは心の中で頷く。私が言いたいのもそういうことだ。だけどそれ以上は黙ったままでいると、けん先生がにっこりした。

「不思議だよな。今度一緒に調べてみようか。ノリコ、ありがとうな」

「はい」

長く話してしまった興奮が、まだ心の中では続いていた。けれど、ノリコはそれを顔に出さないように必死にこらえる。本当は、サヤちゃんや他のみんなが、今のノリコと先生の会話についてどう思ったか、聞いてみたかった。すごいと思ってくれたんじゃないかって、確認したくなる。

「かき氷の順番が来たよ。次、みどり班」

前の班の先生が呼びに来て、ノリコたちはみんな立ち上がる。「シロップ、何にしたい？」とノリコに尋ねてくるサヤちゃんは、いつもと同じ雰囲気で、さっきのノリコと先生のやり取りについては何も言ってこない。ちょっと残念な気もしたけれど、それでも十分、ノリコは嬉しかった。呆れられたような、変な目で見られないだけで、ここはすごく特別な場所だという気がした。

トンボのことは、ミカちゃんに言われて気づいたことだ。みんなだってトンボが飛んでいたことには気づいていただろうけれど、それがけん先生の言う「発見」にあたるかもしれないことには、ミカちゃんのおかげで気づけた。お礼を言いたくてミカちゃんの姿を探したけれど、「かき氷タイム」に、〈学び舎〉の子は一人も来ていなかった。

その日食べたかき氷は、人生で食べた中で、一番おいしいかき氷だった。イチゴのシロップがまるで夢のように甘く、いつまでもいつまでも、食べていたかった。

◇◆◇

丘を越えて、お風呂に入りに行くのも、もう三日目。

昨日までは「まだ二日目」としか感じなかったものが、そんなふうに思えるようになってきたことに、自分でも驚いていた。

お風呂に入った後、替えた下着は洗濯係の女の子が運んできたカゴの中に入れる。最初、他の子のものと一緒にカゴに入れることに抵抗があったけれど、今日はもう気にならない。

夕ご飯を終え、パジャマに着替えるためにホールに戻ると、前日に出した洗濯物がきれいに畳まれて、自分のカゴに返されていた。これも洗濯係の子がやってくれたことらしい。〈ミライの学校〉は、子どもだけだけれど、こうやってみると、大きな家族みたいなんだなぁ、と思う。それぞれに役割があって、みんな、その役割をこなしている。

――昨日話した、〈問答〉のテーマみたいだ。

眠る前には、毎夜、〈会〉と〈問答〉がある。それを終えて、日記を書いて、眠る。〈問答〉では、いろんなことを話す。一日目は、世の中の食べ物が全部なくなってしまったら、どうするか。昨日は、人はなんのために生きているのか。みんなで支える〈社会〉のために、その中で役割を持って、それぞれができることをする。誰かのために、何ができるのかを考える。

三日目となる今日のテーマは、「仲間はずれ」。どうして、学校や、いろんな集まりで、「仲間はずれ」は起こってしまうのか。

そんなことを大人もまじえて真剣に話すのが、とてもいいな、とノリコは思えるようになっていた。

その夜、寝る時になって、パジャマに着替えたアミちゃんがやってきた。

「ノンコちゃん」

名前を呼ばれて、ノリコは、とうとうきた、と覚悟した。ユイちゃんがいなくなった今、ノリコちゃんとはもう寝ない、と言われても仕方がない。謝られるのも気まずいから、もう、黙ったまま離れていってもらっても構わないのに、と思っていると――。

「今日はどの辺で寝る？」

聞かれて、ノリコは面食らった。アミちゃんを見つめ返す。アミちゃんは一人だった。同じ班の子たちとは一緒じゃない。

ノリコの横には、昼間一緒に寝る約束をしたサヤちゃんがいた。今まさに布団を敷く場所を決めようとしていた。

アミちゃんがサヤちゃんに気づいた。

「一緒？」と尋ねてきて、ノリコはどうしたらいいかわからない気持ちで、ただ、「うん」と頷いた。どうしよう、どうしよう――と突っ立っていると――ふいに、アミちゃんが、微笑んだ。

サヤちゃんに。

「よろしくね、私、アサミ。みんなにはアミって呼ばれてる」

「サヤ」

サヤちゃんがぼそっとした声で自己紹介する。

「ノリコちゃんと同じ、みどり班」

「そっか。私、きいろ班」

二人が話すのを、ノリコは黙って見ていた。

「どの辺で寝る？」

「あんまり入り口に近くない方がいいよね」

あっさりと二人が相談を始め、もうすっかり三人で寝るつもりでいるんだとわかった。

ノリコが二人の両方と約束をしてしまっていたことなんてまったく気にするそぶりもなかった。

寝る場所を選び、三人で並んで横になる。明かりを消しても、まだ周りがみんな話しているから、それにつられたように、ノリコたち三人も話し続けた。

「今日さ、川の水、すっごい冷たくなかった？」

「冷たい。それなのに、きいろ班の子、頭まで入ってる子いたよね」

「あ、みっちゃんでしょ。すごいんだよ、あの子、泉に行った時も──」

好きな男の子の話も、アイドルの話も今日は出ない。出ないけど、普通に話せた。楽しかった。

たわいない──本当に、たわいない会話だけれど、ノリコは深い安堵感に包まれていた。アミちゃんが、ユイちゃんがいなくてもノリコのところにきてくれた。サヤちゃんも、一緒にいてくれる。

誰も一緒に寝てくれなかったらどうしようと、夜があんなに怖かったのに、それってこんなに簡単なことだったのか。

その日、〈問答〉でやったばかりの「仲間はずれ」について、考えていた。普通の学校だったら、いくらいじめや仲間はずれはいけない、と話しても、みんなそういうのは、「勉強の中のこと」として済ませてしまう気がする。先生たちの前では「しません」って言っても、きっと、自分の友達関係の中で起こるひとつひとつのことを、学校で習ったことと結びつけて考えたりしない。

だけど、ここは、そうじゃない。

普通の、〈麓〉の学校だったらありえないことだ。街の学校では無理なことが、ここでは、できる。

翌朝になって、また歯を磨き、顔を洗って、着替える。今日はもう、二階に一人で行くこともなく、みんなと一緒にそうした。

朝ごはんで、アミちゃんと別れてから、サヤちゃんに「ごめんね」と小声で謝った。

「寝る時、アミちゃんもいるって、言ってなくて」

そう言うと、サヤちゃんはまだ眠そうに軽く目を瞬いて、首を傾げた。

「あれ？　最初から三人で寝ようって意味だったんだと思ってたけど」

神経質そうに見えて、ノリコみたいに友達関係のことをくよくよ考えたりしない子なんだなぁ、と思う。そう思ったら、いろんなことを気にする自分のことがとても小さく感じた。

サヤちゃんをすごいなぁ、いい子だなぁ、と思う。言い方がきついところもあるけれど、好きだ、と感じた。

◇◆◇

今日もまた泉に行くのかと思っていたら、どうやら、違うらしい。

去年もおととしも合宿に来たという五年生の女の子が「泉に行けるのは一回だけだよ」と教えてくれる。それを聞いて、あそこを気に入っていたノリコはちょっと残念な気持ちになった。

でも、それで当然なのかもしれない。あそこは、〈学び舎〉で暮らすみんなにとっての大事な場所だという。彼らからしてみたら、夏の間しかここにこない自分たちは「お客さん」みたいなもので、そのノリコたちに、一度だけとはいえ、泉を見せてくれたり、水を汲ませてくれたりするのは思っていた以上に特別なことなのかもしれない。

合宿四日目は、男子はみんなで〈畑〉と呼ばれる、ここからは少し離れた場所にある柔らかい土の場所でどろんこ相撲を、女子は、各自、布が配られて、自分たちでスカートを縫い、染料で染める、ということになった。

一人が一つ、世界にたった一つの自分だけのスカートが作れる、と聞いて、わくわくする。穿いて帰ったら、お母さんも喜ぶだろうか。

女子が染料で指を青や紫に染め、男子が髪や顔までどろだらけになって帰ってきた後は、河原で汗を流してから最終日のお別れの〈会〉でする出し物について決めることになっていた。班ごとにそれぞれ部屋に集まって話し合う。

来たばかりの時は一週間は、とんでもなく長いと思っていたけれど、もう「お別れ」なんて言葉が出て、ノリコはびっくりする。

最後の〈会〉の出し物を何にするか、いろんな意見が出される。合唱はどうか、だとしたら曲は〈ミライの学校〉の校歌がいいんじゃないか、いや、それよりも合宿の日々のことを劇にしてみたらどうか——。

正直、他の班も同じことをしそうだな、とノリコはどの案にもあまり乗り気ではなかった。かといって、何をしたいというアイデアがあるわけではないから、黙ったままでいる。すると——。

「ノブっ！　今は話し合う時間でしょう！　どこに行くの！」

さちこ先生の、大きな声がした。顔を向けると、ノブが立ち上がって、部屋を出ていこうとしていた。

またか、という空気が、みどり班全体に漂う。ノブは怒られてもまるで聞こえていないみたいだ。出ていこうとするのはやめたけれど、話し合うみんなのそばでだらりと体を投げ出して横になる。

こういう時、いつもノブの面倒を見るけん先生は、まだ来ていなかった。

「別に、無理して一緒にやることないよね」

こそこそと、声が聞こえた。五年生の子たちのあたりだ。

「ノブはノブのしたいようにすれば」

「だって、どうせ話し合いにも入らないじゃん」

ひそひそとかわされる声を、ノリコも同じ思いで聞いていた。サヤちゃんも、ノリコにだけ聞こえる声で言った。

「遊びの時は、普通にするくせにね」

「……うん」

不真面目なのが許せないのはノリコも一緒だ。みんなの声が聞こえたのか、さちこ先生が大きなため息をついた。

「ノブ、じゃあ、気が済むまでそうしてなさい。もう、ノブはこういう子だから仕方ない。みんな、ノブのことはもう気にしないでいいから」

するとーーその時だった。

「今、なんて言いました？」

冷たい声が聞こえた。

けん先生だった。その声に、さちこ先生だけでなく、子どもたちみんなが顔を上げた。声が
――怖かったからだ。

いつの間にか、入り口のところにけん先生が立っていた。さちこ先生が、あ、と口を開けた。

「けん先生」

「他のみんなも。今、なんて言った？　ノブと一緒にやらなくてもいいって、誰か、言った人いるよね？」

けん先生は穏やかで――ノリコも昨日、たくさん褒められたし、優しい先生だと思っていた。さちこ先生なら大声で怒るような時でも決して声を荒らげない。そのけん先生が、明らかに怒っている。

「誰が言った！」

空気がびりびり震えた。初めて聞く鋭い声に、さちこ先生も――大人も子どもも、みんな黙る。けん先生が、みどり班全員の顔を睨むように見た。

誰も名乗り出なかった。ひそひそ話をしていた五年生たちは、特に小さく肩をすぼめている。誰も名乗り出ないけれど――みんな、少しずつは思っていたことだったから、全員が怒られている気持ちになる。

「さちこ先生」

けん先生が名前を呼ぶ。さちこ先生が、びくっと肩を震わせた。黙ったまま、けん先生を見

つめ返す。

「あんまりです」

けん先生が言った。

「一人も、誰のことも、置いていかない。それが〈ミライの学校〉でしょう。ぼくは、ノブを置いていきません」

「あの、気にしないでいいっていうのは、言葉のあやみたいなもので」

「この子はこういう子だからという言い方も、突き放した言葉だと、ぼくは思います」

けん先生が言う。その言葉に、さちこ先生が口をつぐんだ。けん先生の声は、もう大声ではなくなっていたけれど、悲しそうに聞こえた。

「みんな、聞いて」

けん先生が言った。みんなに向けて。

寝転がっているノブは、自分のことを話しているとわかっているはずだけれど、まだ起き上がらず、天井を見ているだけだ。

「ノブも一緒に、やるよ。昨日、〈問答〉で話したよね。ノブがやりたくないように見える。だから、ノブはいなくていいって考えるのは、『仲間はずれ』だ」

あ――と思う。

けん先生は、声だけじゃなくて、目も悲しそうだった。

「さちこ先生、そうですよね？」

さちこ先生は黙っていた。けん先生を睨むように見つめている、その目が赤い。――黙ったまま、ぷいっとけん先生から目を逸らす。

「一緒にやります。同じ班になったのは偶然だけど、でももう、みんな、仲間です」

けん先生が言う。その声に、みんなが「はい」と答えた。

そのまま、ぎくしゃくしながら、話し合いに戻る。けん先生がいつもの穏やかな声に戻って、さちこ先生に代わって話し合いを進めてくれる。そうすると、だんだんと、みんな、ペースを取り戻していく。

さちこ先生は、いつの間にか部屋からいなくなっていた。けん先生はそれに気づいただろうけれど、何も言わない。

ノリコはものすごく、ものすごく、ショックを受けていた。大人がこんなふうに、目の前で喧嘩みたいな言い合いをするなんて。家族でもなければ、こんなこと、起こらないと思っていた。けん先生の大声も、無視をするさちこ先生の怒り方もまるで子どもみたいで、ノリコはびっくりしてしまう。

先生たちは、誰かのお父さん、お母さんかもしれない。

さちこ先生の子どもが一緒に合宿に来ているかどうかが、ノリコはその時、たまらなく気になった。来ているとしたら、自分のお母さんがこんなふうに別の大人に怒られたことを、その子が知らないままでいられるといいな、と思ってしまう。

胸がきゅうっと痛くなった。自分のお母さんの顔を、なぜだかひさしぶりに思い出した。

次の日になっても、さちこ先生の姿はないままだった。

午前中は大きな大きな模造紙を〈広場〉に広げ、各班ごとに大きな大きな絵を描いた。洗って乾いた水着を着て、男子は上半身裸で、絵の具だらけになって全身で思い切り絵を描く。この絵も、お別れの〈会〉で飾るそうだ。

のたうつように紙の上にダイブして、自分の体の跡をつける男子もいたけれど、誰も叱らない。「思い切りやること」がその日の目標だった。

途中、見知らぬ大人たちがやってきた。他の大人たちより年が上な、本物の〈麓〉の学校の〝校長先生〟みたいな白髪頭のおじいさんと、数人の大人。

ノリコたちと絵を描いていたけん先生が、やってきたその先生を見て、絵の具を出す手を止めて、居住まいを正した。

「水野先生」

「ああ、そのまま続けてください。今年も、素晴らしい作品ができますね」

白髪のその先生は髭も真っ白で長くて、なんだか昔話に出てくる仙人みたいな佇まいだ。ノリコたちが描いた絵を目を細めて見ている。

「この絵はダイナミックでいいな。人間、なかなか思い切りがつかないものだけど、子どもたちは最初からまず思い切るような壁がない。大人にないものが、たくさん、みんなの中に眠っているね」

大人たちに言うようでも、ノリコたち子どもに聞かせるようでもある言い方だった。その声に、けん先生がちょっと緊張したみたいに「はい」とか「素晴らしいですよね」と声を返している。

水野先生は、うむうむというように穏やかに頷いて、他の大人たちと一緒に行ってしまう。

一体誰だったんだろう、と思っていると、けん先生が小声で教えてくれた。

「今のは幼等部の校長先生。水野先生っていう、有名な画家でもあるんだよ」

へえー、と何人かから、感じ入ったようなため息が漏れた。画家。職業として知ってはいたけど、実際に本物の画家の人なんて見たのは初めてだ。

水野先生の方を見ると、後ろ手に手を組んだ先生はゆっくりと、他の班の絵を眺めながら、太陽の下を歩いていくところだった。小柄だけど、不思議な迫力がある人だなぁと思った。うちの周りの大人では、絶対に見ない雰囲気の人だ。

泉の水のせいか、暑さのせいか、初日から、かき氷のおいしさには変わりがない。夢中で食べていると、同じみどり班の六年生の女の子が、機械の前にずっと立っていることに気づいた。下の学年の男の子たちに「おかわり！」とお椀を出されるたびにそれを受け取って、山盛りに削られた氷をお玉でよそってあげている。配膳係ではないけれど、昨日くらいから、六年生のその子がそういう役をすることが多くなっている気がした。桃のむき方をさちこ先生に教わっていた子だ。

「他に、おかわりいる人、いない？」

もともと面倒見がいいタイプなのかもしれない。立ったままのその女の子の席のかき氷は、下の子たちのお世話をしていたせいか手つかずのまま溶けだしていた。それを見て、同じ六年生の男の子が「いいから、食べろよ」とその子に言った。

「なんでずっと立ってるんだよ」

「だって、女は食事の時は座らないものなんだよ。仕事しなきゃ」

そんなふうにその子が言って、ノリコは驚いた。その子は家で、そんなふうに教えられているんだろうか。それとも、ここにきて、先生たちに聞いたのだろうか。

「なんだよ、それ。意味不明」

その子に声をかけた六年生の男子が言う。それから、近くに座っていたノリコやサヤちゃんの方を見て、「じゃあ、どうして他の女子は座ってるんですかー？」と大きな声で尋ねる。

「あいつもこいつも座ってるじゃん」

配膳係なのに座っていることをとがめられた気がして、気まずく思う。しかし、六年生のその女の子はそんなことは気にしていないようだ。

「……他の人は、いいの」

相手にしきれない、というように、さっさと横を向いて、お玉片手に行ってしまう。

落ち着かない気持ちで黙っているノリコの横で、サヤちゃんが言った。

「さちこ先生、戻ってこないね」

「え？」

サヤちゃんに言われて、ノリコは顔を上げて食堂の中を見回す。そのタイミングで、声がした。

「ほら、みんな、あと五分で食べ終わるぞー」

けん先生が立ち上がる。その顔はいつも通り優しくて、さちこ先生との昨日の言い合いなんて、何も気にしていないように見えた。

〈かき氷タイム〉を終え、再び〈活動〉の頃になっても、みどり班にはやはり、さちこ先生の姿がなかった。

　同じ班の子たちが、ひそひそと言葉を交わす。

「さちこ先生、ひょっとして、帰っちゃったのかも……」

　さちこ先生もきっと、ユイちゃんのお母さんたちと同じように〈麓〉から来ている人だ。班の子たちのその声には、寂しさより、羨ましさのようなものが少し感じられた。先に帰れていいな、というような。

　そんな話をしていると、少しして、さちこ先生がようやく帰ってきた。

「みんな、ごめんね。ちょっと具合が悪くて休んでた」

　そう言って笑い、「はい、じゃあ、今日の〈活動〉を始めます」と声を張り上げる。

　具合が悪くて休んでた、というのが本当かどうかわからないけれど、大人同士が言い合いをした後は、子ども同士より仲直りが難しいのかもしれない、ということはなんとなくわかった。普段、大人同士のそんなところを見たことがないから、ノリコも、他の子たちまで、なんだか気まずくなる。

　それに、さちこ先生は本当に顔色が悪いようだった。しょんぼりして見える、というか。

　夕方の〈活動〉は、各班にわかれて、短い〈問答〉をした。

「平和」、「戦争」とホワイトボードに書き出して、それぞれについて、どんなイメージを持っているか、けん先生が指した子が答える。

　子どもたちが次々にあげる言葉を、さちこ先生がボードに書いていく。

「平和は楽しい」

「戦争は悲しい」

「平和はのんびり」

「戦争は破壊」

「平和は豊かさ」

「戦争はケンカ」

「え、ケンカって戦争なの？」

いろんな意見が出る中で、ふいにそんなことを言い出した子がいた。三年生のツバサだ。すかさず、けん先生が「どうした？」と尋ねる。ツバサが「うーん」と考え込む。

「先生、戦争って悪いことだよね？」

「うん。人がたくさん傷つくし、先生はそう思う」

「でも、オレ、ケンカするから絆が強くなることもあると思う」

けん先生がツバサを見つめる。

「どうしてそう思うの？」

「んー、と。オレのお母さんやお父さんが、オレと弟がケンカしそうになると『やめなさい、戦争になる！』って言うんだけど、でも、そういうのも戦争なんだったらよくないことなの？」

「ケンカは戦争とまでは……」

口をはさんだのは、さちこ先生だった。するとすぐ、けん先生の声がした。

「さちこ先生、最後まで聞きましょう」

さちこ先生が戻ってから初めて、二人が口をきいた。子どもたちの間にも、微かな緊張が走る。二人がまた対立したらどうしよう——と思ったけれど、けん先生がすぐ、ツバサに先を促す。

「それで？」

「喧嘩するほど仲がいいって、弟とオレ、言われるから。だったら、戦争って必要なこともあるのかなって……」

けん先生が大きく息を吸った。短く呟く。「ツバサはすごいね」と、みんなに向けて。

「じゃあ、次は『ケンカ』と『戦争』について考えてみよう。それらはどう違うのか。——さちこ先生、ボードに書きましょう。『ケンカ』と『戦争』」

けん先生が声をかけたが、さちこ先生はしばらく動かなかった。黙ったまま、突っ立っている。けん先生が怪訝（けげん）そうな目でさちこ先生を見た。

「さちこ先生？　どうしました」

「『平和』と『戦争』の方は、もういいんですか」

「一度、消しましょう。『戦争』と『ケンカ』について考えることが、結果、『平和』を考えることにも繋（つな）がるはずです」

　さちこ先生は黙っていた。

　二人のやり取りを見ながら、ノリコはなんだかおなかの下の方を押されるような、嫌な感じがしていた。水泳の競技会とか、ピアノの発表会の前のような、緊張した時になるような、おなかの痛みを感じる。

「さちこ先生？」

「――書きます」

さちこ先生が再びボードの前に立ち、それまで書いていた言葉を消す。〈問答〉がまた始まり、今度は『ケンカ』と『戦争』がどう違うのかということを話し合う。それぞれについてイメージを書きだす。「仲が良くてもするのはケンカ」、「戦争は兵器や武器を使う」……。

いろんな言葉が出る中で、さちこ先生がふいにボードの前で手を動かすのをやめた。

それに気づいたけん先生が「どうしました？」とまた尋ねる。

さちこ先生は今度も長く黙っていた。やがて、寂しそうな微笑みを浮かべて、小さく頭を下げた。

「すいません。私、まだ、ちょっと本調子じゃないみたい。この時間は、おまかせしてもいいですか」

けん先生が驚いたように見えた。さちこ先生をじっと見る。けれどすぐ、頷いた。

「わかりました。休んでいてください」

さちこ先生が子どもたちにも「ちょっとごめんね」と謝って、部屋を出て行った。その後ろ姿が見えなくなってから、けん先生が小さく息を吸い込んだ。

「――今日は、〈問答〉はここまでにしようか。みんな、たくさん考えることがあって大変だったと思うけど、ありがとう」

けん先生がおもむろにホワイトボードに向き合い、それまでに書いた内容をシャッと消した。書かれていた「ケンカ」「戦争」についての言葉が消されていく。すべて消し終えてから、振り返った。

「余った時間で別のことをしよう――ゲームだ」

そう言って、にっこり笑った。


けん先生が考えたゲームは、何人かのチームにわかれて、ホワイトボードに「すきなもの」を書く、というものだった。運動会の競技のように部屋の反対側で列を作り、一人が書いたら戻ってきて、次の人にバトンタッチ。制限時間内に、より多く「すきなもの」を書いたグループの優勝、と言われた。

「今日の〈問答〉は難しいことをたくさん考えたから、疲れただろう？　だから、最後に、楽しいことについてとことん考えます。優勝したチームは、明日のかき氷タイムで、一番先に取りに行っていいよ」

それを聞いて、みんなの間から歓声が上がる。〈ミライの学校〉に来てからは、みんな、そんなちょっとしたことがものすごく特別に思えるようになっていた。

ノリコもドキドキしていた。「すきなもの」をなるべく多く書く。そんなこと、普段の学校ではまずしない。「すきなもの」って、何を書いてもいいのだろうか。

マンガ雑誌の「りぼん」や「なかよし」を好きなものとして書いても、怒られないのだろうか。ノリコが書いたら、同じようにそれが好きだという子が後で話しかけてきてくれるかもしれない。楽しみな想像がどこまでも広がって、止まらなくなる。

チーム作りは、けん先生が各学年ごとの人数がちょうどよく混ざるようにみんなをわけていった。けれど、「ノリコはここ」と、自分が並ばされた列を見て、ちょっとがっかりした。というか——身構えた。

自分のひとつ前に、ノブが並んでいたからだ。寝転んでこそいないけれど、相変わらず、何を考えているのか今一つわからない顔つきだ。

ノブにもやらせるんだ、と、咄嗟に思ってしまう。どうせ真面目にやらないだろうから、入れなきゃいいのに。ノブのいるチームはそれだけで不利だ。

同じチームな上に、すぐ後の順番だなんて、ますますついてない。

「位置についてーーよーい、スタート！」

けん先生の号令で、先頭の子が走り出す。

自分が好きなものを一つボードに書いて、すぐに戻ってくる。みんなすごく楽しそうで、書くのが早い。ハンバーグ、サッカー、うさぎ、りぼん……。いろんな単語が並ぶ。あ、「りぼん」って書かれた。書いた子は誰だろう。りぼんって、雑誌の方？　それとも本物のりぼん？

「がんばれー！」

「早くっ！」

それぞれのチームから声援が飛ぶ。すると、ノリコのすぐ前で「おっしゃー！」というかけ声が聞こえた。

え、と思う。

ノブが立ち上がっていた。興奮して、「ツバサ、早く！」と手を上げている。びっくりした。目に光がある。いつものあの無気力な感じとまったく違って、生き生きしている。順番が回ってきて、ノブが、だっと走り出す。他の子と同じようにすばやく戻ってきて、ノリコにバトンタッチする。二巡目も、三巡目も。

「あと三分！」

けん先生の声に、みんながキャーッ、と声を上げる。ラストスパート、という声がどのチームからか聞こえた。四巡目のノブが走る。

戻ってきてタッチするときに、短く言った。

「ノリコ、行け！」

走り出しながら、ノリコは驚愕（きょうがく）していた。

ノリコ、と呼ばれた。ノブに、名前を。

私の名前、覚えてたんだ！

信じられなかった。

ノリコのことを、ちゃんと見てた。知ってた。ノブが同じ班の子たちに興味があるなんて、まったく気づかなかった。いつだってやる気がなさそうだったし、何を考えているかもわからなかったから。

――ノブはいなくていいって考えるのは、『仲間はずれ』だ。

頭の芯が痺（しび）れた。けん先生の言葉を思い出す。

ホワイトボードにたどり着いて、ペンを手に取る。みんなが書き込んだせいで余白が少なくなったボードの前に立ち、ノリコは――息を呑んだ。

「すきなもの」を書くゲーム。

目の前のボードに、書き殴ったようなやたら大きな字で、「けんせんせえ」と書かれていた。

――誰の字か、確認しなくても見ただけでわかった。

胸の奥が、じんとなる。けん先生の別の声が蘇る。

――一人も、誰のことも、置いていかない。それが〈ミライの学校〉でしょう。

ノリコは書いた。

〈ミライの学校〉と。

「はい終わりー！」

けん先生が大きな声で合図する。みんなが、ほーっと全身で息をつく。

列に戻ると、ノブはまたスイッチが切れたように遠い目をしていた。さっき、あんなに真剣な、楽しそうな眼差しでノリコを見て、名前を呼んだのが嘘だったかのように。

ノリコはノリコで、自分をとても恥ずかしく思っていた。遊びの時だけちゃんとするなんて、と今まで、ノブを軽く見ていたことが急にすごくすごく恥ずかしいことだったのだと思えてくる。

「どの班が一番多く書けたかなー」

けん先生がひとつひとつ、数え始める。その様子を眺めながら、ノリコは、優勝できなくてもいいから、みんながノブの書いた「すきなもの」に気づいたらいいな、と思っていた。ノリコと同じような気持ちになってくれたらいい、と。

すると、その時だった。ふいに視線を感じた。部屋の入り口を見る。そして、はっとした。

さちこ先生が立っていた。

ノリコの視線にも気づかないようで、ホワイトボードの方を、瞬きもせずに見つめている。

呆然としているようにも見えた。

　さちこ先生——。

　声をかけなきゃ、となぜか思った。だけど、そうしちゃいけないような気もした。けん先生に気づいてほしい。さちこ先生が来たこと。だけど、けん先生は他の子たちと一緒に、集計に夢中だ。「いーち、にー……お、金魚って書いたの誰？　飼ってるの？」と話している。

　さちこ先生の目が、細く歪む。黙ったまま、くるりと踵を返して、部屋を出ていった。

「あ。〈ミライの学校〉って書いてくれてる子が結構いるな」

　けん先生の嬉しそうな声が聞こえていた。

　さちこ先生は、夕ご飯が終わる頃になっても、姿を現さなかった。

　ノリコは、ぎゅうっと押されるようなおなかの痛みが続いていた。けん先生とさちこ先生が言い合いするのを見て、気まずい気持ちになった時にずっと感じていた痛みが、薄れたと思ったのに、いつのまにかまた戻ってきていた。

　なんだかおかしい——と気づいたのは、夕ご飯を終えて、トイレに行った時だった。足の間がゆるゆるする。汗をかいたのかと思ったけれど、違う気もする。パンツを下ろし、そして息を呑んだ。下着が汚れていた。赤い、血のような色がついている。

　——生理。

　え、え、と混乱する。

初めての生理のことを、確かに初潮と呼ぶ。図書室にあったマンガで読んだ。背が高かったり、

「体格がいい」といわれる子たちでは、小学四年生くらいでもう来ることもある、と。ノリコの背は、クラスで真ん中くらい。中肉中背、とお母さんから言われたことがある。だからそれは、自分のような子ではない子に起こることだと思っていた。

思い出すのは、ポーチだ。

学校で、六年生の女の子がトイレで一緒になった時、ポーチを持っていた。ノリコも好きなキャラクターが描かれていたから、かわいいなと思って見ていたら、その子がノリコの視線に気づいて、さっと、ポーチを隠すように手にして出て行った。

どうしてだろう、と思っていたら、その子と同じクラスらしい女子たちが、意味ありげに目配せして、その後で言っていた。○○ちゃん、たぶん生理だね、と。

〈ミライの学校〉の合宿でも、六年生の子たちの中には、あれと似たような大きさのポーチを持っている子が何人かいる。みんなひそひそと噂するようなことはさすがにしないけれど、それを見るとノリコも「あの子たち、もう、なってるんだ」と思ってはいた。

全部、自分とは遠いことだと考えていた。

トイレットペーパーを長く取って、丸めて、下着の上に載せる。何かの間違いかもしれない、と思うけれど、トイレットペーパーに赤い色がつく。生理じゃないとしたら、何かの病気なのかもしれない。だとしたら、そっちの方が怖い。赤いその色を見て、ああ——と思う。本当に、思っていた以上に本物の血の色なんだ。トイレの中の水に、赤い色がまるで筋のように浮かんでいる。レバーを押すと、赤い模様の鯉が体をくねらせるように水が揺れて、まるごと、流れて消える。

マンガで読んだことを思い出す。

いろんなマンガがあった。だいたい、ストーリーは一緒。生理が始まったことに気づいて、主人公がお母さんに話す。すると、お母さんが用意していたナプキンの入ったポーチと、生理用のショーツをくれる。恥ずかしいことじゃない、当たり前のことなんだから、一歩、大人になったんだから。そして言う。おめでとう、と。

でも、お母さんがいない時は、どうしたらいいのだろう。

誰を頼ればいいのだろう。

マンガの中には、林間学校や修学旅行中に急に初潮を迎えた、というストーリーのものもあった。あの時、マンガの主人公はどうしていたっけ。友達に話した？　違う。確か、養護教諭の女の先生に――。

女の先生。

そこまで考えて、泣きそうな気持ちになる。さちこ先生は、今いない。今日はもう、戻ってこないかもしれない。わからない。わからないけれど、マンガや本の中では、主人公はいつもお母さんや、女の先生に相談している。だから、どうやら、男の先生に話してはいけなそうだ、ということはわかる。ノリコは、けん先生が好きだ。大好きだけれど、けん先生に言ったら、先生を困らせてしまう気がする。

――ユイちゃんの、お母さん。

ふと思いつく。それしかない気がした。

ユイちゃんのお母さんに話したら、すぐに、ユイちゃんに伝わってしまうかもしれない。合宿の間は伝わらないかもしれないけれど、合宿が終わったら、きっと。ユイちゃんに知られたら、クラスのみんなにも広まるかもしれない。考えると、いたたまれないような気持ちになる。恥ずかしい、というより、苦しいような気持ちだった。背が高かったり、胸が大きかったりする子はクラスにもっと他にいるのに、どうしてノリコなのかと、バカにされる気がした。想像するだけで苦しかった。

背がもっと高くなりたい。テレビで観る女優さんや、バレリーナの人みたいな、長い手足になりたい。だけど、生理が来ると、他の成長が止まってしまう、と何かで読んだような気もする。だとしたら、この背丈のまま、ノリコの成長は止まってしまうのか。

食堂の中で、ノリコの座っている席と、ユイちゃんのお母さんが「先生」をしているきみどり班の席とは離れている。そこに急にノリコが現れたら、他の子たちはどう思うだろう。

だけどもう、それ以外方法が思いつかない。

混乱の中、一番大きく広がっていくのは、理不尽だ、という思いだった。

きっといつか、自分にも起こること。そう思って、心の準備は少しずつできていたつもりだったし、わくわくも——少し楽しみにもしていたのに、それがどうして、こんなタイミングなのだろう。お母さんも、女の先生もいない。もし、初潮が来るのがあと数日早ければ、ノリコもここにお母さんがくれたポーチを持って、準備してこられたかもしれないのに。

下着が洗えない。

お風呂の後の、洗濯カゴ。洗濯係の子たちが集めて回るあれに、ノリコの汚れた下着は入れられない。入れたくない。汚れたパンツを見られたくない。

泣きそうな気持ちでいると、トイレの個室の外から、数人の声が聞こえた。他の子たちが入ってきた。ノリコはあわてて、外に出た。

食堂に戻り、きみどり班の方を見る。食事を終えてみんなで片付けをしている。その中にユイちゃんのお母さんの姿はない。どこに行ったのだろう。

——今日のみどり班は、お風呂は、ごはんの後だ。

生理の時って、お風呂はどうしたらいいんだろう。確か、本には入っちゃいけないって書いてあった。

泣きだしそうになっていた、その時だった。

「ノリコちゃん、どうした？」

声がした。

振り返ると、ミカちゃんが立っていた。心配そうにノリコを見ている。

「さっき、配膳係の子たちが探してたよ。片付けの時間なのに、ごはんの後すぐどこかに行って、戻ってきてないって。だから私も探しに来た。よかった、ここにいて」

「ミカちゃん……」

さちこ先生も、ユイちゃんのお母さんもいない。重ねたトイレットペーパーが汚れて、赤い色が沁みだしていくイメージが頭の中いっぱいに広がる。泣きそうになる。

「生理になっちゃった」

絞り出すように言ったノリコの声に、ミカちゃんが、目をしばたたいた。

ミカちゃんの反応は、とても同じ年の女の子とは思えないほど落ち着いていて、そして、すばやかった。

「そうなんだ。わかった」

ノリコに「ちょっと待ってて」と告げ、ミカちゃんが目の前から姿を消し、だけど、すぐに戻ってきた。そして、「こっち」とノリコを誘った。

◇◆◇

ミカちゃんがノリコをつれて行ったのは、〈学び舎〉とは別の、近くの建物だった。プレハブ小屋をいくつもくっつけたような長い建物だ。

中には誰もいなかった。けれど、通された大きな部屋の壁に沿って、着替えや持ち物が入れられたカゴがたくさん並んで置かれている。「ひさの」「ゆずこ」「りえ」「みきこ」……。カゴには色画用紙を切って貼ったような名札がつけられている。

直感的にわかった。ミカちゃんたちは、ここで生活しているのだと。夏の合宿でノリコたちが〈学び舎〉を使わせてもらっている間は、こっちに泊まっているのだ。

部屋にはノリコとミカちゃんの二人だけだった。

「はい」

ミカちゃんが、白い買い物袋のようなビニール袋を持ってきてくれる。

ミカちゃんがくれた袋の中を見ると、生理用のナプキンが入っていた。それに新品の下着も。ビニール製の、赤いチェックのポーチも入っている。

「いいの……？」

「うん。うちの子たちで、〝なった子〟がもらうやつなんだけど、先生たちが使っていいって」

うちの子、というのは〈学び舎〉の子たち、という意味だろう。「ありがとう」とお礼を言って受け取る。

そうして改めて薄暗い部屋を見回した。ここで寝泊まりしている子も、初めて〝なった〟時は先生に話して、これを受け取るのだろうか。お母さんにじゃなくて、女の先生から、このポーチをもらうのか。

「みんなは？」

「合宿の子たちを手伝いに行ったり、明日のごはんの支度を手伝いに行ってたり、いろいろ」

ミカが言う。ノリコを見た。

「けん先生には伝えてきたよ。今日は、こっちの大人たちが使ってるシャワーを浴びて戻っていいって。明日からはお風呂、みんなとまた入ってね。ただ、生理の時は湯舟に入らずにシャワーだけ使うのがここのルールなんだけど、平気？」

「うん」

同じ年の女の子なのに――ミカちゃんは、とても、頼もしかった。

てきぱきと対応してくれているけれど、ミカちゃん自身が生理になっているかどうかはわからない。だけど、なっていてもいなくても、この子はこんなふうにしっかりしているのだろう、と思った。

落ち着いてくると、改めて、自分は今、普通であれば合宿の子は入れない場所に、一人だけ入れてもらっているのだと思った。

薄暗い廊下を抜ける途中、明かりの漏れる部屋があった。

ちらりと中を見ると、数人の大人が何かを書いたり、何か繕い物のような作業をしていた。広い部屋で、なんだか、学校の職員室と雰囲気が似ている。だいぶ年配の男の人や、まだ若い女の人や、いろんな人がぽつぽつと座っている。

「あれ、ミカ、どうしたの？」

部屋の中にいた一人がミカに聞いた。

「合宿のノリコちゃんが、シャワーを借りるからつれて来たの」

敬語ではない、構えたところのない話し方だった。大人たちがノリコを見る。短いその説明だけで、どういうことかわかったみたいだった。「ああ、そうなの」と答えて、ノリコに対しても笑顔になる。

合宿の間に見たことのない、知らない大人の人たちばかりで戸惑う。だけど、ひょっとしたらこの人たちは〈麓〉から来た先生じゃなくて、ミカちゃんと同じように普段からここで暮らしている〈先生〉たちなのかもしれない。

「あ、ひょっとして山下さんの班の子？」

さっきとは別の女の人が言って、ノリコはきょとんとする。山下さん、という名前に心あたりがない。しかし、それにもミカちゃんが答えた。

「そう」

「そうなんだ。だから、ミカがつれて来たのか」

「うん」

「ありがとうね、ミカ」

「はあい」

ミカちゃんが軽やかに返事をして、「行こう、ノリコちゃん」と言って手を引く。薄暗い廊下に戻ると、職員室の光が伸びている範囲がやけに明るく見える。中から小さな声がした。「山下さんって、結局どうしたの」「また〈自習室〉。朝までいるんじゃない」「え、誰か様子見に行ってる？」「〈麓の生徒〉の人たちは熱心だから」そんな声がしていた。

職員室の前を通り、シャワー室、と書かれた場所に着く。一歩中に入ると、少しかび臭かった。

市民プールの更衣室みたいだ。着替えられる場所があって、その向こうにシャワーが四つ、壁で仕切られて並んでいる。

「私、外にいるね」

ミカちゃんが出ていく。

一人でいるせいか、電気をつけても妙に暗く感じる場所だった。おそるおそる裸になってシャワーをひねると、水が出た瞬間に足元で何かがぴょん、と高くはねた。

「わあ！」

思わず声が出る。足が長い、茶色いカマドウマ。驚いて飛び上がってしまう。心臓がドキドキしていた。

みんなで丘を越えて入りに行くあのお風呂が、ここに比べるとすごく明るくて新しい場所だったんだということがよくわかる。シャワーヘッドが掛けられたところには、四角くて白い石鹸がひとつあるだけで、シャンプーもリンスもなかった。仕方がないから、そのまま石鹸で体だけ洗って、髪を洗うのはやめておく。

ほとんど無意識に汚れたパンツを水に浸し、石鹸で洗い始めてから、「あ、乾かすの、どうしよう」と気づいた。だけどもう濡らしてしまった。途中でやめられない。

汚れが落ちるまで、力を込めてごしごし、ごしごし手を動かすうちに、汗をかいて、体が熱くなってきた。パンツを洗い終え、もういいや、とシャワーのお湯を頭からかぶる。石鹸で髪も洗ってしまう。

シャワーを浴び終えると、脱衣所に、水色のタオルが何枚か重ねておかれているのに気づいた。勝手に使っていいのかな、と躊躇いながら一枚を手に取る。薄いタオルは何度も繰り返し洗われたように、ごわごわしていた。顔をつけると、そこからもまた、お風呂場と似たかび臭い匂いがする。

着替えて外に出ると、ミカちゃんが待っていてくれた。

「ありがとう。タオル、どうしたらいいかな」

洗って絞ったパンツをどうしたらいいか、聞きたかったけれど、いくらミカちゃんにでも恥ずかしすぎて、聞けなかった。生理用品をもらった時のビニール袋に入れたままだ。

「タオル、シャワー室の中に置いとけばいいよ。大人の洗濯係が洗ってくれるから」

「うん」

頷きながら、ここでは、大人にも「洗濯係」がいるんだな、と思う。大人なのに「係」なんて、なんだかおかしな感じもするけれど。

「じゃ、戻ろうか。みどり班のみんな、もうそろそろお風呂から帰ってきてるかなー」

のんびりした声でミカちゃんが言う。ノリコはシャワーの間、ずっと考えていたことを尋ねようと、「ねえ」と声をかけた。

「さっき、大人の人たちが話してた〝山下さん〟って、さちこ先生のこと？」

ミカちゃんが一瞬だけ黙った。しばらくして、「うん」と答えた。

「そうだよ」

「さちこ先生、どこにいるの？〈自習室〉って、勉強してるの？」

〈自習〉は、ノリコも知っているあの自習だろうか。自分だけで勉強をすること。ノリコの学校でも担任の先生が来られなくて、たまにそういう時間ができることはある。

だけど、具合が悪い、と言ってたのに？

「勉強っていうか、考える時間を作るの」

「え？」

ノリコが首を傾げる。ミカちゃんがさらに言う。

「一人で、ゆっくり考えてるんだよ。〈問答〉は、誰かとするものだけど、一人で考える時間も同じくらい大切だから」

鼻からゆっくり、息を吸い込む。

驚いていた。ミカちゃんの言葉がまるで教科書をそのまま読むような、感情のこもらない言い方だったから。

「さちこ先生、帰ってくる?」

「たぶん」

ミカちゃんが頷く。

「自分と向き合って、反省したら、たぶん」

「反省?」

「うん」

ミカちゃんが言う。

「生きることは、反省の繰り返しなんだって。そうすることで、その分、大きく成長できるんだよ」

意味がわかるような、わからないような答えだった。何かに出ている言葉をまるごと引用しているようにも聞こえた。

どう答えていいかわからないでいるノリコの前で、ミカちゃんがふっと笑った。

「ノリコちゃん、〈ミライの学校〉、好き?」

唐突にそう聞かれて、咄嗟に言葉に詰まる。すると、もう一度聞かれた。

「今日、けん先生の『好きなものゲーム』で書いてたの、見てたんだ。好き?」

「……うん」

「どこが好き?」

「みんなが、いろんなことをひとつひとつ丁寧に考えるところと、あと、泉の感じとかも」

答えは、迷いなく、言葉になってすんなりと出てきた。ミカちゃんが言った。

「泉、行ってみる?」

「え?」

ミカちゃんの目はまっすぐにノリコを見ていた。

「夜の泉も、すごくきれいだよ。暗いけど、その分、音だけで存在がわかるっていうか」

その言い方が詩的だった。ミカちゃんの言葉がノリコの胸を甘く揺さぶる。

合宿の子は、一度きりしか泉を見せてもらえない、と言われていた。夜の泉につれて行ってもらえるのだとしたら、それは、他の子が願っても叶わない、とても特別なことなのだ。

「行ってみたい」とノリコは答えた。

◇◆◇

「もうすぐ〈麓〉に帰っちゃうんだね」

懐中電灯の明かりだけが照らす道を、二人で、手をつないで歩いた。

「昔、私、迷子になっちゃったことあるからさ」

ミカちゃんが悪戯(いたずら)っ子のように微笑んで、はぐれないように、手を繋ぐ。

「寂しいな」

ミカちゃんが振り向いた。月明かりがミカちゃんの背後で輝いていて、顔ははっきり見えなかった。リーリー、リーリー、と虫が鳴いている。

髪を洗ったおかげで、体がすっきり軽くなったように感じられた。石鹸の香りがしている。

「寂しいって、思ってくれるの?」

合宿で来る子は、たくさんいる。毎年、それこそたくさんの子に会うはずだけれど、それでもノリコのことをそう思ってくれるのかと思ったら、嬉しかった。

ノリコが尋ねると、ミカちゃんが「うん」と頷く。

「ずっとここにいてほしい」

「無理だよ」

答える時、咄嗟に頬が緩んだ。そんなことできるわけない、と笑って言うと、ふいにミカちゃんが「無理なの？」と聞いた。

その声の真面目な響きに、はっとした。ミカちゃんを見つめる。

泉が見えてきた。

コポコポコポコポ、コトコトコトコト、と、水が揺れるような音がしていた。大きな音ではないけれど、水がそこにあることがはっきりと、空気で伝わる。木々の間から差し込む月の光が、ほんのりと、水の表面を照らしている。

ミカちゃんの顔が、懐中電灯の明かりと月明かりで少しだけ、見える。

どうしてだろう——とノリコは思っていた。ミカちゃんのことは大好きで、仲良くもなれたと思う。だけど、「ずっといてほしい」と思われるくらい、自分にいいところがあるようには思えなかった。なぜ、そんなふうに言ってくれるのだろう。

わからないけれど、好きになってもらえたのだとしたら、とても嬉しかった。

「うん。帰らなきゃ」

ノリコが答える。

答えながら、なんで自分が帰りたいと思うのか、考える。ノリコは今、学校にこれといって仲のいい友達がいるわけではない。自分がクラスで、さえない方だということも知っている。ここなら、ミカちゃんみたいな友達もいて、ユイちゃんやアミちゃんみたいな、〈麓〉の学校の人気者の子たちも仲良くしてくれる。ここでその子たちと話していると、まるで、自分も〈麓〉の人気者グループの一員になれたように錯覚できて、気持ちがいい。

けれど、ここでずっと暮らすのは無理だ。考えるまでもなく、ここは自分の家ではないから。どれだけここを楽しい、〈ミライの学校〉を好きだ、と思っても、合宿に来てから、「早く家に帰りたい」という気持ちが消えたことは一度もなかった。

楽しい時を過ごしたからこそ、わかるようになったのだ。ユイちゃんが初日の夜に「やっと、一日、終わった」と言った意味も、エリちゃんが「一緒に行ってあげることないって」と言った思いも。

ここがいいところかどうか、は関係ない。家じゃないから家に帰りたい――ただ、それだけなんだ。

「そっか」

ミカちゃんが答えた。

「寂しいな」とまた、言った。

その声を聞きながら、ふっと思い出すことがあった。

ユイちゃんのことだ。今は〈麓〉の学校でノリコと同じクラスにいるけど、ユイちゃんも幼稚園の時には〈ミライの学校〉にずっといた。同じ年だったなら、ミカちゃんとユイちゃんは一緒に〈学び舎〉の子として生活していたのだろうか。

「私、ユイちゃんって子と一緒に来たんだけど、ミカちゃん、幼稚園の時に一緒だったりした?」

今も毎年、お母さんと一緒に合宿に来ているというユイちゃんはここの様子にも詳しく、場所に慣れている感じがする。尋ねると、ミカちゃんが「ああ——」と遠くを見るような目をした。

「うん。前、一緒にいたよ。だけど、もう、ほんとに昔。〈学び舎〉を出て、ユイちゃんみたいに合宿にだけ来る子、結構いるよ」

「そうなんだ」

「だけど、幼等部を出てそれっきりになる子もいる。なんかみんな、遠い親戚みたいな気持ち」

「へえ……」

ノリコにも、遠くに住んでいて一年に一度か二度くらいしか会わない従姉妹がいる。小さい頃をずっと一緒に過ごした子たちは、離れた後もそんな感じなのだろうか。

泉に着いても、二人は手を離さないままでいた。コポコポコポコポ、コトコトコトコト、まるで、月の光が泉の表面を揺らして、水を鳴らしているかのような音と気配が、ずっとずっと、続いていた。

「〈麓〉の学校、そんなに楽しい?」

ふいにミカちゃんに聞かれた。ノリコは首を振った。

「楽しくないよ。私、友達少ないし」

正直に答えることが、ここでは怖くなかった。ミカちゃんになら、それを知られてもいい。

ミカちゃんが笑った。

「私と一緒だ」と。

ノリコは笑って「ウソ」と返す。

「ミカちゃんは友達、いっぱいいいるでしょ」

「いないよ」

ミカちゃんが笑う。

笑っている。けれど、その顔が見えない。月明かりが背後になって、笑う口元以外、どんな顔だったか、思い出せない。

「じゃ、〈麓〉の学校じゃなくて、家が楽しいの？」

「家？」

「おうち」

おうち、という言葉が、丸みを帯びた、優しい言葉に思えた。その言葉を聞いたら――帰りたくなる。あと三日で帰れる、という喜びが強くなる。

「うん」

ノリコは頷いた。ユイちゃんやアミちゃんのお母さんみたいな、かっこいいお母さんじゃないけれど、ノリコのお母さんがいる、あの家が自分の「おうち」だ。おとうさんにも、おじいちゃんにもおばあちゃんにも、もちろん会いたい。

「いいなぁ」

ミカちゃんが言った。

えっと思う。

咄嗟に自分がすごく――すごく、無神経なことを言ってしまったのではないかという思いが胸をよぎり、だけど、次の瞬間にそんなはずはない、と思う。

だって、ミカちゃんたちにとっては、お父さんもお母さんもいない、ここの生活があたり前のはずで、それをかわいそうとか思うのは身勝手なはずで――。自分が親と暮らすのが普通だからって、自分の常識だけでかわいそうとか同情するのは、ここの子たちに失礼だから――。

「秘密、教えてあげようか」

ふいに、ミカちゃんが言った。

「本当は、お母さんと一緒に暮らしたいんだ。〈麓〉の子みたいに」

ミカちゃんの声は、重大な秘密を告げるようだった。その声を聞いて、ノリコは――口がきけなくなる。

ミカちゃんの真っ黒い、夜の闇に覆(おお)われたような顔が、こっちを見る。「ごめん」と、謝る言葉がノリコの口を衝(つ)いて出た。

「あれ?」とミカちゃんが言う。

「どうして謝るの?」

「ミカちゃんたちは、そんなこと、思わないかと思ってた。ずっと、ここで子どもだけで暮らしてるから」

「子どもだけじゃないよ。先生たちがいる」

「でも――」

「でも、そうだね」

ゆっくりと、落ち着いた声でミカちゃんが言った。

「寂しいものは寂しいし、悲しいものは悲しいよ」

「――小さい頃は、家族で暮らしたりしていたの？」

思い切って尋ねると、ミカちゃんがちょっと驚いたように思えた。少し黙って、小さく頷く。

「私の場合は、そう。本当に小さい頃だけど。だから特に寂しく思うのかなって思ったこともあるけど、他の子でも、お母さんに会いたいって泣く子はいる。どうして寂しいのか、会いたいのか、その気持ちがどこからくるのかは、わからない」

おおーい、と声が近づいてきたのは、その時だった。

目を凝らすと、遠くの方から、懐中電灯の明かりらしきものが近づいてくる。声がだんだんと、大きくなってくる。

おおーい、ミカ。ノリコちゃーん。

――声はシゲルくんのものに聞こえた。ミカちゃんと一緒にみどり班を手伝ってくれている、あの年上の男の子の。

懐中電灯の光が近づいてくる。その光を手に現れたシゲルくんは、走ってやってきたのか、少し息が上がっていた。

「やっぱり、ここか。みんなが心配してるよ。ノリコちゃんがいつまでも帰ってこないって」

「ええー、大騒ぎになってる？」

「担任がけん先生だから、きっと、他の先生よりは大丈夫だけど」

ミカちゃんにシゲルくんが答えて、それから、懐中電灯をノリコの方に向けた。

「でもそろそろ戻った方がいい」

「私、もう少しここにいる」

ミカちゃんが言った。ノリコはびっくりしてミカちゃんを見た。ミカちゃんのものとシゲルくんのもの、二つの懐中電灯の光が合わさると、泉の周辺がさっきよりずっと明るくなった。水面に伸びた木の枝に白い小さな花が咲いている。とてもきれいで、見惚れてしまいそうになる。

「ミカ」

「シゲくんは、先にノリコちゃんと帰って」

「でも」

「いいから」

ミカちゃんが言って、つないでいたノリコの手を離す。泉の近くに、しゃがみこんだ。持っていた懐中電灯を地面に転がし、膝に手をついて、泉の表面を眺めている。静かな水面に、微かな波紋が見えた気がした。黄色い光の中に、小さな羽虫が舞う。木々の葉っぱが、泉にくっきりとした影を落としている。

「ノリコちゃん」

ミカちゃんが言った。その顔が寂しげな微笑みを浮かべている。

「一緒に来てくれてありがとう。でももう、シゲくんと先に帰ってて」

「……わかった」

本当は、シゲルくんとはまだそんなに親しいわけじゃないから、ミカちゃんにも一緒に来てほしかった。けれど、目を見たら、何も言えなくなった。

シゲルくんがあきらめたようにため息を吐く。

「行こう」と、ノリコに言った。

シゲルくんが横から手を伸ばしてきて、えっと思う。咄嗟にシゲルくんの顔を見ると、「はぐれると、危ないから」と言われた。

「俺らの決まりなんだ。夜の泉に行く時は、手を繋ぐ」

「……わかった」

ミカちゃんが昔迷子になったというのは本当だろうか。ドキドキしながら、シゲルくんと手を繋ぐ。さっきまで触れていたミカちゃんの手はあたたかかったけれど、シゲルくんの手はひんやりしていた。

心臓の音が大きくなる。地面を踏む足先にほとんど感覚がない。

男の子と、しかも年上の男の子と手を繋ぐなんて初めてだ。緊張しているのがバレないように、なるべく力を入れないようにしていたら、森に向けて足を踏み出す瞬間、シゲルくんがぎゅっと手に力を込めた。

ドキッとする。

「ちゃんと握ってないと危ない」

ぶっきらぼうに、そう言った。

泉を離れる時、シゲルくんがミカちゃんの方を振り返った。ミカちゃんの足元に置かれた懐中電灯の光はまだ動かない。

シゲルくんと二人だけで歩き出すと、改めて、自分の頭からする石鹸の匂いが強く感じられた。

「ミカ、いつもなんだ」

「何が?」

「夜の泉、よく見に来て、ずっと動かない。一人で行くの禁止なのに、それでも」

それを聞いて、胸がきゅっと痛くなる。ずっと同じ姿勢のまま、いつまでミカちゃんは暗い泉を見つめ続けるつもりだろうか。

シゲルくんの手が少し汗ばんでいる。男の子の汗。だけど、クラスの男子たちと、シゲルくんの汗は、うまく言えないけれど全然違うもののように思えた。

「去年なんて、それで〈自習〉になったのに、やめない。ノリコちゃんつれて来るなんて、バレたら大変なのに」

「自習——」

聞き間違いかもしれない、と思ったけれど、確かに「ジシュウ」と聞こえた気がして口に出す。

ノリコの言葉に、シゲルくんが鼻から抜けるようなため息をついた。

「一人で反省するんだ」と言った。

さちこ先生の顔を思い出した。

けん先生のゲームを楽しそうにするノブや、みんなのことを、部屋の入り口で、まるで稲妻に打たれたような目をして見ていた、さちこ先生。

一人で反省する〈自習〉。だけど、今のシゲルくんの言い方だと、まるでそれは何かの罰みたいだ。さちこ先生はどうして〈自習室〉にいるんだろう。

「あの、シゲルくん」

「なに？」

「戻ろう」

ノリコが言うと、シゲルくんがきょとんとした顔になった。

シゲルくんは、ミカちゃんが好きなのかもしれないな、と思う。

ノリコと二人になっても、話しているのはミカちゃんのことばかりだ。心配なんだ、と思う。いろんなことを考えていたら、また、おなかの奥が重たく、ずんとなる。それが生理の痛みのせいだけなのかどうか、わからなかった。

合宿の間、〈ミライの学校〉の男子の中で人気があるのは、ユイちゃんやアミちゃんが話していたタカシくんとか、むらさき班のお手伝いをしてるユウ兄ちゃんと呼ばれている子とか、スポーツ刈りの活発なタイプの子が多かった。

だけど、ノリコは、最初に見た時から、眼鏡をかけて落ち着いた雰囲気のシゲルくんが一番かっこいい、と思っていた。無意識にだったけれど、合宿の間、ミカちゃんの姿を探すのと同じように、気づくとシゲルくんのことを目で追っていた。

シゲルくんと二人だけでいられると、ドキドキする。だけど——。

「ミカちゃん、一人だとやっぱり心配だから」

泉の前からずっと動かないミカちゃん。寂しいものは寂しいけれど、その気持ちがどこからくるのかわからないと言っていたミカちゃん。ノリコに〈麓〉に帰らないでほしいと言っていたミカちゃん――。

ノリコでなくても、よかったのかもしれない。

ユイちゃんが合宿に誘うのが、ノリコでもエリちゃんでも、誰でもよかったみたいに。だけど、あんなに大人っぽくしっかりしていたミカちゃんがふいに見せたあの顔と言い方が、気になり続けていた。

「え、でも……」

「みんなで帰ろうよ」

その時、どうしてそんなふうに勇気が出たのかわからないけれど、もときた暗い道を、ノリコはシゲルくんの手を振りほどいて、タッと走り出した。

泉の前、仄(ほの)かな懐中電灯の灯(あか)りがまだ地面に広がっていた。

「ミカちゃん!」

呼びかける。

ミカちゃんはまだ泉の前にいた。別れた時と同じ姿勢のままだ。だけど、顔が、ノリコを探して動く。

「ミカちゃん!」

「ノリコちゃん……」

驚いた顔をしていた。目をぱちくりとさせて、「どうしたの?」とノリコに尋ねる。

「一緒に、帰りたくて」

ノリコは言った。ミカが心配だというより、自分がまだミカと一緒にいたいのだとも気づく。

「……戻らない?」

泉の表面が、木の葉が落ちたくらいの微かな動きで少しだけ揺れる。ミカちゃんがノリコを、瞬きもせずに見ていた。

どうしてそうしたかわからないけれど、ノリコは手を伸ばしていた。

「行こう」

「ねえ、ノリコちゃん。わたし……」

ミカちゃんが何か言いかける。目が真剣だった。だからノリコも目を逸らさない。「うん」と頷くと、ミカちゃんが言った。

「ノリコちゃんのこと、友達だと思っていい?〈麓〉にいる、友達だって」

どうして唐突に聞かれたのか、わからない。わからないけれど、ミカちゃんが本音を話している、と思った。さっき「寂しい」という気持ちについて話した時と同じ。みんなの前の大人っぽい〈学び舎〉の子としてじゃなくて、同じ年の女の子として話している、と感じた。

だから頷いた。力いっぱい。

「友達だよ」

躊躇いなく答える。

「私は、ミカちゃんの友達」

ミカちゃんがゆっくりと、ノリコの方に手を伸ばす。張りつめたようだった頬が、その時、緩んだ。うん、と小さな呟きが聞こえる。

「ありがと」

ミカちゃんが、やっと笑った。

おおい、とまた声がして、後ろから、シゲルくんが追いつく。

そのまま、ノリコを真ん中にして、三人で手をつないで山道を降りた。足音と虫の音だけがする帰り道は誰も何も話さず、それが少し気まずくて、ノリコがまず話しかけた。

「シゲルくん」

「何？」

「シゲルくんって、〈ミライの学校〉の合宿用のビデオに出てた？」

ノリコが尋ねると、シゲルくんがこちらを見た。眼鏡の奥の目が、困ったように、少し照れ臭そうになる。その顔を見て、気づいた。

あのビデオを見た時から、私、この人のことが気になっていたのかもしれない、と。

「ビデオ、私を合宿に誘ってくれた友達のお母さんが、家に持ってきて、見せてくれたんだ。あ、その人は、きみどり班のちはる先生」

気になっていたことも、緊張していることもバレたくないと思ったら、なんだか早口になってしまう。

「みんなが〈問答〉をしてるところ、やってて。〈問答〉で泣いてる子がいて、その子がシゲルくんに似てた気がして……」

ノリコが言うと、その時初めて、ぷっとミカちゃんが噴き出す声がした。大きな声で、あはは、と笑い出す。

「シゲくん、あれ、映っちゃったんだよね。合宿の子用のビデオだったのに」

ミカがようやく普段の明るい感じに調子を戻してくれた気がして、ノリコはほっとする。シゲルが困ったように頭をかいた。

「合宿の子を映せばいいのに、オレが映っちゃったんだよ。だから、たまに言われる。ここ、来た子に。恥ずかしいな」

「ううん。私、すごいと思った。戦争のことをあんなふうに真剣に話し合って、男の子なのに、自分以外の人のために泣くなんて、なんか感動して」

「かっこ悪いよな」

「そんなことないんじゃない？」

シゲルくんに向けてミカちゃんが言う。ノリコの方を見つめ、ね？　と尋ねる。だから、ノリコの口からもちゃんと声が出た。

「うん。かっこいいよ」

言った後から、顔がほわっと熱くなった。

リーリー、リーリー、と虫が鳴いている。シゲルくんがこっちを見ていた。自分が今言ってしまったことが恥ずかしくて、顔を伏せようとしたノリコに、「ありがとう」とシゲルくんが言った。

右手にシゲルくんの手が、左手にミカちゃんの手が、握られていた。シゲルくんが言う。

「ありがとう。すげえ、うれしい」

すげえ、という言葉が、〈ミライの学校〉のお兄さんではなく、普通の男子みたいだった。森の前の方に明るくぽっかりとした出口のようなものが見えてくる。その時――ああ、と思った。

ミカちゃんとシゲルくん、二人のことが、私はとても好きだ、と。


〈学び舎〉に戻ると、みんなもう、寝る支度をしているところだった。

お風呂も夜の日記を書く時間もすでに終わっていて、パジャマに着替え始めている。

「あ、ノリコちゃん！」

声をかけてくれたのは、アミちゃんとサヤちゃんだった。二人とも、心配そうにノリコを覗き込む。

「びっくりしたよ。具合、悪くなっちゃったんだって？」

「うん、でももう大丈夫だから」

「そっかぁ、寝る場所、今日はどの辺にする？」

すると、その時だった。

「ノリコちゃん、ちょっといい？」

いきなり、大人の声がして、あっと思って振り返る。

ユイちゃんのお母さん――ちはる先生だ。こっちに向けて手招きをしている。ノリコが近づくと、肩を抱かれ、部屋の外の廊下につれて行かれる。ユイちゃんのお母さんが囁くように言った。

「生理が来たんだってね。おめでとう」

黙ったまま、目だけ見開いた。ノリコから離れたユイちゃんのお母さんが、にこにこしながらノリコを見ている。

「帰ってから、ノリコちゃんのお母さんにも話そうね。本当におめでとう」

「……ありがとうございます」

小さな声で答える。ユイちゃんのお母さんが、うんうん、というように頷いて、ノリコの背中をぽん、と軽く叩いた。微笑んだまま、行ってしまう。

どんな気持ちになったらいいのか――わからなかった。

視線を感じたのはその時だった。何気なく顔を上げたノリコの目が、そこで思いがけず、こっちを見るユイちゃんを捉えた。

あ、と思う。

向こうも、同時にそう思ったのがわかる。パジャマ姿のユイちゃんがあわてて作り笑顔のような、にこやかな表情になって手を振る。そのまま、くるりと向きを変えて、一緒に寝る子たちの方へ行ってしまう。

一瞬だったけれど、見てしまった。

ノリコを見つめるユイちゃんの目には、表情がなかった。何の表情も、いつもの明るさもない目でこっちを見ていた。そして、ユイちゃんのお母さんは、気づかずにもう行ってしまった。

胸が、嫌なふうにドキドキしている。

ユイちゃんが見ていたのは、ノリコじゃなくて――。

「ねえ、さちこ先生、また夜の〈会〉も戻ってこなかったんだよ」

「え？」

寝支度を終え、布団に横になってすぐ、サヤちゃんが言った。夜、寝る前の〈会〉になっても、さちこ先生は戻らず、今日もけん先生だけだったという。

ノリコは思い出していた。自分だけが入ったあのシャワーがある建物の、〈自習室〉――。

さちこ先生は、まだ、そこにいるのだろうか。

「消灯します」

子どもたちがみんな横になったのを見計らって、先生の一人が言う。明かりが消える。

アミちゃん、サヤちゃんと並んだ、真ん中の布団で目を閉じる。

その夜、見たこともない〈自習室〉に、女の子が一人でいる夢を見た。その子がミカちゃんだったか、ユイちゃんだったか、自分だったか、目覚めた時には、もうよくわからなかった。

◇◆◇

合宿、六日目。今日はとうとうお別れの〈会〉だ。

夕方に始まる〈会〉に向けて各班が出し物を用意する中で、ノリコたちの班は、合宿の思い出を壁新聞の形にして発表しよう、ということになった。どんなことが楽しかったか、どんな〈問答〉をしたか。

いろんな意見を出し合い、けん先生に用意してもらった大きな紙に書いていると、部屋の中にアミちゃんのお母さん——だいだい班のまみ先生がやってきた。どうやら、さちこ先生の代わりにお手伝いに来てくれたみたいだった。「みどり班は壁新聞か！　いいね！」と言って、作業するノリコたちの手元を覗き込む。

まみ先生が近づくたびに、ノリコはちょっとドキドキしていた。まみ先生の子どものアミちゃんとは毎日一緒に寝ている。昨日の夜、ユイちゃんのお母さんに「おめでとう」と言われたことも頭の片隅にあった。アミちゃんのお母さんも、ノリコの生理のことを知っていて、そんなふうに言われてしまうかもしれない。想像すると、恥ずかしいような嬉しいような、むずむずした気持ちがこみあげてくる。

しかし、まみ先生は、ノリコの横を通っても、声をかけたり、特別こちらを見たり、ということがなかった。アミちゃんのお母さんではなくて、「まみ先生」のままだ。

「あれ、誰？　ここに『おしとやかに』って書いたの」

壁新聞の下書きの一点に目を留めて、ふいにまみ先生が言った。食事の場面を書いた部分だ。六年生の、配膳係ではないけれど、桃をむいてくれたり、かき氷タイムでおかわりをよそってくれていたサユリちゃんが、すぐに「私です」と手を上げた。

マンガ風に吹き出しのついたその絵は、ごはんをよそう女子の横に先生が立って「いつかお母さんになっても困らないように、女子はおしとやかにしましょうね」と話しているところが描かれていた。

すると、まみ先生が明らかに顔をしかめた。困ったように首を傾げる仕草をして、「これ……、本当にこう言われたの？」と尋ねる。

サユリちゃんがこくんと頷く。

「ごはんの時は、女子は、いつかお母さんになっても困らないように、みんな立って、いろいろやってあげるようにって……」

「おしとやかに、も言った？　さちこ先生が？」

まみ先生に強い口調で問われ、サユリちゃんが戸惑うように浅く頷く。サユリちゃんも記憶が曖昧(あいまい)なのかもしれない。

まみ先生がふーっと長い息をついた。

「それはちょっと違うんじゃない？　いつかお母さんになることと、おしとやかでいることは絶対にイコールじゃないよ」

早口で、怒っているような言い方だった。サユリちゃんがあわてて首を振った。

「おしとやかに、って、さちこ先生は言ってなかったかもしれない。勘違いだったかも」

「だとしても、あなたたちにそう思わせてしまったってことだよね。だったら、同じことだよ。そもそも女性が社会の中で女性らしい役割を果たすことを『お母さんになること』という言い方で表すことが、私にはしっくりこない」

まみ先生の言葉は、まるで独り言のように聞こえた。サユリちゃんはどうしていいかわからないようで、おろおろしている。

ノリコもとても驚いていた。そこにそれまで他の子の作業を手伝ってきたけん先生がやってきて、「どうしましたか」と声をかける。

「けん先生、ちょっと」

まみ先生がけん先生を部屋の隅に誘い、小声で何かを話すのが聞こえた。

「山下さんが……」とまみ先生が言うのが聞こえてきて、それが、さちこ先生の苗字だと知っているノリコは、肩がきゅっとすぼまるような気持ちがした。〈自習室〉にいるという、「山下さん」の話を、昨日、別の建物にいた大人たちがしているのを聞いたばかりだ。

「ああ……」とけん先生が何か、頷いている。まみ先生がまだ何か、険しい顔で話している。英語の先生だという、アミちゃんのお母さん。若々しくて、きれいな。

「教育の意味がない」という言葉が聞こえた。

「これじゃ、センノウです」と。意味は、わからなかった。

けん先生は言い返す様子がなかった。真剣な顔で黙ったまま、ただ、聞いているだけ。二人が話す様子を見ているのはいけないような気持ちになって、みんな、なんとなく視線を逸らす。壁新聞を書いてしまったサユリちゃんだけが気まずそうに、自分が書いた言葉をごしごし、消しゴムで消している。消したその後になんと書いていいかわからないのか、吹き出し部分がぽっかりと空白になった。

「あなたたち、聞いて。特に、女の子は」

まみ先生が戻ってくる。——なんだか、学校の保健体育で、女子と男子にわかれて話をされるときみたいで、一瞬、生理の話をされたらどうしよう、と思った。自分がなったから、なおさらそう感じたのかもしれない。

まみ先生が女子みんなの顔を静かに見回す。改めて正面から見つめると、本当にきれいな人だった。すっと鼻が高くて、目が大きくて、その目が堂々とした自信に満ちて見える。

「あなたたちはミライです」

まみ先生の声は歌うようで、よく通った。

「女の子がこの先の未来でどう生きるのか、あなたの生き方はあなたたち自身で決めていいの。さちこ先生が言いたかったのは、女性らしく、優しくあることが大切だという意味で、もしこの中に、『おしとやかに』という言葉を、ただ自分の意見を言わずにおとなしくしていたり、男の子に遠慮することだと思っている人がいるとしたら、それは違うと私は思います。そういうことではないの」

まみ先生が言う。

けん先生は、近くにいなかった。男子のグループが壁新聞を書くところを手伝いに行ってしまったようだった。

「覚えておいて」

まみ先生が言う。

「みんなに、間違ったことを覚えて帰ってほしくありません」

まみ先生の言っていることを、完全に理解できたわけではなかった。けれど、言いたいことはなんとなくわかった。横で聞いている全員がきっとそうだったと思う。何より、まみ先生がとても真剣だったから。

自分みたいな子どもにも、ちゃんと話そうとしている。それがわかるから、伝わってくるものがあった。まみ先生には何かすごく大事にしている考え方があって、それが伝わらないことを悔しく思っている。それを完全に理解できない自分のことが、ノリコの方でももどかしくなるほどに。

「じゃあ、続きに戻ろうか」

まみ先生がにっこりと笑顔になって、壁新聞の作業が再開される。吹き出しの『おしとやかに』を消してしまったサユリちゃんの横に行って、「さっきはごめんね。怒ったんじゃないの」と微笑む。

途中、男の子たちがかき氷タイムの記事を書いている部分を見に行くと、シゲルくんがいた。その姿を見て、ドキッとする。昨夜繋いだ手の感触が蘇り、あわてて目を伏せたけれど、シゲルくんがノリコに気づいた。

「ノリコちゃん」と声をかけてくれる。

ミカちゃんの姿は、朝からなかった。今日はみどり班を手伝いに来ないのだろうか。

「ミカちゃんは?」

尋ねると、答えにちょっと間があった。シゲルくんは薄く微笑んで「今日の手伝いは、来ない」と言った。

「夕方になったら、また来ると思うけど。みんなとのお別れ会だしね」

「ひょっとして、〈自習室〉?」

深く考えずに聞いていた。シゲルくんがびっくりしたように目を見開く。「どうして」と呟いたのを聞いて、ノリコが答える。

「昨日私を泉につれて行ったのがバレたのかと思って」

先生たちは今、誰も近くにいなかった。それでも少しだけ小声になって言うと、シゲルくんがため息をついた。すぐに「違うよ」と首を振る。本当かどうかわからなかった。ノリコが続けて尋ねる。

「〈自習室〉って、自分から入るの？　反省するために入るって聞いたけど」

本当に知りたかったのではなく、シゲルくんとただ何か話していたかった。合宿の子の中でも〈自習室〉のことを知っているのは、きっとノリコだけだ。一人だけシゲルくんたちの〈学び舎〉の秘密を知っているような得意な気持ちもあった。

シゲルくんが困ったように黙り込む。しかし、すぐ、ノリコに向けてそっと囁いた。

「後で」

人さし指をそっと、唇の前で立てる。その仕草を見た瞬間、体にびりっとあたたかな電気が流れたような気がした。そんなかっこいい仕草をする男の子を、テレビやマンガ以外で初めて見た。

シゲルくんが行ってしまう。ノリコは足元が痺れてしまったようになって、その場を動けなかった。去り行くシゲルくんの、昨日つないでいた手をまた見てしまう。あの手にまた触れたい、と思ってしまう。

自分の壁新聞の作業に戻る。空白になった「おしとやかに」のセリフのところには、「おいしそうな桃だね」と書かれていた。さっきまでごはんのお椀だった絵は、上から桃に描き直されていた。

「ノリコちゃん」

お昼ごはんが終わって、テーブルを拭いたり、配膳台を片付けていると、シゲルくんがやってきた。顔を見ると、まず反射的にドキッとする。

「さっきの話だけど」

後で、と言われたけれど、まさか本当に覚えていてくれるとは思っていなかった。無言で顔を上げ、見つめ返すと、シゲルくんが横に来て、配膳台を一緒に拭いてくれる。

「〈自習室〉は自分で入るけど、入った方がいいって勧められて入ることもあるよ。そういう時は、自分からは勝手に出られない」

「中に入って、何をするの？　本を読んだり、勉強したり、するの？」

「何も」

シゲルくんが首を振った。〈ミライの学校〉では〈自習室〉のことなんて常識なのかもしれない。そんなことを尋ねるノリコがおもしろかったのか、シゲルくんが興味深そうに見つめ返してくる。

「何もしないよ。ただ、考えるんだ。本とか勉強するものがあったら考えないから。考える時間を持つために入るんだ」

「シゲルくんも入ったことがあるの？」

「ううん。普段は、大人が使っているだけで、子どもはよほどのことがない限り、入らない。入る子もたまにはいるけど、その子が自分から希望した場合だけ」

ノリコがシゲルくんをじっと見る。

「何？」と聞かれて、呟いた。

「ずっと中にいるだけなんて、暇そう」

シゲルくんがぷっと噴き出した。笑って、「うん、暇だろうなぁ」と答える。

「だから、入らないで済むように、毎日必死に考えるんだ。〈問答〉でもね。〈自習室〉で集中的に考えるより、毎日少しずつ世界のことを祈ったり考えたりする方がずっといいから」

「世界」

あまりにスケールが大きな言葉だったので、思わず口に出す。シゲルくんはいとも簡単に「世界と未来」と繰り返した。

そう言ってシゲルくんがまた笑う。「ミカは夕方には戻るよ」とまた言った。

「ノリコちゃんが帰っちゃうの、さみしがるだろうな。最後まで、仲良くしてあげて」

そう言って、配膳台を拭いていたノリコの布巾を受け取り、行ってしまう。ノリコはまた、ぼうっと、シゲルくんの後ろ姿を見つめ続けていた。と――その時。

ふと視線を横に向けて、ノリコはぎょっとした。

近くで、女の子たちが自分の方を見ていた。女の子三人組。その姿が、ここに来てからずっと忘れていた、〈麓〉の学校のエリちゃんたちのグループに重なる。全員がはっきり、ノリコを鬱陶（うっとう）しく思う目つきをしていたから。睨むまではいかない。けれど、確実に好意的ではない視線だった。

〈学び舎〉の、別の班を手伝っている子たちだ。ノリコや、ミカちゃんと同じ、たぶん四年生。全員の名前がわかるわけではないけれど、一人だけ、わかる子がいた。確か、ヒサノちゃん。

ミカちゃんが仲良くしているようだったから、なんとなく、覚えていた。

視線を逸らし、逃げようとした。それは〈麓〉の学校でノリコが身につけた無意識の処世術みたいなものだった。気が強そうな女子たちには、こちらが気づかないふりをしてやり過ごすしかない。

だけど、遅かった。

「シゲルくんは、ミカが好きなんだよねー」

いきなり、大きな声がした。ノリコはびっくりして、その場に立ち竦(すく)む。懸命に俯(うつむ)いて、彼女たちの方を見ないようにする。彼女たちがこっちにやってくる気配がした。だけどノリコに直接話しかけるわけではなく、近くをゆっくりと通り過ぎる。

「昔からずっとそうだもんね」

「うん。シゲルくんとミカは両想いだよね」

足が棒みたいになる。ノリコに直接言うわけではなくて、あくまで、彼女たちの会話を聞かせるだけ。だから、きっと私にじゃない。私が攻撃されたわけではない、と思い込もうとする。けれど、そうではないことも、ノリコは知っていた。〈麓〉の学校でもよくあることだったからだ。

クラスのエリちゃんたちのグループは、ノリコに直接ズバズバ言ってきて、それはそれですごく理不尽な思いがする。けれど、無視するふりをして自分たちの会話を〝聞かせる〟のは、もっと卑怯な気がした。自分たちだけにわかる秘密の話を、あなたには教えてあげない、とばかりに見せつける。みんなが笑うためのそういう役回りに、どうしてかノリコは選ばれてしまう。

「やだ、目の前でそんなふうに言ったらかわいそうだよ」

あのヒサノちゃんという子がクスクス笑う声がした。ノリコは黙ったまま、まだ自分に言い聞かせていた。誰の〝目の前〟かわからないけれど、それは私じゃない。私に言われたわけじゃないから、相手にしなくていいんだと。

彼女たちがまた笑って、ひそひそ何かを言いながら、遠ざかっていく。顔を上げなくてもこっちを見ていることがわかったから、絶対にそっちを見たくなかった。恥ずかしくて、情けなくて、首から上がかーっと熱くなる。

ノリコはショックを受けていた。

シゲルくんとミカちゃんが両想いだと知ったから、ではない。そんなこと薄々わかっていた。自分が、あの子たちにシゲルくんを好きだと指摘されたから、でもない。

ショックなのは、これじゃ〈麓〉の学校と一緒じゃないか、と思ったからだった。

けん先生たちが仲間はずれについてあんなに真剣に話し合ったり、〈問答〉をしたりしてるのに、この子たちは、それと、自分の生活とを結びつけて考えていない。ここは、世界とか未来とか、戦争とか仲間はずれとか、そういうことを笑われずに大真面目に話してよくて、それを自分の日常生活とも結びつけて考えて――そういう場所なんだと思っていたのに。

ああ――それに。

ミカちゃんも、そう思っているんだろうか。ノリコが、シゲルくんを好きだって。だから、ヒサノちゃんたちに伝えて、それであの子たちがミカちゃんの代わりに、ミカちゃんに頼まれて――。もし、そうだったとしたら――。

ヒサノちゃんたちが遠ざかっていく。

ノリコは立ち尽くしたまま、彼女たちがいなくなってもしばらく、顔が上げられなかった。

◇◆◇

お別れの〈会〉の直前になって、ミカちゃんは戻ってきた。

ひょっとして、自分を泉につれて行ったことが大人にバレたのではないか――とあれこれ心配していたノリコの気持ちをよそに、帰ってきたミカちゃんはとても明るく、けろりとしていた。昼間いなかったことが嘘のように、あっという間にまたみんなの輪に溶け込む。

「もうすぐお別れで、寂しいね」

とノリコにも言ってきてくれた。

シゲルくんの姿を目で追いそうになるのを、我慢した。ミカちゃんと話す時もドキドキした。ヒサノちゃんたちとミカちゃんは、話しただろうか。ノリコがシゲルくんを好きかもしれない、と告げ口みたいに彼女たちがミカちゃんに言うところを想像したら、胸が苦しくなる。そんな身の程知らずなことは考えていない、とミカちゃんに言い訳したくなる。

だけど、ミカちゃんに表立って変わった様子はない。

日が傾く頃になって始まったお別れの〈会〉では、みんなの間にどこか柔らかい空気が漂っていた。おそらく、もうすぐ帰れるからだ。

校長先生の話や各班ごとの出し物が終わった後、名簿が配られた。合宿で今日まで一緒だった子たちの名前や住所が書かれた名簿だ。

どうやら班ごとにはなっていなくて、やってきた地域別にわけられているみたいだった。本当にいろんな土地から来ているようで、たくさんの都道府県や市の名前が書かれていた。〈川崎支部〉のところに、サヤちゃんの名前があった。光本沙也。漢字でこう書くんだ、ということを初めて知る。光本という苗字は、ミツモト、と読むのだろうか。

「手紙、書くね」

ノリコが言うと、横で同じく名簿を開いていたサヤちゃんも「うん、私も」と答えた。

名簿が配られた後は、ちょっとした騒ぎだった。合宿の子たちがみんな、手にその名簿を持って歩き回り、友達同士で裏の白い部分にメッセージを書き合い、寄せ書き大会のようになった。

中でも人気なのは、やはり〈学び舎〉の子たちだ。

「タカシお兄ちゃん、お別れのメッセージ、書いて！」

どの子も合宿の子たちに取り囲まれ、中には長い列ができている子もいる。まるでアイドルみたい。その列に対して、仕方ないなぁというようにメッセージを書きこむ〈学び舎〉の子たちの顔も、まんざらではなさそうだ。

ノリコのみどり班の、けん先生も人気があった。六年生の女の子たちが、けん先生の前に列を作って、それぞれ何かメッセージを書いてもらっている。

――シゲルくんとミカちゃんに書いてもらいたいな、とノリコは思ったけれど、ヒサノちゃんたちの目が気になって、頼めなかった。今こうやってみんなでワイワイ、楽しそうにしていても、やはり、どうしてもヒサノちゃんたちのことが気になってしまう。

シゲルくんやミカちゃんの前にも、長い列ができていた。シゲルくんの列に、ユイちゃんがむらさき班の友達と並んでいる姿が見えて、喉のすぐ下をぐっと押さえつけられたような、複雑な気持ちになる。

――タカシくんがかっこいい、と言っていて、シゲルくんのことなんて、一言も話題に出していなかったのに。ユイちゃんの横にいる子が、並びながら、他の子にサインをするシゲルくんを指さし、嬉しそうに笑って何か話している。ノリコは目を逸らした。だけど、気になってたまらない。ミカちゃんがシゲルくんと両想いでも、別にいい。だけど、ユイちゃんたちがシゲルくんと仲良くするところを想像すると、嫌な気持ちになるのはどうしてだろう。

名簿と一緒に、合宿のお土産として、水のペットボトルも配られた。泉に行く途中にある、青い屋根の工場で詰められた水だという。〈ミライの学校〉と書かれたラベルが巻かれている。誰か子どもの描いたような水彩画の絵が入っていた。

「一番うまい子のを、使うんだよ」

別の班の〈学び舎〉の子が言うのが聞こえた。ラベルには他にも、子どもの字で吹き出しの形で、「ぼくの」「わたしたちの水だよ」と書かれていた。

配膳係だから、夕ご飯の支度に行く時間が近づいていた。ノリコは名簿を手に、みんなのそばからそっと離れた。

食堂にはまだ人はそんなにいなかった。先にトイレに行こうかと、食堂に一番近い廊下の先のトイレの方を見て、ノリコは立ち竦んだ。

さちこ先生がいた。

最後の、お別れの〈会〉だから、戻ってきたのかもしれなかった。〈自習室〉のこと、〈活動〉の部屋から出ていった時の哀しそうな様子のこと、思い出して、何か声をかけなきゃ――と思った。けれど、近づけない。さちこ先生は一人ではなかった。

さちこさん、と呼ぶ声がする。

けん先生だ。

さちこさん、聞いてください。けん先生が手を伸ばし、次の瞬間、さちこ先生がその手を激しく振り払う。まるで、子どもが嫌々をするみたいに。鋭い目でけん先生を睨む。

あ、と思う。

けん先生が小さく息を吐き出し、そして、さちこ先生の手を強く引き返し――抱き寄せた、ように見えた。弾みで廊下の壁にさちこ先生の頭が小さくぶつかる。さちこ先生の目が見開かれる。そのまま、近くの部屋の中に二人が消えていく。

胸が、激しくドキドキしていた。まるでドラマの中のワンシーンみたいで、ノリコは今見たものについて必死で考えていた。

けん先生は、若い、若い、お兄さん、という雰囲気の人で。

さちこ先生は誰かのお母さんなのかな、と思っていた。年もけん先生よりずっとずっと上で、だから、ドラマの中の、と思ったけれど、二人に対してそんなことを思ってしまったことが後ろめたく思える、そんな感じもあって――。

あわてて、その場から遠ざかり、見たものを整理しようとする。だけど、どうしても気になって、また、同じ廊下にさりげなく戻る。けれど、もう誰もいなかった。

まるで、すべてが夢か何かだったように、その後の二人は、それまで通りだった。

でも「さちこさん」というけん先生の、囁くような声が耳から離れない。先生同士で呼ぶ「さちこ先生」じゃなくて、「さちこさん」。顔を歪めてけん先生を見つめ返し、手を振り払うさちこ先生――。

けれど、みんなの前に立つ先生は、そんなこと何もなかったようにただ「先生」だ。さちこ先生も、最初の日の堂々とした様子を取り戻していて、むしろ元気そうだった。

「みんな、長くいなくて、心配させてごめんね。もう大丈夫だから」

そう言っただけで、取り立てて、けん先生と親し気にするわけでもない。むしろ、ほとんど口をきかない。変わった様子がないか、ノリコはドキドキしながら二人の様子を観察し続けたけれど、子どもたちの前では何も、見せなかった。

お風呂も済ませた後、帰りの荷物を準備した。まとめて一つの部屋に預けられていた各自のリュックやボストンバッグが、子どもたちの元に戻ってくる。見慣れたリュックを一週間ぶりに目にした瞬間、懐かしさで胸がいっぱいになった。

「花火大会、するよ」

荷物の整理をしていると、先生から声がかかった。

〈広場〉に集合すると、大きな仕掛け花火が五個、等間隔に並べられていた。

「皆さんを送り出す、記念の花火です。では、スタート！」

校長のしんたろう先生の合図で、ノリコから向かって右の方から順番に、花火に火がつけられていく。

夏の薄闇に、火が上がった。それと同時に、子どもたちの間から、わあー、と歓声が上がる。花火大会でよく見るような打ち上げ花火と比べて、家で遊ぶための仕掛け花火は、ずっと小さく、すぐに終わってしまう。けれど、夏の日、合宿に集まったメンバーみんなで見る花火は、家でやる時よりもずっとずっと特別な感じがした。

仕掛け花火が終わった後で、今度は各自に手持ち花火が配られた。

「では、皆さんも花火に火をつけてください。終わった花火は、近くにある水を張ったバケツの中に入れましょう」

〈広場〉に七つか八つくらいずつ、火のついたロウソクを入れたバケツと、水のバケツがそれぞれ用意されていた。

「花火が足りない子は、前の台から取りましょう」

と言われ、みんなが手に手に花火を持ち、競うように火をつける。すぐに、花火に火が付くシューという音や、火花がはぜるぱちぱちという音が聞こえてきた。〈広場〉全体があっという間に煙に覆われる。

ノリコは自分の花火に火をつけると、煙の合間を縫うようにして、煙が来ていない広い場所を探した。火薬の匂いがする。〈広場〉の温度が上がった気がして、少し息苦しい。

「ノリコちゃん」

名前を呼ばれて、顔を上げると、ミカちゃんがいた。ミカちゃんも手に花火を持っている。

「炎、ちょうだい」

「いいよ」

ノリコが花火の火を、ミカちゃんの持つ花火につけてあげる。重なり合った花火の先から、シュー、と新しく、ピンクがかった炎が噴き出した。

合宿の女子はみんな、花火の間、自分で布を縫い、染めて作ったスカートを穿いていた。その感触が固くて、長さもちょっと短い気がして、ノリコはさっきから足元が落ち着かない気持ちになっていた。染めるまでは、もっともっと素敵にできると思っていた紫色のスカート。

周りで、みんながはしゃぐ声がしていた。特に男子たちは二本同時に火をつけたり、炎を人の方に向けたりして、先生たちから「こらっ！　ふざけない！」と注意されていた。

「明日で終わりだね」

ミカちゃんが言った。

「また、来てね」

「……うん」

頷くのが精一杯だった。〈ミライの学校〉は好きだ。けれど、明日帰れることが、とても嬉しい。ミカちゃんに会えなくなるのは、寂しいけれど。

「待ってるね」

そう言われて嬉しかったけれど、胸がちくりと痛んだ。ミカちゃんはそう言ってくれるけれど、昨日のヒサノちゃんたちのことを思い出すと、自分を歓迎しない人もいるんだと思ってしまう。

「ミカちゃんは、いいいな」

気づいたら、言葉が口から出ていた。シゲルくんやヒサノちゃんや、いろんな子たちがミカちゃんを好きなことがわかる。ノリコとは違う。

ミカちゃんが、ノリコを見た。微笑みながら「どうして？」と尋ねる。ノリコは答えた。

「みんながミカちゃんのこと、好きだから」

「そんなことないよ」

ミカちゃんが言った。

「私、友達、少ないもん」

前にも、ミカちゃんはそう言っていた気がする。けれど、どうしてそんなことを言うのか、ノリコにはわからなかった。

――ミカちゃんにとって、「学校」は二つあったのだ、と気づいたのは、後になって――もっとずっとずっと、後になってからのことだ。

ノリコが、四年生のこの夏の合宿を終え、五年生の夏にも迷ったけれど、それでもまたミカちゃんに会いたい、と合宿に行って、六年生の夏にも、また迷ったけれど、もう今年で最後だし、と決めて、結局、三年間続けて、〈学び舎〉の合宿に通い続けた、その後。

〈ミライの学校〉は、正式な「学校」として認定されていないから、あそこの子たちも〈麓〉の学校で義務教育を受けていたのだと、大人になってニュースで観て、初めて、知った。

〈広場〉に、花火の煙が充満している。うっすらと漂うその煙が、いつまでもいつまでも晴れない。

「あとでメッセージ、書いてくれる?」

ノリコが聞いた。

「名簿の裏に、さっきみんながいろんな子に書いてもらってたみたいに」

花火の熱気で、〈広場〉が暑くなっていた。ミカちゃんが笑う。煙はその顔を隠すほどではなかったけれど、やはり「笑った」ことは覚えていても、具体的な表情や顔立ちまでは思い出せない。

「いいよ。後で書きに行くね」

その後で、本当に書いてもらったかどうか、ノリコは覚えていない。

最初の年の合宿は、そんなふうにして終わった。楽しかったけれど、一週間は本当に長くて、家に戻った後も、しばらくおかしな気分が続いていた。戻ってきた、と考えると、遠く離れたあの場所で、一週間も過ごしていたことの方が夢か何かだったように思えてきて、あの山の〈学び舎〉での日々に現実感がなくなる。

朝食後すぐ出発した帰りのバスの中で、子どもたちはみんな寝てしまった。前日の夜もよく寝たはずだったけれど、ただもう、過ごした日々の長さからそうなってしまったような感じだった。

眠っている間に、バスが、靄(もや)がかかったトンネルを抜けて、山の泉から、〈麓〉の街の現実に、ノリコたちを運んでいくようだった。

行きの時のように乗り物酔いすると大変だから、とノリコの席は前の方だった。ユイちゃんやアミちゃんのお母さんたちが座る、大人の近くの席。

子どもたちがみんな寝ていると思っているからなのか、それとも子どもだからわからないだろうと思っているからなのか、目を閉じていると、大人たちの小さくひそめた話し声が聞こえた。

「○○さんにも困ったものね」という声が、した。

その「○○さん」の苗字は初めて聞くものだったけれど、なぜか、けん先生なんじゃないのか、という気がした。

あれって絶対に女の先生たちとの——。来年はもっと違うやり方に——。

「そうなのよ。私にも実は——」

声は、どこまでが本当に聞いたことで、どこからが幻だったか、わからない。けれど、話はそこから別の先生や、いろんな人の名前を出しながら、ずっと続いていた。

家に戻った日の夜、荷物を整理していたお母さんが、「ねえ」と声を上げた。

「なんでこのパンツだけビニールに入ってるの。ちゃんと乾かさないまま入れたでしょ？　これじゃ、カビたりしてもうはけなくなっちゃうよ」

あ、と思う。お母さんが手にしたビニール袋には、生理になってしまった日に自分で洗って、そのまましまい込んだパンツが入っていた。恥ずかしくて、洗濯係のカゴに入れられなかったのだ。

「あ、うん。生理になっちゃったから……」

ノリコが口ごもると、お母さんの目が真ん丸になった。「え？」という口の形になって、ノリコを見る。

帰ってきてすぐに、最初の話題として言うべきだったのかもしれない、とその時になってノリコは気づいた。だけど、家に戻ってきた嬉しさで、言わなきゃいけないことを忘れていた。

「いつ？」

お母さんが尋ねる。ノリコはなんとなく気まずい気持ちになりながら「合宿の、終わりのほう」と答えた。

「ナプキンとショーツ、向こうの人がくれた」

「今も、そのナプキンをしてるの？」

「うん」

生理はまだ終わっていなかった。もらったショーツは一枚だけだったから、今は自分の持って行った普通のパンツの上にナプキンをつけている。

ノリコのお母さんは、ユイちゃんやアミちゃんのお母さんたちみたいに明るいタイプじゃないし、「おめでとう」と言葉をかけてくれるような感じの人じゃない。だから、なんとなく話題を早く終わらせたいような気がして黙っていると、お母さんがノリコに近づいてきた。

はー、と大きなため息を吐きながら――ノリコを抱きしめた。

ノリコはびっくりして、立ち尽くす。思いもよらないことだった。

「ごめんね」

お母さんが言った。ノリコを抱きしめる腕にぐっと力が入る。

「そんな大事な時に、お母さん、近くにいられなくて。びっくりしたし、心細かったでしょう？」

「いいよ。だって仕方ないもん」

ノリコはあわてて言った。普段なら、お母さんは、こんなふうには絶対にしない。お母さんに謝られると、びっくりすると同時に照れ臭くて、どうしていいかわからなくなる。

「仕方なくないよ」

お母さんが言って、抱きしめていたノリコを離し、顔を見た。真剣な顔をしていた。

「そばにいられなくてごめんね。おなかは痛くない？　生理の時って、痛くなる人が多いんだけど、それは大丈夫？　あとだるいとか、眠いとか」

「大丈夫」

「何かあったら、すぐ言うのよ。ごめんね。お母さん、ノリコが初潮を迎えるのは、もっとずっと先だと思っていたから」

「いいよ」

恥ずかしくて、話題を早く終わらせたいという気持ちは、変わらずにまだあった。だけど、今度はそれに嬉しさと、ほっとするような気持ちが重なっていた。

ユイちゃんたちのお母さんみたいなかっこよさとは違うけれど、てきぱきと体調のことを心配してくれるこういう時は、私のお母さんはさすが看護師さんなんだな、と思う。思うとちょっと、誇らしくなる。

「本当にごめんね、ノリコ」

お母さんがまた言って、ノリコは、今度は笑って、「大丈夫」と首を振った。

◇◆◇

郵便ポストにその手紙が入っていたのは、合宿が終わって、一か月ほどした頃だった。

夏休みが終わって二学期が始まり、ノリコは今までどおり、学校に通っていた。

帰ろうとするノリコに向け、ユイちゃんが「あ、ノンコちゃん、また明日！」と声をかけてくれた。

ユイちゃんの横に、エリちゃんたちがいる。彼女たちはノリコに特に声をかけることはなく、ただこっちをちらりと見ただけだ。

ユイちゃんとは、二学期になっても、一緒に帰るわけではないし、同じグループになったわけでもないけれど、〈ミライの学校〉の合宿に行ったことで、確実に距離が近くなったような気がしていた。合宿の間のことを特に話したりすることはないけれど、ノリコが一人でいたりすると、前以上に気にかけてくれるようになっている、というか。それはノリコの気のせいではないと思う。

「うん。また明日！」

ノリコは手を振って、一人で家に帰る。夏休みが終わって、秋になり始めて、空気が少し変わったようだ。その頃には、合宿の記憶がだいぶ遠ざかっていた。運動会の準備や、席替えや、新しい係決めや、そういうことで、とても忙しかったからだ。

帰宅して、郵便受けを覗き込む。手紙が来るのはほとんど大人にで、ノリコに何かが届くことはめったにない。しかし、その日は、一通の封筒が、大人への郵便物に混ざって、不思議な存在感を放っていた。

キャラクターものの封筒は、明らかに子どもからの手紙に見えた。〈ミライの学校〉で配られた名簿の存在を思い出して、サヤちゃんだ、と咄嗟に思う。ノリコから送ろうと思っていたけれど、向こうからくれたんだ——と。

しかし、手紙を裏返し、差出人の名前を見て、ノリコは、はっとする。

『〈ミライの学校〉　沖村滋（おきむらしげる）』

シゲルくんからの、手紙だった。

第五章　夏の呼び声

すべては、遠い、遠い思い出だ。

四年生で、初めて〈学び舎〉を訪れたその夏を経て、法子は翌年も、五年生で合宿に参加した。クラスメートの小坂由衣に誘われ、またも訪れた〈学び舎〉で、ミカとシゲルに再会した。だから、彼らとの思い出のどれが四年生の時で、どれが五年生だったかは曖昧だ。けれど、ミカとシゲル以外の子との思い出はもっと薄れていて、たとえば、四年生の頃に川崎から来ていて同じ班になったあの女の子は、翌年も来ていたはずだけど、満足に話した覚えはない。子どもの数が多かったせいか、班が違うとなかなか話す機会がなく、一年ぶりに会うと懐かしさよりも照れが勝ってうまく会話できなかった。

遠い親戚、という言葉を、ミカが使っていたことを、今になって思い出す。

濃密な時間を一緒に過ごしても、長く会わないでいると、次に会った時に前のように打ち解けるまで時間がかかって、照れくさくて、うまく話せない。川崎の子——確かサヤちゃんといった——ともそんなふうで、軽く挨拶して、それきりだった。六年生の時には、彼女は確か、来ていなかった。

ノブ、という男の子のことは、よく覚えている。

だけど、彼も、五年生から先はもう合宿に来ていなかった。

自分の担任だった先生たちはどうだったろうか。翌年以降、会ったかどうか、曖昧だ。来ていたとしても違う班だったのかもしれない。

ひとつ、はっきり、覚えていることは。

六年生、最後の年だし、と参加した〈学び舎〉に、ミカの姿がなかった。

合宿の手伝いに来たのは、それまでは会ったことがなかった別の子たちばかりで、知っている顔がぐっと減っていた。〈ミライの学校〉がどんな規則で成り立っていたのか、はっきりとはわからないが、学年が上がるにつれて顔ぶれは入れ替わった。

そう、ミカと会ったのは五年生が最後で、そこから先、彼女がどうしたのかをノリコは知らないのだ。

〈ミライの学校〉跡地から見つかった遺体が女児であったことが、だから、頭から離れない。

あの遺体が孫ではないかとやってきた吉住夫妻の上に、ミカの面影を、探してしまう。

「電話でもお伝えしましたが、依頼人のお名前は吉住孝信さん。お孫さんのお名前は吉住圭織さんです。吉住さんは、発見された白骨遺体は圭織さんなのではないかと仰っています」

――飯田橋にある〈ミライの学校〉東京事務局で、法子は目の前の女性に向けて言った。

◇◆◇

暗い部屋だった。

ビルの前に立った時から、法子は微かにショックを受けていた。

法子の知る〈学び舎〉は、森に囲まれ、太陽の下にあった。静岡のあの〈学び舎〉は、水の事故が原因で十数年前に閉鎖されたと聞いていた。加えて、水の事故の数年前には、オウム真理教による地下鉄サリン事件があり、世の中の目も法律も、新興宗教やそれに類する思想団体に対して厳しい方向へと変わっていた。

子ども時代の法子が過ごした夏の思い出が、今もそのままの形で残っているわけもない。それはわかっていたし、逆に、規模は縮小されたとはいえ、〈ミライの学校〉が今もまだ存在し続けていることの方に驚く気持ちもある。

静岡の〈学び舎〉はもうないが、〈ミライの学校〉は今も国内三か所に〈学び舎〉と呼ばれる場所を持っている。北海道、富山県、高知県。それぞれ、規模は小さい。しかし、ネットで検索してすぐ、それらの場所で募集している「〈学び舎〉山村留学」のページがヒットした。夏休みや冬休み、春休みやゴールデンウィークなど、長期の学校休みを使って、親元から離れた子どもたちが農家にホームステイし、山村の生活を体験する。

『〈問答〉の力』、という言葉は、サイトの画面の下の方に項目があった。

自然の中で対話を通じて勉強する、子どもの思考力を育て、言葉で生き抜く力を身につける――。そんなふうに書かれている。

乳しぼりしたよ、友達ができたよ、〈問答〉が楽しかったよ、などのコメントがついた子どもの写真が載っていた。サイトの雰囲気は、写真も文字の配置もどこか垢抜けず、業者ではなく、素人が作成したものだという印象が強い。何年も前に作ったものをずっと使い続けているようで、デザインも古めかしい。それでも、細々と更新は続けられていた。

〈ミライの学校〉のサイトは、白骨死体が発見された後も、閉鎖されることなく、相変わらず、次の夏休みに向けた山村留学希望の子どもたちを受けつけている。それを見て、ああ――とため息が漏れた。

白骨死体が発見されたことへの非難や疑惑、抗議や嫌がらせの声は団体にも届いただろう。だけど、次の募集要項がまだ公開されている。サイトも閉じられていない。その様子は、法子が知る〈ミライの学校〉らしいという気がした。鈍いほどの頑なさで揺らがない。〈麓〉の声など気にしないし、届かない。おそらく、水の事故が起こった後もずっとこうだったのだろう。

サイトに掲載された写真の子どもたちは、プライバシー保護がさかんに言われるこのご時勢においても、顔を隠されていなかった。留学の募集ページで、下にあるコメントも留学した子どもの感想のように書かれているが、写真の子どもたちは、実際に留学に来た〈麓〉の子ではなく、もともとの〈学び舎〉の子たちなのかもしれない。おそらくは、親と離れ、家族と別々に集団生活を送っている子たち。泉という言葉だけが姿を消し、「山村留学」と名を変えた合宿が続いている。

画面を前に、ああ――と長い息が出た。

続いているのか、と思った。

『孫の名前は、圭織といいます』

事務所で聞いた、吉住夫妻の声が耳に蘇（よみがえ）る。

カオリ、と法子は心の中で呟（つぶや）く。聞き覚えのない名前だった。少なくとも、法子が合宿で親しくなった子たちの中にはいなかったと思う。

ミカ、と言われなかったことに、ほっとしたような肩透かしを食らったような気持ちがしていた。

『あの骨が孫かどうか、確認したいんです。あの子がどうなったのかを知りたいんです』

わかりました、と法子は答えた。まずは、現在の〈ミライの学校〉に掛け合ってみる、と。

調べてみると、〈ミライの学校〉は多くの人々が生活を送る〈学び舎〉の他に、東京に事務局を持っていた。

〈ミライの学校〉の東京事務局は、飯田橋の雑居ビルの一室だった。

ビルの外観だけはテレビで観て知っていた。白骨死体が発見された直後は特に、現在の団体の様子を伝える際にこのビルの窓がよく映し出された。昼でもずっとカーテンが閉められた小さな窓。時折、薄いカーテンのその向こうに、人影が揺れていた。

実際にこうやって目の当たりにすると、そのビルはあまりに暗く、小さかった。

外にマッサージ店の看板が出ており、狭い入り口の向こうに見える階段のタイルは、剝(は)がれかかって浮いている。入り口に表示されたフロア案内板の三階部分に〈ミライの学校〉の名前はひっそりとあった。けれど、雑多に並んでいる他の団体の名前に紛(まぎ)れると、まるでそれがいかがわしい店の名か何かのようにも見える。その様子に、衝撃を受けていた。法子の知る〈学び舎〉とはまったく違う。

ビルの前で、二人連れの男とすれ違った。男の片方がちらりと法子を振り返る気配がして、マスコミの記者か何かかもしれない、と咄嗟(とっさ)に思う。白骨死体が発見されて一か月。相変わらず遺体の身元は特定されず、進展がないことに痺(しび)れを切らしてか、この件への報道はだいぶ減った。しかし、まったくなくなったわけではない。〈ミライの学校〉がどういう場所であるのかを、関係者の証言を交えて報道し続けているメディアもまだある。

発見された遺体に対し、〈ミライの学校〉は無関係であることを当初から主張し続けている。広報担当や代表者が出て記者会見を開いたりするようなことは一切なく、団体の代理人である弁護士を通じて、書面でのコメントを出しただけだ。〈ミライの学校〉としては、発見された女児の遺体に心あたりはなく、警察の捜査にも協力している。思ってもみないことでこちらも戸惑っている——というのがその内容だ。

それは、通されたこの暗い会議室で、目の前の女性に言われた言葉でもある。田中と名乗ったその女性が、団体の中でどういうポジションにあるのかは、彼女が名刺さえ渡さなかったせいでわからない。染めた様子のない髪に、疲れたような表情。険(けわ)しい目つきから、彼女の警戒心がまるごと伝わってくる。

吉住圭織の名前を聞いても、田中は表情を変えなかった。

「ご存じないですか」と法子は再度尋ねる。

「吉住圭織さんです。静岡県にあった〈ミライの学校〉の施設に、お母さんと入られたそうで、一九九〇年の九月に、吉住さんが代理人の弁護士を通じて一度、団体に問い合わせをしました。その際にはお母さんとともにもう施設を出られた後だという説明を受けたそうです」

「じゃあ、そうなんじゃないですか。当時のことはわからないですけど、施設を出たというのなら、そうなのだと思います」

法子の鞄の中にある手帳には、メモのコピーが挟んである。それは吉住夫妻が〈ミライの学校〉へ何をいつ、どんな形で問い合わせたかを詳細に綴ったものだった。手書きのメモの内容は、当時の代理人の事務所にも確認したから間違いないという話だった。吉住夫妻の、焦れてもがくようだった闘いの記録だ。

「吉住圭織さんのお名前に聞き覚えはありませんか」

「わかりません」

法子は、自分よりも年上のように見える、田中の顔を見つめる。どれくらい上だろう、と考える。

吉住圭織は生きていれば四十歳。法子と同じ年だ。同じ学年ではなかったかもしれないが、田中がもし静岡の〈学び舎〉で育ったとするなら、圭織と一緒に生活した年代だろう。今、他県にある山村留学の地は、当時からもう〈ミライの学校〉の施設として存在していたそうだから、田中が静岡以外で育った可能性もある。けれど、もしそうでなければ、今の「わかりません」は明らかに違和感があった。

全部の状況がわかるわけではない。けれど、あそこで暮らしていた子どもの数は多かったとしても、互いに名前がわからないほどではなかったはずだ。幼等部、小等部、中等部、高等部。そう呼ばれているのを聞いた。それだけ何年も一緒に生活していて、名前がわからないはずがない。規模感の想像がつくからこそ、彼女の物言いがきっぱりしすぎているのが気になった。

「記録を調べていただけませんか」

法子は言った。田中の顔が露骨に不機嫌そうになるのに気づいたが、構わずに続ける。

「吉住さんのお嬢さんとお孫さんが、具体的にはいつまで〈ミライの学校〉にいて、いつ出て行ったのか。その後の連絡先などを残していないかどうか。前に問い合わせた時には、それさえ教えていただけなかったという話でした。せめてそこを調べていただけないことには、こちらとしても納得ができません」

「すぐには無理です。そういう記録の全部がここにあるわけじゃないので」

「調べていただけるまで待ちます」

「時間がかかりますよ」

「わかりました。調べていただけるんですね？」

田中が法子を軽く睨(にら)んだ。法子は黙ったまま、その視線から目を逸(そ)らし、出されたお茶を飲む。

田中の言い方はそっけないが、少なくとも拒絶はされていない。だったら、こちらも粘り強く頼むだけだ。田中が息を吐いた。

「――わかった場合には、ご連絡します」

曖昧な返答だった。法子はそれでもひとまず「わかりました。お願いします」と頷いた。

記録がまとまっていないことはあり得ないだろう。確かに、これまでならそうだったかもしれない。静岡の〈学び舎〉がなくなった際に、管理していた個人情報や書類などが、別々の場所へ移されたということはあるかもしれない。

けれど今はありえない。なぜなら、一か月前にあの遺体が発見されたからだ。〈学び舎〉は子どもたちが暮らす場で、そこから出てきた遺体も子ども。〈ミライの学校〉には、当然警察が捜査に入っているはずで、必要な書類はすべて提出を余儀なくされただろう。その際に書類や個人情報がまとめられたはずだ。田中は明らかに、今日のところはその場しのぎの言葉で法子を帰らせようとしている。

これまでにも問い合わせや申し出は山ほどあったはずだ。今日の田中との短いやり取りで、こうした問い合わせに彼女は――というか〈ミライの学校〉は真剣に取り合うつもりがないように感じる。ならばなぜ、彼女たちは法子をここに呼んだのだろうか。電話だけで門前払いすることもできたはずなのに。他の問い合わせにも彼女たちは、おそらくそうしている。

田中たち〈ミライの学校〉の関係者が外部からの問い合わせにわざわざ応じるのは、何かに怯え――あるいは何かを待っているからだと考えるのは、うがちすぎだろうか。

さっき吉住圭織の名前を聞いた田中には、本当に何の動揺もなかったのだろうか。

「吉住圭織さんのお母さんのお名前は、吉住保美さんといいます。もし、保美さんを当時ご存じだったという方がいらっしゃる場合にはご紹介いただけるとありがたいです。吉住孝信さんは行方不明のご家族を心配していらっしゃいます」

田中が無言で頷いた。今度もまた、法子を黙らせるために仕方なくそうしたというふうだった。法子が続ける。

「近いうちにまたご連絡します。圭織さんとお母さんのこと、くれぐれもよろしくお願いいたします」

法子は深く頭を下げた。頷いてくれたものの、田中から連絡がある可能性は低いと思っていた。だから、頭の中では、次の手立てを考え始めていた。それは、他の関係者たちと連絡が取れないだろうか、ということだ。吉住夫妻のように〈ミライの学校〉を相手に、長い間交渉を重ねてきた人たちがきっと大勢いるはずで、あるいは、家族や財産をとられたという「被害者の会」のような団体がもうすでに存在しているのかもしれない。そのあたりについては吉住夫妻の方が詳しいだろう。彼らが所属していなかったとしても、耳にしたことくらいはあるはずだ。

法子が頭を下げても、相変わらず田中は黙ったままだった。田中が無言で立ち上がり、廊下に通じるドアを開ける。帰れ、という合図のようだった。

自分が招かれざる客であることは間違いない。法子は部屋を出た。すぐ隣の部屋のドアが開いていて、少しだけ中が見えた。雑多な書類やファイルが積み上げられた本棚や誰かの机——あまり見てはいけない、と思いながらも、視線が吸い寄せられる。

そこから青年が出てきた。さっき、法子にお茶を運んできて、曇(くも)りのない笑みを浮かべていたあの青年。彼が「お疲れさまでした」と法子に言った。意外なことに、どうやら、エレベーターまで見送りにきたらしい。田中がずっと何も言わないので、彼が挨拶してくれたことは純粋にありがたかった。

　エレベーターが開き、乗り込む。

「ありがとうございました。また来ます」

　念を押すように法子が言い、軽く頭を下げた——その瞬間、小さな呟きが聞こえた。

「——ずっと、ほうっておいたくせに」

　え——と思い、顔を上げる。聞き間違いではないかと思った。

　しかし、法子の視界の両端から、エレベーターの扉が閉じていく。閉ざされる視界の中央に、あざけるような笑みを見た。柔和な顔をした青年の背後に立つ、田中の口元が笑っていた。

　ぞくりと、額から全身に寒気が走った。心臓が縮み上がる。

　エレベーターが下降していく。それと同時に、自分の足元が重たいものにからめとられて、一緒に引きずられていくような感覚があった。今のはなんだ——と途方に暮れる。

　一階に着き、エレベーターを降りた。狭い通路の先のガラス扉の向こうに広がるアスファルトに太陽が照りつけていた。建物の内と外とでこんなに違う。ビル内の暗さが、外の明るさによって改めて浮き彫りにされるようだった。

　法子の歩みは自分でもはっきりとわかるほど、ぎこちなくなっていた。つい先ほどの耳を疑うような言葉が、まだ生々しく鼓膜に残っている。

　——ずっと、ほうっておいたくせに。

　田中の声だった。言葉は、法子の依頼人である吉住夫妻に向けられたものだろう。白骨死体が発見されたことをきっかけに、娘と孫を改めて探す彼らに苛立ったのかもしれない。これまでずっとほうっておいたくせに、と。

感情にまかせた物言いをする相手に出会うことは、この仕事をしていると決して珍しくない。それでも、法子は啞然（あぜん）としていた。法子は確かに招かれざる客だった。けれど、そんなあけすけな本音をあんなにも露骨にぶつけられる筋合いはない。

田中は、どうせ聞こえないだろう、と思ったのかもしれない。けれど、聞こえても構わない、と考えたであろう声の大きさと間合いではあった。それでは子どもと同じではないか。なぜ、そんなことが平然とできてしまうのか——と思いかけて、今日、何度目になるかわからない、ああ——という吐息がまた漏れる。

これもまた、〈ミライの学校〉の大人らしいといえば、そうなのではないか。

〈ミライの学校〉東京事務局のビルを出る。なんともいえない後味の悪さが胸に広がって、自然と顔が下を向いた。ビルの窓から、田中がこちらを見ている気がして、早くこの場から離れたかった。来た時とは違う、窓の死角になっているすぐそばの道の角を、逃げるように曲がる。

——ずっと、ほうっておいたくせに。

あの言葉が、自分に向けられたもののように感じた。そんなはずはない。ありえない。けれど、法子もまた、あの白骨死体が発見されるまで、あそこのことを忘れていた。責められたように感じた。

◇◆◇

『被害者の会……、ですか』

電話の向こうの吉住孝信は、唸るように言った。

「ええ」

法子は頷く。

「吉住さんが保美さんや圭織さんに会いに静岡に行かれた時に、そうした団体や、他のご家族とお話されたことはないですか」

『あいにく、私たちはそうしたものには入っていないのですが』

吉住の話し方はひどくゆっくりとしていた。吉住への連絡は携帯電話ではなく、自宅の固定電話だ。電話が繋がった直後、吉住の背後ではテレビのものらしい大きな音がしていた。

吉住が、『ちょっと待ってください』と断って、音が小さくなる。しばらくして受話器が持ち直される気配があり、『補聴器をつけました』と声が返ってきた。

法子はなるべく大きな声で、文節で区切るように心がけて話す。

「これまで〈ミライの学校〉に対して働きかけてきた団体などがあれば、交渉の参考になるかもしれないのでお話を伺ってみたいと思ったんです」

『ああ――確かにそうしたところの方から連絡を受けたことはあります。私たちが娘を探していると知って、〈ミライの学校〉のことで困っているなら相談に乗ると言われたのですが、その時はその……妻と話してやめておこうということになって、その後も連絡しませんでした』

吉住が何かを言いよどむ気配があった。法子が促したわけではなかったが、ややあって、彼が『あの……』とためらいがちに続ける。

『なんでも、〈ミライの学校〉についての本を何冊か書いている方だということだったので、ひょっとしたら、うちのことも書かれてしまうんじゃないかと、心配だったものですから……』

「ああ」

その人が吉住に連絡をしてきたのがいつだったのかはわからないが、その頃の吉住は今よりまだ若かっただろうし、仕事もしていたかもしれない。心配が先に立つのも無理はなかった。

吉住が言う。

『でも、確かにそういう人たちだったら、〈ミライの学校〉がこれまで起こしてきた問題についても詳しいと思います。連絡先はまだわかると思うので、わかったら、先生にお知らせしましょうか』

「そうしていただけると助かります。よろしくお願いいたします」

礼を告げて、電話を切る。

一度会いにいった感触から、〈ミライの学校〉の木で鼻をくくったような態度はこれからも変わらないだろうという気がした。自主的に吉住の孫について調べてくれるとも思えない。だとしたら、これ以上は平行線になってしまう可能性が高く、それは回避したかった。

事務員の女性に頼んで調べてもらうと、〈ミライの学校〉は九〇年代の半ば頃から、脱退した会員による財産返還請求の訴訟をたびたび起こされていることがわかった。〈学び舎〉での集団生活に入るにあたって財産を寄付したが、脱退時に何も返還されないと訴える人が多くいた。訴訟の中には、寄付した財産の返還を求めるものの他に、〈学び舎〉での労働に対して賃金の支払いがなかったことを脱退後に訴えるものもあった。そうした裁判では多くの場合、全額ではないものの、〈ミライの学校〉に財産の返還や賃金の支払いを命じる旨の判決が下りている。

水の問題についての訴訟もあったようだ。二〇〇〇年代に入ってから起こった〈ミライの学校〉の水にまつわる不純物混入事件。当時のニュースを詳しく見てみると、〈ミライの学校〉が扱っていた水には二種類あったようだ。ひとつは、泉近くにある工場で加熱殺菌などの処理をして広く一般に向けて販売していたもの。そしてもうひとつは、会員の間でやり取りをしていた「泉の水」——文字通り、泉から直接汲んだ水に工場での処理をせず、そのまま流通させたものだ。

後者は、最初はごく一部の会員の間でだけ流通していた「非公式」の存在だったらしいのだが、やがて、その規模が広がり、かなり高値でやり取りされていたようだった。

未処理の水が流通し始めた背景にあったのは、おそらく、泉そのものから直接汲んで、加熱殺菌しないものの方が尊いという考えだった。

〈ミライの学校〉では、〈学び舎〉で生活しない外部の会員を〈麓の生徒〉と呼んでいた。そうした〈麓の生徒〉の求めに応じ、一部の人の間だけでこっそりとやり取りされていたものが、いつの間にか公に値段をつけて、静岡から通信販売されるようにもなった。

この問題が露見したのは、千葉県の主婦が、子どもが高熱を出した際に〈ミライの学校〉の会員だった隣家の主婦からその水をもらったことがきっかけだった。わけ与えた主婦に悪気はなく、むしろ善意のつもりであったが、水を飲んだ子どもが腹痛を訴え、体調がさらに悪化した、と問題になった。問題の水を調べたところ、中からカンピロバクターというバクテリアが検出された。

その一件に端を発し、全国で同じような事例がたくさん報告された。正式な処理を経ない「非公式」の水は当時、五百ミリリットルのペットボトル一本が五千円近い金額でやり取りされており、その値段も問題視された。保健所の調査が入り、結果、〈ミライの学校〉は泉のある静岡の〈学び舎〉を手放すことになった。

〈ミライの学校〉の成り立ちを調べると、活動の原点はやはり「泉の水」にあるようだった。子どもたちの自主性を育てる理想的な環境として、静岡のあの場所に〈学び舎〉を構えることができたからこそ、活動が広がった。〈ミライの学校〉は宗教ではないが、それでもあの泉と水が神格化されていたのは揺るぎのない事実で、だからこそ、他のカルト教団と一括(ひとくく)りにして論じられることも多かった。あの泉を守り切れなくなったのは、〈ミライの学校〉としても相当な痛手だったのではないか。

吉住との電話の後で、彼が言っていた「本」についてネットで検索をかけると、何冊か、それらしい書籍が出てきた。『〈ミライの学校〉の未来の崩壊』『奪われた学び〜〈ミライの学校〉の限界〜』『〈ミライの学校〉の傲慢　断ち切られる絆』——。それぞれ著者や版元が違う。出版社名は、あまりなじみのない小さな会社のものが並んでいる。絶版になっているのか、ほとんどすべてが中古でなければ買えないようだった。その中の数冊、目についたものを参考までに購入する。

事務所の机に置かれた卓上カレンダーを見ると、今年の秋は連休が多い。同業で別の事務所で働く夫は、この秋は特に忙しくなりそうだと、夏の始まる頃からしきりとぼやいていたから、連休の間もきっと出勤が多くなるだろう。

連休中、藍子と二人で実家に帰ろうか、と法子は考え始めていた。普段はもう定年退職している両親をこちらに呼んで育児を手伝ってもらうことが多く、そのためわざわざ実家に帰る必要を感じていなかった。千葉の実家に帰るとしたら、約半年ぶりだ。

帰ろう、という気持ちになったのには理由があった。

昼食を取るため事務所を出たタイミングで、実家の母に電話をかける。藍子をつれて、連休のどこかで帰ろうと思っていると伝えると母は喜んだ。大っぴらに喜びを言葉で表現したりはせず、『あら、そうなの』と言っただけだが、声が明るくなった。

『ところで藍ちゃんの保育園のこと、大丈夫？　今の保育園は今年までだって言ってたでしょう？　来年からの預け先がまだ見つからないって』

「うん。来年になれば、認可園に空きが出るかもしれないし、申し込みはしてみるつもりだけど」

『ああ、保育園から幼稚園に移る子も出るかもしれないもんね。藍ちゃん、どこかに入れるといいね』

看護師として働いていただけあって、母は法子の育児に対して理解があると感じる。このところ頭を痛めている保育園の問題について、詳しく説明せずとも状況を把握してくれているところもありがたかった。

電話の向こうで母が笑う。

『でも藍ちゃん、だいぶ丈夫になったじゃない。今の保育園に通い始めた頃はしょっちゅう熱を出して大変だったけど、最近は私も呼び出されることが減ったし』

「うん。藍子、頑張ってくれてると思う」

『まあ、また必要になったら呼んで。いつでも行くから』

「ありがとう。あ、あと、今度帰る時までに、ちょっと頼んでおきたいことがあるんだけど」

『いいわよ。何？』

具体的な用件を告げる前にもう承諾してしまう母の大雑把さに少し呆れつつ、伝える。

「私が子どもの頃、小坂由衣ちゃんに誘われて〈ミライの学校〉の合宿に行ったよね？ その時にもらってきた名簿とか、まだとってあるかな」

口にした瞬間、電話の向こうで母が黙り込んだ。あれ、と思って、もしもし、と言いかけた法子に、母が『なんで……』と尋ねる。

『どうしてそんなものが必要なの？ あそこ、今、また問題になってるでしょう？』

構えたような話し方になったのを聞いて、法子はそういえば、と思い当たった。こんなふうに平然と聞くべきではなかったのかもしれない、と今更ながら気づいた。

――あそこの合宿に行ったことはなるべく話さない方がいいと思うよ。

――君のお母さん、よく、娘をそんなところに行かせたね。

夫の言葉を、深く気に留めていなかった。法子自身も、法子の両親も、〈ミライの学校〉の会員ではなく、あくまで合宿に夏休みの行事として参加したに過ぎないから、それは特別なことではないと思っていた。

けれど、思い起こせば、頻繁というほどではないにしろ、何かあれば娘に電話をかけてくる母が、先月〈ミライの学校〉で遺体が発見されたニュースが流れた後、そのことについて電話で触れなかった。あれは、あえて口にしなかったのではないか。

仕事を持っていたせいか、法子の母は娘の同級生の親たちと親しく付き合うようなことはほとんどなかった。噂話のようなものとも無縁で、少なくとも、子どもの頃の法子は、母が誰かの家について話していたのを聞いたことがない――だからこそ、小坂由衣の母親にも、合宿に誘われたのかもしれない。

これまで母がどんな気持ちでいたかなど考えたこともなかった。

「必要とか、そういうわけじゃないの。名簿を使って誰かに連絡を取ろうっていうわけでもない。ただちょっと、見てみたくて」

法子は言った。実際口にした通りの気持ちだった。自分がたまたま持っていた名簿を使って、仕事に繋げようとは考えていない。記載された誰かに連絡を取るつもりも毛頭ない。

なのになぜ、と聞かれたら、「見てみたくなった」としか答えられない。

母がまた黙り込んだ。しばらくして、電話の向こうで声がした。聞き取れず「え?」と尋ね返した法子に母が言う。

『もし、あそこに行っていたことがわかったら、あなたの今の仕事や立場に不利になってしまうようなことはないの?』

心配しているのだ、とわかった。たどたどしい口調だが、気遣いが感じられた。「大丈夫」

と法子は答える。

「私たちが帰る時までに名簿を探しておいてくれる？　もし、あればでいいから」

『わかったよ』

几帳面な母のことだから、どこかに整理してきちんと残されている気がした。もし残っていさえすれば、母はそれを隠したりせず、法子に見せてくれるだろう。

名簿は外部の参加者の名前だけで、シゲルくんやミカちゃんや――法子が親しくしていた〈学び舎〉の子たちは載っていないはずだ。吉住圭織の名前があるとも思えないし、万が一、記載があったところで、彼らの住所として載っているのはおそらくすでに閉鎖された静岡の〈学び舎〉のものだ。

文通していた滋からの手紙にあった住所も、静岡の〈学び舎〉だった。そこに向けて、法子は返事を書いた。そして、いつの頃からか、文通は途絶えた。最後に手紙を出したのがどちらからだったのかは――覚えていないけれど、法子の方が止めたのだろうという気が、今はしている。

名簿は母が残してくれているかもしれない。けれど、滋からの手紙はもうきっとどこにもない。最初に届いた時、あんなに大切に、特別な場所にしまったはずだった手紙の所在がわからなくなる日がくるなんて思わなかった。今更読み直したいとも思わないが、自分がひどく薄情なことをしてしまった気持ちになる。

ずっと忘れていた手紙。遺体が発見されなければ、呼び起こされることもなかった記憶。

――ずっと、ほうっておいたくせに、という吐き捨てるような田中の呟きが、自分で思っていた以上に心の深い場所に刺さっていた。
〈ミライの学校〉東京事務局の、埃っぽい小さな部屋の中で、吉住の代理人として田中と対峙しながら、法子は何度か、ある衝動に襲われた。

それは、自分があそこにいたことを伝えたい、という衝動だ。〈学び舎〉を知っている、あそこにいた子たちを知っている、泉を知っている——あなたたちが、決して危険な人たちではなかったのだということを、知っている。

それは突き詰めれば、自分が敵ではないと知ってほしいということかもしれなかった。

たかだか、夏に一週間過ごしただけだ。そんな三年間が、子ども時代にあったというだけのこと。あの場所のすべてを知っているわけではもちろんない。それでもそんな衝動が自分の中にあったことに、法子は驚いていた。

◇◆◇

畑と住宅の間の道を、ねこじゃらしを片手に藍子が歩いていく。

法子が生まれ育った八街市は、緑の多い、畑や林に囲まれた環境だ。千葉県は東京の隣で、他の地方出身の友人たちからは都会だと思われがちだが、この辺りはのんびりとした風景が広がる。自分自身が子どもだった頃に比べて、住宅が増え、見慣れた景色が変わったところもある。しかし、駅からも遠く、どこに行くにも車が必要な環境は他の地方とおそらく似たり寄ったりの状況だ。住宅のすぐ裏が畑だったり、草が生い茂る空き地だったりする。そして、それらが子ども時代の法子の遊び場だった。

久しぶりに帰ってきた実家で、法子が小さい頃にはなかったコンビニに藍子の朝ごはんのパンを買いに行こうとすると、父も母も、「車を出すよ」とすぐに言った。

「いいよ。藍子と散歩してくる」

「そう？　でも、歩くと意外に遠いわよ」

コンビニまでは子どもの足でも十分とかからないはずだ。車移動に慣れている両親は、たとえ十分の距離であっても「遠い」と言ってしまう。それを聞いて、ああ、帰ってきたのだな、と実感する。

法子が遠慮していると思ったのか、なおも「車で送っていく」という両親に、この二人は帰ってきた孫と少しでも一緒にいたいのだろうな――と思ったが、法子が「藍子を少し外に出して遊ばせてあげたいし」というとあっさり引いて、一緒についてくることはなかった。

幼い頃に法子がよく通った道を、藍子がよちよちと歩いていく。途中、雑草が生い茂っている場所を発見して、藍子が身を屈め、ねこじゃらしを数本、プチプチと抜く。不思議なものに触れるように穂先をさすっているのを見て、法子も数本抜いて、束にして持たせてやった。

遠くで、農業用のトラクターが動いている音が聞こえる。世間的には休みの日であっても、どこかの畑からは作業の音が聞こえるのが、法子にとっては昔から当たり前の光景だった。

保育園のお散歩で慣れているのか、藍子は速度はゆっくりだけれど、長い距離を歩いても平気そうだった。普段は、お迎え時間ぎりぎりに保育園に駆け込んで急いで家に帰ったり、休日に近所の小さな公園内で駆けっこをしたりするだけで、藍子とこんなふうにゆっくり一緒に歩くことなどない。追い立てられるように日々を過ごしている間は考えないけれど、こうやっていると、もっとこの子と穏やかにすごせる時間を持ちたい、と思う。そうできていないことをふがいなくも思う。

秋の空が高く、青かった。

最近、藍子を、自分が育ったのと同じような環境で育てたい、と感じることが多くなった。車を気にせず、草や花を摘みながら道を歩けるようにしてあげたい。家のすぐ近くに、林や空き地のある環境がほしい。祖父母が近くにいて、いつでも会えるようにしてあげたい。都会の大きな小学校ではなく、こっちの小学校に通えたら――。

そのたびに、不思議な気持ちになる。

小学校時代は、いい思い出ばかりではない。むしろ、悪い――窮屈な思い出の方が多いはずだった。

法子はクラスの人気者ではなかったし、少人数の小学校だったからこそ、固定された子ども同士の人間関係にだって悩んだ。

けれど、自分の慣れ親しんだこの場所で育児をすることを、無意識にいつも考えている。それはおそらく、自分がここで育ち、この土地での子ども時代しか知らないせいだ。この場所で自然に触れ、顔が見える規模のコミュニティーの中で育ち、勉強し、そして、外へ出て行った。その生き方でよかったと思っている。だから、藍子もそうした方がいいのではないか、という気持ちが拭えない。

法子も夫の瑛士も仕事があるし、そうしたいと望んだところで、実際には無理だとわかっている。真剣に考えているわけではない。けれど、どうしてかそんなことを望んでしまう。

コンビニに行き、また同じ空き地のそばに差しかかる。昔、ここは大きな工場で、前を通ると機械が動いている音が響き、作業着姿の大人たちが出てきて、外でたばこを吸ったりしていた。——今は、工場の建物こそ残っているけれど、ひと気がまるでなくなって、昔は車がたくさん停まっていた駐車場の部分は、空き地になっていた。

「藍ちゃん、こっち向いて」

瑛士に写真を送ってあげよう——歩いていた藍子の背中に向けてスマホを構えると、藍子が嬉しそうに右の頰に掌（てのひら）を当てた。最近覚えた、アニメのプリンセスのポーズだ。保育園の他の子の影響なのか、いつの間にか覚えてきた。

「ママー。もっと、ねこじゃらし！　ばあばにも」

「そうだね。摘んで帰ったら、ばあばが喜ぶかも。渡してあげて」

「うん！」

藍子がしゃがんで、空き地の草を摘む。見ると、ねこじゃらしの他に、ススキも生えていた。この連休中に、十五夜が来る。母が藍子と一緒にお団子を丸めて作るのだと張り切っていたのを思い出して、ススキを数本、摘んだ。十五夜のお団子作りは、もともと、法子の、もう亡くなってしまった祖母が得意としていた。祖母の家の台所の、あんこを作るための小豆が煮える匂いと音を覚えている。

その頃、母は、看護師の仕事が忙しくて、ほとんど台所に立つことはなかった。お団子はいつも、祖母と、学校帰りの法子が作っていた。だから、母がお団子を作ると言い出すなんて、思わなかった。

考えてみれば、ずっと作りたかったのかもしれない。孫ができたら、一緒に作ると決めていたのかもしれない。

子どもの頃のお団子作りでは、法子はただ祖母に言われるままに作業していただけで、細かい作り方をちゃんと覚えなかった。もし、この先藍子と東京の自宅でお団子を作りたくなっても、私には無理だな、となんとなく思った。


「藍ちゃん、手をちゃんと洗うのよ。こっちの台に乗って」

「はあい」

家に戻ると、甘い匂いがしていた。ああ、小豆の匂いだ、とすぐにわかる。

「法子、もうすぐお団子を丸めてもらえるところまでできるから、それまではまだ藍ちゃんと居間にいて。藍ちゃんの好きなアニメや子ども番組、録画してあるから観てて」

「うん。ありがとう」

藍子とともに居間に戻り、テレビをつける。自分がこの家を離れてから、何度か買い直されたテレビは、ハードディスクレコーダーがついたものになっていた。父や母がそれの使い方を勉強し、法子の帰省に合わせて孫のための番組を録画したのかと思うと、笑みがこぼれる。

法子の自宅のテレビとは違うが、操作の仕方はだいたいわかる。藍子のための番組を探してリモコンを操作していたら――ふいに、ある文字が目に飛び込んできた。

『ニュース　ミライの学校』

短く息を呑んだ。

録画番組をまとめたいくつかあるフォルダの下の方に、それはあった。

「アンパンマン！　アンパンマン！」

藍子の声がして、はっと気を取り直す。「ごめんね」と謝って、藍子のためにアニメをかける。

耳に覚えのあるテーマソングが流れるのを聞きながら、法子は、録(と)っていたんだ、と思っていた。〈ミライの学校〉のニュース。気になって、父か母――おそらく母が、関連特集か何かを放送したニュース番組を録画したのだろう。

――あそこ、今、また問題になってるでしょう？

先日の、母との電話を思い出す。〈学び舎〉の合宿に娘を行かせたことは、母の中でどう捉えられていたのか。これまで面と向かって話したことがなかったけれど、実は、法子が思っていた以上に母は気にしていたのだろうか。自ら進んで、娘を危険な場所に行かせてしまったのではないかと。

小さな町だ。地区の役員や、葬儀のお手伝いで、小坂由衣の家族と顔を合わせる機会は今もあるはずだった。母のことだから、きっと、気にする様子はおくびにも出さなかっただろう。けれど、母が人知れず、ずっと気にしてきたのだとしたら。

録画された番組を観てみたい衝動に駆られた。

「あら、藍ちゃん、寝ちゃったの？」

居間に入ってきた母の声に、はっとして顔を上げる。見れば、アニメはまだ途中だが、いつの間にか、転がっていたクッションにしがみつくようにして藍子が眠っていた。そういえば今日はお昼寝がまだだった。散歩の疲れも出たのだろう。

「お団子、一緒に作ろうと思ったけど、残念。かけるものを持ってくるわね」

「ありがとう」

孫がかわいくて仕方がない様子の母が、一度出ていき、タオルケットを片手に戻ってくる。

法子はリモコンを手に、テレビで流れていたアニメを止める。録画リストから、さっき観た『ニュース ミライの学校』を選んで表示する。

「お母さん」

「何？」

「これ、観てもいい？」

藍子にタオルケットをかけていた母が顔を上げた。

画面を見て、母は一瞬、黙った。しかし、それは本当に一瞬だった。すぐに、抑揚のない声が「いいよ」と答える。いつもの母らしい口調だった。

「静岡から白骨死体が出てきた、すぐ後くらいの番組だけど」

「うん。それでいい」

白骨死体が発見された直後、報道が一番過熱していた時に組まれた特集の多くを法子は見逃している。その時には、まさか、吉住夫妻が依頼にきて、自分がかかわることになるとは思ってもみなかったからだ。

「ちょっと待って――その、真ん中くらいにある――そう、その番組」

母が法子の操作する画面を見ながら頷いた。「その特集の」と続ける。

「その番組の中に、〈ミライの学校〉に実際にいたっていう自分の経験を話してる人が出てたよ。合宿じゃなくて、〈学び舎〉に住んでたみたいだけど」

「へえ」

「他の番組は似たり寄ったりで、水の事故や、なんか怪しい場所だって決めつけてるようなのが多かったけど、その番組だけは、法子に聞いた話と似てた。〈ミライの学校〉の印象が」

「私に聞いた話？」

「うん」

問い返すと、思いがけず、母はきょとんとした顔をした。なぜそんなことを聞き返されるのか、わからないような表情だった。母が言った。

「楽しかったんでしょ？〈ミライの学校〉」

今度は法子が黙る番だった。母が薄く微笑む。

「いいところだったって、言ってたじゃない」

母はそれだけ言うと、そそくさと立ち上がり、「お団子、早く丸めないと固まっちゃう」と台所に戻っていく。

法子はしばらく動けなかった。

母は――法子が気にしているような単純な気持ちだけを〈ミライの学校〉に持っているわけではないのかもしれない。報道される事実は事実として受け止めつつ、ちゃんと、昔、法子が話していたことも覚えている。

子ども時代の法子を行かせたことを気にしている、なんていう簡単な感情でも、きっとない。

母の気持ちの本当のところは推し量れないけれど、そこには――昔を、小学校時代の法子と過ごした日々を懐かしむ気持ちすら、あるのかもしれない。

母が示した、録画一覧の真ん中あたりの番組を再生する。

夕方のニュース番組だったようだ。〈ミライの学校〉の跡地から遺体が発見されたことについて触れた後で、実際に、〈ミライの学校〉で暮らしていた人に対し、どんなところだったのか、インタビューをしている。

見始めてしばらくすると、母が言っていた意味がわかった。その特集は、一連の報道の中でも、何かを「こう見せよう」という意図が薄いものだという気がした。前に似たようなインタビューを別の番組で観た時には、インタビューされた相手が殊更に、自由がないことや、〈学び舎〉の大人たちが高圧的だったことを強調するものが多かった。中には、虐待を疑わせる事実はなかったかと、インタビュアーが露骨に問いかける様子のものもあった。

けれど、その番組は、〈ミライの学校〉の教育方針を極端に奇異なものとして扱おうとはしていなかった。〈問答〉についても丁寧に説明している。――法子が昔、参加した時と同じやり取りが、インタビューの中で説明される。ただ、それでも、今「大人」の目で見た時には、行われている手法や内容がどうしても自己啓発セミナーに類するもののように見えてしまう。そのことをやるせなく思う。「戦争」や「平和」、「友達」や「愛」、そうしたものについて真剣に話し合うという行為そのものが、ある種の胡散臭さをもって迎えられてしまうのはなぜなのだろう。

インタビューに答えているのは女性だった。顔は出していない。首から下を写しているだけだが、声は加工されることなく、そのままだった。紺色の光沢のあるワンピースを着ていた。細い手に、控えめな銀のチェーンブレスレットと、結婚指輪が見えた。

「――両親に会えないことは、子ども心に寂しかったという記憶はあります。うちでは、父と母が、私を預けることに関してずっと揉めていましたから。今でも覚えています。外泊の許可が出て、家に戻る途中の車で、父が母に『もうやめないか』と声を荒らげていたのを」

声がとても美しい女性だ、と思った。話し方も単語がしっかりと発音されている。テレビの中、顔が見えない女性は続ける。

「けれど私は、みんなと離れることも嫌だったんです。子どもだけで暮らすことで自主性が育てられるのは本当だと思います。自主性というか、もっと他にも、いろいろなことを学べました。泉に向かう小道を歩くことも、朝早く〈学び舎〉の床を雑巾がけすることも、今の社会では子どもはなかなか経験できないことです。水の事故のことばかりが大きく取り上げられますが、そこで暮らしていた私たちの生活は、なんというか――皆さんが仰るほど特別におかしなものではなかったと思っています。大人になった今も、あそこでの経験が私を支えていると感じることがたくさんあります。それに――楽しかった」

遺体が発見されたことについてどう思うかと、インタビュアーが尋ねる。彼女が一度、声を詰まらせた。しばらくして、言う。

「とても悲しいことです。とても、とても悲しい。私がいた頃の友達の誰かでなければいい、と思います。けれど、亡くなったとしても事故か何かだったのではないでしょうか。私が知る〈学び舎〉では、のびのびとした時間が流れていて、そこにいる人たちも決して危険な人たちではありませんでした。むしろ穏やかで、いつも、子どもたちの教育について真剣に考えていました」

過度に感情的になることがない理知的な話し方のせいで、彼女の声に自然と耳を傾けてしまう。彼女が続けた。

「――私はもう離れてしまったけれど、一緒にいた友達のことが、とても心配です」

法子の持った印象と、確かに似ている。

〈ミライの学校〉は、報道されているほど、極端におかしな団体ではなかった。危険な人たちではなかった――それはずっと、法子が彼らに接する中で感じてきたことだ。彼女の語る、世間から見た〈ミライの学校〉をめぐる評価への違和感が、法子にもよくわかる。

「法子、これ」

母の声がした。居間の入り口を振り返ると、また母が立っていた。どうやら台所に戻ったわけではなかったらしい。

「探しておいたよ」

母が手にしているものを見て、自然と背筋が伸びる。白い小冊子――年月を経て、少し黄ばんでいる。

渡すタイミングを、きっと見計っていたのだろう。法子が帰ってきてからずっと。

気まずい話題を避けるように、母がテーブルにそれを置いて、すぐにまた出ていく。法子は「ありがとう」と一言告げて、母が置いていった冊子を手に取った。

名簿だった。『ミライの学校〈学び舎　合宿〉』、そして日付が入っている。三年分、母が取っておいてくれたようだ。三冊ぜんぶ、そろっている。

一番古い、四年生の時のものを開く。

千葉支部のページを開くと、小坂由衣の名前が出ていた。指でリストをたどってみて、微かに息を呑んだ。

近藤法子。

自分の名前がある。結婚する前の旧姓ではあるけれど、法子は今も仕事ではこちらの苗字を使っている。

時田亜佐美（あさみ）、という名前にも目が留まる。覚えている。合宿で一緒に寝ていたアミちゃんだ。川崎から来た子と仲良くなったけれど、その後、その子に手紙を書こう、書こう、と思いながら結局そうしなかったことも思い出す。

法子は後ろの方のページを開く。みんなが〈学び舎〉の子たちに寄せ書きをしてもらっていた時、法子はもらいに行けなかった。ミカちゃんに書いてほしかったけれど、そうする機会がないまま――。

そう思っていると、サインペンの文字が見えた。何かが書かれている。


『わすれないでね！　　みか』

胸を――突かれた。
どくんと、大きく心臓が鳴る。

子どもの文字だ。覚えていなかったけれど、書いてもらったのだ。

わすれないでね――そこに深い意味はないだろう。来年もまた合宿に来てね、とかそのくらいの軽い気持ちで書いたに違いない。けれど。

法子はそのまま、残りの二年分の名簿も、最後のページを開く。〈学び舎〉の子たちにメッセージをもらうことは、毎年、お別れ会の最後にみんなでやっていたことだった。覚えていない。覚えていないけれど、きっと他の年も――。

五年生の年には、またミカにもらっていた。


『ノリコちゃんへ　ずっとトモダチ☆　　みか』


――ノリコちゃん。

夜の森の暗さが、一瞬で蘇る。虫の声も。

私は、座り込むあの子の元に行かなかったろうか。

一人で泉に残ると言い張ったミカちゃんが心配で、一人にしてはいけない気がして、戻らなかったろうか。

――ノリコちゃん。わたし……。

声が弾ける。言われた。その後で、言われた。

――ノリコちゃんのこと、友達だと思っていい？　〈麓〉にいる、友達だって。

私は、どう答えたろう。きっと、「友達だ」と答えたはずだ。もちろんそうだ、と。

だけど、忘れていた。

六年生の夏は、法子はミカと会えていない。彼女は〈学び舎〉の合宿を手伝いに来なかった。行ってみて、今年も当然会えるものだとばかり思っていたのにがっかりしたことを覚えている。だからミカからメッセージはもらえなかったはずだった。

しかし、意外なことに、六年生の時の名簿には、複数のメッセージが書き込まれていた。これが最後の参加だとわかっていたことで子どもながらに気持ちが高揚し、感傷的になっていたのかもしれない。ただ、そのほとんどが、合宿で一緒になった、別の場所から来た〈麓〉の子たちのものだ。小坂由衣の名前もあるし、時田亜佐美の名前もある。

けれど、その中にひとつだけ、周りの女の子たちのはしゃいだ様子のメッセージとは雰囲気の違う一文があった。右上の、端の方に小さく書かれている。


『また来てください。　沖村滋』


シゲルくん――。書いてもらったことを、こちらも、すっかり忘れていた。

わすれないでね。

ずっとトモダチ。

また来てください。

その言葉に、別の声が重なる。それは、暗い雑居ビルのエレベーターで聞いた声だった。

――ずっと、ほうっておいたくせに。

窓の外の空が、いつの間にか暗い。

「やだー、急に雨。ちょっと、お父さん、手伝って！」

庭で、母の声がする。洗濯物を取り込んでいる。こういう時、母は帰省している娘ではなく、いつの間にか父を呼ぶようになった。母にとって、自分は遠い家族になったのだと実感する。

パラパラと雨が窓を叩く音を聞きながら、法子はふいに、無防備に寝ている藍子の頬に触れた。柔らかく、法子の指の形に藍子の頬っぺたがくぼむ。起きる気配はまったくない。

法子は立ち上がる。夕立に覆われた空の下で、洗濯物を取り込む母を手伝うため、庭に出ていく。

◇◆◇

その電話があったのは、連休明けすぐ、千葉から戻って事務所に出勤した日の午後だった。

「近藤先生にお電話です。菊地さまと仰る方から」

事務員の牧野に取り次いでもらい、電話を取る。今抱えている仕事では、聞き覚えのない名前だった。

「お電話代わりました。近藤です」

『あ、こんにちは。急にお電話してしまって申し訳ありません。私、菊地と申します』

「はい」

『吉住孝信さんにご連絡先を伺って、お電話しました。〈ミライの学校〉のこと、私でよければお話ししますよ』

あ、と掠れた呟きが出る。物怖じしない、はきはきとした話し方をする男性だった。法子が吉住に聞いた、〈ミライの学校〉の被害者団体の関係者だとピンときた。

彼が続けて言った。

『吉住さんは私の連絡先を自分から近藤先生に伝える、と仰いましたが、携帯電話でなく事務所の番号ならばよいかな、と判断して、私の方からかけてしまいました。すみません』

「いえ、助かります。吉住さんのお手を煩わせなくて済みました」

近藤先生、事務所――自然な言い方でそれらの単語がすんなり出てくるところに、これまでも弁護士やそれに類する職業の人間に接し慣れているという様子が感じ取れた。

吉住夫妻は高齢だ。電話をするにも補聴器が必要で、菊地と名乗ったこの男性はそうした事情を見越したうえで、直接かけてきてくれたようにも思う。

「ご連絡、ありがとうございます。吉住さんからは、詳しいご説明がありましたか」

『だいたいのところは。お嬢さんとお孫さんを心配していらっしゃることも伺いました』

「はい」

『お聞き及びかと思いますが、吉住さんには随分前に一度、私からご連絡をしていたんです。お嬢さんとお孫さんの行方を捜しに、何度か静岡の〈学び舎〉にいらしていたようだったので』

「ええ、そうみたいですね」

吉住夫妻によると、彼は、〈ミライの学校〉について何冊か本を書いている人だということだった。先日、ネットの書店で法子が購入した本の中にもあるだろうか。話しながら、机の上の棚に立てかけたままになっていた、それらの本に手を伸ばす。

するとその時、思いもよらないことを彼が言った。

『吉住さんのお孫さんの、吉住圭織さんには、僕は昔、会ったことがあります』

「えっ！」

驚きすぎて、受話器を落としそうになった。「会った？」と問い返すと、彼がはっきり「はい」と答えた。

『私は、菊地賢と申します』

彼が名乗った時、その漢字までわかったのは、手を伸ばしていた机の上の本の著者がまさにその名だったからだ。きくち、けん。

ぞわり、と心の奥底で何かが動く感覚があった。

けん。

明瞭な、はきはきした話し方。物怖じしない――。

まさか、と思う。偶然だと思おうとする。電話の向こうから、さらなる声がした。

『二十代から三十代にかけて、十年近く、〈ミライの学校〉の静岡の〈学び舎〉で教師をしていました』

けん先生――という呼び名が、胸で弾けた。

『奪われた学び～〈ミライの学校〉の限界～』

菊地賢の本の、それがタイトルだった。

◆◇◆

通されたプレハブ小屋は、教室のようだった。

机と椅子が等間隔に全部で三十近く並び、後ろにはロッカー。学校の教室と違うのは、床に薄いじゅうたんが敷かれていることと、部屋の前方にあるのが黒板ではなくホワイトボードだということくらいだろうか。今は生徒の姿はないが、壁に貼られた九九やローマ字の表から、そこはかとなく子どもの気配がする。手作りの塾、という雰囲気だった。

「お待たせしてすいません」

手に、たくさんの本とファイルのようなものを抱えて、彼が現れた。その声に、法子と吉住夫妻が顔を上げる。

菊地が言った。

「遠いところをわざわざありがとうございます」

茨城県笠間(かさま)市。そこが、現在、菊地賢の住む場所だった。仕事があるのですぐには東京に行けない――と言った菊地に、吉住たちの方が会いに行きたい、と申し出た。最初は法子が一人で話を聞きに行っても構わないと思っていたのだが、彼らがそう言った理由はやはり、菊地が圭織に会ったことがある、と口にしたからだ。

吉住夫妻をつれて、東京駅から特急に乗り、駅からタクシーでやってきた菊地賢の自宅は閑静な住宅街の中にあった。初めて訪れる場所だけれど、既視感がある。小さな空き地に、ねこじゃらしが生えた小道――先日帰郷したばかりの法子の生家のあたりと、景色や雰囲気がよく似ている。住宅街だけれど、すぐそばに畑や森の気配がある。

入ってきた菊地が、抱えていた本やファイルを下ろし、並んだ机同士をくっつけて向き合って座れるようにすると、ちょうど小学校の給食か何かで班を作った時のようになった。

「おかけください」と言われ、四人で座る。迷ったが、法子は吉住夫妻と向き合う形で、菊地の横に座った。

「塾のようなものを……されているんですか」

おずおずと口を開いたのは、吉住夫妻の妻、清子だった。物珍しそうに小屋の中を見回している。

部屋の壁には、九九やローマ字の表の他に、子どもの名簿のようなものも貼ってある。清子の問いかけを受けて、菊地の眼鏡の奥の目が和(やわ)らいだ。

「はい。普通の塾です」

普通の、という言葉に、はっとする。吉住夫妻も同じだったようだ。菊地は至って平然とした口調で続けた。

「学校で教えるのと同じ内容を、私なりのやり方で教えています。〈問答〉はしていませんし、特別な思想を押しつけようという意図も一切ない、普通の塾です」

「――菊地さんは、以前は〈ミライの学校〉で教師をされていたということでしたが」

いきなり核心に触れられたことに、躊躇(ためら)いながら法子が言う。

言いながら、改めて横にいる男性の顔を見つめる。

白髪の交じる薄い髪、黒ぶちの眼鏡、着ているポロシャツはややくたびれている印象はあるもののの、ブランドのマークが入った若々しいデザインで、体つきもこの年代の男性にしては、細身で引き締まった印象だ。

この年代――見たところ、五十代後半。ひょっとしたら、六十代の可能性もあるが、実年齢より若々しい外見をしているのかもしれない。

顔を見た瞬間、あの頃のけん先生の面影が確かにある、と思い、けれど次の瞬間に、それは自分がそう思って見るから似ている気がするだけなのではないかとも思う。わからなかった。目は確かに似ている気がする。体つきもこんなふうに細身だった。けれど、今思い出せるけん先生は、おしゃれな眼鏡をかけたみどり班の先生で、鮮やかな緑色のシャツを着ていた、ということだけだ。中でもシャツの色の記憶が鮮明過ぎて、緑色さえ着れば目の前のこの人と記憶の中のけん先生が重なるようにも、やっぱり重ならないようにも思えてくる。

法子の問いかけに菊地が答えた。

「はい。最初は〈学び舎〉の中では暮らさずに、職場の夏休みなどの長期休暇を利用する形で教師として通い、しばらくして勤め先をやめて、中に入りました」

中に、という言い方が、どこか象徴的な意味合いを持って響く。

「〈学び舎〉で暮らしたのは三年ほどです。その時に吉住圭織ちゃんに会いました。小学校高学年ぐらいでした」

「その時は、保美は――、圭織の母親は――」

「静岡の〈学び舎〉にはいらっしゃらなかったと思います」

吉住清子の問いかけに、菊地が明瞭な言い方で答える。

「ご存じだと思いますが、〈ミライの学校〉では親と子どもは離れて生活します。僕が入った時も、子どもたちの親は、静岡ではなく別の土地にある〈学び舎〉で生活していることが多かった。中でも北海道の〈学び舎〉は、いずれは本拠地の静岡ほどの大きさにしようと、人を増やして開発している最中でした。保美さんも、北海道のメンバーの中にいたようです」

「北海道……」

清子が呟く。

「圭織ちゃんは、おとなしくて、穏やかなお子さんでした」

菊地の言葉に、吉住夫婦がはっと顔を上げる。二人とも、すがるように菊地を見る。清子の目に、涙が浮かんだ。

「優しい子だった、という印象があります。僕が〈学び舎〉を出る時までは、少なくとも中にいて、元気にしていました」

「そうですか……」

清子が目頭を押さえる。夫の孝信は、横でじっと黙ったままだったが、俯いた目から涙がこぼれそうになるのをこらえているようにも見えた。

「菊地さんが〈学び舎〉を出られた時、圭織ちゃんはおいくつでしたか」

聞いたのは法子だった。確認しておかなければならない。発見された白骨死体の推定年齢は、およそ九歳から十二歳。小学校三年生から六年生の間である可能性が高いとされている。

菊地が答えた。

「僕の記憶違いでなければ、中等部に入っていたと思います。僕は小等部の教師だったのですが、僕が出る時、少なくとも受け持ちにはいなかった」

「ああ――」

清子の口から声が漏れた。そのまま、こらえきれなくなったように口元を覆い、俯く。反対に、それまで俯いていた孝信の方が顔を上げた。

「中学生に、なっていましたか」

「ええ。もし間違っていたら申し訳ないのですが」

吉住夫婦の様子を見て、菊地がせつなげな表情で顔をゆがめる。「もっと早く」と呟いた。

「もっと早くお伝えできる機会があればよかったのですが、すみません。申し訳なかった」

「いいえ、いいえ、いいえ！　私たちが悪いんです」

俯き、胸を押さえていた清子が強い口調で言った。

「もっと早く菊地さんとお話ししていたら。前にご連絡をもらった時に、ちゃんとお話ししなかった、私たちが――」

そこから先は言葉にならず、嗚咽が漏れた。これまでずっと静かだった二人の感情が、一気に堰を切って流れ出したようだった。

「先生」

孝信が言う。〝先生〟という言葉で、法子が孝信を見ると同時に、菊地も孝信に目を向けた。

――彼も〈ミライの学校〉と今の塾とで長く〝先生〟をしているから、呼びかけに反応したのだろう。しかし、孝信が見ていたのは法子の方だった。

「圭織が中学生になっていた、ということは、あの白骨死体は、うちの孫ではないと考えてよいということでしょうか」

「まだ断定はできません。遺体の推定年齢が小学六年生まで、というのはあくまで推測ですから」

それが小柄な中学生のものであった、という可能性は捨てきれないと法子は思う。期待に満ちた目でこちらを見つめる孝信にそう言うのはつらかった。

「ただ、可能性はだいぶ低くなった、とみてよいと思います。菊地さん、圭織さんの体格はよい方でしたか？ 背の高さなど、覚えていらっしゃいませんか」

「すいませんが、はっきりとは。ただ覚えていないということは、特別高かったり低かったりした覚えもない、ということなのだろうとは思いますが……」

菊地が首を振る。

「お役に立てず、申し訳ない」

「いいえ、いいえ。とんでもない」

今度は孝信が言った。菊地に向き直る。

「初めてなんです。あの中に入った後の圭織の話が聞けたのは。これまでは、誰も、その頃の圭織の話を聞かせてはくれなかったし、私たちと会おうとすらしてくれなかった。だからもう一生、なんの消息も知れないままかもしれないと覚悟していた――」

孝信が目を細め、くぐもったような、ぐう、という息を漏らした。菊地に頭を下げる。

「ありがとうございます」

「ええ、ありがとうございます」

夫の横で、清子もまた頭を下げる。菊地が微笑んだ。

「少しでもそう言っていただけて、よかったです。――お茶も出さずに失礼しました。ちょっと待っててくださいね。母屋の方から、持ってきます」

菊地が立ち上がり、プレハブ小屋を出ていく。その途端、孝信と清子がより安堵（あんど）した表情になって、法子を見た。

「先生。先生も、ありがとうございます。先生が言ってくださらなかったら、私たちは菊地さんのことを思い出して連絡を取ることもなかったと思います。提案してくださってありがとうございます」

「いえ、私は何も」

法子は本心から首を振る。それに、菊地が実際に中学生になった圭織と会ったことがあると言っても、現在、圭織がどこにいるのかはわからないままだ。発見された遺体が圭織でなかった、と断定されたわけでもない。けれど、穏やかな表情で顔を見合わせる吉住夫婦を見ていると、それ以上は何も言えなかった。

「お待たせしました」

菊地が戻ってくる。電気ポットを片手に提げ、もう片方の手で持ったお盆には急須と湯飲みが載せられていた。ポットを少し離れた机の上に置き、急須にお茶っぱを入れてお湯を注ぐ。

法子が聞いた。

「こちらの塾は、菊地さんがお一人でされているんですか」

夫婦で経営していたり、アシスタントか事務員がいれば、お茶は誰か別の人が出してくれるのではないかと思ったのだ。彼が頷いた。

「ええ。基本的には私一人です。たまに、教え子で近くの国立大学に行った子が夏休みかなんかに戻ってきて手伝ってくれることもありますけどね。受け入れる生徒数を増やしてください、と入塾希望者の親に言われることもよくあるんですけど、生徒は少人数でなければ今の質が保てないので、塾の形を変えるつもりはありません。先生は、東大ですか」

「え」

いきなり聞かれて驚き、反応が遅れた。戸惑いながら「違いますけど」と答えると、菊地が法子たちの前に湯飲みを置きながら「そうですか」と頷いた。

「いや、去年、私が教えた子で東大の文Ⅰに受かった子がいるから、先生ももしやと思って聞いただけなんです。その子みたいに優秀な子に、塾を手伝ってもらえるなら助かるんですけど、うちの子たちはあまり地元の大学には進学してくれないから」

「――優秀なお子さんたちが通われているんですね」

「そうなんですよ。僕の教える技術のせいじゃない。もともと優秀な子が集まってくるんでしょうね。たまたまです。保護者同士の口コミで広がって、生徒を受け入れているだけの個人塾なんですけどね。ありがたいことです」

菊地が法子の目を見つめ、微笑んだ。それに曖昧に返す微笑みが、愛想笑いのように見えなければいい、と思う。注がれたお茶から湯気が上がる。いただきます、と断って、湯飲みに手を伸ばしながら、法子は、そんな露骨な話を――と思っていた。

心が予防線を張ろうとする。今の話を、菊地の露骨な自慢話として受け取るのは穿(うが)った見方だと自分に言い聞かせる。菊地賢のことをそんなふうに思いたくなかった。

あの「けん先生」なのだとしたら、なおさらだ。

菊地がもし法子の知る彼なのだとしても、自分のことを覚えていることはまずないだろう。たくさんいた子どもたち。法子はけん先生が好きだったし、彼がかけてくれた言葉、仲間はずれになりそうだった子にしていた声かけをよく覚えている。けれど合宿は毎年あり、一年目のみどり班から後、法子は彼の班になったことはなかった。けん先生があの年以降も合宿に来ていたかどうかの記憶も曖昧だ。

「〈ミライの学校〉にも問い合わせはされていると言っていましたよね。向こうの窓口は田中さんですか」

唐突に、菊地が聞いた。田中の名前が出て、法子は頷いた。

「そうです」

「やっぱり。手ごわいでしょう、彼女。全然、こちらの話を聞いてくれなくて」

「ええ」

改めて、この人は、本当に〈ミライの学校〉の現状についてもずっと調べ続け、闘い続けている人なのだと思い知る。

「田中さんも、菊地さんが〈ミライの学校〉で教えた子どもの中にいらしたんですか」

教え子だったのか――という言葉で聞きそうになり、その言葉でいいのかどうか迷って、そう聞いた。菊地が首を振る。

「いいえ。彼女は〈ミライの学校〉婦人部の部長なんですけど、水の問題で静岡本部が空中分解に近い形になった後、北海道支部から来た人なんですよ。子どもの頃は静岡にいたこともあったみたいだけど、静岡中等部には進まず、北海道で過ごしていたみたいです。水の一件を境に多くの人たちが〈ミライの学校〉を去った後、まだ三十代で婦人部の役員に抜擢されて、以降、東京事務局で広報の窓口を一手に引き受けるようになった」

「そうですか。北海道から」

「ええ。向こうに自分の子どもを置いて、ね」

菊地の、含みのある言い方に法子も目線を上げる。菊地が肩を竦めた。

「泉を失い、僕が昔いた時のような規模の〈学び舎〉はもうないけれど、今の〈学び舎〉の拠点は北海道ですね。山村留学という言い方で、子どもと親が離れて生活しているのは一緒です。東京事務局にいるメンバーの子どもの多くが今も北海道で教育について研究するという名目の共同生活をしています」

「……そうなんですね」

暗い会議室で向き合った田中の顔を思い出す。取りつく島もない、と感じていた時にはただ事務局の人間としか思わなかったものが、誰かの親であり、家族がいるのだと思うと認識が変わってくる。反射的に自分の娘の藍子のことを思った。〈ミライの学校〉には幼等部がある。藍子と離れて暮らすことは、法子にはまったく考えられないが、今もどこかで、親の意思で離れ離れに暮らす子どもがいるのだと思うと、見当違いな感傷かもしれないが胸が痛んだ。

「菊地さんの書かれた本を、遅くなりましたが、探して、読みました」

そう言ったのは、清子だった。

「〈ミライの学校〉のしていることに限界を感じられた、と」

「ええ。でも、今考えると、限界という言葉は正しくなかったと感じます。〈ミライの学校〉がやっていることは限界どころか根本から間違っていた。子どもだけで育てることで自主性は身につくかもしれない。けれど、その分失われるものも確実にある。——たとえば、〈ミライの学校〉には高等部があります。高等部でも、大人たちとの〈問答〉を通じて理想的な社会について考え、勉強しますが、〈ミライの学校〉を一歩出ると、それは学歴にならない。〈ミライの学校〉が、公的には学校として認定されていないから、外に放り出された子たちは、学歴としては中卒ということになってしまいます」

菊地の言葉に、吉住夫妻が無言で何度も頷いている。菊地が苦し気に眉間に皺（しわ）を寄せる。

「そうやって放り出した子のその後の責任は、誰が取ってくれるんでしょうか」

法子は黙ったまま、菊地の顔を見た。吉住夫婦を見つめるその横顔が、さっきまでより熱を帯びたように感じた。

菊地の著作は、法子も読んできた。『奪われた学び～〈ミライの学校〉の限界～』。

彼が続ける。

「〈ミライの学校〉がいくらきれいな言葉で大義を語ったとしても、中にいる子どもたちの環境は、その子ではなく、親の意思で選んだものです。そこで育つことを彼らは選んでいない。高等部を出た後、〈ミライの学校〉では一応、子どもの意思を問います。このままここに残って〈ミライの学校〉の教師なり事務員なり、内部の大人になるのか、それとも出ていくのか。けれど、その時にはもう彼らは出ていきたくても出ていけない。外に出ることを選べば、義務教育以上の学歴も、外の世界で基本となる常識もない状態で放り出されることになる。子どもだけの生活でいくら思考力や自立心を身につけたところで、それは、社会の中で生かされることなく、結局〈ミライの学校〉の中で塩漬けにされるだけなんです。そんな教育に何の意味があるのかと、僕は、途中で疑問に思いました」

一気に話した後で、菊地が怒気を孕んだため息を吐いた。「しかも──」と首を振る。

「僕のその疑問に真剣に向き合い、この矛盾を議論し、解決しようという人たちが、あの場所にはろくにいなかった。あなたは若いから──と言われて終わりです。僕が入った時、〈ミライの学校〉はすでに大きくなりすぎていた。最初に自分たちがどんな理念を持ってここに入ってきたのかということすら忘れて、深い考えもなしにあの場所を継続するためだけに集まっていたようにしか思えなかった」

「──菊地さんは、もともと中学校の教員をされていたと、本で読みました」

法子が言った。菊地がいったん言葉を止め、頷いた。

「はい。公立中学校の教師をしていました。『学校』という場所で働きながら、けれど、個人の力ではどうにも乗り越えられない壁を感じた。当時の文部省からの教育方針や教育目標では、真に子どもに必要な力は身につかないのではないか。学校のこのやり方ではダメなのではないか──何度も自問自答をする中で、〈ミライの学校〉の存在を知ったんです」

菊地がお茶を一口飲み、言う。

「最初は、〈ミライの学校〉を画期的だと思い、感動しました。上から押しつける形の学校教育とはまったく違う。できる子の成績を頼りに平均点を上げるようなことに心を砕く必要もなく、できないとされる子も一人も見捨てない。誰かが秀でるのではなくて、みんなで一緒にできるようになって、みんなで大きくなっていく――。最初に理念を聞いた時には痺れました」

痺れました、という菊地の声を聞く前に、法子の頭の真ん中が痺れたようになった。心に蘇る言葉がある。

それは、一人も見捨てない、という言葉だ。

かつて聞いたことのある言葉。法子が、〈ミライの学校〉を好きだと感じた、そのきっかけになった言葉。

この人はやはり――という思いで、菊地を見る。

「しかも、その理念は、誰か一人の教えだというわけではなく、真剣な議論を重ねる中で複数の大人たちから生まれたものだと言われました。つまりは、大人たちの中にも序列はない。全員が平等に、真の教育を考えられる環境だと思ったからこそ、僕はあそこを手伝おうと、最終的には中にも入りました」

仕事として中学校で生徒を教えながら、夏休みの間にも、〈ミライの学校〉で教師をしていた。

記憶の中のけん先生に、その事実を当てはめて考えてみる。〝彼〟はきっと、真面目な人だった。

「役に立てる、と思ったんです。〈ミライの学校〉を創設した大人たちの中には、僕のように既存の教育システムに疑問を感じた元教師たちもいたようですが、彼らが知っている教育は古い。現場で今何が起こっているのかを知っている、僕のような若い教師が入ったら、より議論は深まるはずだと考えていましたが、現実は違った」

「……公務員の、教師の職をやめてまで〈ミライの学校〉に入るのは、勇気がいったんじゃないですか」

吉住孝信が、遠慮がちに言葉を挟んだ。

「きっと、周りの皆さんは心配されたでしょう」

「ええ。親にも、安定した道を捨てて、なんてもったいないことをするんだと言われたもんですよ」

「親御さんは、あなたの将来を思ったんですよ」

清子が言った。さっき涙を流したせいか、まだ目がしょぼしょぼしていた。

「失礼ですが、私が親でも止めたと思います。事実、保美には、言ってしまいましたから」

「ただ、僕はね、止めた親が正しかったとは思っていません。結果、僕は〈ミライの学校〉をやめてしまいましたけど、あの当時の僕の親の止め方は、頭ごなしで、理由なんてなかった。自分たちの意思で息子を縛りつけたい、という以上のものではなかったですから」

目の前の会話を、法子はひやひやしながら聞いていた。しかし、吉住夫妻は、話はあくまでも菊地の家のこととして耳を傾けて、自分たちにその言葉を引きつけて考えてはいないようだった。ただ黙って頷いている。菊地の方も、吉住夫妻からすぐに目を逸らした。

「〈ミライの学校〉に序列はない――だけど、それはあくまで表向きのことです。あの組織はね、女性が強い」

「女性？」

咄嗟に法子の口から声が出た。菊地が頷く。

「今も、あの中で田中さんのような婦人部の女性たちの立場が強いのも、そのせいですよ」

菊地の口元が嘲(あざけ)るように歪(ゆが)んだ。

「〈ミライの学校〉は、子どもの教育や栄養、泉の水や森のような、自然環境について考える団体です。団体に新しく入ってくるのは、裕福な家の専業主婦のような人が多かった」

自分が生まれ育った時代についていて――考える。昭和の、〈ミライの学校〉が出来上がっていくまでの頃は、確かに女性は家庭に入り、専業主婦になることも多かった時代だ。法子の母は働いていたが、それが同級生の間でも珍しかったことをなんとなく覚えている。教師か看護師でもなければ、あとは皆、農家として家を手伝ったり、パートに出たりしていただけで、正社員として勤めている母親は少なかった。

裕福な家、という言葉の方にも記憶が刺激される。法子を合宿に誘った由衣の父親は、確か不動産関係の大きな会社を経営していた。母親も専業主婦だった。

「子どもの教育に熱心になるには、三つのものがないといけないんです」

菊地が言った。歌うように、ろうろうと続ける。

「金があること、暇があること、熱意があること。――そういう女性が〈ミライの学校〉の存在を知ったとします。夫は仕事が忙しくて、家庭のことを構わないから、家族を守る妻がまず思想にかぶれるんです。しかも、子どもや社会のために、もっと何かできることはないかと考えるそういう女性たちは、学歴があったり、真面目な人が多い。その真面目さが厄介なわけですが」

憧れていた、あの夏の「先生」たちを思い出す。うちのお母さんとは全然違う、と思った、かっこいいお母さんたちを。ユイちゃんのお母さんも、アミちゃんのお母さんも、学歴が高かったり、英語が話せたりしていた。自分の言葉で堂々と話し、間違っていることを間違っていると言い、確かに皆――何らかの理想を持っているように感じた。

――あのお母さんは、東京のあの大学を出ているから、と法子の祖父母たちに噂されていたユイちゃんのお母さん。大学まで進学はしても、そういう女性たちは故郷に戻り、多くの場合、誰かのお母さんとして専業主婦になった。法子の子どもの頃は、そういう時代だったのかもしれない。

菊地がまた、深いため息を吐く。

「女性中心の団体であることが、何も悪いことだと言っているわけではないんです。ただ、彼女たちの結びつき方というか、あの場所を維持するのに必死になってしまって、新しい考え方に反発するような感じは、僕には合わなかった。何度も意見が衝突しました」

「そうだったんですね」

菊地の本の中にも書かれていたことだった。女性が、男性が、という書き方ではなかったが、理念がいくら崇高であっても、運営する大人は結局、自分の小さな立場に固執していたこと、些細なことでの小競り合いが絶えず、必ずしも一枚岩ではなかったこと、議論できる環境ではなかったこと。そんな運営者の彼らが特殊な環境の中で、「先生」と呼ばれることへの違和感が、論点をまとめながら書かれていた。彼らは教育者と呼べる存在ではなかった、という一文もあった。

実際のところはわからない。菊地の話を聞きながら、ひょっとするとそれもまた菊地の主観に過ぎないのではないかと思う。自分が団体の中心になれなかった――という恨み節のように、聞こえてしまうところもある。

それに――思い出す。

自分の見間違いかもしれない、と思いながら、けれど、頭の中を離れなかった一つの場面。

意見が衝突して、気が合わないと漠然と感じていた女性の先生が、けん先生に「さちこさん」と呼ばれる。けん先生が腕を引き、さちこ先生がその手を払い、そして、けん先生が彼女を抱き寄せたように見えた、あの一瞬の出来事。

大人になった今、あの場面を思い出すと、いくつもの取りようがある。長く法子の心からあの場面が抜けなかった理由も、その衝撃の度合いも今ならよくわかる。子どもたちへの接し方を通じて衝突していたように見えて、あの二人の関係性は、本当はどんなものだったのか。

女性が、と今一括りに口にするけん先生は、あの団体の中で自分が若い男性であるからこその立ち回り方をしていたことはなかったのか。記憶の彼は、法子の子ども心にも垢ぬけた印象の人だった。

尋ねても、彼はもう覚えていないかもしれない。幼い法子が見たこともあまりに不確かだ。だけど、そんなふうについ想像してしまう。

菊地と衝突したという人たちは確かに、学校で教える免状を持つ教育者ではなかった。一方の菊地は免状を持つ教師として、かつては現場に立っていた。それなのになぜ自分の言葉が優先されなかったのか、という気持ちもまた、彼の中にくすぶり続けているように思える。それは、本を読んだ時から法子が感じていたことだ。だとしたら、既存の学校教育に失望したはずが、教育現場にいた事実をある種の強味のように考えてしまっていることを皮肉にも感じる。

　理想に燃えていた、けん先生。

　少なくとも、法子が見ていたあの「けん先生」は、教育者として、大人として、尊敬できるところがたくさんある人だった。けれど、そうやって子どもに慕われる彼を、他の先生たちが疎むような気配もまた確実にあった。「女性」と菊地にひとくくりにされる彼女たちだって、決してまったく同じ考え方で団結していた、というわけでもなさそうで、つまりそれは、彼らもまた〈ミライの学校〉での教育について手探り状態だったということなのだろう。

　新しい考え方——という菊地の言い方にも、引っかかるものを感じていた。新しい。けれど、それは菊地が〈ミライの学校〉にいた、おそらく三十年近く前の「新しさ」だ。若い教師だった菊地の「若さ」もそこにとどめ置かれたままなのかもしれない。今、菊地の口から語られる言葉が痛々しく思える。

「実際、女性の保護者が口コミで広めたからこそ、〈ミライの学校〉はあそこまで大きくなったともいえます。〈ミライの学校〉は、夏に、外部の子どもたちを相手に合宿をしているんですが、ご存じですか」

　心臓が——跳ね上がった。

　法子は努めて平然とした態度を保ったまま、菊地を見つめる。「はい」と頷いた。ただそれだけのことなのに、自分の首の動かし方、まばたきの仕方までが微かにぎこちなくなってしまったように感じる。

菊地がゆっくりと頷いた。

「一週間、小学生の子どもたちが親元を離れてやってくるんです。〈ミライの学校〉が提唱している理念を、合宿でお試しのように体験してもらう。〈麓〉――〈ミライの学校〉では、自分たちが森や泉のある場所で暮らすのに対して、街のことを〈麓〉と呼ぶのですが、普段は〈麓〉で暮らす〈麓の生徒〉と呼ばれる保護者が、そこでにわか教師になる。僕のように、学校教育に疑問を感じていた本職も少なからずいましたが、多くは普通の主婦だった人たちです」

知っている、と思う。

胸の奥で心臓が大きく鼓動する音が聞こえる。

あそこで外の世界が〈麓〉と呼ばれていたことも、普通の主婦だったはずの誰かのお母さんが、あそこで急に「先生」になることも。

今考えると、あの頃想像していた以上に、あそこは手作りの「学校」だったのだ。大人もみんな、自分の立場や考え方があり、その中で「先生」をやっていた。

「合宿に来た子どもたちは、〈ミライの学校〉の理念の濃い部分だけを体験できるから、いわば、いいとこどりをして、楽しい、という思いのまま帰る子も多いです。親も、気軽な夏の思い出作りくらいの気持ちで送り出していたんでしょう。一週間だけですからね、それは楽しいですよ。子どもが合宿で聞いてきた言葉を真に受けて、徐々に〈ミライの学校〉に染まってしまう家庭もたくさんあった」

法子は黙ったまま、菊地の言葉を聞いていた。心の中では――違う、と呟きながら。

楽しくなんて、なかった。

楽しかったかもしれないけれど、それだけじゃなかった。帰りたかったたし、毎年来ている子たちだって、「やっと一日、終わった」と呟いていた。夜寝る前に聞いた、あの言葉の衝撃。大人の言う「一週間だけ」が、あの頃の自分たちにはとても長い時間だったことを思い出す。

だけど、法子は大人に聞かれたら、なぜか「楽しかった」と答えてしまっていた。子どもたちの間の寄せ書きでも、「楽しかったね」「また会おうね」と書いてしまう。それは、おそらくそれ以外に言葉を知らなかったからだ。法子だけじゃない、他の子たちも、みんな、なぜだかそうなってしまっていた。

「実際、そうした〈麓の生徒〉の主婦を通じて、〈ミライの学校〉は幹部の講演会なんかを結構な規模であちこちでやることが増えて、会員数を伸ばしたんです。口コミで人を集めて、子どもたちにも〈問答〉を実践してもらったり。ただ、皮肉なことに、水の事故もそんなふうな主婦間のやり取りの中で起こってしまったようですが」

菊地の口調が改まる。

「合宿に誘っていた〈麓〉の子が熱を出したからって、親切心から隣家に水をわけて、そこで問題が起きてしまった。僕はもうその時には〈ミライの学校〉を出ていましたが、いつか、そんなことになるような気がしていました」

菊地が強く首を振る。

「何しろあそこには、絶対的な秩序がない。守らなければならない決まり事や禁止事項だけはたくさんあるけれど、誰が何のために作ったのかということがおろそかになりつつあった。——だから、加熱処理しない水をペットボトルに詰めてやり取りするなんていう、信じられないことも起きてしまった。さもありなん、といったところです」

カンピロバクターという細菌が原因ではないか、といわれた水の事故だ。事故について触れて、菊地の口調がさらに熱を帯びたようになる。

水をわけ与えた主婦は、当初、相手の家の子どもの病状が悪化したのは、水のせいではなく、もともとの症状がたまたま強く出ただけだ、と主張したようだけれど、後に調べた未加熱の別の水から、カンピロバクターが検出された。加熱し、塩素による消毒を加えることで死滅するとされるその細菌は、かつて、井戸水での食中毒の原因になっていたものだった。

「そもそも僕は、水に関してだけは懐疑的でした。教育の理念と、それにふさわしい環境を求めることはわかりますが、水が変に神聖視されすぎていて、そのことで〈ミライの学校〉がいつか足をすくわれるんじゃないかと思っていた。実際、その通りだったわけですが」

「あそこの全員が、あの水をありがたがっていたわけじゃないんですか」

吉住孝信が言った。菊地が頷く。

「もともと、天然の水で子どもをなるべく自然な形で育てる、という考え方はあったんです。でも、それは、無農薬の新鮮な野菜を食べさせたい、というのと同じような考えで、何もあの水、あの場所でなくたってよかったはずなんです。それがどんどん、あの泉の水だけに価値がある、と妄信するような考えに変わっていって。僕は、それは、〈ミライの学校〉の中で生活したくても思い切る勇気がなかった、〈麓〉の人たちのコンプレックスのせいだと思っていますけど」

菊地が苦い表情を浮かべて笑う。

「〈学び舎〉に入ることができなかったという何か満たされない部分を、せめてあるがままに近い形の水を手に入れることで埋めようとしたんじゃないかと。実際、泉の近くで暮らしてみると、たいしたことがなかった、とわかっておしまいなんですけどね」

「……そういうものなんですね」

法子が頷いた。また、胸が微かに痛くなる。

そこからも菊地の話はとめどなく続いた。〈ミライの学校〉がいかに閉鎖的で、自分たちの理想を遂行できず、本末転倒となっているか――。

それはそのまま、菊地自身があそこに理想を求め、けれど裏切られた、その強い反動から来る怒りのように聞こえた。菊地の理想が高く、期待に満ちていたものだったことが伝わってくる分、聞いていると、法子はせつないような気持ちに何度か襲われた。

「子どもたちがかわいそうです」

菊地が言った。

「理想は、わかります。〈ミライの学校〉の理想そのものなら、僕は今でも共感できる部分がたくさんある。けれど、やはり、隔離してはダメなんです。いくら自主性を重んじる、自分で考える力を育てることに重きを置いた教育をしても、私たちはこの社会の中で生きている。――生きていかなければならない。だったら、きちんと社会と共存できる生き方を学ばなければならないんです。人の中で生きていく力をつけなければ。理想だけでは、それはできない」

菊地の目が遠くを見つめるようになる。目が、塾の壁に貼られた九九や、漢字の表の方を向いている。

「あの子たちは、かわいそうだけど、選べない。〈ミライの学校〉の中だけしか知らないから、そこで一緒だった相手と結婚し、あの中だけの社会を再生産してしまう。自分の力で生きようと思っても、すでにそれが奪われているからです。学びが奪われるということは、なんて、むごいことなのかと思います。親を恨もうにも、そうした子の中には、両親が〈ミライの学校〉の活動の中で出会って、結婚し、生まれたという子もいる。そういう子の苦しみは、はかり知れません」

法子は菊地の言葉に、はっとする。

両親が〈ミライの学校〉で出会い、結婚し、生まれた子ども。確かにいてもおかしくはない。〈ミライの学校〉がなければ、そもそも存在しなかったかもしれない子ども。

菊地が続ける。

「そういう子は、成長してから〈ミライの学校〉を恨もうと思っても、それができない。あそこがなければ両親が出会うこともなく、自分が生まれることもなかったからです。あそこを否定することは、自分の存在を否定することと一緒になってしまう。そのジレンマは相当なものがあると思います。自分の自由を奪った相手を肯定せざるを得ないわけですから」

「……ああ」

清子の口から相槌のような、ため息のような声が洩れた。菊地が吉住夫妻の顔を見つめ、深く頷く。

「僕はね、気づいたんです。あそこは間違っていると」

菊地がきっぱりと言い切った。

「子どもたち――特に小さな子には、絶対に家庭が必要です。子どもだけで生活することで、多少自立心や思考力が育ったところで、子どもが一番、自分の方を向いてほしいと思っている時に、親が、子どもにはわからない遠い理想に夢中なのでは本末転倒ではありませんか。世界平和について祈ることができても、傍らにいる子どもの幸せを祈れないということになってしまう」

わかりますか、と菊地が低い声で尋ねた。

「多少利己的になってでも、その子のことだけを考える親の存在が、どんな子にも必要です。子どもと親を引き離すべきじゃない。あんな極端な生活をさせなくても、家庭の中で、子どもの生きる力や学力を育てる方法なんて、いくらでもあるんです」

「……だから、こちらの塾を始められたのですか」

法子が尋ねると、菊地が頷いた。

「ええ。この塾にいらっしゃる親御さんたちはとても教育熱心で、家庭で愛情深く育てながら子どもの将来についても真剣に考えておられます」

菊地が塾の教室を見回す。

「ここでさまざまな親御さんに接していると、改めて〈ミライの学校〉が間違っていたことが、かつて中にいた身だからこそ、ひしひしとわかるんです」

菊地が湯飲みをぎゅっと両手で握る。

「暇だったんですよ。あそこの人たちは」

吐き捨てるように口にする。

「戦争や平和を語りながら、どこまでそれを真剣に自分の身に引きつけて考えていたかも怪しい。ただ単に裕福で、何不自由なく暮らしていて時間があったから、闇雲に子どもの教育について考えることができて、あそこにハマってしまった。だったら、現実のこの国を生き抜くための力について実践的に考えさせた方がどれほどよかったか――」

また遠くを見る目になった菊地の前で、法子はさっき、「先生は東大ですか」と聞かれたことを思い出していた。優秀だという教え子たちの話も。

この社会を生きていくための力、という点にこだわった彼が行きついた先が学歴を偏重する今の考え方なのだとしたら、やりきれないと感じる。

法子の胸の中に、さっきからもやもやとしたものがたまり始めていた。自分は吉住夫妻の代理人であり、付き添いの立場だ。だから、口に出したりはしない。それでも、思ってしまう。

そんなことは、自分たちにはとっくにわかっていた、と。

子どもに家庭が必要なこと。親と引き離すことの残酷さ。子どもの、寂しいという気持ち。わかりますか、と熱っぽい口調で菊地が語るよりずっと前から、法子も、おそらく、今目の前に座っている吉住夫妻だって、誰に教えられたり、説かれたりするわけでなくともわかっていたはずだ。

かつて中にいたからこそわかる、と菊地は言ったが、それは違う。中にいない者には最初からわかっている。中にいたせいでわからなくなっていたのは菊地の方だ。今更、真理を悟ったふうな顔をして大袈裟に言われなくても、法子たちはとっくに知っている。声高に「わかった」と言う時点で、彼はまだあそこに囚われ続けている人なのではないか。

法子の胸のもやつきは、もっというなら、苛立ちであり、怒りだった。

――子どもたちがかわいそうです。

――そうやって放り出した子のその後の責任は、誰が取ってくれるんでしょうか。

まっすぐな、曇りのない目をして言い切る菊地は、あの頃の理念を今は否定し、別の理念を持って塾を開いている。それは別にいい。

けれど、そうやってかつて自分が信じていたものを誤りだったと大人が捨てても、その大人が築いたものに、子ども時代を使われてしまった子たちはどうなるのだ。その子たちに対する責任は誰が取るのか――それは、菊地自身にも向けられるべき問いかけなのだと、なぜ、気づけないのか。その子たちを育て、あの考え方を教え込んだのは、あなたも同じなのに。

あっさり間違いだったと言われたことに、胸が冷たくなっていく。

あなたがけん先生だったなら――。

法子の胸に、思いが迫る。思い出す。

合宿の夏、けん先生の言葉により、楽しそうに表情が変わっていった男の子。

――ノブ。おれ、お前のこと大好きだから。

自分の「好きなもの」をボードに書くゲームで書かれた「けんせんせえ」の文字。あの時の感情や理想は確かに揺るぎなく彼の中にあったものだろう。それが裏切られた今が、とても悲しかった。

「静岡で発見されたあの遺体は、誰のものだとお考えですか」

感情を押しとどめたら、無機質な問いかけが法子の口を衝いて出た。

「菊地さんが教師としていらっしゃった頃のことで、何か心当たりはありますか」

「……あの子かあの子かもしれない、という子どもの心当たりが、ないでもないです」

菊地が重々しく頷いた。

「〈ミライの学校〉にいた子の誰かであると思っていらっしゃるんですね」

「それはそうでしょう。だって、あれだけの数の子どもが暮らしていた場所で見つかったんです。〈ミライの学校〉が無関係だなんてことはありえない」

彼がけん先生なのだとしたら、おそらくミカを知っている。菊地が頭に思い浮かべた中に、彼女の名前があるのかどうか知りたかった。その気持ちを抑えて言う。

「どうしてそんなことが起こってしまったんでしょうか。菊地さんはどうお考えですか」

法子が言うと、ずっと黙っていた吉住孝信も頷いた。

「そうですよ。子どもが死んで、埋められてしまうなんて。まさか、あそこの大人たちが殺してしまったとか」

殺してしまった、という強い言葉が出ても、菊地は表情を変えなかった。

「時期を考えると、おそらく、その子が亡くなったのは、僕が〈ミライの学校〉の中に入って生活し始める前でしょうね。——それなのに当時のメンバーたちは何食わぬ顔であそこにいたのかと思うと、改めて、ぞっとします」

菊地が考え込むような表情を浮かべる。「おそらく」と続けた。

「あそこの大人たちが、子どもを死なせてしまったのは確かでしょうね。故意なのか事故なのかはわかりませんが。殺したというか、行き過ぎた体罰の結果だったということは、ひょっとしたらあるかもしれません。なぜ死んでしまったのかはわかりませんが、その死体を埋めて隠すことにした発想自体は、僕にはよくわかりますよ。非常に〈ミライの学校〉らしい」

　菊地の口元に、乾いた笑みが浮かんだ。

「あそこが一番大事にするのは、自分たちの生活を守ることです。変革してよくする、という点には興味がなく、徹底的に現状維持のまま、自分たちの存在がただ大きく広がっていくこと、世の中に認められることを都合よく望む。子どもを死なせたことがバレて、団体が存続できなくなるのを恐れたんでしょう」

「子ども一人の存在をなくしてしまうことが、そんなに簡単にできるものなんでしょうか」

　法子が尋ねた。

　思い出すのは、やはりミカの言葉だ。あの子は〈麓〉の学校に通っている様子だった。急にいなくなったら、学校だって不審に思わなかったのだろうか。

　しかし、菊地があっさりと首を振る。

　何をいまさら、というように、菊地が言った。

「それは簡単にできると思いますよ。子どもの両親が〈ミライの学校〉内部の大人であれば、彼らが隠匿（いんとく）を承諾しさえすればもう騒ぎたてる人もいない。その子の存在をなかったことに、簡単にできたでしょうね」

　菊地が当たり前のように告げた言葉に絶句する。向かい側に座る吉住夫婦も息を呑んでいた。

「遺体を埋めたのは、絶対に〈ミライの学校〉です」

　菊地が再び、断言した。

「遺体が発見されたのが、〈学び舎〉近くの〈広場〉でしたから。隠すつもりなら、すぐ裏にある山の奥に埋める方が見つかりにくいはずなのにそうしなかった。――山には泉があるからです」

もはや、口がきけなくなった法子が目だけを動かして彼を見ると、菊地が自信に満ちた表情で続けた。

「自然の中の、きれいな水のある環境で子どもを育てることは教育の手段だったはずなのに、いつの間にか水と泉を保つことの方が大事な事項として目的化されてしまった。自分たちにとって大切な泉は何としても汚すことができない。だから、自分たちの生活圏の方に埋める。たとえ、その遺体の上で、自分たちが暮らすことになったとしても」

法子は口を開きかけて――けれどやはり何も言えなかった。腕に鳥肌が立っていた。

菊地が告げる。

「非常に〈ミライの学校〉らしい判断だと思います。その遺体の子を埋めたのは、彼らですよ」

長い沈黙が落ちた。

吉住夫妻は、顔を見合わせることもなく、さりとて菊地の顔を見つめるでもなく――どこを見ていいかわからないように、机の真ん中あたりに視線を落としていた。

私が何か言うべきなのかもしれない。法子がそう考えていると、声がした。沈黙を破ったのは孝信だった。

「どうやって交渉していけばいいんでしょう。そんなところを相手に」

途方に暮れたような呟きだった。

孝信が顔を上げる。菊地と、その横に座る法子を見た。

「私も――子どもには家庭が必要だと思います。しかし、実の親じゃなくても、親身になってくれる大人が近くにいる環境でありさえするなら、それでいいと思うんです。定年で会社を退いてから、私たち、そういう施設のお手伝いを何度かしたことがあって。私なんかは、二回か三回、クリスマス会とか夏祭りを手伝っただけですけど、妻は何度も行って、おはぎを作ってあげたり、していて」

ぽつぽつと孝信が語る横で、清子がじっと目を伏せている。法子も初耳の話だった。

そういう施設――というのは、児童養護施設か何かだろうか。吉住夫妻が、〈ミライの学校〉に入ったことで縁が切れた娘と孫を思いながら、親と共に暮らせない事情を持つ子どもたちが入所する施設を手伝っていたのだとしたら、胸が詰まる。

「私たちが知っている団体の人たちはみんな、子どもたちの将来のことをちゃんと考えていて、この先、社会に出ても生きていけるように、どんな仕事についたらいいか、どうしたらそのための力がつくか、どの子のことも真剣に考えている人たちばかりでした」

孝信の声は低く、抑揚がなかった。感情を殺した、その声が続く。

「――圭織のいる〈ミライの学校〉も、こんなふうなところなのかもしれない、そうならいいねと、妻と話していたこともあったのですが、そんな、死んでも、存在をなかったことにされて、埋められてしまうなんてところだったとしたら……。もし、そうやって、なかったことにしても構わないと、保美が承諾したんだとしたら、私は、あの子を許せないでしょう。あの子だけじゃない。保美をそんなふうに育ててしまった自分たちのことも、私たちは許せなくなる」

孝信の声が、途切れる。

菊地の話から、あの遺体が孫ではない可能性が高そうだと一度は期待したはずだったが、もしそうだったら、という気持ちに引き戻されたのかもしれない。

「……失礼。わかっていたはずなんです。あそこは、そういうところだって」

孝信が、皆に向けてぽつぽつと続ける。

「もし、〈ミライの学校〉が本当に子どもに対して誠実な気持ちを持っていたなら、私たちをあんなふうに門前払いすることもなかったでしょう。後ろめたいことがあるから、きっと会わせないんだと思っていたし、わかっていました」

「お気持ちはよく理解できます」

神妙な顔つきをして、菊地が頷く。俯いた清子からも、洟をすする音がした。おもむろに、清子も顔を上げる。そして言った。

「菊地さんのお話には、感謝します。あの子が中学生になっていたなら、遺体はあの子ではないかもしれない。けれど、そうなると今度は、私らは、じゃあ、ここからどうしたらいいんだろうかとわからなくなります。圭織がどこかで生きていたとして、どこにいるんでしょう。保美も一緒なんでしょうか」

悲痛な声だった。清子が首を振る。

「わからない以上、私たちの苦しみには、終わりがない。いっそ、遺体が圭織だったなら、哀しみの気持ちを向ける先ができたのに――」

「清子」

「だって」

夫が制すると、清子が子どものように言い返す。見ているのがつらくなるような、痛々しいやり取りだった。

「私たちにはわかりません」と、清子が繰り返した。

「故意にしろ事故にしろ――故意だとしたら、それこそ、とんでもないことですけど、子どもが死んで、それを埋めて隠してしまうような団体に対して、私たちはこれからどんなふうに立ち向かっていったらいいんですか。圭織がどこに行ったのかを私たちが知る手がかりは、相変わらずあそこにしかない。あそこの人たちと話をしていかなければならない」

「――そのために、ここに来られたんでしょう？」

菊地の声が静かに響いた。その声に、吉住夫妻がはっとした顔をする。二人の目が赤く、充血している。

力強く、菊地が二人に向けて手を伸ばした。

「一緒に戦いましょう」

そう言って吉住夫妻に伸ばされた菊地の手を、法子はただ見つめる。彼が言った。

「できる限り、僕も力を貸します。このままにはしません」

「ああ――」

清子が短く声を漏らし、鞄から、ハンカチを取り出す。顔を覆った。

「よろしくお願いします」

差し出された菊地の手を、孝信がゆっくりと握り返した。

◇◆◇

ここから吉住夫妻が望むように事態が動くかどうかは、正直わからない。

吉住孝信は、心強い味方を手に入れたかのように菊地の手を取ったけれど、果たして、彼と「一緒に戦う」ことで圭織に辿(たど)りつけるのだろうか——と法子の胸には迷いが生じていた。

〈ミライの学校〉に対する、菊地の反発心は相当根深いものがありそうだ。それはそのまま、彼が〈ミライの学校〉に何らかの働きかけを繰り返してきたであろう「歴史」を感じさせた。長く戦ってきたのだろうし、吉住夫妻のような関係者の家族とともに交渉をしたことだってあっただろう。

けれど、〈ミライの学校〉との交渉が順調に進み、彼らのもとに家族の消息が知らされたことが、これまで本当にあったのかどうか。吉住夫妻が菊地を通じて孫や娘と繋がることは、実際のところ、可能なのだろうか。法子にはどうしても疑問だった。

だとしたら、もう一度、〈ミライの学校〉に自分が直接掛け合うことを考えた方がいいのかもしれない——そう思っていた矢先のことだった。

菊地と会った三日後、事務所に法子あての電話がかかってきた。

「近藤先生に、田中さんと仰る方からお電話です」と言われた時は、それがどの「田中さん」か、すぐにはわからなかった。抱えているいくつかの案件や顧問をしている会社の担当者には、田中姓が何人かいる。

おそらくきっと、あの会社の総務部の田中さんだろう——そんな気持ちで電話に出て、法子は息を呑んだ。

『田中です。〈ミライの学校〉の』

電話の向こうから聞こえた女性の声は、心当たりがたくさんある田中姓の中で、一番、電話が来る可能性の低い相手だと思っていたものだった。

「近藤です」

あわてて名乗りながら、脇に冷や汗をかく。先日の、去り際のことを思い出したからだ。エレベーターのドアが閉じる直前に言われた言葉。――ずっと、ほうっておいたくせに。

今は、あの時のような剝き出しの敵意を向けられているわけではない。どうされましたか、と言葉を続けようとした法子を制するように、田中が言った。

『連絡が取れましたよ』

いきなりの言葉に、え、と短い声が洩れる。その唐突さに、理解が追いつかない。

無感動な、それでいて苛立ったようにも聞こえる田中の声が続ける。

『連絡が取れました。飯沼圭織氏と』

氏、という言い方がどこか演技がかって聞こえた。頭の内側に、その名前は現実味が薄く響く。目を見開いた。圭織。飯沼という苗字は初めて聞くが、吉住の孫の名だ。

『会ってもいいそうですよ。先日の、祖父母だと仰るお二人と』

「本当ですか」

声が上ずる。祖父母だと仰るお二人――。言い方にざわりとするものを感じつつも、気持ちが逸る。田中が『ええ』と返した。

『言ったでしょう。探してみるって』

「ありがとうございます！」

法子は急いで告げる。その声にかぶせるように田中が言った。

『圭織氏だけです。その母親の、保美氏は会いたくないと言っています』

突き放すような冷たい声を聞き、小さく息を吸う。会いたくない、という言葉の強さに横面を張られたような思いがする。吉住夫妻にどう伝えよう、と思いもする。

けれど、まずは——。

「わかりました。ありがとうございます」

もう一度、法子は丁寧に礼を言った。

第六章　砕ける琥珀

先日と同じ部屋だとは、思えなかった。室内の明るさが、雰囲気がそれほど違う。〈ミライの学校〉東京事務局。吉住夫妻と法子が通されたのは、前回、法子が一人で来た時と同じ部屋だった。

田中に案内された部屋には、小柄な女性が一人で座っていた。この部屋を明るく見せているのは、おそらく彼女の存在だ。

年は法子と同年代――のはずだ。女性の年齢はぱっと見ただけではわからない。けれど、娘の保育園で一緒になる保護者の中にいてもおかしくない雰囲気だ、とまず思い、だとしたら、きっと自分と同年代なのだろう、と思う。

襟に刺繍が入った黒のシャツに、鮮やかなペイズリー柄のスカート。少しウェーブがかった髪の上に、スカーフをヘアバンドのように巻いている。

おしゃれな女性だ。田中のような、化粧気のまるでない女性を無意識に想像していた法子はとても驚いていた。服装も、法子の記憶の向こうにある〈ミライの学校〉の大人たちとはだいぶ違っている。

一目見ただけで、この人は、すでに〈ミライの学校〉を出た人なのだとわかった。

「――圭織ちゃん、なの？」

目の前の女性を見て、吉住清子が呟くように言った。鞄を持つ手にぎゅっと力を込めている。横で、夫の孝信が息を呑んでいる。

女性が頷いて、立ち上がった。

「おじいちゃんとおばあちゃん、なんですか？」

その声を聞いた途端、清子の目から涙がこぼれた。何度も何度も、首を縦に振って頷く。圭織に駆け寄り、手を取った。

「圭織ちゃん、そうよ。おばあちゃんと、おじいちゃんだよ」

「ああ――おじいちゃんだ」

孝信が、よろよろと清子の横から圭織に向けて手を伸ばす。

吉住孝信が孫の肩に手を置き、俯くと、しばらくして、うめくような泣き声が聞こえた。その声に触発されたように、清子の嗚咽も大きくなる。二人と最初に会った時、身を寄せ合う小鳥のような夫婦だ、と法子は思った。その小さな体をさらに小さくして、二人が肩を丸め、泣き続ける。

圭織は、当惑したような表情を浮かべていた。祖父母にされるがまま手を握られ、法子と田中の方を見る。ただそれは、迷惑そうにしているわけではなかった。どういう顔をすればいいのかわからないのかもしれない。

その様子を見て、胸が痛んだ。

彼女は、もう大人なのだ。無邪気に自分の祖父母に抱きつくことも、その反対に無条件に拒絶することもできない。祖父母と別れた時に二歳だった圭織は今、彼女自身が親でもおかしくない年になっている。

「顔を上げてください」

しばらく経って、圭織が言った。二人の肩をそっと叩き、顔を覗き込む。

「あの……、お会いできて、率直にとても嬉しいです。自分のおじいちゃんやおばあちゃんに会える日が来るなんて思っていなかったから、探してくれていたと聞いて驚きました」

圭織のその言葉に、二人が一度は上げた顔を伏せて、また盛大に泣き出した。まだ当惑しながらではあったけれど、圭織が、彼らの背中を不器用にさすった。


吉住夫妻が落ち着くのを待って、部屋のテーブルに向かい合って座る。向き合ったのは、圭織と吉住夫妻。法子は夫婦の横に離れて座り、田中は、同席はしているものの、ドアに近い場所からじっとこちらを見ているだけで、会話に加わる様子がなかった。

圭織は、現在、横浜のサロンで美容師をしているという。

「夫の店なんです。十年ちょっと前に結婚して、今は名前が飯沼圭織。子ども二人います」

「私たちに、ひ孫が――いるの？」

清子が聞くと、圭織が頷いた。「見ます？」と聞いてスマホを開き、画面を見せる。法子のところから画像は見えないが、清子が「まあまあ」と目を細め、孝信が黙ったまま身を乗り出し、食い入るように写真を見つめている。

直接言葉にして尋ねることはないが、吉住夫妻が思っているであろうことが、法子にも伝わってくる。会わせる、と言われただけだったけれど、法子の最初の印象の通り、おそらく圭織は今、〈ミライの学校〉とは無関係に暮らしている。そのことに対する二人の安堵が感じ取れた。

「あの、お母さんは――保美は……?」

清子が尋ねた。声にうっすらとした緊張が感じられた。問いかけを受けて、圭織の表情が初めて曇った。

「すいません、今日、一緒に来られなくて。あの人、頑固で」

吉住夫妻が息を呑む音が聞こえた。圭織が首を振る。

「今回、おじいちゃんとおばあちゃんが私のことを心配して探してるって、母から連絡が来て。だけど、それもだいぶ久しぶりの電話でした。母は、私が小等部に上がってすぐくらいに、私をつれて〈ミライの学校〉を出てるんですけど、それからも結構気ままな人で、一人が好きっていうか」

心持ち、圭織の顔つきが硬くなった気がした。

「私のことも、知り合いのおうちに預けて、自分は一人で働いて、そこに仕送りをしてくれてた感じだったんです。〈ミライの学校〉を出た後も、一緒にはちゃんと暮らしたことがないんですよね」

吉住夫妻の体が――稲妻に打たれたようになる。清子が、何かを言いかけるように口を開き、しかし、そこから言葉が出てこないようで、ぱくぱくと、口を金魚のように動かした。孝信もまた拳を固めて黙りこくったまま、ただ圭織を見ている。その顔が真っ赤だった。

「あの……どんなふうに今、世の中に思われてるのかわからないですけど、私、〈ミライの学校〉には感謝してるんです」

圭織が微笑んだ。その顔が少しだけ、気遣うようにドアの近くに座った田中の方を向く。

「少なくとも、あの頃は、お母さんが近くにいることもわかっていたし、他の子も一緒でさみしくなかったから。〈学び舎〉を出てからの方が、不安な気持ちになったこと、多かったかもしれない」

圭織の言葉を受け、ややあって、孝信の方が言った。

「あそこを出ても、お母さんは、圭織と一緒に暮らさなかったのか」

「うーん。まあ、仕方ないです。きっと、今更子どもと一緒に暮らすことになっても、どうしていいかわからなかったんだと思う。子どもと暮らすのに、あんまり向いてない人だったんだと思います。私も、母とはあまり気が合うタイプじゃなかったし」

あっさり言うと、吉住夫妻がまた口をつぐむ。圭織が何かをあきらめたような微笑みを浮かべた。

「ま、それでも私は何度か誘ってみたんですけどね。でも、一緒に住むどころか、私が結婚する時も、式も披露宴も来てくれなかったし、孫にもだいぶ経ってからようやく会いにきたって感じで、そもそも家族を持つことにあんまり向いてない人だったのかも」

「そんな……！」

清子が、思わずというように圭織に手を伸ばした。顔色が青い。

「あの子、なんてことなの……」

「いや、大丈夫です。もう、私も夫も、そういう人だよねって、わかって付き合っていますし。でも、ごめんなさい。今日くらいは、ちゃんとつれて来られればよかったのに、なんか、おじいちゃんとおばあちゃんのことが、まだ許せないみたいで」

「許せない？」

「自分が結婚するときに反対されたって。──私のことを産むのも」

清子と孝信が姿勢を正す。唖然としたように、孫娘を見つめる。けれど、圭織の表情に屈託はなかった。

「母に言われました。──おじいちゃんおばあちゃんの言う通りにしてたら、あんたは堕ろされた子どもだったわけだけど、それでも会ってやるの？　って」

吉住夫妻の戦慄が、空気を通じて、横の法子にまで届いてくる。法子の知らない話だった。依頼の際、二人は、娘が離婚をした後の経緯についてしか語らなかった。

何も言えなくなった祖父母の前で、圭織がふっと笑った。

「自分が会えって電話してきたのに、矛盾してますよね。あんたが死んでるって疑われてるみたいだから、会って疑惑晴らしてきてよって、そう言ったくせに、会うって返事すればそんなふうに憎まれ口を叩いて。本当に昔からそういうところ、あの人は変わらない」

「ごめんなさい……」

清子の声が震えていた。圭織は、相も変わらず平然とした様子で首を振る。

「いいんです。だって昔のことだし、おじいちゃんやおばあちゃんがその頃の母のことを心配して言った気持ちと、今の私を心配して会いたがる気持ちとは矛盾しないって、きちんとわかっています」

「そうじゃなくて……」

サバサバとした口調で話す二人の孫の圭織が、利発で理性的な女性であることが、傍で見ている法子には、かえって痛々しく感じられた。

清子と孝信が、ともにぎゅっと頬を引き締め、示し合わせたように顔をまっすぐ孫娘に向けた。居住まいを正し、孝信が言う。

「つらかっただろうに。お母さんに、そんなふうに言われて」

掠れた声に、悲しみと怒りと——いたわりが感じられた。孝信の唇が震えている。

「生きててくれて、ありがとう」

圭織が不意打ちを食らったように唇を引き結んだ。清子も頷き、圭織の手を取る。

「会ってくれて、ありがとう。これまで、本当にごめんなさい」

今度は圭織が長く、黙っていた。二人を見つめるその目が澄んだ色をしている。彼女がゆっくりと頷いた。

「うん。探してくれてありがとう、おじいちゃん、おばあちゃん」

◇◆◇

三人がそうやって話していた時——後ろで微かな物音がした。見れば、田中が黙ったまま立ち上がり、ドアから出ていこうとしているところだった。

法子は静かに腰を上げ、吉住夫妻に軽く頭を下げて、彼女の後を追った。

吉住たちのここまでのやり取りを聞いて、自分が席を外して、三人だけで話す時間が彼らには必要なような気もしたし、田中にも、今回、圭織と自分たちを引き合わせてくれたことに対し、お礼を言いたかった。

「田中さん」

前回と比べて随分明るくなったように感じられた部屋の中と比べ、廊下の暗さはそのままだった。法子が呼ぶと、田中は、廊下の先で足を止め、無表情にこちらを振り返った。

「今日はありがとうございました」

とりあえず立ち止まってくれたことに感謝しながら、法子が歩み寄る。田中は黙ったまま、めんどくさそうに目を細める。その顔つきに怯(ひる)みそうになりながらも、法子は続ける。

「保美さんも圭織さんもすでに〈ミライの学校〉は出ていたのに、それでも探して連絡を取ってくださって、感謝します。今日も会うための場所を貸してくださって」

「……うちが、人を消してるように言われるのは心外ですから」

消す。

それは、白骨死体が出てからの一連の報道や批判を受けての言葉に違いなかった。あの遺体を孫ではないか、と尋ねてきた吉住夫妻や代理人の法子も、そうした〝一味〟に含まれていることは間違いなかった。

田中がつん、と顔をそむける。

「それに、吉住保美氏とまだやり取りをしている人が、たまたまうちにいたというだけですから。感謝していただくには及びません」

「それでもありがたかったです。――私たちの方でも探していたのですが、圭織さんが中等部に進んだ、というような、本当に不確かな情報しかなかったので……」

思わず口にしてしまってから、そういえば……と思い当たる。

〈ミライの学校〉で教師をしていた菊地は、圭織が中等部にいたと言ったけれど、あれは彼の記憶違いだったのだろうか。先ほど、圭織は小等部に上がってすぐ、母親とともに〈学び舎〉を出た、と言っていた。中にいた時の方が、不安は少なかったと。

何気なく口にした法子の前で、田中が「ああ――」と呟いた。

それまで表情が乏しかった顔に、少しだけ変化が現れる。口角が吊り上がり、彼女が微かに笑った。

「ひょっとして、菊地賢氏のところに行きました？　昔、数年だけ、〈学び舎〉で教師をしてた」

「え」

狼狽する。どうして急にそう聞かれたのかがわからず、咄嗟に心が言い訳を探す。彼に会ったこと、そこで〈ミライの学校〉の批判や、田中について話を聞いたこと。――彼と吉住夫妻が交わした「一緒に戦いましょう」という握手を思い出し、後ろめたい気持ちに襲われる。

どうして田中に気づかれてしまったのか、わからず、自分自身の発言を後悔する思いで、咄嗟に口を開こうとした法子に、先回りするように田中が言った。

「探してる子のことを、僕は知ってる。中学生になっていたから、きっとあの遺体じゃないって言われたでしょう？」

　鳥肌が、立った。

　暗い廊下の先で、うっすらと差し込む窓の光が、廊下に舞う細かな埃（ほこり）を浮かび上がらせていた。他の窓の前には段ボールの荷物が積まれていて、光がほとんど入ってこない。――もしかすると、外から中を覗きこまれないように、わざと荷物を積んでいるのかもしれない。

　その暗さ。この場所の圧迫感が、改めて感じられる瞬間が急にやってきた。法子は何も言えずに目だけ動かして田中を見る。田中の目が笑っていた。どこか、嘲（あざけ）るような目だった。

「あとは、そうね。印象に残る子ではなかったけど、大人しくて穏やかだったとか、優しかったとか、そういう子だったって言われたでしょう」

「……どうして」

「そう言われたのは、あなたたちだけじゃないから」

　鳥肌が、全身にうつっていく。体が冷たくなっていく。田中が笑う。

「みんな、言われるの。あの人のところに行くと」

　田中の顔にはっきりと嘲るような笑みが浮かぶ。

「〈ミライの学校〉はろくでもない団体で、何もしてくれませんけど、僕はあなたの味方ですって、あることないこと話す。うちでうまくやれなかった憂（う）さを晴らすように。あなたの孫や娘を知ってるってうまいこと言われて、相手もそれに乗せられてしまう。で、言われるの。一緒に〈ミライの学校〉と戦いましょうって」

頭に――重たいものを打ちつけられたような思いがした。実際に殴られたような衝撃に、視界が歪（ゆが）む。足から力が抜けていく。それなのに、自分がまだこの場に立ち続けていられることが、信じられない。

　知っている言葉だった。

『優しい子だった、という印象があります。僕が〈学び舎〉を出る時までは、少なくとも中にいて、元気にしていました』

『僕の記憶違いでなければ、中等部に入っていたと思います。僕は小等部の教師だったのですが、僕が出る時、少なくとも受け持ちにはいなかった』

　その言葉を受けて、吉住清子が、ああ、と声を漏らし、孝信が声を詰まらせていたのも覚えている。

『中学生に、なっていましたか』

　心底安堵したように言って、法子にも礼を言ってくれた。

『先生も、ありがとうございます。先生が言ってくださらなかったら、私たちは菊地さんのことを思い出して連絡を取ることもなかったと思います』

　法子の、せいだった。

　法子が提案したせいで、彼と吉住夫妻を会わせてしまった。

　今、この奥の部屋で、夫婦は無事に孫の圭織と会えている。現実の、生きている彼女と会えている。しかし、だからといって、法子がしてしまったことは許されることではないと感じた。

あんな男と、二人を会わせるべきではなかった。

『一緒に戦いましょう』

そう言って吉住夫妻に伸ばされた菊地の手を、時を巻き戻して、今すぐ振り払いたかった。

目的はなんなのだ――と怒りを込めて思う。

苦しんで、苦しんで、ようやく助けてもらえるかもしれないと希望を持って連絡を取ってきた者にまやかしの夢を見せ、感謝される。自分の不満を吹き込む。その過程に、何の達成感があるというのか。何のために――。

「残念でしたね」

田中が言った。

「彼を頼っても、何も変わりませんよ。あの人、ただ、自分の話を聞いてほしいだけですから」

心が凍りついていく。信じられなかった。菊地も、今、このタイミングでこんなふうに声をかけてくる、田中も。

ダメだ、と頭の中で声がする。

冷静に、自分の中でそう、声が止めている。ダメだダメだ、言ってはダメだ――。けれど、懸命に依頼にやってきた吉住夫妻を、孫がどこかで生きているならいいけれど、子ども時代に死んでいたのだとしたらあまりにもかわいそうだと涙をこぼしていた彼らの訴えを、子ども時代のミカの訴えを、シゲルくんの手紙を、通い続けた合宿の日々を、そこで会った〈学び舎〉の子を、泉を、〈広場〉を――、思い出したら、止まらなくなった。

絶対にダメだ、と思ったのに、言ってしまう。

「――あなたたちは、なんなんですか」

声が震え、唇がわなないていた。顔が熱くなる。喉が締め上げられたように苦しくなる。

「あなたたちは、子どもをどこにやってしまうんですか。あの時の子たちを」

あなたたち、と話す自分の声に、先日会った菊地の声が重なる。『一緒に戦いましょう』と微笑んだ顔が、若い頃のけん先生のものになっていく。

未来は、ここにしかないからね、と、子どもの頭を撫でる、大人たちの顔に。

――ノリコちゃん、と呼んでくれたミカの顔がそこに溶けていく。

――秘密、教えてあげようか、と言った、その顔が遠い。あの子があそこで時を止めてしまったのだとしたら。

法子の頭の中で、ミカの思い出が弾けていく。

――本当は、お母さんと一緒に暮らしたいんだ。〈麓〉の子みたいに。

――寂しいものは寂しいし、悲しいものは悲しいよ。

泉のほとりに、夜、一人、懐中電灯の明かりと一緒に座り込んでいた、あの子。

「私――」

ダメだ、ダメだ、ダメだ――思うけれど、言ってしまう。

「私、小学生の時に、夏の合宿に行ったんです。三年間、あの、静岡の〈学び舎〉に」

田中が、目を見開いた。薄くのびた廊下の窓の光が、その顔をさっきよりはっきりと照らし出した。

許しを請うような気持ちになっていた。

――ずっと、ほうっておいたくせに。

この間聞いた田中の声は、自分にも向けられていたようにも思う。私はずっと忘れていた。――ずっと忘れていたくせに、と責められたように聞こえた。

「仲がよくなった、子たちもたくさんいて……。あの子たちをあなたたちは、どこへ」

菊地の声を思い出す。あの子たちに対する責任を、誰も取らない。あそこで育った子への責任を。

「……なんて子？」

田中の無表情な目がこちらを見る。見下すように。

「誰と仲良くなったの？」

法子の膝にはもう力が入らなかった。圭織は見つかった。吉住夫妻の代理人はもう終わる。きっともうここには二度と来ない。見えない力に導かれるようにして、気づくと、舌が動いていた。一縷（いちる）の望みもあった。田中も、彼女を知っているかもしれない。消息がわかるかもしれない。

吉住夫妻の代理で最初にここに来た時から、本当はずっと聞きたかった。あなたは彼女たちを知っているんじゃないかと。

「ミカちゃんとか、シゲルくん」

唇が乾いて、ひび割れていた。下の名前だけの幼い呼び方が口から出ると、まるで自分まで小さな子どもに還っていくようだった。

ミカちゃんとか、シゲルくん。

法子が答えてしまった後で、田中が大きく息を吸い込んだ――ように見えた。

次の瞬間だった。

埃っぽい暗い廊下に、くぐもったような声が聞こえた。初めは、息遣いのようにか細く、それがだんだんと、大きく。

ふ、という音の連なり。耳を、大きな、大きな声が打つ。

笑い声、だった。

大きくなっていくその、途切れることのない笑い声がどこから聞こえているのか、最初、わからなかった。しばらく経って、それが目の前の田中の声だとわかると同時に、気持ちが震撼(しんかん)していく。

田中が笑っていた。おかしくておかしくてたまらない、というように。

もともと、常識が通用しない人だとは思っていた。失礼な物言いもずっとされてきたし、そんなことには慣れていた。しかし、これはあまりにも大人げないのではないか。

法子は言葉を失って、それから猛烈な羞恥(しゅうち)に襲われた。「ちょっと……」とむきになった声が出かかったところで、ぴたりと、彼女の笑い声が止んだ。

圧倒的な静寂が、廊下に戻ってくる。田中が胸に手を当て、大きく、大きく、息を吸っていた。法子を見つめる。そして言った。

「私が、ミカよ」

◇◆◇

何が起こったのか、わからなかった。

いく。

瞬きを忘れた目が、暗い廊下の先にいる田中を見つめる。見開いた自分の目の表面が乾いていく。

この人は――今、何を言ったのか。

彼女の名前は何だったか――。思い出そうとする。田中。〈ミライの学校〉の婦人部長。法子が連絡を取っている、担当者。田中――。そういえば名刺をもらった覚えがなく、下の名前も知らない。

だけど、結びつかない。自分がかつて行っていた〈学び舎〉の合宿と、この雑居ビルが。かつての子どもたちと、今、ここにいる大人たちが。

田中が口元に笑みを湛えたまま、法子を見た。

「お名前、なんでしたっけ」

これまでのやり取りで、自分は名前すら憶えられていなかったのか――と思いかけたところで、彼女が「近藤さん」と法子を正確に苗字で呼んだ。それにより、何を聞かれているのか、わかった。

田中が改めて聞く。

「近藤さん。下のお名前は?」

「ノリコ……」

声が掠れていた。見えない力に操られるようにして、法子の唇が開き、名前がこぼれ落ちる。

しかし、その名を聞いても、彼女の反応は鈍かった。

「ノリコ……ノリコさん、ノリコちゃん……」

記憶を探るように、聞いたばかりの法子の名前を口の中で転がすように呟く。そして、すぐに首を振った。

「ごめんなさい。きちんと覚えていない。合宿には〈麓〉の子がたくさん来るから。でも、ノリコちゃんという子はいたように思う。そう、それがあなたなの」

「田中さんは、年は――」

「四十歳です。今年でね」

田中が答える。そして法子を見つめた。

「あなたは？」

さっきまで表情が乏しいように見え続けていた田中の顔に、今ははっきりと人間らしい感情が刻まれていた。法子からの問いかけや言葉に鬱陶(うっとう)しそうにしていたさっきまでとはまるで違う。彼女の視線に、今はこちらを射すくめるような明らかな威圧感がある。

まるで優位に立たれているような。その雰囲気に抗(あらが)えない。聞かれるままに答えてしまう。

「四十歳」

「そう。同じ年なら、確かにあなたが会ったのは私だったんでしょう」

法子はまだ衝撃に打たれたまま、田中の言葉をどうにか飲み込もうとする。彼女がミカ――。

しかし、そう思った次の瞬間に、違うのではないか、という激しい違和感に襲われる。

田中の名前は本当に〝ミカ〟というのかもしれない。年も、自分と同じなのかもしれない。

しかし、それは、ただの偶然で、あの時期、〝ミカ〟という名の子は他にもいたのではないか。

だって、目の前の田中には、ミカの面影がない気がする。

そう強い気持ちで思ってから、しかし、彼女の目がこちらを見つめた途端、わからなくなる。ミカの顔——。あの子は、どんな顔をしていたのか。

思い出がたくさんあると思っていた。けれど、その中の彼女の顔をきちんと思い出せない。四十歳という田中の年齢にも驚愕（きょうがく）していた。

確かに法子と同じ年だ。これまで田中は、自分より年上なのだとばかり思っていた。自分と同年代の女性と比較しても、服装に華美さがなく、化粧気もなく、何より全体的にひどく疲れているような印象が先に立つ。彼女が自分と同年代のようには見えなかった。

「たまに、言われるの」

田中の言葉に、ただ、顔を見つめ返す。

「マスコミで〈ミライの学校〉が報道されるたびにね。——自分は昔、合宿に行ったことがあるとか、一時期、〈学び舎〉で暮らしていたとか。そういう人がよくニュースのインタビューなんかにも出ているわよね。内部のことを知っているから気持ちがわかるとか、心配だとか、そういうようなことを。——菊地賢みたいに」

田中の顔に再び、嘲るような微笑みが浮かぶ。暗い廊下に浮き上がるその顔が、ぞっとするような美しさを増していた。これまで、華美さはないけれど、整った顔立ちの人だと思ってきた。そのことが急に真に迫って感じられる。かわいかったミカちゃん。その印象だけが、田中の微笑みの前で一致していく。重なっていく、気がしてしまう。

菊地賢の名前が出て、心と体が凍りついていた。

さっき、彼を心底嫌悪した気持ちが、そっくりそのまま自分に返されたような、猛烈な辱め（はずかし）

を受けた思いに苛まれる。彼と自分が、まるで同じだと言われたような。

田中が法子を見つめて、続ける。

「よくは覚えていないけど、じゃあ、あなたと私は、きっと泉にも一緒に行ったのよね。河原に行ったり、かき氷を食べたりしたんでしょう？　——全然手伝わない子もいたけど、私、合宿のお手伝いは好きだったから、毎年率先して手を上げたの。だから、今も、参加者だったという人たちから声をかけられることが多い。——取材に来る、マスコミの記者の中にさえいるのよ。僕、子どもの頃、あそこの合宿に行ったことあるんです。〈ミライの学校〉のことをよく知りもしないで、親にいわれて参加しちゃってました、みたいな口調でね。それでいて、〈学び舎〉に来たことがあるというだけで、それが短い間の滞在だったとしても、皆さんの気持ちがわかります、想像ができます、と話す」

優美な微笑みを浮かべているのに、声はどこまでも冷たい。その声に頭から血の気が失せていくような錯覚を起こす。

田中が法子を見つめる。顎を少し上に向けて。

「そう、近藤さんも合宿、来てたんだ。マスコミでそういう人はいたけど、弁護士さんはさすがに初めてだな」

冷たく暗い声の奥に、法子をいたぶるような響きがあった。

法子は気持ちを戦かせたまま、どう答えていいかわからなかった。わからなくなっていた。ミカじゃない——田中の名前はミカかもしれないけれど、それは自分が合宿で出会ったあの女の子じゃないはずだ——そう言い聞かせてきた気持ちがぶれる。どうして自分がそう思いたいのか。それすら、彼女を苛立たせる材料になりそうで、口がきけなくなる。

混乱する頭の中で、ふいに疑問が浮かんだ。菊地が言っていたことだから、どこまで本当かはわからない。けれど、激しく動揺したままに、気づくと口に出していた。

「田中さんは、北海道の〈学び舎〉にいたんじゃ——」

田中の表情が、一瞬、険(けわ)しくなった。法子が勝手に自分の情報をつかんでいたことを知って、気分を害したのかもしれない。

田中が法子に向けて、「私のことをよくご存じですね」と短く言い、表情にまた余裕を取り戻した。

「北海道に行ったのは、小学校五年生の秋から。だから、静岡の合宿を手伝ったのはその夏まで。六年生の時は、私とはもう会わなかったでしょう?」

そう聞かれた瞬間——ああ、とようやく、心の奥底から立ちのぼる震えとともに理解した。

記憶が合致していく。六年生の合宿では会えなかったミカ。頭を殴りつけられているような衝撃が、これまでで一番鈍く体の芯にしみこんでいく。

彼女が、ミカなのだ。

法子は目を見開いたまま、目の前の女性——田中ミカを見つめ続けることしかできなかった。

会いたいと願い、行方が気になると心配し、吉住夫妻の代理人を務めながら、ずっと頭の片隅に置き続けていたはずの少女。

その子が、今、目の前にいる。

衝撃に固まる法子に、田中が言った。

「死んでて、ほしかったでしょう？」

足の裏が――耳の奥が――感覚を失う。

彼女の言葉と声が鋭い刃物のように自分の体を切り裂いたのがはっきりわかった。心が抉られる。

田中ミカの顔には、もはや微笑みはなかった。

「――〈学び舎〉の跡地から遺体が出て、それが、自分の知っている子でなければいい、自分の娘とか孫とか、家族や関係者でなければいいって言いながら、本当はみんな、本心では、死体がそうだったらいいって思ってるのよ。きれいな思い出のまま、自分の知ってる優しい友達や、かわいい孫のまま、時間と記憶が止まったら幸せだって。心配だって言いながら、自分の悲しみや一時の思い出にしがみつきたいだけなのよ」

「そんなこと……」

反射的に声が出た。しかし、田中ミカの切れ長の目がこちらを見つめると、その先が続けられなくなる。

田中がふっと笑った。

「心配したんでしょう？　合宿で自分たちが会ったあの子たちをどこにやったのかって、あの子たちに何をしたのかって、さっきあなたは私に聞いたじゃない。あなたの中でも、〈学び舎〉の子たちはいつまでもきれいなままの存在で、こんな形で再会なんてしたくなかったのよ」

そんなことない――と頭の中で声がこだまする。頭の中でなら言える。しかし、目の前の田中には言い返せない。

だって、法子は彼女をミカだと思わなかった。微塵も。その可能性を一切考えなかった。あなたたちは、ミカに何をしたのか——と、他ならぬ、ミカに言っていたのだ。被害者だと思っていた子どもたちを、いつまでもその頃の立場のままで留めていた。

それは、〈ミライの学校〉という組織の中に彼女たちを閉じ込め、時を止めて、思い出を結晶化していたのと同じことだ。琥珀に封じ込められた、昆虫の化石のように。時が流れ続けていることを、理解しているつもりでいて、本当はまるでわかっていなかった。

吉住清子だって言っていた。いっそ、遺体が孫だったとわかったら、哀しみの気持ちを向ける先があったかもしれない——と。身勝手だが、どうしようもないくらい、その気持ちは本心だっただろう。

「そんなふうに思ったことは、ありません」

とめどなく流れる思考を断つように、強引に言い切る。自分でも田中に届くとは思えない、心を上滑りするような声だった。混乱している自覚がある。そう思っても止まらない。とにかく何か言わなければという焦りだけに突き動かされる。

田中の顔がじっと、法子を見ていた。その顔に、ふっと影が差したように思った。

「そうですか」

再び、彼女の顔から表情が消えた。胸が引き絞られる思いがする。それがたとえ敵意であれ皮肉であれ、感情を向けられるのなら、そこにはまだ彼女が真剣に言葉を交わす余地がある。

しかし、自分でも整理がつかないままに告げた法子の一言で、田中が再び完全に心を閉ざしてしまう気配があった。しまったと後悔するけれど、さりとて彼女に他に何を言えばいいのか、言葉が見つからない。

「――わかりました」

冷たい声で答え、田中が再び、体の向きを変え、歩いていこうとする。

待って、と声が出かかる。

彼女が去っていこうとしている。暗い廊下の向こう、事務室に入ってしまう。今ここで追いかけなければ、もう二度と彼女とは対話できない気がした。そう思ったことで、自分は彼女と話したいのだということに気づく。

しかし、何を――？

問いかけても、答えが出ない。ミカに会いたかった。無事でいてほしかった。遺体がミカじゃなくて、よかった――。

確かにそう思っていたはずなのに、今ここにいる田中と何を話せばいいのかわからない。

あの、と、声が喉まで出かかっているのに、途中でつぶれたようになって、どう頑張っても続きが出てこない。情けなかった。法子は打ちひしがれていた。自分が都合のよい幻想を、思い出のミカに抱いていたに過ぎないかもしれないことに。

吉住夫妻の依頼を引き受けたのはどうしてだろう。そこに何の思い入れも感傷もなかったと、本当に言えるのか。傷つかない場所から、琥珀の中に封じ込めた自分の思い出を眺め、感傷に浸(ひた)っていたことを、田中ミカに見透かされた気がした。いや、本当にそうだったのかもしれない。

田中ミカの背中が暗がりに消えていく。法子は薄暗い廊下に取り残されたまま、しばらく佇んでいた。

ふいに、声がした。

「あの、近藤先生」

背後のドアが開き、吉住清子が出てきた。

「すいません。先生、私たちと圭織は、連絡先を交換したりしてもいいんでしょうか。〈ミライの学校〉を通さずにもう、直接会っても構いませんか」

生真面目にわざわざ尋ねるのが、清子らしかった。

その声に、法子はゆっくりと振り返る。すると、清子が目をしばたたき、驚いたような表情になった。それを見て、法子は今、自分が依頼人にも伝わってしまうほど、ひどい顔をしているのだと自覚する。

「あの、先生」

吉住清子が困惑したように首を傾げた。

「どうかされたんですか、先生」

「いえ――」

清子に向けて穏やかな表情を作ろうとするが、顔の筋肉が何年も固まっていたように、ぎこちなく、まるで粘土のように動く。努めて平静を装って、答えた。

「大丈夫です。なんでもありません。吉住さんたちは、圭織さんとご連絡先を交換しても構いませんし、ここからは私を除いて直接やり取りをしてくださっても大丈夫ですよ」

いた。

「そうですか」

清子の顔にほっとした表情が浮かぶ。ドアの向こうでは、孝信と圭織が座って何かを話していた。

彼らの姿を見た途端、唐突に、さっきの孝信の言葉が蘇（よみがえ）った。

──生きててくれて、ありがとう。

そう言えばよかったのだ、と、今更ながら思った。

ミカと自分は、そんな言葉を交わせるほど親しい関係ではなかったかもしれない。彼女が自分を覚えていなかったというのならなおさらだ。しかしそれでも、法子は田中にそう言うこともできた。死んでいてほしかったはずがない、生きていてよかった、と。

たった一言そう伝えればよかったのに、その言葉を思いつかなかった自分に愕然（がくぜん）とする。どうしてなのか、と考える。彼女に、よく覚えていないと言われて拒絶されたように感じたからか。自分の身勝手な感傷を見透かされたように思ったからか。理由はいくらでも思い浮かぶけれど、一番大きく胸を支配するのは、誤魔化しようのない罪悪感だった。

田中の言う通り、死んでいた方がよかった、とほんの少しでも考えたことはなかったか──。

田中ミカは、子ども時代の法子を、忘れていたというわけですらなさそうだった。ただ、「覚えていない」。たくさんいた合宿の子の中で、どうして自分が覚えていてもらえると思っていたのだろう。仲良くなったと思っていたけれど、ミカには他にも仲良くなった子たちがたくさんいた。何より、合宿に子どもは毎年来るのだ。

夏の合宿で、名簿の裏にメッセージがほしいと、ミカの前にも行列ができていた。法子にとっては唯一無二の思い出だったとしても、ミカにはそうではなかった——。そう考えると、その思いの差が、そのまま自分の思い上がりを象徴しているように思えた。気持ちが子ども時代に引き戻される。

名簿のメッセージ。思い出した瞬間に、心の中で、先日実家で見たばかりの一文が思い出される。子どもの文字、ミカの文字。『わすれないでね！』『ずっとトモダチ☆』

思い出すと、息が詰まりそうだ。

「戻りましょうか」

引き攣った微笑みを浮かべ、法子は清子とともに、吉住孝信と圭織の待つ会議室に入る。すっかり打ち解けた様子になった孝信と圭織の間に、スマートフォンが置かれていた。圭織のものだろう。

画面に映る写真を、どうやら圭織が祖父に見せていたようだった。今年の夏に撮ったのだろうか。どこかの河原で水着を着てポーズを決める、小学校高学年くらいの男の子と、それより小さな女の子。——おそらくは圭織の子どもたちだ。吉住夫妻のひ孫であろう写真の子どもたちのそばに、彼らの父親や母親の気配がある。後ろに映るバーベキューの台に、大人の男性のものと思しき大きな手が映っている。近くに、きっと、父親がいる。

その写真を見た瞬間、泣きたい衝動に駆られた。ふいに訪れたその衝動の強さを、抑え切れなかった。鼻の奥が痛み、目のふちが痺れる。

——秘密、教えてあげようか。

ミカの声を思い出す。

うろ覚えだった少女時代のミカの顔に、田中の切れ長の目と面影が逆に投影されていく。今の彼女の顔立ちの方に、記憶のミカが引きずられていく。

覚えている。あなたが忘れてしまったかもしれなくても、私は、あなたが夜の泉のそばに座り込んで、懐中電灯の明かりの横でずっと水面を見つめていた姿を覚えている。

――本当は、お母さんと一緒に暮らしたいんだ。〈麓〉の子みたいに。

田中ミカは今、自分の子どもと一緒に暮らしていない。

菊地がそう言っていた。北海道に子どもを置いてきていて、彼女の子どもは今も北海道の〈学び舎〉で暮らしている。

余計なお世話だと十分すぎるほどわかっているが、法子の胸はつぶれそうに痛む。少女時代のミカを思う。それから、法子自身のことについても考える。自分が家に帰って、今日も明日も一緒に眠るであろう、自分の娘、藍子の柔らかさと匂い、感触が蘇る。その場に座り込んで泣いてしまいたい衝動に駆られる。

なぜ――と思っていた。

なぜ、自分がされたことを、自分の子に繰り返してしまっているのか。ミカに、問いたかった。


その日、吉住夫妻と圭織は、一緒に〈ミライの学校〉東京事務局を出た。

吉住夫妻にとっては娘であり、圭織にとっては母親である保美の不在が、それぞれの人生にとって計り知れないほど大きなものであったであろうことが、両者のやり取りでわかる。初めて会ったばかりで、祖父母と孫が手を取り合い、短い時間でこうも心を開いたように見えるのは、それぞれが娘や母親としての保美とでは手に入れられなかった〝家族〟を、今日ようやく互いの存在を通じて得られたからだというふうにも、法子には思えてしまう。

「お世話になりました」

〈ミライの学校〉に感謝している、と語った圭織が、事務局の人たちに丁寧に頭を下げる。事務局の人たち――法子が前回ここを訪れた時にお茶を出してくれた、あの朗らかな青年が、ごく自然な口調で「おじいちゃんやおばあちゃんに会えて、よかったですね」と圭織に声をかける。

すると、それに触発されるように吉住夫妻もまた「ええ、本当に」「ありがとうございます」と、彼らに会釈を返した。

遺体発見のニュースで世間をあれほど騒がせている団体だとは思えない、穏やかなやり取りに、法子は、ああ――と思う。つい最近まで、私はこうした光景を〈ミライの学校〉らしい、と思ってはいなかったか。

〈ミライの学校〉は世間でいわれるような危険な団体ではなく、実際は世間一般よりむしろのどかな時間が流れる場所だと知っている。――だから私は〈ミライの学校〉を理解できている、と思っていなかったか。

本当は何もわかっていなかったのに。

見送りに、田中は出てこなかった。

「田中さんは」と一応、声をかけてみたが、事務局の青年が首を振る。

「今、ちょっと出ちゃいました。何か御用でしたか？」

「あ、いいえ」

「すみません。立ち会ってたの、もともとは田中さんなのに。後はもう大丈夫でしょって、さっき、出てっちゃって」

　彼が肩を竦(すく)めた。

「お礼を伝えてください」とだけ、法子は言った。顔を合わせたところで、法子は何を話せばいいかわからなかった。田中の方でも、それは同じだろう。

「このたびの吉住さんの件、本当にお世話になりました、と」

「わかりました」

　青年が答え、法子たちは〈ミライの学校〉東京事務局を後にする。

　もうこれで二度と、ここに関わることはないのだ。

　むしろ、関わってはいけなかったんだと、戒(いまし)めのように思う。自分の未熟さを恥じ入る。ここは、自分の身勝手な感傷を抱えながら近寄り、踏み込んではいけない場所だった。

　田中に痛烈に非難された思いで、心は千々(ちぢ)に乱れていた。その思いを押し殺すようにして、雑居ビルを出る。

　街路樹の落葉がまじり始めた、冷たい風が吹いていた。保育園にお迎えに行くことを、頭が考え始める。園の部屋に入った瞬間、藍子が自分を見つけ、その顔にぱっと微笑みを浮かべること。走ってきて、胸の中に飛び込んでくるあの柔らかさを思い出し、長く瞬きをして、目を閉じた。

◇◆◇

女児の遺体の身元がわかったのは、吉住夫妻が主織と再会を果たした、その一週間後のことだった。

女児の名前は、井川久乃。かつて、〈ミライの学校〉で過ごしていた子どもの一人だということだった。

年は、法子と同じ。――つまり、ミカと同じ、生きていれば四十歳。

彼女が亡くなったのは、小学五年生の夏だと見られている。遺体から、死亡した正確な年は鑑定しきれなかったものの、〈学び舎〉で生活していた子どもたちは、〈ミライの学校〉が学校法人として認められていなかったため、〈麓〉の公立小学校に通っていた。井川久乃はその学校を小学五年生の夏休み明けに転校したことになっている。

そうした子どもは彼女だけではなく、この年にもう一人いた。当時の学校関係者は〈ミライの学校〉内部で組織改編が行われるための転校だと、団体から説明されたという。

転校手続きと、市役所での転出手続きを行い、学校にも市役所にも井川久乃は「北海道の〈学び舎〉へ行く」と伝えられていた。実際、その時期に転校したもう一人の子どもは北海道の〈学び舎〉に移り、その後は北海道内の学区の公立小学校に転入している。しかし、井川久乃は学校にも役所にも手続きをせず、行政の書類の上では宙に浮いた形になっていた。

井川久乃の身元がわかってすぐ、マスコミに彼女の母親が登場した。母親は〈ミライの学校〉の内部で暮らしていた大人ではなく、〈麓の生徒〉と呼ばれるメンバーとして、外部で生活をしていた。教育理念に賛同して、子どもを四歳から静岡の〈学び舎〉に預けていたという。「ヒサノちゃんが、まさかそんなことになっていたなんて知らなかった」とカメラの前で泣き崩れる様子が、連日報道され続けた。

井川久乃が公的な記録から〝消えた〟のが小学五年生の夏。同じ時期に、北海道に移ったもう一人の子どもの名前を、報道されずとも法子は知っていた。

亡くなった井川久乃とともに、〈学び舎〉で過ごし、同時期に別の場所に移されたその子どもは、きっと彼女の死にまつわる真相を知っている。

世間は再び、騒然となった。

第七章　破片の行方

「あの……、本当に、どこにも入れないんですか？」

二月。

区役所の窓口で、書類のコピーを取りに行った職員が戻ってくるのを法子が待っていると、横から声が聞こえた。

認可保育園の入園申し込みの二次受付のために開設された窓口が、臨時で設置されたものも含めて五つほど並んでいた。法子の隣では、二十代半ばくらいの若い夫婦が、さっきから、途方に暮れたような表情で、職員と話し込んでいた。

「はい。残念ですが、今日のところは二次受付の申込書を提出していただいて、その結果をお待ちください。こちらで受付できるのは認可保育園ですが、区内の無認可保育園についてもこちらの資料に一覧が出ていますので」

「はい……。あ、これですか」

若い夫婦の、男性の方の胸にベビーキャリアでくっついた小さな赤ん坊がいる。おそらくはまだ一歳と数か月。――激戦、とされる四月からの一歳児クラスの入園申し込みをして、落ちてしまった人たちなのだと想像がついた。

「あの、自分でここに電話して、四月から入園できるところを探せばいいということですか」

たどたどしく尋ねる女性の声を、とても聞いていられなくなる。認可園への一次申し込みが始まるのは秋だ。その時点で無認可の保育園は、ほとんどの枠が早くから入園先を確保するために動き始めた家庭の子どもですでに埋まっているはずだ。今から探しても、空いている受け入れ枠を見つけるのはまず無理だ。そのことを教えたい気持ちに駆られる。

案の定、応対していた職員が「そうですね」と困ったような声を出す。

「四月からの入園は、もう難しいかもしれないです。無認可保育園も、すでに申し込みは順番待ちになっているところが多いようですから。ただ、認可園の一次申し込みの結果次第で園を移るご家庭もあると思いますので、連絡してみるのはいいかもしれないです」

「ああ、はい。そうなんですね」

職員の早口な説明を、どこまで理解できたのかはわからない。曖昧に相槌を打って、妻が、困惑したように夫を見つめる。夫の胸の中で、ちろちろと赤ん坊の黒髪が揺れ、ぐずり始める前のような、あう、という小さな声が漏れた。夫が無言で体を左右に動かし、その子をあやす。

「園庭がないところは嫌だなって思って、二次の申し込みでも希望から外していたんですけど、そういうところでも、入れないんですか」

妻が尋ねると、職員がさらに困ったような顔になる。

「うーん。そうですね。園庭のあるなしにかかわらず、ご自宅から通える範囲の園は、小規模なものでもできるだけ、すべて書き入れてみてください。そうすれば、二次申し込みで通る可能性が高くなりますから」

「はい」

残念そうに頷く妻の横で子どもを抱っこした夫は、最後まで一言も発しなかった。

横の席で会話を聞きながら、本当に入りたいのなら、なぜ、もっと早くに情報を集めて動かなかったのだろう——と法子は思う。あれだけ、東京都の保育園入園事情は大変だと言われているのに、と。

保育園の待機児童問題は深刻で、入園を考えるなら、まずは情報を得なければならない。法子も仕事の合間を縫って区役所のこの窓口に通い、現在の倍率や新設の園についての情報を入手し、職員にも顔を覚えてもらった。それをせず、区役所に書類で申し込みさえすれば入れるものとただ信じていた様子の、その夫婦の会話は、横で聞いていていたたまれない。

自分が彼らに対してじれったく思い、苛立つ筋合いなどない。よくわかっている。気持ちがささくれ立っている。

だって、法子は必死に情報を集めた。藍子が生まれたばかりの頃から今日まで、自分がこれまでと変わらず働き続けるためにどうするべきか、認可園、無認可園を問わず調べ、園庭のあるなしに関わらず通える範囲の園をすべて希望欄に書き——けれど、どこにも入れなかった。

先週、入園の選考結果を受け取り、呆然とし、信じられない気持ちで、通知に同封されていた案内の通りに今日は認可園の二次申し込みの手続きにきたのだ。

藍子の通っている園は二歳児クラスまで。この三月までしか通えない。このままだと、四月からの藍子の預け先がどこにもなくなる。

学生時代からの友人とメールのやり取りをする中、行き場のない気持ちでそのことを書くと、彼女が返事をくれた。その慰(なぐさ)めるような文章が頭にちらつく。

――夫婦ともにフルタイム勤務で弁護士同士なんていう忙しそうな家なのに、ノリちゃんのところが入れなくて、一体どこの誰の家が入ってるっていうんだろうね。

メールを読んだあと、本当だ、と天井を仰(あお)いだ。ゼロ歳の時から認可園の選考にずっと落ち続け、今も藍子が通うのは無認可園だ。認可園への転園希望が通らないまま何年も経つと、一体、世の中のどこの誰が、認可保育園に通えるなんていう奇跡を手に入れられているのだろうか、と思うようになる。

「お待たせしました」

法子の入園申し込みのコピーを手に職員が戻ってきて、対面の席に座る。法子は緩慢(かんまん)な動きで顔を上げ、彼を見つめた。いつもは反射的につくる職業的な愛想笑いも、今日ばかりは浮かべる元気がなかった。職員にどれだけ感じよく接したところで、その逆にどれだけ激昂(げっこう)したり、悲壮感を出したりしても結果は変わらない。何度通っても、何の情報も集めなかった隣の夫婦と自分の立場は同じだ。

「二次申し込みの結果は、来月の頭に通知されます。園から直接お電話がある他、区からも文書で通知があります。その後、もし入園から漏れてしまった場合は、一年間は毎月、申し込みが継続され、ご希望の園に空きが出た場合にご連絡がいきます。継続を希望しない場合は、申し込み取り消しの手続きを別途してください」

「はい」

事務的な声に送られ、申し込み受理の証明書類を受け取って、席を立つ。そうしながら、考えることが山積みだ――と思っていた。

認可園と並行して申し込んだ無認可園は、どこも今、順番待ちの状況で、一つとして四月から藍子が入園できるという内定はもらえていない。このままでは、四月からあの子が通えるところがなくなってしまう。保育園のことしか考えていなかったから、幼稚園に通うことは選択肢に入れていなかったけれど、今からでも入れそうな幼稚園を探した方がいいのだろうか。考えると頭が痛かった。保育園の見学だけでも手一杯だったのに、今度は幼稚園探しを一から始めるのか。けれど、このままでは、四月から、日中、藍子がいられる場所がどこにもなくなる。

事務所の同僚や所長の山上に何と言おうか、と考える。

幼稚園は、保育園と比べて預かり時間が短い。それは、今までと同じ形では働けなくなることを意味する。今の山上法律事務所は、女性の弁護士は法子が初めてだ。つまりは、子どもを持ち、働いてきた女性の前例がない。産休と育休はもらえたけれど、この先、どんな勤務形態が自分に可能なのかはまったくの未知数だった。これまで何人かいた事務員の女性たちは、皆、子どもが生まれたら退職していった。

実家の母にこちらに来てもらうか、あるいは、子どもが大きくなるまで法子が仕事をやめるしかないのだろうか。しかし、長期間育児に専念した後で、元通り仕事に戻れるのだろうか。

頭が痛かった。これまでも母には、法子の仕事が忙しい時期に家に来て、手伝ってもらったことがあるが、夫の瑛士は、法子の母が一緒に暮らすことを歓迎していない。言葉にして何か言われたわけではないが、母の滞在中、うっすらとしたストレスを感じていることが、法子にも伝わる。血の繋がらない他人なのだから、当たり前といえば当たり前だ。

そしてそれは、法子にしても同じことだ。姑が同居することを考えると、彼女のことは決して嫌いではないが、即座に無理だという答えが出る。

専業主婦だったという夫の母は、藍子を保育園に預ける際に、はっきりと「どうして幼稚園にしないの？」と聞いてきた人だった。

藍子が生まれるまで、法子は自分に母性があると感じたことはなかった。もともと子ども好きというわけでもなく、生まれる子どもをかわいいと思えるのかどうかもわからないと考えていた。それが、藍子が生まれ、顔を見た瞬間、はっきり「かわいい」と思った。自分でも驚いた。出産後、体は疲れていたが、ベビーベッドに寝かされた赤ん坊が愛おしく、母体の回復のために一晩離れて眠ると、翌朝にはもう会いたくてたまらない気持ちになっていた。

そのことを、法子はつたない言葉で姑に伝えていたらしい。生まれてみて、こんなに一緒にいたいと思うようになると思わなかった、と。すると、後から姑が夫に言ったようだ。

「ほら、保育園に預けるって言っていたけど、生まれたらずっと一緒にいたくなるでしょ？私、法子さんはそうなると思っていたの」

夫からそれを聞かされ、ぞっとした。現代とは違う、昔の世代の感覚なのだといわれたら、それだけの話なのかもしれない。しかし、我が子を愛おしいと思う気持ちと、自分たちの生活とを一括りにして彼女の物差しで測られ、語られてしまうことにたまらない違和感があった。

瑛士は、気の合う友人であり、恋人であり、夫だった。子どもが生まれるまで、それを疑ったことはなかった。けれど、その日の瑛士の言葉もまた、法子の胸に消えずに刺さったままになっている。姑の言葉を伝えたあと、彼は、はにかむように笑って言った。

「法子がそう思うなら、オレ、別にいいよ。君が仕事やめても」

仕事をやめ、育児のために時間をささげるのはどうして女の方だと決まっているのか——メディアはもちろん、友人からも、同業者の女性からもよく聞く言葉だが、まさか、自分が実感を伴ってそう思う日が来るなんて思わなかった。

夫も姑も、法子にそんな話をしたことすら、もう覚えていないだろう。

姑には一度、夫と自分が多忙な時期に手伝いに来てもらった。短い滞在の間に藍子の園への送り迎えと家事をした彼女は「都会の子育ては大変なのね」とポツリと呟き、以来、藍子の保育園問題については何も言わなくなった。

瑛士は、育児はもちろん、藍子の保育園探しにも協力的だ。今日の入園申し込みは、法子が一人で出勤前に来たが、保育園の見学や説明会には可能な限り一緒に来てくれた。けれど、このまま預け先が見つからなければ、夫や姑からどんな〝本音〟が出てくるのかは法子には見当もつかない。そんな風に思ってしまうこと自体に、自分が今弱っているのだと実感する。

席を立ち、重たい足を引きずりながら、帰りの階段に向かう。壁沿いに、法子の後に申し込みの順番を待つ人たちが列を作って座っていた。一次申し込みを落ちた人たちの顔は、どれも皆、険しい。

来る前から沈んでいた気持ちが、さらに沈んだ。階段に向かう通路の前方に、さっき、法子の横にいた若い夫婦の姿が見えた。弱り切ったように顔を見合わせて、小声で「どうする?」と呟いている。「入れないなんて、聞いてなかった」と、ぼそりと呟く夫のダウンジャケットの裾がほつれている。彼の胸の中で、小さな赤ちゃんの頭がまた動いた。

——ふいに、この秋、夫と見学に行った無認可園のことを思い出した。

園庭のない、オフィスビルの一角。

ここがゼロ歳の乳幼児さんの部屋で、こちらが二歳児さんの部屋で——と順に案内された部屋の一つで、法子は違和感を覚えて足を止めた。どうしてかわからない。三歳児の部屋、とされたそこは、藍子が好きそうなおもちゃや絵本であふれ、十分な広さもあると感じられるのに、何かが暗かった。縦長の、どこか息苦しく感じる部屋。少し考えて、窓がないのだ、と気がついた。園の方でもそれはわかっているのか、色画用紙に動物の絵を描いて貼り、室内を明るく見せる工夫をしていたが、なんとなく圧迫感がある。

ここに入園したら、藍子はこの部屋で過ごすことになるのか。

「うちは三歳児の定員は五名なのですが、この部屋で、常に一人か二人の職員がつきます」

そう説明を受けた帰り道、藍子は瑛士にあの部屋に少し不安を感じた、と話した。

「二人の職員さんがついてる時はいいけど、一人だけの場合、極端な話、あそこで体罰みたいなことがあったとしても、窓もないし、誰も気づかないんだなって思って」

法子にしてみれば真剣な心配だったが、夫はそう取らなかったらしい。軽く笑い、「何それ」と呟いた。

「それはちょっと大げさっていうか、心配しすぎでしょ」

あの無認可園にも、法子たち夫婦は入園を申し込んだ。窓がないことが気になっても、家の近所だし、申し込まないという選択肢はあり得なかった。

大げさかもしれない、心配。

その時期に、なぜ、自分がそんな気持ちになったのか、理由はわかっている。

――死んでて、ほしかったでしょう？

――心配したんでしょう？　合宿で自分たちが会ったあの子たちをどこにやったのかって、あの子たちに何をしたのかって、さっきあなたは私に聞いたじゃない。

田中ミカの声を聞いた時の、あの奈落に突き落とされていくような震えと戦慄が、あれから四か月経った今も消えない。もう自分の仕事は終わった。今さら気を揉む必要も資格もない。しかし、閉鎖されたあの〝学校〟で子どもたちに何があったのか。それを思うと、胸が痛い。心が今も、あの件に囚われ続けている。

銀座に到着し、事務所に向かうまでの間も気持ちは晴れなかった。

これから仕事だというのに、自分の問題で頭がいっぱいなことが情けない。気持ちを切り替えようと顔を上げたところで、ふと、事務所が入っているビルの入り口――エレベーターの付近に、不審な人物が立っていることに気づいた。

カーキ色の、くたびれたジャンパーを着た背の高い男性だ。最初、老人のように見えたが、近づくと、顔に皺はほとんどなく、そこまで年配ではないことに気づく。かなり痩せているのと、髪を坊主頭に近いほど短く刈っているせいで、年配に見えていたようだった。

男性は、エレベーターの横にあるテナントの案内板を何度も何度も見つめ、迷うように首を動かし、何かを逡巡（しゅんじゅん）しているように見えた。エレベーターに乗るかどうかを、躊躇（ためら）うように。

この男性はうちの事務所を訪ねてきたのかもしれない、と咄嗟（とっさ）に思ったのは、彼が何らかのトラブルを抱えているように見えたためだった。法子がこれまで会ってきた、様々な事情を抱えた依頼人たちと似た空気を纏（まと）っているように見える。根拠のない直感だが、そう感じた。

法子には今日、新規の相談案件のアポは入っていないはずだったが、所長の山上か、他の弁護士を訪ねてきたのだろうか。声をかけるのも僭越（せんえつ）な気がして、不自然にならない程度の距離を保ち、法子はしばらく、彼がどうするかを見ていた。すると、エレベーターの前に立っていた彼の元に、もう一人、別の男性が近づいてきた。この近所にある和菓子屋の紙袋を手に提げていて、手土産を買ってきたのかもしれないと思った。その彼の顔を見て——法子は、あっと声を上げそうになった。

涼し気な目元で、小鹿のような顔をした青年。〈ミライの学校〉東京事務局で、法子にお茶を出し、帰り際にはいつもエレベーターまで見送りに出てきた、あの男性だった。

法子は立ち竦（すく）む。なぜ彼が——と思っていると、エレベーターの前に立っていた男性がこっちを向いた。それにつられたように、あの青年も法子を見る。二人は親子のようにも友人同士のようにも見えず、その二人がそろってこちらを見る光景は、どこかちぐはぐな印象だった。目が合う。最初に法子に向かって歩み出たのは、青年の方だった。

「あ、こんにちは」

朗らかな声だった。最初に会った時に受けた印象は変わらない。きれいな顔をしている。これまでたくさんの——〈ミライの学校〉を巡る、それこそいろんなものに晒されてきたはずなのに、この世の悪意など何も知らないような佇まいだ。何より、アポも取らずにやってきて「こんにちは」という場違いな挨拶を堂々とできることに圧倒される。

咄嗟に会釈すら返せなかった法子は、その時、彼の横にいた長身の男性が息を吞むのがわかった。なぜ、と思うほどに彼が大きく、大きく目を見開く。

目を見開いた男性が言った。

「近藤法子さん？」

おそるおそる、というような、控えめな声だった。法子が表情を固くしながら、ええ、と答えると、彼の目が今度は細くなった。眩しいものでも見るように。その表情の意味を法子が測りかねている間に、彼が名乗る。

「私、沖村滋といいます。——覚えていますか」

今度は法子が目を見開く番だった。無駄な肉がまったくない、痩せた体軀を持て余すように、彼が体を縮めて会釈する。

「子どもの頃、会っているはずなんですが……」

「シゲルくん……？」

ついうっかり、口から声が出ていた。言ってしまってから、警戒しなければならなかっただろうか、とはっとしたところで、法子はまた目を見開いた。沖村滋の表情が、ぱっと輝いたからだ。嬉しそうに——優し気に、微笑む。

「ええ。シゲルです。おひさしぶり」

あまりの屈託のなさに、拍子抜けしそうになる。少し灰色がかった瞳が、まっすぐに法子を見ていた。

◇◆◇

「法子さんに、弁護を引き受けて欲しいんです」

沖村滋の口からその言葉が出た途端、心臓がどくん、と大きく跳ねあがった。

「電話してから、とも思ったんだけど、会ってもらえるかどうか心配で」

だから直接訪ねてきたという二人を事務所につれて行き、ひとまず、応接室に通した。今日は保育園の申し込みのため、午前の予定を何も入れずにいてよかった。幸い、所長の山上も在所していたため、同席してもらうことができた。

法子は山上に、自分がかつて〈ミライの学校〉の合宿に参加していたことを話したことはなかった。滋たちに会わせる前にそのことを簡潔に説明した。

これまで何も言わなかったことを咎められるかもしれないと思ったものの、山上には絶対に同席してもらいたかった。滋たちの話を一人で聞くことはリスクが大きそうに感じたのだ。わざわざ事務所を訪ねてきたのだ。彼らが何か重大な話をしにきたのであろうことは、想像がついた。

山上には、吉住夫妻から〈ミライの学校〉に関わる案件を受けていながら、これまで黙っていたことを素直に詫びる。山上所長は、法子の説明に表向き動揺した様子は見せなかった。しかし、子ども時代の合宿で田中ミカと面識があったことを知ると、初めて「本当に？」と驚き道されないものの大きく扱われるようになっていた。

に北海道へ移転し、現在は〈ミライの学校〉の婦人部長である彼女のことは、その実名こそ報道されないものの大きく扱われるようになっていた。

「これ、よかったらどうぞ」

応接室に入ると、東京事務局にいた若い男性が、紙袋を差し出してきた。この近くの和菓子屋の包み。手土産を持って行った方がよいと、この近くに来て急に思い立ったのかもしれない。だとしたら、やはり、何か依頼があってきたのだ。「ご丁寧にありがとうございます」と受け取りながら、身構える。彼は、「砂原（さはら）」と名乗った。

横で、滋が居住まいを正す。法子を見つめ、そして言った。

「法子さんに、弁護を引き受けて欲しいんです」と――。

「弁護、ですか?」

尋ね返しながら、滋が「法子さん」と呼んだことに不思議な感慨を覚える。子どもの頃の法子ちゃんではもうなく、けれど、まったくの初対面ではない、親しみのこもった呼び方だった。シゲルくんらしい、と思う。子ども時代に会ったことがあるというだけの縁であっても、今も法子と繋がりがあると信じられる――。楽観的に思えるほどの思考の仕方。〈ミライの学校〉の――彼らのそうした純粋（ピュア）さに覚えがある。世間ずれしていない様子をじれったく思う自分と、変わらぬ部分に安堵（あんど）し、嬉しく思ってしまった自分がいる。滋は法子を覚えている。ミカが忘れていた、法子を。それが意外だった。

「弁護というと、〈ミライの学校〉の団体の代理人ということですか?　しかし、〈ミライの学校〉にはすでに顧問弁護士がいらっしゃいますよね？」

　山上が尋ねる。遺体の発見以来、団体の代理人として、白髪頭に眼鏡をかけたベテランの風格漂う弁護士が頻繁に表に出るようになった。報道によると、彼は〈ミライの学校〉の会員だということだった。吉住夫妻の件では法子との交渉に一度も出てくることがなく、実をいえばそのことが法子には不満でもあった。結局、圭織は探してもらえたわけだが、団体から真剣に取り合ってもらえていない、と感じた一因でもある。

　山上の問いかけに、滋が「はい。〈ミライの学校〉の問題に関しては、顧問弁護士がいます」と頷いた。しかしすぐ、はっきりと首を振る。

「法子さんにお願いしたいのは、〈ミライの学校〉の弁護じゃありません。田中ミカの弁護です」

　息が、止まった。

　再び聞きたくはない名前だった。東京事務局の廊下で彼女にかけられた言葉の数々が、痛みとともに蘇る。

　法子の横で、山上もまた息を呑んでいた。彼が尋ねる。

「裁判になりますか」

「はい。――相手方の弁護士から訴状を提出した旨、こちらに通知がありました」

　滋ではなく、今度は砂原が答えた。

　白骨遺体の身元が判明してからのこの四か月、〈ミライの学校〉を巡る報道は再び過熱していた。内部で生活していた子どもが犠牲者だったこと。だとしたら、その死を隠蔽したのは〈学び舎〉の大人たち以外あり得ないこと――。〈ミライの学校〉を去った関係者のもとにも再び取材が殺到し、あの菊地賢もインタビューに応じたり、専門家としてワイドショーのスタジオに呼ばれたりしているのをたびたび目にした。

　しかし、身元こそ判明したものの、井川久乃の具体的な死因については、依然、解明されていない。マスコミの多くは、彼女の死が殺人によるものだったのではないかという方向で議論を煽(あお)っている。

　報道が過熱する中で、いくつもの憶測が囁(ささや)かれていた。

　大人による体罰で子どもが死んでしまったというものや、体罰よりももっと激しい虐待を疑うもの。はじめはそんなふうに、〈ミライの学校〉の「教師」である大人の関与を疑う意見がほとんどだったが、ある時期からその風向きが変わった。

　井川久乃と同じ時期に〈ミライの学校〉で生活していた元会員たちが、「子どもたちの輪から彼女が外されていた」といじめを匂わせるような証言をし始めたのだ。証言者の多くは、水の事件などをきっかけに〈ミライの学校〉から抜けた人たちだった。久乃が戸籍上の書類から「消えた」小学校五年生の夏の終わり、彼らの中で久乃は孤立した存在であったらしい。

「もともと物言いがキツい子で、彼女のせいでみんなの和が乱れることがよくあって。頭がいい子だったんだと思うんですけど、〈問答〉でも、先生や周りを困らせるような言葉をわざと使ってみたりするんです」

「どっちかっていうと、久乃ちゃんはイジメ、されるよりする側だったんだけど、あまりにもみんなに対して態度が悪いから、結局、最後は久乃ちゃんが外されるようになったっていうか……」

「あの夏の終わり、研修で大人がみんな〈学び舎〉から出かけたことがあったんです。子どもだけで留守番をした期間があったんですけど、その後すぐに、――ちゃんと久乃ちゃんが、二人で、北海道に行くってことになって。僕らは、詳しくは知らないんですけど」

「最後のころは、――ちゃんが久乃ちゃんに一番当たりがきつかった気がします。だから、二人の間に何かがあって、その罰で、二人とも北海道に行かされることになったのかなって思ってたんです。だけどまさか、久乃ちゃんが死んでたなんて夢にも思わなかった」

「大人がいない期間、子どもたちが〈学び舎〉の活動を任されて、みんなで、あそこを運営してたんだけど、久乃ちゃんがワガママで、それを、――ちゃんが許せないって、久乃ちゃんを〈自習室〉に入れたことがあって」

当時を知るという〝関係者〟たちが口々に言い募る。

「――ちゃんが」

「――ちゃんが」

「――ちゃんが」

「――ちゃんが、何があったか知ってると思う」

報道では、彼女の名前が消され、ぼかされていた。けれど、井川久乃が静岡の〈学び舎〉を去ったのと時を同じくして、北海道に移された子どもがいること、彼女が今も〈ミライの学校〉に留まり、東京事務局で婦人部長をしていることは大きく報道された。

特殊な環境下にある子どもたちの間で、何らかの事件か事故が起こった可能性をメディアが検証し始めた。証言する元会員たちは、皆「自分は知らなかった」と口を揃える。まるで、真相を知るのは、今も団体に留まっている者たちだけなのだとでもいうように。

報道の数々を、法子は複雑な思いで見つめていた。

法的にも倫理的にも、指摘すべき点の多い話だった。

まず、彼らがさらりと当然のように言う、「子どもだけの留守番」の期間についてがそうだ。事実だとすれば、あまりにも無責任だが、相手は〈ミライの学校〉だ。子どもたちの自主性が、大人が生活に介入しないことで得られると真剣に考えている団体。あそこなら、そうした発想をしても決して不思議ではない。

その期間の大人たちの不在は、一部の元会員の話によると、静岡や北海道に次ぐ、新しい〈学び舎〉を創設するための、どこかの土地への視察旅行だったようだ。普通であれば、数人の大人を残すものだと思うが、彼らなら「子どもたちを信じる」という名目で、むしろ進んで子どもだけの環境を作ったのではないか。

にわかには信じられないが、法子は、あそこの人たちがいかに「子どもを信じてしまうか」を知っている。だから、きっと証言の通り、大人が子どもたちから離れ、保護責任や監督責任を放棄した期間があったのだと思う。

〈自習室〉についても、マスコミは時間を割いて報道した。自ら反省したいことがある時に、自主的に考えるために入る部屋が〈ミライの学校〉には存在する。周りから入るように勧められることもあり、その場合は自分の意思では外に出られないという決まりも詳細に報じられた。体罰の一種であり、私的な制裁ではないか、とメディアのコメンテーターや識者の多くが指摘した。それに対し、〈ミライの学校〉の代理人は、今はもうそうしたことは行っておらず、過去にもあくまで大人たちの間でのみ稀(まれ)に行われただけで、子どもたちの教育に用いたことはない旨の声明を出した。

けれど、子どもはよくも悪くも周りの大人の影響を受ける。その夏、大人が不在の〈ミライの学校〉で子どもたちが勝手に〈自習室〉を使用することもあったのかもしれない。

久乃の死は、事件か、事故か。

一部の子どもたちの間で起こったトラブルにより、井川久乃は命を落とし、視察から戻ってきた大人たちは、躍起になってその死を隠蔽したのではないか。

メディアの報道には、井川久乃が子どもたちの間で仲間はずれにされ、いじめを苦にして自殺した可能性を示唆する記事もあったが、自殺や事故であっても、〈ミライの学校〉は、子どもが〈学び舎〉で死んだ事実そのものを問題視して隠そうとしたのではないか、と元会員たちが――これは菊地賢も、主張していた。子どもに対する理想の教育を謳(うた)い、きれいな水の存在をアピールして販売することで資金を得ていた団体にとって、「隠す」以外の選択肢はなかったろうと彼らは言う。それが「殺人」だったとするなら、なおさらだと。

むろん、すべては人々の証言を繋ぎ合わせただけの憶測だ。遺体の白骨から死因が特定されない以上、彼女の死が他殺によるものなのかどうかもわからない。

婦人部長である田中ミカに注目は集まり続けているが、憶測の通り、彼女が本当に井川久乃の死に関わっていたとしても、当時の彼女は十一歳で、法的な責任を問うことはそもそもできなかった。

久乃の死に対する事件性の有無はさておき、三十年前の死体遺棄は、もう公訴時効が成立している。遺体の身元がわかったことで、警察は団体への取り調べを続けている様子だが、関係者が逮捕されたり、真相がわかったりしたという報道はない。時効が成立した事件を、警察がこれ以上追及することはおそらくない。

しかし、〈ミライの学校〉が関わっていることが明らかであるのに、罪に問われないことに釈然としない思いを持つ関係者は多い。井川久乃の母親である、井川志乃(しの)は、その筆頭だった。

遺体の身元が判明してすぐ、遺体の女児の母親として取材を受けた井川志乃は、ひどく取り乱していた。顔こそ出さなかったものの、震える手にハンカチを握りしめて、何度も涙を拭(ぬぐ)いながら胸中を語る様子が放映された。

「私は、娘に縁を切られたと思っていました。でも、それは、彼女が自立してすくすくと育っていればこそだと思って、久乃ちゃんは幸せにしているんだから、だから、私のことが許せないし、会いたくないんだろう、私なんか必要ないんだと、懸命に自分に言い聞かせてきたんです。なのに、まさか、こんな裏切りはひどい」

週刊誌の報道によると、井川志乃は彼女が住む静岡県の、当時地元でかなり影響力を持つ県会議員といわゆる愛人関係であった。その議員には、妻と子どもがおり、志乃との間に婚外子として生まれたのが久乃だ。父親である議員の認知も受けている。

当時、近所に住んでいた人の話として、井川志乃は教育熱心な母親だったと報道された。〈ミライの学校〉には、〈学び舎〉で生活しない〈麓(ふもと)の生徒〉と呼ばれる会員が多数いたが、志乃は熱心な〈麓の生徒〉の一人だった。〈ミライの学校〉の教育理念がいかに画期的ですばらしく、これからの時代にふさわしいものであるかを周りに語り、団体が販売する泉の水についても、「とてもいいものだから」と近所にお裾わけをしていた。環境問題やボランティア活動にも熱心で、近所の人たちに環境保護活動の署名や、災害支援の募金などを呼びかけることもあったらしく、当時の彼女を知る人たちは「そういう意識の高い人」と彼女を語っていた。

ただ、久乃が志乃と暮らしていたのは、彼女が三歳になる頃までだ。久乃が幼稚園に上がる年、「この辺りの幼稚園に通わせるのだろうと思っていたのに、急に、〈ミライの学校〉に預けっぱなしにするというから驚いた」と周囲の人々は語った。報道によると、ある人は声を潜めてこう語ったという。

「やっぱり正妻に負けたくなかったんじゃないかな。向こうの子どもは、大学付属の名門幼稚園に通ってて、志乃さんも久乃ちゃんをそこに入れたかったみたいだけど、さすがに同じ幼稚園や学校は避けてくれって○○さん（議員の名）に言われたって、だいぶ怒ってたようだから。でも、だからといって普通の、一般の子が行くような幼稚園じゃ嫌だったんだろうね。こだわって選んだっていうのが、志乃さんの中では必要だったんだと思う」

志乃は、久乃を〈ミライの学校〉に預けてすぐ、ともに環境保護活動をしていた男性と結婚した。久乃の苗字の「井川」は、一度も会わないままになったというその義父の苗字だ。ほどなくして、志乃とその男性との間に息子が生まれ、新しい家庭ができてからは、志乃が〈ミライの学校〉に預けた娘を訪ねることも減っていったようだった。久乃の弟にあたる子どもは、地域の幼稚園や学校に通わせ、〈ミライの学校〉には入れていない。そのあたりの経緯について、志乃はこう語っている。

「新しい家庭に引き取ることも考えましたが、久乃自身が嫌がったんです。新しいお父さんや、弟とどう接していいかわからないって。だから、いつかは一緒にって思っているうちに、〈ミライの学校〉から、急に、あの子は北海道に行くって聞かされて。夫が事業を始めて私も何かと忙しい時期でしたから、すぐには会いに行けなくて。『会いたい時にはあの子といつでも会えるんですよね？』と聞いたら、団体からは『もちろんです』って。——でも、いざ、久乃に会いたいと連絡を取ってみたら、久乃がそれを拒絶してるって言われたんです。勝手な生き方をしている私が許せないから、二度と会いたくない、親子の縁を切ってくれと言っているって。私は、自殺を考えるくらい、落ち込みました。それなのに——」

顔を隠し、顎から下が映るインタビュー映像に、ハンカチを握った、井川志乃の皺が刻まれた手が映る。指にサファイアと思しき指輪がはまっていた。——のちに、彼女がバッシングされる時、多くの人が揶揄した「記者会見でも着飾っていた」とされる象徴の指輪だ。

「勝手な生き方をしてるっていう言葉も、縁を切ってほしいっていう申し出も、何もかも、久乃の意思とは無関係に、あの団体がでっち上げて、私に向けて言っていたんだって思ったら、悔しくて、悲しくて。人をバカにするにもほどがある。——久乃ちゃんがかわいそう。あの子は、〈ミライの学校〉に殺されたんです」

周囲の話によると、新しい家庭ができてからの志乃は、だんだんと〈ミライの学校〉の熱心な〈生徒〉ではなくなっていたらしい。だから、周りからは、志乃は団体に子どもを預けて厄介払いをしたようにも見えていたようだ。

「不倫を清算して第二の人生をやり直すために、子どもを体よく追いやっていた」という周囲の口さがない発言も報じられた。

一連の報道は、もちろん、真実とは限らない。しかし、彼女が、遺体が発見されるまで娘の行方を積極的に探そうとしなかったのは事実だ。井川志乃の話によると、警察はまず、久乃が戸籍上行方知れずになっていることから、遺体のDNA鑑定のために志乃と連絡を取った。その結果、遺体は彼女の娘だと断定されたということだった。

放っておいたわけではなく、あくまで自分は〈ミライの学校〉に騙(だま)されていたのだと語る母親に、世間の風当たりは強かった。法子も、テレビのニュースで彼女が顔を出さずに話す様子を最初に見た時、すぐに危ういものを感じた。予感は的中し、インターネットの世界を中心に、彼女に対する誹謗中傷が瞬く間に広がった。

曰(いわ)く、自分の子どもを捨てたも同然の親に、今更そんなことを言う資格があるのか。死んでいたとわかったら、途端に娘をかわいそうと哀れみ、自分もまた被害者ぶるのは都合がよすぎる。あんなところに子どもを預けっぱなしにして放っておいたのだから、この母親が井川久乃を殺したも同然だ――。

――ずっと放っておいたくせに。

井川志乃に向けられた声は、奇(く)しくも、法子が田中ミカに突きつけられた言葉と同じものだった。

インタビューを受ける久乃の母親が、顔は映らずとも、着飾った様子だったこと。感情的な喋り方や、積極的に取材を受けている姿勢を疑問視する声も多い。忘れていたはずの子どもに対し、悲しみ方が過剰ではないか、と。法子が危うい、と感じたのもその点だった。彼女にも家族がいるはずで、社会的な立場もあるだろうに、井川志乃は「語り過ぎている」気がした。

彼女の家族は、そのことをどう思っているのか——と疑問に思っていると、少しして、今度は彼女の息子だという人物が、彼女の横に立つようになった。その男性は、母親を守るように取材陣の前に立ち、毅然とした態度で「訴訟を考えている」と口にした。

「自分に姉がいたことは知っていた。つらい別れをしたと母から聞いていたが、いずれ、探し出して会いたいとずっと願ってきた。まさかその死をこんなに長い間隠されていたとは思わず、私たち家族は〈ミライの学校〉に深く傷つけられた。姉を返してほしい。姉の久乃は〈ミライの学校〉とその関係者に殺されたものと確信している」

この主張に法子は目を剝いた。彼は一度も会ったことのない久乃を堂々と「姉」と呼び、彼女を奪った〈ミライの学校〉への憤りを、母とともに強い口調で語った。

一連の出来事を、部外者の法子はただ見ているだけだったが、実際に訴訟になってもおかしくないと思っていた。最初は小さな思いつきでしかなかったとしても、口にすることで久乃の家族が後に引けなくなってしまうのではないかという危惧があった。

時効が成立した死体遺棄の事件を、警察が今後本格的に捜査することはない。久乃の死の責任を〈ミライの学校〉に問うのならば、民事の損害賠償請求しかない。

山上が「裁判になりますか」と聞いたのは、こうした状況を受けてのものだ。

砂原が頷き、説明する。

「先方の訴えは、二つなんです。ひとつは、〈ミライの学校〉の団体に対する、過失致死と遺体の隠蔽による損害賠償及び慰謝料の請求。もうひとつは、婦人部長・田中ミカ個人に対する、殺人による損害賠償と慰謝料の請求です」

殺人、という言葉の持つ強さに、呼吸が止まる。無言で彼と滋を見つめ返した法子の横で、山上が「それは、また……」と呟いた。

「井川久乃さんの死因は、他殺と決まったわけではないんですすよね？」

「はい。しかし先方は、当時の状況から見て、田中さんが殺したものと断定して、彼女個人を訴えてきました」

「ちょっと待ってください」

法子が思わず声を上げた。

「当時の彼女は、まだ十一歳です。仮に殺人だったとしても責任能力があったとはいえませんし、死因が特定されていない以上、殺人に対しての立証は不可能です」

「――嫌がらせ、というか、相手の憤りの気持ちが強いんじゃないか、と、〈ミライの学校〉の顧問弁護士の深田先生からは言われました」

砂原が言う。法子は言葉を失って、彼を見つめた。

「〈ミライの学校〉に対する隠蔽の訴訟についても同様です。立証が困難なことをわかっていてなお、それでも訴えて問題にしなければ気が済まない、という意図を感じる、と深田先生には言われました」

法子は口を噤む。

〈ミライの学校〉への過失致死と隠蔽に対する訴訟は、わからない話ではないし、法子自身、その責任は問われてしかるべきだと思っている。報道されているように、「子どもだけで過ごした期間」があり、その期間に久乃が死亡したのだとすれば、それは〈ミライの学校〉の重大な過失だ。しかし、ミカがそこにどう関わったのかはわからないし、久乃の死を殺人と断定するのも時期尚早だ。

「あるいは、真実を明らかにしたい、という気持ちが強いのか」

ぽつり、とした呟きがあって、法子は顔を上げる。ずっと黙っていた滋の声だった。全員の注目が彼に集まる。滋は少しの困惑が混じった、柔和な表情をしていた。肩を竦め、「知りたいんだと思うんです」と続ける。

「マスコミでは、同じ時期に〈学び舎〉を離れて北海道に移されたミカが何かを知っている、最後に久乃と何かがあったのはミカだ、という報じ方をずっとしているから」

滋がゆっくり、その場の全員の顔を見回す。

「ミカが殺した、と断定して裁判にすることで、きっと、彼女の口から真実が語られるのではないかと期待しているんだと思うんです。本気で殺人の主張が通るとは思っていないような気がします」

「井川さんの弁護はどなたが？」

「片岡雄太郎（かたおかゆうたろう）さんという弁護士さんです。なんでも、人権派として知られている人で、今回の件を知って、片岡さんの方から井川さんに連絡をされたとか」

名前に聞き覚えはなかったが、弁護士の方から井川志乃に連絡を取ったとするなら、厄介な相手だという気がした。「人権派」という響きが重たい。主張が認められるか、勝つか負けるかは問題ではなく、この問題を世に問う価値があると思えばこそ、井川家に連絡を取ったのだろう。一筋縄ではいかない人物だという気がする。

「深田先生は、田中さんの弁護はなさらないのですか」

山上が聞いた。これには、滋の横から、砂原が「はい」と答えた。

「団体に対して問われた過失致死の責任と、田中さんによる殺人の責任は、同じ弁護士が担当することで、ひょっとすると、双方の利益がバッティングしてしまう可能性があるかもしれない、と仰っていました。団体の過失致死について争う時に、ミカさんの立場が微妙になるかもしれない、と」

「それは——」

法子と山上、二人がともに息を吞む。尋ねたのは法子だった。

「久乃さんの死の責任を、〈ミライの学校〉もまたミカさんに押しつけるつもりだ、ということですか？」

尋ねるために発した声が自分のものではないようだった。体が内側から冷たくなっていく。

砂原の表情は変わらなかった。

「深田先生は、そうは言っていません。ただ、今後、裁判でこちらがどういう主張をしていくかを考える中で、田中さんには別の、田中さんの利益だけを考える弁護士がついた方が彼女のためなのではないか、と言っていました。それは、深田先生の本心だと思います」

話を聞きながら、頭がクリアになっていく。

深田に会ったことはないが、法子としても彼の言い分はわからないでもない。

〈ミライの学校〉が、裁判で田中ミカに責任を押しつけるストーリーを構築する可能性も確かにあるが、それは、逆にいえば、ミカにも同じ方法が取れるということだ。自分自身にかけられた殺人の罪を、〈ミライの学校〉の過失致死を追及すること――団体を悪者にして、そちらに責任を問うことで回避できるかもしれない。それは確かに、団体の利益を最優先に考えねばならない顧問弁護士にはできない手法だ。〈ミライの学校〉の会員だと聞いて身構えていたけれど、深田という弁護士は、案外冷静な人なのかもしれない。

砂原が相変わらず涼し気な目元のまま、続ける。

「僕たちも混乱していて、井川久乃さんの死については今、調査中なんです。当時関わったと思われる人たちの中には〈ミライの学校〉をすでに脱退している人もいますし、弁護士の深田先生もその頃は他の〈学び舎〉にいました。実際、その時期に静岡の〈学び舎〉にいたという人たちでも、久乃さんの死を知らなかった人が大半なんです。事情を知っている人は多くない」

「認めるんですか。遺体を埋めたのが、自分たちだと」

法子の口から、驚きの声が出た。

砂原は今、さらりと「当時関わったと思われる人たち」という言葉を使った。それはつまり、遺体を埋めたのが自分たちだと認める発言だ。

今度は砂原が微かに驚いたような表情を浮かべた。そのままたどたどしく、しかし、はっきり頷いた。

「はい」

法子は唇を開いたまま、閉じることができなくなる。山上に動じた気配がないのはさすがだが、それでも室内の空気が緊張で張りつめるのがわかった。

砂原が続ける。

「僕自身は、自分が生まれる前の出来事ですから、まったく知りませんでしたが、過去にそうしたことがあったのは、もう事実なんだと思うんです。井川久乃さんは〈学び舎〉で死んでしまって、そのせいで〈ミライの学校〉を継続できなくなると焦った人たちが、彼女を埋めてしまった――そこまでは事実だと思います。関わったと思われる人たちも、実際にうちにいます」

あまりにも――あまりにも淡々とした言い方だった。それを聞き、法子は彼が、自分が考えていた以上に〈ミライの学校〉の人なのだ、と思い知らされた。驚くほどに純真で、理想的な世界の中で生きている。事実は事実として認めるし、それにより、相手にどう思われるかなんて考えもしない。曇りのない目で、事実を認める。

自分もまた〈ミライの学校〉の一員であり、糾弾される立場であるなんて考えてもみないだって彼自身は隠蔽に関わっていないし、当時、まだ生まれてもいないから。

育ちがいいのだ、と思う。思ってしまってから、その言葉を皮肉に思う。「育ちがいい」。〈ミライの学校〉の特殊な環境下で育つことをそう呼んでいいのかどうか、わからない。けれど、悪意を知らず、理想を疑わない心が、あそこで育つのは確かだった。そんなふうに思ってしまうことが後ろめたい。

遺体の遺棄と隠蔽があったとわかってもなお、どうしてそんな団体の教義に賛同し、会員でいるのかと誰かになじられても、きっと彼は気にしないだろう。砂原の中で、それとこれとは話が別なのだ。だって、彼が賛同しているのは、遺体を遺棄し、隠蔽した事実とはまったく無関係の部分の教義だから。それで通ると真剣に思っている。

山上が険しい声で尋ねる。

「遺体を埋めた、とはっきり言っている人たちがいるんですか」

「はい。最初は、深田先生に対しても黙っていましたが、先日、遺体の身元がわかった後くらいから話し始めてくれました。中心になった人は、もうすでに亡くなっているんですが、彼に言われて手伝ったという人が何人かいます」

砂原が目線を上げる。

「久乃さんの死は事故だったそうです。視察から戻ってきたら、もう亡くなっていたそうです」

「隠蔽の中心になった人、というのは？」

それこそが事件の本質だ。山上の問いかけに、今度も淡々と砂原が答える。

「当時、幼等部の校長をしていた水野幸次郎さんという人です。報道にあるように、久乃さんが亡くなった夏、大人が視察へ行ったため、〈学び舎〉は子どもだけになりました。小等部から上の中等部も高等部も子どもたちだけで〈学び舎〉を運営していましたが、幼等部には大人たちが残っていたそうです。けれど、幼等部の大人たちは、その期間の子どもたちの生活にはあえて介入しないようにしていた。近い敷地内で起こったことに気づけなかったのは自分の責任だからと、幼等部の当時の校長だった水野先生がすべてを決められたそうです」

水野幸次郎氏は、日本画家としても有名で、〈ミライの学校〉の創設メンバーの一人だったのだ、と砂原が続けた。

「水野先生は、僕が幼等部にいた時もまだ幼等部の校長先生をしていました。久乃ちゃんの遺体を埋めることも、田中さんを北海道に移すことも、すべては水野先生が決めたそうです」

「久乃さんに外傷はなかったのでしょうか」

「手伝った人たちは、よく覚えていない、と言っていましたが、覚えていないということは目立った外傷や出血はなかったのだと思います」

手伝った人、という言い方が気になった。何を、という目的語がない。埋めるのを、隠蔽を、というのはあまりに生々しいからだろうか。死体を隠した大人たちの名前が伏せられたままなのに対して、中心となったという水野の名前が告げられたのは、彼が故人だからかもしれない。

「井川久乃さんが命を落としたのは、具体的にはどんな事故だったのでしょうか」

「――脱水か何かで、体調に異変をきたしたのではないかと思った、と言っています」

「それでは、病死ということにはなりませんか？」

山上が首を傾げて問いかけると、砂原が頷いた。

「ええ。けれど、大人がいない間の病死だったので、水野先生があえて『事故死』という言い方をしたのだと思ったんだそうです。自分たちのいない間に、とんでもないことが起こってしまったんだという意味で」

――過失致死の自覚が十分にあったのだ、と法子は思う。自分たちが監督しなかったせいで起こってしまったことだという自覚があればこそ、恐怖した。自分たちの責任になってしまうと焦り、彼らは隠蔽に手を貸したのではないか。

山上がまた尋ねる。

「具体的な死因については、水野さんは言及しなかったということですか」

「そのようです」

「子どもたちだけで過ごさせた期間というのはどれくらいだったんですか」

今度は法子が尋ねた。砂原がそれにもすぐ答える。

「三日です。正確には、二泊三日」

「その期間、子どもたちだけの環境下で何か揉め事のようなものがあったのではないかという憶測が世間では飛び交っていますよね？　――子どもたちや、田中さんが〈自習室〉のようなところに井川久乃さんを入れ、体罰を行ったのではないかと」

あそこには〈自習室〉が確かに存在したことを、法子は知っている。夏の合宿で、自分の班に戻ってこなかったさちこ先生が、その中に入っていたことを。

――え、誰か様子見に行ってる？　という声を、あの夏、聞いた。〈学び舎〉の大人たちは、少し呆れたような口調だった。

自分から入る〈自習室〉。けれど、人に入るように言われることもある〈自習室〉。

子どもたちが誰かを閉じ込めたまま、その存在を忘れてしまったのだとしたら。脱水か何かで体調に異変をきたした可能性があるのなら、原因は、そこに結びつくのではないか。

法子が砂原に尋ねる。

「子どもたちが〈自習室〉に久乃さんを閉じ込め、久乃さんはその中で体調を崩し、亡くなった、ということはありませんか」

「わかりません。ただ、当時手伝った人たちは、水野先生から言われたようにしただけだと」

「田中さんはなんて仰ってるんですか」

「それが――自分が殺した、と」

張りつめていた緊張の糸が、臨界点を迎える音が聞こえたようだった。

これまで何を聞いてもそこまで動じた気配を見せなかった山上が目を瞠っている。法子も絶句して、砂原を見た。

砂原の顔には、はっきりと当惑の表情が浮かんでいた。それまで平坦な口調を崩さなかった彼が、初めて助けを求めるような目で法子を見た。

「そんなはずはない、と当時の大人たちは言っています。事故だったはずだ、と。けれど、彼女は主張を譲りません。自分が殺した、と。水野先生には正直に伝えたけれど、彼が自分を庇って事故ということにしてくれたのだろうと言っています」

なぜ、砂原と滋が法子の元にきたのか、わかった。

田中が認めてしまったからだ。おそらくそれが、〈ミライの学校〉が今後主張していくはずの〝真実〟の障害になる。久乃の死をあくまで事故として主張する団体の妨げになる。子どもたちの間で「殺人事件」があったとするなら、〈ミライの学校〉の思想にとって大打撃だ。いくら昔ほど大規模な集団ではないにせよ、団体としても、これ以上自分たちにマイナスのイメージがつくのは避けたいだろう。団体には、今もそこで生活する子どもたちだっているのだ。

そこまで考えて、ああ――と思う。

今も〈ミライの学校〉で生活する子ども。その中には、ミカ自身の子だっているのではないのか。

「僕は――」

それまで淀むことがなかった砂原の言葉が初めて、止まった。ややあって、続ける。

「田中さんは、本当のことを話していないと思います」

声が苦しげだった。「なんていうか」と彼の言葉遣いが少し砕けたものに変化する。

「事故だったのを、わざと『殺した』なんて言って罰されたがっているような気がするっていうか……。何か、あったんだとは思うんです。久乃さんとは同級生だったみたいだし。でも、『殺した』っていうのはちょっと、信じられません」

それは、これまで東京事務局で田中と一緒に活動してきたからこそ思うのだろうか。法子にとっても釈然としない。他殺と断定されたわけでもない久乃の死を、わざわざ自分の「殺人」だと言い出す意味がわからない。

罰されたがっている、という砂原の言葉が、法子の頭の芯に染み込む。

――うちは無関係ですよ。

発見された白骨遺体について初めて尋ねた時、冷たい言葉で彼女はそう断言した。あの言葉の裏で、田中は、本当は何を考えていたのか。

「彼女は具体的にはどうやって殺した、と言っているんですか。あと、動機は」

「喧嘩をして、かっとなって突き飛ばした、と言っています。どこからどこに突き飛ばしたのか、はっきりしないのでさらに尋ねると、今度は首を絞めた、という。意思を持って殺した、ということまでは認めても、その先が曖昧で、僕たちにも、深田先生にも、本当のことを言うつもりはないように思います」

「その弁護を、私に?」

とてもではないが手に負えない。

弁護士と一口にいっても、法子の仕事の多くは離婚問題や遺産相続にまつわる手続き、あとは会社の破産による事業整理などだ。刑事事件もあるにはあるが、殺人の弁護を担当したことは一度もない。

「私に依頼することは田中さんのご意向ではありませんよね？　今日、お二人が私に依頼に来たことも、田中さんはご存知ないのではないですか」

「はい。でも……」

　砂原が言いよどみ、滋を見る。すると彼がまた、ぽつりと言った。

「法子さんになら、話すかもしれないと思ったんだ」

　ずっと黙っていた滋が、おもむろに顔を上げ、正面から法子を見つめる。

「砂原くんから、法子さんが〈ミライの学校〉に来た話を聞いて、その後で、ミカが訴えられることになって。――法子さんになら、ミカも本当のことを話すかもしれないって思って、僕が砂原くんに頼んだ。法子さんに依頼に行ってみようって」

「どうして？　だって私は――」

　滋から「法子さん」と距離の近い呼び方をされて、山上の前だということも忘れて感情的な声が出てしまった。あわてて、声のトーンを下げる。

「田中さんに、忘れられていました。覚えていないって。せっかくいらしていただきましたが、彼女が私に真実を話すことは絶対にないと思います」

　――死んでいてほしかったでしょう、と言われたことや、彼女から向けられた感情や言葉についてを、この場で話すかどうか躊躇う。合宿に参加したくらいで、〈ミライの学校〉や彼女たちのことをわかったような気になっていた、その思い上がりを完膚なきまでに叩き潰された。

深田や他の弁護士どころか、彼女にとって、法子は最も信頼できない弁護士であるはずだ。

しかし、その時、滋と砂原の顔に意外そうな表情が浮かんだ。きょとんとした二人が場違いなほど拍子抜けした声で「そうですか？」と尋ねる。

「覚えてると思うよ」

言ったのは、滋だった。

「だって、僕も覚えていたし、法子さんだって、ミカのことも僕のことも覚えていたでしょう？」

「それはそうだけど、合宿の子はたくさんいたし……」

「確かにたくさんいたけど、来た子のことはだいたい覚えてるよ。ミカもそうだと思う。そうだったよね？　砂原くん」

滋が砂原の顔を覗き込む。その時初めて、法子の頭に疑問が湧いた。なぜ、滋は吉住夫妻の代理人が、法子だったと知っているのか。

〈ミライの学校〉の東京事務局を訪ねた際、法子は自分がかつて合宿に行った事実を、田中にしか話していない。砂原には話した覚えがない。その彼が、法子の存在を、どうして滋に伝えることができたのか。

「はい」と砂原が頷いた。法子を見つめて言う。

「田中さんは、覚えていますよ」と。

「言ってました。皆さんが帰った後、『あの弁護士さん、昔、合宿で一緒だった子なの』って」

目を開き――そのまま、瞬（まばた）きを忘れる。彼が続けた。

「『懐かしい』って、田中さん、そう言ってました」

◇◆◇

田中ミカは、漢字では、田中美夏と書くらしい。

美しい夏、と書いて美夏。

そう聞いて、いつかの夏の合宿のイメージが胸の中に広がるようだった。自分の勝手な感傷であっても、そう思ってしまうものは仕方なかった。

「お引き受けするかどうか、考えさせてください」

法子が答えると、砂原と滋は「わかりました」とあっさり引き下がった。もともと、すぐに引き受けてもらえるとは思っていなかったのだろう。

「山上と相談した上で、近日中にご返答しますので」

法子の言葉に、山上も頷く。砂原と滋が「よろしくお願いします」と頭を下げ、ややあって顔を上げる。滋がふいに法子に尋ねた。

「法子さんは、久乃ちゃんとは話したことがある？　合宿の手伝いを、あの子も毎年、していたんだけど」

「……なんとなく。直接話したことはないけど、ヒサノちゃん、と呼ばれている子がいたのは覚えています」

法子が答えると、横の山上が静かに法子を見た。法子が田中美夏だけでなく、亡くなった井川久乃とも面識があったことに驚いたのだろう。

久乃については、本当は強烈に覚えている思い出があった。

遺体があの子だったと知ってから、記憶の中に蘇る彼女は、いつも、法子を睨みつけ、陰口を叩いていた。子どもの頃のことだ。だけど、当時受けた傷のせいで、彼女の名前をセットで覚えていた。ヒサノちゃん。響きが珍しい名前だから、おそらく間違いない。

しかし、そのことを話すのは躊躇われた。彼女の思い出を話せば、法子が当時持っていた滋への淡い憧れについても触れることになってしまう。

二人で歩いた森の泉からの帰り道、憧れめいた気持ちに法子の胸は高鳴り、子ども時代の滋と自分は手をつないだ。けれど、その後ですぐ、〈学び舎〉の女の子たちに「シゲルくんは、ミカが好きなんだよね」と言われ、法子の気持ちは一気にぺしゃんとつぶれた。

あの子たちは、どうしてああまで、人の恋心や関係性に敏かったのか。「シゲルくんとミカは両想いだよね」と言われ、嘲笑われたような気がして立ち尽くした。

ひどいことをされたという自覚はあったし、ヒサノと仲がよかったわけでは断じてない。けれど、それでも彼女は死んでしまっていたのかと思ったら、胸が苦しくなった。子ども時代で、彼女の時間は止まってしまったのか、と。

「そっか」

滋が寂しげに頷いた。その表情を見ているうちに、ふと、疑問に思って、法子の方から尋ねる。

「皆さんは、もし、私が仮に弁護を引き受けて、そのことで〈ミライの学校〉がより不利な状況になったらどうするおつもりですか。田中さんが主張を変えず、久乃さんの死は殺人であり、たとえば――自分はそれをもっと早く告白するつもりであったのに、〈ミライの学校〉に妨害されたとか、一方的に押し切られて団体が勝手に隠蔽したのだとか主張する可能性もあります。そうした場合でも、弁護費用は〈ミライの学校〉が負担するということですか」

今の美夏個人に、弁護の費用が負担できるようには思えなかった。

田中美夏は〈ミライの学校〉にとって厄介な主張をするかもしれない。だとしたら、それが彼女の利益にならないとしても、団体の顧問弁護士である深田が彼女の弁護も担当している方が〈ミライの学校〉にとっては都合がいいのではないか。

「弁護費用は、私が負担します。だから、〈ミライの学校〉は関係ありません」

きっぱりとした口調で滋が言った。法子は短く息を呑んだ。これまで「僕」と話していた滋が、急に「私」とかしこまった言い方をしたことにも気圧(けお)される。

すると、あわてたように、砂原が横から口をはさんだ。

「あ、滋さんは今はもう〈ミライの学校〉を脱会しているんです。だから、厳密にはうちの人間じゃありません」

え――と声にならない声を上げて砂原を見ると、彼が小さく肩を竦めた。

「僕は、滋先生にずっとお世話になっていたから、今も連絡を取り合っていますけど。――先にお伝えしていなくてすいません。お二人がお知り合いだったたから、そのあたりもご存じなのかと思ってしまって」

法子は驚き、また口がきけなくなる。てっきり、滋は今も〈ミライの学校〉にいて、だから今日もここに来たのだとばかり思っていた。

子ども時代しか知らなかった滋が、あそこの「先生」と呼ばれるようになっていたことにも、今更ながらやはり衝撃を覚える。しかし、「ではどうして弁護費用を」と尋ねる山上の声に彼が答えた次の言葉による衝撃は、それを遥かに凌駕した。

「一応、美夏は元妻で、子どもたちの母親ですから」

平然と——あまりにも平然と、滋が言う。法子の鼻の奥から、すうーっと空気が抜けて、喉が開く。開いて——だけどすぐには、言葉が出ない。

「結婚したの？」

少しして、乾いた声が出た。

頭の中が混乱している。出会ったばかりの頃の二人の姿を思い出そうとする。高校生くらいのシゲルくんと、小学生のミカちゃん。

シゲルとミカは、当時、一緒に法子たちのいる班の手伝いにきてくれて、二人でスイカを冷やしてくれたり、ずいぶん仲がよさそうだった。

——シゲルくんとミカは両想いだよね。

ヒサノの声が蘇る。

しかし、子どもの頃の〝両想い〟や〝好きな人〟は、移り変わるものだ。法子がシゲルに覚えた淡い憧れがいつしか消えていったように。彼からの手紙に返事を書かなくなったように。けれど、彼女たちの時間は、あのまま続いていたのか。

「はい」と滋が頷いた。

「もう、離婚してしまったけど」

「美夏ちゃんは北海道に行ったんじゃ——」

「うん。だけど、成人して、〈ミライの学校〉の先生になる時に、希望して北海道の〈学び舎〉に行ったんだ。そこで再会して、しばらくして結婚を」

時間が続いていても不思議はないのだ――と、法子は自分の何かを恥じ入るような思いで、黙って彼を見つめ続けていた。〈ミライの学校〉は宗教組織でこそないものの、特殊な思想と方針を持った団体だ。その中で育った子たちが、同じ価値観を共有する相手と結ばれ、結婚するのは至極当然だと言えた。

部外者の自分に、なぜ、ヒサノたちがあそこまで鋭い視線で拒絶を示したのか。彼女たちにとって、あの団体内部での「恋愛」は、それだけ切実なことだったのではないか。

「そうだったの」

それだけ言うのが精一杯だった。今更、滋への昔の憧れで傷つくようなことはさすがにない。ただ、どんな感想を持てばいいのか、気持ちが定まらなかった。

「別れたのは、滋さんが団体を出たから？」

「というか――どちらが先かわからない感じなんだけど」

滋の顔に暗い笑みが浮かんだ。躊躇うような一瞬の間の後で、彼が言った。

「僕が、子どもと暮らしたくなっちゃったんだ」

目を――見開いた。稲妻に打たれたようだった。そして思い出す。ミカの子どもが北海道の〈学び舎〉にいる、という話を。

「子ども」

美夏の子どもは、北海道にいるのではないのか。だけど、そこまで踏み込んだことを聞いてよいのかどうかがわからず、一言呟くのが精一杯だった。滋が笑みを浮かべた。〈ミライの学校〉は脱会したようだが、彼らしい、どこか浮世離れした鷹揚（おうよう）な微笑みだった。法子の言葉を復唱する。

「うん。子ども」

「一緒に暮らしているの？」

「下の子は。上の子は美夏が引き取って、今、北海道の〈学び舎〉にいる」

改めて聞かされると、頭をがつん、と殴られたような思いがした。法子は自分が無意識に期待していたのだと自覚する。美夏が、子どもと離れて暮らしていなければいいと。子ども時代に寂しい思いをした美夏が、親にされたのと同じことを、自分の子に繰り返していなければいいと心のどこかでまだ望んでいた。

それは、子ども時代の美夏を知るがゆえの、自分の身勝手な感傷だ。合宿に行った最初の夏、同じ班の子にかけられた言葉が急に、脳裏に浮かんでくる。

――自分が親と暮らすのが普通だからって、自分の常識だけでかわいそうとか同情するの、ここの子たちに失礼だよ。

そう言われた時の、体温がさーっと下がっていく感覚。あの頃から、自分はまだ同じ考え方を持ち続けていたのか。

黙ったまま言葉を待つことしかできない法子に、滋が続ける。

「〈ミライの学校〉は、子どもが生まれて一年は親子が一緒に暮らすんだ。だけど、下の子がそろそろ子どもだけの〈学び舎〉に移るという時になって――僕はもう、それはしたくない、と感じて、美夏に〈ミライの学校〉を家族みんなで出ようと話した。本当は、上のお姉ちゃんの時から、ずっとそうしたかったんだけど……」

〝お姉ちゃん〟という言葉を聞いて、上の子は女の子なのか、と思う。滋がやるせなさそうに首を振る。

「美夏は、〈ミライの学校〉から離れることはできない、と言った」

「それで、離婚を」

法子が言うと、滋が寂し気に微笑んだ。

「うん。上の子も引き取りたかったけど、〈ミライの学校〉の環境に慣れてるし、親の都合で外につれ出す方がかわいそうだって、美夏に言われた。今更、ハルカも〈麓〉に下りるのは怖いだろうって。——ぼくはそうは思わなかったけど」

ハルカ、というのが上の子の名前なのだろう。滋の顔に、陰のようなものが浮かぶ。

「ハルカじゃなくて、美夏自身が怖いんだろうな、とその時は思ってた。〈ミライの学校〉の生活しか知らないから、それ以外の場所で生きていくところが想像できないんだろうって。だけど、今考えると、ずっと気にしていたのかもしれない。自分の子ども時代にあったことを」

「——滋さんは知っていたの。久乃さんとのこと」

思い切って、法子は尋ねた。実をいえば、話の途中からずっと気になっていたことだ。場が静まり返る。滋が首を振った。

「知らなかった」と。

「小等部で何かがあって、美夏が急に北海道に行くことになって、当時はとても驚いた。〈学び舎〉間で大人が異動になる時も普通はお別れの会みたいなものがあったんだけど、そういうのもなかったし。僕は当時高等部にいたけど、気づいたらもう美夏はいなくなった後で、きちんと別れを言えたわけでもなかった。他の子たちの中にも、当時の美夏が静岡を離れる前に、話せた人はいないと思う」

ならば、美夏の北海道行きは、子どもたちの知らないうちに大人によってひっそりとなされたのだ。滋が小さくため息を吐いた。

「大人になって、北海道に行けば、美夏と話せると思った。だけど、再会して、結婚して、家族になってからも、美夏は僕には何も言わなかったよ。言ってくれなかった」

胸が痛んだ。それは、美夏が滋にさえ何も打ち明けなかった事実に対してもだし、大人になるのを待って、美夏を北海道まで追いかけた滋の純情のようなものに対しても感じる痛みだった。大人になる過程で、人が――法子も失ってきてしまったような初恋や、一途な思い。法子たちが当たり前に通り過ぎてきた時間の中で、滋はそれを失わなかった。おそらく、それは彼らの世界のすべてに等しかったから。

「美夏さんのご両親は、美夏さんが北海道に移された当時、どちらに?」

法子が尋ねた。

子ども時代の美夏が一緒に暮らしたい、と願った彼女の両親はどんな人たちだったのだろうという疑問が湧いていた。ここまでの話の中で、彼らの存在感があまりに希薄にも思える。

「静岡の大人の〈学び舎〉にいました。〈学び舎〉は、大人と子どもが完全に違う建物にわかれて生活していて、大人たちはそれぞれ水の製造とか農耕とか、いろんな活動を行うんだけど、美夏の両親は二人とも、〈麓の生徒〉の教育だった。だから、全国各地で行われる〈学び舎〉の外の集会なんかにもしょっちゅう出かけていたけど、基本的には静岡で生活していました」

胸が、鋭い痛みを覚える。

近くにいたのか——と思う。〈ミライの学校〉が、親子が別々に生活するところだということは知っていた。しかし、滋の言葉を聞いて、初めてイメージできる。水の製造を担当する親たちが勤めていたであろう工場を、法子は合宿で見た。同じ生活圏のそんなにも至近距離にいて、だけど美夏は、自分の親に会うことはできなかったのか。

「北海道には一緒に行かれなかったんですか」

「うん。一緒には行かなかった」

「ご両親は今、どこに？」

「北海道の〈学び舎〉にいるよ。静岡の〈学び舎〉がなくなった後で、移ってきた」

頭が勝手に計算を始めようとする。水の事故が起こった年。その時に美夏はいくつだったか——計算するまでもない、美夏と法子は同じ年だ。水の事故が起こった年、法子は大学を卒業していた。両親が北海道に来た時、美夏はもう大人になっていたのだ。子ども時代を一緒に暮らすことはできないままだったことになる。

「移ってきてから、ご両親が美夏さんと一緒に暮らすことはあったんでしょうか」

〈ミライの学校〉の大人たちの生活がどんなものか、法子にはわからない。大人同士の共同生活という形であっても、美夏は両親と一緒に暮らす時間を持てたのか、確認したかった。しかし、滋があっさり首を横に振る。

「近くにはいたけど、美夏の両親は、子どもたちの先生になったから、同じ宿舎では暮らさなかったよ。美夏の母親のユリコさんは、今、北海道の〈学び舎〉小等部の校長先生をしてる」

滋の口から、ユリコさん、という初めて聞く名前が出た。

「父親のシンジさんも中等部の先生をしてて、だから、美夏たちの宿舎では暮らさなかった。年末年始なんかは、結婚してからは僕も一緒に過ごしたけどね。一年に一度、その時期だけは家族が一緒に暮らす決まりだから」

「そう……」

一緒に暮らすことに、「決まり」という言葉が付随する切なさ、年末年始の数日を共に過ごすことを「暮らす」と表現することに法子が持つ違和感を、滋はきっと想像もできないだろう。そのことが、切なかった。

北海道に来てから、美夏の両親は成長した実の娘の近くで、別の子たちの面倒を見ていたということか。その時の美夏の気持ちは、もちろん、法子が知っていた頃と比べて変化していただろう。しかし、子ども時代の合宿で、一緒に行った小坂由衣の母親が、急に彼女の「お母さん」ではなく、みんなの「先生」になった瞬間のことをどうしても考えてしまう。ずっと一緒に暮らしたいと望んでいた母親が、大人になった自分の横で、他の子たちの「先生」になって、彼らの面倒を見る。先生という立場だけど、その子たちと一緒に暮らす――。それを目の当たりにした美夏の気持ちはどうだったのだろう。

「美夏の両親は、〈ミライの学校〉に来る前は、夫婦で保育園を経営していたんだって」

「保育園？」

滋が急に言って、法子は面食らう。あまりにも、今の法子にとっては身近な単語だった。今朝も、事務所に来るまでは、ずっとそのことで頭がいっぱいだったのだ。法子のそんな事情など知るはずもない滋が淡々と続ける。

「うん。保育園の必要性が今ほどまだ言われていなかった時代で、私立の保育園は珍しかったらしいんだけど、それでも地域の子どもたちを救いたくて始めたって前に話してた」

美夏の両親について、滋が説明する。

「保育園をしながらいろんな教育とか、子どもをめぐる研究会に出るうちに〈ミライの学校〉の存在を知って、理念に感銘を受けて、それで夫婦で保育園をやめて〈学び舎〉に来たんだって言っていた。美夏が生まれたのはその前後みたい」

「美夏さんは、他にご兄弟は？」

「いません。一人っ子です」

「今回の件について、ご両親はなんと言っているんですか。美夏さんが小学生の時、静岡から北海道に移された事情について、ご存じだったかどうか」

山上が尋ねた。彼が聞かなければ、法子が尋ねようと思っていたことだ。

北海道に行く時、美夏と他の子どもたちの間には言葉を交わすような別れの瞬間はなかったようだが、両親とはどうだったのだろうか。美夏はその時、久乃との間に何があったのかを彼らに話せたのだろうか。そして、会えたのだとしたら、彼女の両親は娘にどんな言葉をかけたのか。

問いかけに、滋が横に座る砂原を見た。砂原の方が答える。

「知っていたそうです」

全員がまた、静かに息を呑んだ。

「ただし、田中さんが言うような『殺した』という事実はなかったはずだと言っています。水野先生からは、あくまで久乃さんは事故死で、それをたまたま発見したのが田中さんだったと聞かされたそうです。当時の田中さんは大きなショックを受けていて、だから静岡から北海道に移した方がいいと提案され、承諾した、と。――久乃さんの埋葬についても、手伝った、と認めています」

埋葬。

その言葉が出て、横の山上の肩がはっきりと強張(こわば)った。法子もまた、体が硬直する。〈ミライの学校〉という団体の持つ無意識の本音が今の言葉に覗いたと思った。

彼らはあの隠蔽と遺棄を、「埋葬」だと認識しているのだ。だからこそ、手を貸した者たちも自分たちの行為を認めたのかもしれない。

法子と山上が持った違和感に気づく様子もなく、砂原が続ける。

「北海道に行く前の田中さんにご両親が会った時も、娘は『殺した』とは言っていなかったはずだと言っています。『久乃ちゃんが死んじゃった』と泣きじゃくるばかりで、それを慰め、落ち着かせた記憶しかない、と」

「そうですか……」

「だけど、ご両親がそう言っていると伝えても、田中さんは殺人だったという主張を変えません。なんていうか、あの人たちに何がわかるのっていう感じで」

法子は静かに瞬きする。――あの人たちに何がわかるの。美夏のその言葉が、何回か会った彼女の表情と口調で再現される。

「僕と離婚して、僕と下の子が〈ミライの学校〉を出てすぐに、美夏は婦人部長に任命されて、東京事務局に移った。東京に行ってからは、美夏は、両親とも、上の子ともあまり会っていないみたいなんだ」

滋が言った。「砂原くんの言うように――」と続ける目線が、どこか遠くを見るようになる。

「美夏は少し、意固地になっている気がする。『殺人』だと言うことで、自分を罰してるって気もすることはするんだけど、それだけじゃなくて、自分の周りにいた当時の大人たちを責めてるような気もするんだ。今になって、まるで復讐をしてるような。ものすごく、子どもっぽい考え方だけど」

滋が深く息を吸い込む。

「深田先生は、久乃ちゃんの件には無関係だったようだけど、あの当時からもう会員だったわけだし、美夏も、このまま本当のことは言わない気がする。だから、美夏の裁判については、弁護は法子さんにお願いしたい。僕には他に弁護士の知り合いはいないし、どうか、お願いします」

滋が両手を膝に置き、法子に向けて丁寧に頭を下げる。そのままの姿勢で続ける。

「あと、申し訳ないけど、弁護費用を出すのが僕だということもナイショにしておいてください。それを知ると、彼女、さらに頑（かたく）なになるかもしれない」

「だけど――」

頭を上げてほしい。当惑しながら法子は答える。

「私が弁護することを、美夏さんは望まないかもしれない。仮に今、小さい頃に私と会った記憶が美夏さんに残っているのだとしても、私が外部の人間だという分、頑なになるところもあるでしょうし――」

話しながら、だんだんと冷静になっていく。滋が顔を上げるのを待って、砂原を見た。

「〈ミライの学校〉は、それでいいんですか。美夏さんには美夏さんの利益が確かにあるでしょう。けれど、彼女についても深田先生が主張のすべてを把握しておいた方が、団体にとっては都合がよいはずです」

いかに美夏が「殺人」を認めようとも、それを覆したり彼女を丸め込んだりする戦略を、弁護士としていくらでも考え得るのではないか。なのに、美夏の利益と団体の利益や都合を別個のものとして考えて、管理下に置かないという選択は、あまりにもお人よしが過ぎる。

先ほどまでのやり取りを見ていると、砂原が滋についてきたのは、あくまでも個人的な考えからで、〈ミライの学校〉の意向を受けての行動ではない気がする。〈ミライの学校〉の真意はどこにあるのか――知りたくて、砂原を見つめる。

「私に彼女の弁護を引き受けさせることで、〈ミライの学校〉は、何を望んでいるんですか」

笑顔を作らず、法子がまっすぐに見据えると、砂原がたじろいだのがわかった。ややあって、彼が法子を見つめ返す。

「あの……真実を求めてはいけないんですか」

戸惑うような目をしていた。予想外の言葉に、法子は虚を突かれる。砂原がおずおずと続ける。

「僕らは――僕も、〈ミライの学校〉の他の人たちも、深田先生も、何が本当なのかが知りたいんです。田中さんが、久乃さんという人を本当に殺してしまったのか。だとしたら、水野先生や当時の大人たちもそれを知っていて、その上で隠すことにしたのか。遺体を埋めたと証言している人たちは、もう隠すのを手伝ったことは認めているわけだから、嘘はついていないと思うんですけど」

打算やあざとさをまるで感じさせない、あまりにもたどたどしい話し方だった。「このままだとわからないんです」と砂原が途方に暮れたように言う。

「もし、久乃さんがみんなの認識の通りに事故死なのだとしたら、どうして田中さんが殺人だったなんて言っているのかがわからない。深田先生も、無理に主張を変える必要はないけれど、ただ、わからないから、正直に話してほしいと言っています」

戦術や方法論ではないのだ——と、法子は感じる。感じながら、呆然とした。

真実が知りたい。

率直な——率直すぎる言い分を聞いて、言葉を失くす。もう何年も、「真実を明らかにする」はずの裁判や調停に関わりながら、当たり前に耳にしすぎて感覚が麻痺し、意味を考えなくなってしまった言葉。

〈ミライの学校〉がどういう場所だったかを思い出す。合宿で、法子自身も参加した〈問答〉について。愛や平和、戦争について語りながら、大人になってからは、あれはそういう教育の手法の一つにすぎないと自然と思うようになっていた。けれど、彼らは高い理想を持った団体だった。あのやり取りで、本当に、愛や平和の真実に、自分たちがたどり着けると思っていた。実感し、今、立ち竦むような思いがする。あまりにも壮大で、高尚な理念。だけど、菊地賢や自分が思っていた形骸化とは無縁のまま、大真面目にまだ高い理想を持って、あそこは続いている。そのこともまた事実だ。

「いくつなの」

「え？」

衝撃をまだ引きずりながら、法子は滋に言った。滋が、姿勢を正して法子を見る。彼と見つめ合いながら、法子は尋ねる。

「お子さんたち。いくつなの」

「上が十一歳の女の子で、下が三歳の男の子。――下の子が一歳、上の子が九歳の時に離婚して、僕は〈麓〉に下りたけど」

十一歳の女の子。

年齢を聞いて、一瞬、息が詰まりそうになる。それは、美夏と法子が初めて会ったのと同じくらいの年だ。

法子がそこまで感じ取ったことが、滋に伝わったかどうかはわからない。けれど滋が薄く、微笑んだ。

「美夏の弁護のこと、前向きに検討してください。どうかお願いします」

そう言って、頭を下げた。

「さあ、どうしようか」

滋と砂原が帰り、空になった二人の湯飲み茶碗を見つめながら、山上が言った。賛成も反対も、どちらの意思も感じ取れない、ごく自然な声だった。

二人を見送ったあと、彼らに出した湯飲みを片付けようと身を屈めた法子は、その手を止めて、山上を見上げた。山上事務所に来て、十五年。長い付き合いの所長と、見つめ合う。

「――検討してもいいんですか」

口では「考えさせてほしい」と滋たちに伝えたが、選択の余地もなく、断るしかない話だと思っていた。たとえば、吉住夫妻の依頼を受けるきっかけになった宗教法人との交渉の際に、法子が助言を求めた弁護士は、新興宗教に対する問題を得意とした。そうした知り合いや刑事事件を専門に扱う同業者を紹介するのが現実的で、法子にできる精一杯の対応なのではないか。

山上の顔を見ても、何を考えているのかはすぐにはわからなかった。

もし、法子が田中美夏の弁護を受けるとするなら、それは到底自分一人の能力では無理だ。必然的に、所長の山上にも一緒に担当してもらうことになる。

法子は刑事事件の経験に乏しいが、山上は、若い頃にいた事務所が刑事事件を多く担当していたと聞いたことがある。

姿勢を正して山上を見つめた法子に、彼が首を振った。

「ぼくは受けるのは反対だけどね。事案としての難しさより、事件の注目度の問題から。世の中の関心が高すぎて、うちで受けるのは手に余るという気持ちもあるけど」

そう言いながら、けれど山上の口元に笑みが浮かぶ。肩を竦めた。

「だけどなぁ。なんか、調子が狂う人たちなんだよね。真実が知りたい、なんて。あんなにまっすぐ言われちゃうと、なんていうか、やったことはひどいのに、守ってあげたい気持ちになっちゃうっていうか」

出会ったばかりの頃と比べてだいぶ皺が増えた頬を撫でながら、山上が涼しい顔をして言う。

「考えてみるって言ってしまった以上、近藤先生、考えてみるしかないよ。ぼくはまあ、反対だけど」

「はい」

頷くと、それ以上は何も言わずに、山上が応接室から出ていく。一人残った法子は、二人が座っていた席を眺めた。

断った方がいい理由を必死にいくつも頭の中に並べていた。

そうしないと、受けることを考えてしまいそうだったからだ。

保育園がどうなるかわからないこと、夫や母や家族に反対されそうなこと、自分の経験があまりに少なく、担当する自信がないこと。――受けない方がいい理由を、ありったけ考える。

いくらそうしても、砂原が語った「真実」という言葉が消えない。

――真実を求めてはいけないんですか。

ただただ法子の胸の奥底に向け、深く深く、その言葉が沈みこんでいく。お人よしが過ぎる。理想が過ぎる。だからきっと〈ミライの学校〉はもうこれ以上、この世の中には対応できない団体だ。あそこにはもう、未来がない。

そんなところのために――という気持ちと、だからこそ、という気持ちがせめぎ合う。

田中美夏は本当に、あの夏、久乃を殺したのだろうか。真実を知りたいのは、法子も一緒だった。

第八章　ミライを生きる子どもたち

あの夏に届いた、滋の手紙を思い出す。

もうどこにやってしまったのかもわからない、〈ミライの学校〉から届いた手紙だ。

あの頃の法子はクラスメートたちとうまくやれなくて、自分に自信がなくて、友達と行った合宿でも、夜、誰と一緒に寝るか、どうしたら一人ぼっちにならなくて済むかということで頭がいっぱいだった。

だから、〈ミライの学校〉の子どもたちの中でも、合宿参加者たちからも人気があった滋から、まさか手紙が来るなんて思わなかった。ポストから取り出した手紙の裏に「沖村滋」とあるのを見た時の、あの衝撃。

家の中に手紙を持って入り、急いで指で封筒を開けた。ハサミやカッターを使った方がきれいに開けられる。封筒のフラップに指を乱暴に挟みこむ前から、気づいていた。だけど、早く開けたい、というもどかしい気持ちの方が勝ってしまって止まらなかった。

胸がドキドキしていた。信じられなくて。シゲルくんはミカちゃんが好きなんじゃないの？　ヒサノちゃんがあんなふうに言っていたけど、私に手紙をくれたの？　私から書いたわけでもないのに、なんで向こうから書いてくれたの？

最終日、法子よりずっとかわいいユイちゃんやアミちゃんもシゲルくんにメッセージをもらう列に並んでいたけれど、あの子たちにはきっと届いていない。私にだけ、くれたはず。そう思ったら、息もできなくなった。

手紙は、封筒はキャラクターの絵柄だったけれど、中の便せんは薄紅色の、誰か女の先生にでも譲ってもらったような大人っぽいものだった。

その便せんに、上手な字が並んでいる。法子よりずっと年上の、高校生の男の子の字だ。

あの夏、シゲルから届いた手紙にはこうあった。

「こんにちは。合宿からずいぶんたちましたが、げんきですか？

合宿が終わって、のりこちゃんたちが乗ったバスが行ってしまってから、久乃たちがぼくに『ねえねえ、のりこちゃんが滋くんのこと好きだって！』と言ってきました。すごくおどろいて、うそーっ！って思ったけど、『本当だよ。言ってきてって頼まれたんだもん』と言われて、びっくりしたけど、うれしかったです。

ぼくは今、〈学び舎〉の高等部で級長という役につきました。みんなの〈問答〉を、先生のようにまとめて、導く大切な係です。級長は、幼等部や小等部の子たちの面倒をみる仕事もあります。

泉の水を売る大人といっしょに山を下りて〈麓〉に行くことも多くなりました。

のりこちゃんはまた、〈学び舎〉の合宿に来ますか。みんなでまっています。」

読みながら、息がだんだん、苦しくなった。だけどそれは、嫌な感じではまったくなかった。久乃――これはたぶん、合宿で会ったあの「ヒサノちゃん」のこと。名前を見ると、足が竦むような気持ちが蘇ってくる。あの子が、法子が帰った後で、滋に「ノリコちゃんが好きだって」と言う場面が、「言ってきてって頼まれたんだもん」と言うところが容易に想像できる。そんなことは頼んでいない。悔しくて、恥ずかしくて、かっとなる。

どうしてかわからないけれど、自分の何かが彼女たちを苛立たせたのだ。法子のクラスの子たちと一緒。ユイちゃんの仲良しのエリちゃんたちが、法子にはつっけんどんな態度を取っても許されると思っているのと一緒。ああいう子たちに、なぜか自分は嫌われる。

だから、覚悟はできていた。けれど、法子の息が苦しくなって胸がドキドキするのは――顔が熱くなるのは、それを書く滋の文章が、少しも嫌そうじゃないからだった。「すごくおどろいて」「びっくりしたけど」、「うれしかった」と書いてある。

久乃が意地悪でしたことに、シゲルくんは彼女たちが思った通りには反応しなかった。嬉しいと思ってくれた。法子も嬉しくなって、何度も何度も、ドキドキしながら手紙を読み返す。

私だけに、シゲルくんが書いてくれた手紙。

舞い上がっちゃダメだ、と自分に言い聞かせる。シゲルくんは高校生で、法子の「好き」なんて言葉も気持ちも、本当に嬉しいわけじゃない。けれど、当時の法子にとって手紙が来たというただそれだけの事実が、むずむずして走り出したくなるくらいの、奇跡のように幸福な出来事だった。

子どもの頃の淡い思い出だ。法子はシゲルが「好き」だったけれど、それがどういう感情なのか、自分でもわかっていなかった。ただ、恋になる未満の純粋な楽しさと高揚感――気持ちを拒絶されないことへの喜びが、心を覆った。

だから、返事を書いた。

あまりに恥ずかしいから、「久乃ちゃんが好きって言った」ことについてはわざと触れなかった。自分でもどう書いていいかわからなかったし、大人なら考えるような「好きな人とどうなりたい」という発想さえ持っていなかったからだ。

小学生の自分の気持ちを、高校生の、しかもみんなからあんなに人気のシゲルくんが真面目に取り合ってくれることなどないだろうから、こっちが真剣に何かを期待しているように受け取られませんようにと、返事を書きながら祈っていた。

手紙をもらってすごく嬉しかったことや、級長なんてすごいね、とか、シゲルくんの字が上手でびっくりした、とか、そういうことを、なるべく、わざとらしく思われないように注意しながら書いた。

自分が学校でどんな係をしているかということや、習い事のピアノや、好きな食べ物は何かといったことも書いた。シゲルくんは何が好きですか、と聞いたりもした。次の手紙で、シゲルはそれに答えてくれた気がするが、何と書かれていたのかは覚えていない。

学校の友達のことは、一緒に合宿に行った小坂由衣のことすら書かなかった。シゲルくんは、合宿の時の法子しか見ていないから、きっと法子が普段も由衣と仲がいいと思ってくれているのかもしれない。ちょっとだけシゲルくんを騙しているような罪悪感もあったけれど、本当はクラスで人気がない子と手紙のやり取りをしてるんだと知ったら、シゲルくんはがっかりするかもしれない。だから、手紙にはいいことばかりを書いた。嘘を書くわけじゃないけど、余計なことも書かなかった。

法子が真剣に気持ちをぶつけたら、シゲルくんは困るかもしれない。でも、だったら手紙なんてくれなければいいはずで、大人なシゲルくんの気まぐれに付き合わされているような気にもなる。シゲルくんは人気者だから、きっと手紙のやり取りをしている〈麓〉の子は法子だけじゃないだろうし、だとしたら少し寂しい気持ちにもなった。シゲルくんにとっては軽い気持ちでなんとなくしているやり取りなのだとしたら、気持ちを弄(もてあそ)ばれているような気分になったりもした。

だけど、そんなもどかしさが間にあるからこそ、手紙のやり取りが楽しい。毎回届く手紙の中に、何か、今回こそ決定的な相手の気持ちが書かれているかもしれないと思って返事を開いて、何もなくて、「なあんだ」と拍子抜けして手紙を読み終える。

クラスの女子との間で、好きな人の話題になることがたまにあった。そういう時、以前の法子はいつも「いない」と答えて周りを白けさせてしまっていたが、シゲルくんとの手紙のやり取りを始めてからは、法子は「いるけど、この学校の人じゃない」と答えることにした。頭の中にあるのは、当然、シゲルくんのことだ。法子のことなど眼中にないようなクラスの男子とは全然違う、高校生の、大人っぽい眼鏡の男の子。自分たちの知っている子でないとわかるとクラスメートはみんな「ふうん」と興味をなくしたようになる。だけど、法子はそう答えられることが誇らしかった。

学校の外に世界を持っていることが、嬉しかったのだ。

ある日、由衣に「ねえ、法子ちゃんの好きな人って、ひょっとしてシゲルくんのこと？」と聞かれた。法子はそれに「違う」と答えた。「ユイちゃんも知らない人」と咄嗟に答えた。

今考えると、法子の思う「シゲルくん」には実体がなかった。今ここにある学校の日々ではない、違う世界の象徴。漠然とした憧れのすべて。

その翌年の夏も、そのまた翌年も、法子は〈学び舎〉の合宿に行く直前、「シゲルくんに会える」とわくわくと胸を高鳴らせて、でも、実際に会うと、なんだか恥ずかしいような気まずい気持ちになってしまって、結局ぎこちなくしか話せなかった。再会するまではあんなにドキドキするのに、会えば気づまりになってしまうのだ。

小学六年生の夏、最後の合宿を終えてからも、シゲルくんとは手紙をやり取りしていた。といっても、合宿が終わってからは、せいぜい二、三通程度だ。小学校を卒業する頃、ふと、小坂由衣に「シゲルくんと、手紙のやりとりをしてた」と打ち明けた。ちょっとした出来心だった。〈麓〉で、「シゲルくん」の恰好のよさや人気をわかってくれるのは由衣だけだから、自慢したい気持ちになったのだと思う。

由衣は「えっ」と驚いた声を出した。その反応に満足したのもつかの間、彼女が唇を尖らすようにして、法子に言った。「私も、手紙はいっぱいもらうよ」と。

由衣の言葉に、法子はものすごく驚いた。

「シゲルくんから？」

法子が思わず尋ねると、彼女が首を振った。

「シゲルくんからはもらったことないけど、タカシくんとかユタカくんとかから、いっぱい。あと、ユメちゃんとかキヨミちゃんとか」

むきになったような言い方だった。法子は複雑な思いでそれを聞いていた。普段からここで、男子にモテて、友達だってたくさんいて、法子にも優しい由衣が、なぜか――その時だけ、法子と「張り合った」ように思えたのだ。自分なんか、彼女の相手にもならないはずなのに。

シゲルとの手紙のやり取りは、毎年、合宿が終わると始まって、そして、いつの間にか途切れた。おそらく、返事を止めたのは、毎回法子の方だ。あんなに嬉しくて、何度も何度も、読み返したのに。

学校の外に世界を持っている。

そのために法子がすがりついた、実体のない「シゲルくん」。

けれど、本当に切実な気持ちで手紙を書いていたのはどちらだったろう。

「好き」という軽い言葉に高揚していたのは――その軽薄さに気づかずにいたのはどちらだったろう。

ミカからも、そういえば、かつて、聞かれた。

昔。

――ノリコちゃんのこと、友達だと思っていい？　〈麓〉にいる、友達だって。

わざわざ「〈麓〉にいる」と彼女がどうしてつけたのか、法子は考えたことがなかった。美夏にとって、滋にとって、〈麓〉という「外の世界」がどんな場所だったのか。想像したこともなかった。

携帯電話に知らない番号から着信があるのは、よくあることでもないが、まったくないことでもなかった。仕事関係で、誰かが知り合いに法子の番号を伝え、新たな依頼が舞い込むこともあるし、以前には、たまたま知り合いから法子のことを聞いて――と痴漢の冤罪で切羽詰まった相手が駅員室からかけてきた電話を受けたこともある。

だから、藍子を保育園にお迎えに行くその道中にかかってきた知らない番号からの着信にも、咄嗟に出てしまった。最寄りの駅から園までは、徒歩で十五分ほど。川沿いの歩道は比較的静かだから、これまでも仕事の電話をしながら歩いたことがある。

「もしもし」

個人的な用件か、それとも仕事かわからないから、苗字は名乗らなかった。法子が出ても、電話の向こうからはしばらく何の物音もしなかった。怪訝に思いながら、再度「もしもし」と声をかける。だけどまだ、返答はない。

かかってきた電話の向こうでは何の音もしないが、誰かがいる、という気配だけは感じた。咄嗟に思ったのは、田中美夏ではないか、ということだった。先日会った時に、滋にはこの携帯の番号を渡していた。

緊張しながら、どちらさまですか、と尋ねようとしたその時――電話の向こうから、『もしもし』と透明感のある高い声が返ってきた。

喉から出かかった、声を止める。子どもではないけれど――少女のような、高い、どこかあどけない印象のある声だった。美夏の声ではない。

『ノンコちゃん？』

その呼び名に、はっとした。もう何年も耳にしていない呼ばれ方。まさか——と思ううちに、電話の向こうの声が言う。

『あの、私、小坂由衣だよ。今は、竹中（たけなか）って苗字だけど』

ユイちゃん——と胸の中に声が出る。早口に、彼女が言う。

『同じクラスだったやっちゃんから、番号を聞いて。——あの、これ、近藤法子さんの携帯番号で合ってますか』

「……はい」

戸惑ったのは、電話の相手が由衣だったから、という事実に加えて、彼女の口調の気安さのせいだった。彼女と最後に会ったのは、確か成人式だったろうか。それも特に親しく話し込んだというわけではなく、たまたま会って、二、三言、挨拶を交わした程度だ。

ノンコちゃん、という子どもの頃のままの呼び名。声は大人だが、距離感が子どもの頃とまったく変わらない。一度は敬語になった言葉遣いが、法子がはい、と言ったことで、急にまた『ああ、よかったぁ』と打ち解けたものになる。

『ごめんね。急にかけて。今、大丈夫？』

「大丈夫だけど。——ひさしぶりだね」

どうにか調子を整えて、返事をする。由衣とは中学校までは一緒だったけれど、そこから先は違う高校に進んだ。成人式で会った時、確か、彼女は関西の大学に行き、今は神戸に住んでいると言っていなかったか。そこから先、結婚したと風の噂で聞いたような気もする。実家の母が、由衣ちゃんは結婚してお母さんになった、というようなことを言っていた。

電話の向こうで、由衣が言う。

『ごめんね、急に。番号も勝手に聞いちゃって』

「ううん。それはいいよ」

『あのね。聞きたいことがあって』

「うん」

由衣の口調に引っ張られて、法子の口調も自然と砕けたものになっていく。電話の向こうで由衣が息をつめたように感じた時、微かに嫌な予感がした。その予感の正体を自分で見極める前に、彼女がズバリと聞いた。

『〈ミライの学校〉の弁護士、やるの?』

今度は法子が息をつめる番だった。

まず思ったのは、なぜ、それを知っているのか、ということだった。田中美夏の裁判の弁護を引き受けるかどうか、法子はまだ決めていない。今の段階で、どうして由衣がそれを知り得たのか。

『ねえ……。やるの?』

咄嗟に答えられなかったがための沈黙を、由衣は肯定と受け取ったようだった。次の瞬間、矢継ぎ早に声が飛んでくる。

『どうして? 誰かに頼まれたの? それって、きっと、昔、私と合宿行ったことが関係してるんだよね？　ね、誰かと連絡まだ取ってたの？　〈生徒〉になったとかじゃないよね？』

一気に聞かれて、どこから答えていいかわからなくなる。これは、質問の形を取った抗議だ。法子に聞きたいことがあるわけではなくて、彼女の方で伝えたいことがあるのだ。

ぞわっとする。圧倒的な隔たりを由衣との間に感じた。もう何年も会っていないのに、いきなり共通の幼馴染に番号を聞き、その幼馴染があっさりと番号を教えてしまったこと。昔の呼び名で、気安く急に距離を詰めたかと思うと、仕事の領域にまで踏み込んでくること。そのどちらも、法子の常識の中ではあり得ない。そして、だからこそ、子ども時代から自分は地元でうまくやれず、「つまらない子」扱いされてきたのかもしれない、と一瞬のうちに感じた。

「由衣ちゃん、私のこと、どうして知ったの？」

弁護をやるかどうかは決めていない。曖昧に「私のこと」とだけぼやかして尋ねるが、由衣には通じたようだった。興奮した声が答える。

『人から聞いた。昔、合宿に来てた子で弁護士になってる人がいて、その人に、あの白骨死体の事件のことを頼むんだって。ノンコちゃん、弁護士だし、もしかして、と思って、名前を聞いたら、近藤さんっていう女の弁護士だっていうから』

〈ミライの学校〉の内部に、今も連絡を取っている知り合いがいるのだろう。頭を抱えたくなる。まだ引き受けるかどうかも決まっていないのに、なぜ、そんなことを他言してしまうのか。

ずっと会っていなかったはずの由衣が、法子の職業を知っていたことにもため息が出る思いだった。だが田舎の狭いコミュニティの中で、親同士の噂話から子どもの近況がわかってしまうのは、仕方がない。

法子もうっすらと、自分のかつての同級生たちの近況を知っている。実際、由衣が結婚し、出産して神戸で暮らしているらしいことだって、母から聞いていた。けれど、一緒に合宿に行ったのはもう遠い昔のことだ。きっと由衣も彼女の母親も、今は〈ミライの学校〉との関わりは切れているはずだと思っていた。水の事故があったから、なおのことそう思っていた。

だけど、そうではなかったのか。

『どうすんの。ノンコちゃんが引き受けることで、小さい頃合宿行ってたこととかバレて、あちこちでなんか言われたら。そしたら、その合宿に誘ったのは誰かってことになるでしょう? うちが誘ったことも言われるし、私のところにだって取材とか、そういうの、来るでしょう? そういうこと、ちゃんと考えた?』

「そんな――」

あまりの剣幕に、電話越しに圧倒されてしまう。

そんなことがあるわけない、という声が喉まで出かかり、あわてて呑み込む。発想は極端だと感じるが、一瞬だけ、背筋が寒くなった。

法子がもし弁護を引き受けたら、由衣の言う通り、噂になるのだろうか。小さい頃に合宿に参加していたこと。子ども時代のことだけれど、それが飛躍して、会員だと曲解されて報じられることは確かにありそうだ。そうなれば、夫は、娘は、法子の家族は世間からどう思われるだろう。

しかし、それはあくまで法子の問題だ。そこから、由衣にまでマスコミが取材に行くようなことは果たしてあるのだろうか。由衣の心配は、興奮した口調まで含めて、やや自意識過剰に感じる。いきなり、自分が被害者であるかのように言い募られると、どう答えていいかわからなくなる。

『私、すごいと思ってたんだよ。ノンコちゃん、弁護士になって、東京でバリバリ働いてて。やっぱりすごかったんだなぁって感心してた。昔から頭よくて、私、一緒にいながら、いつもすごいと思ってた。だけど、正直、がっかりだよ。すごく、がっかりした』

由衣の口調が、実年齢よりずっと幼く感じられる。法子が今付き合いのある友人たちから感じるような節度が、まったく感じられない。

胸がざわつく。

由衣ちゃん。クラス一かわいくて、何でもできて、かつて憧れたクラスメート。

あなたは、こんな人だったのか、と失望に近い思いに駆られる。法子がそんなことを思うのは筋違いだ。だけど、思ってしまう。

——一緒にいながら、いつもすごいと思ってた。

彼女にそんな声を出させてしまうのが、しのびなかった。

いつも一緒にいたわけではない。ずっと仲良くしてきたわけではないけれど、由衣は、子ども時代の法子が大好きだった幼馴染だ。

『なんで、今になって弁護なんかやるの？』

「引き受けると決まった話ではないの。だから——」

『せっかく静かに暮らしてるのに』

呻くように、由衣が言った。法子の言葉はまったく届かなかったようだった。

電話の向こうで、子どもの泣く声が聞こえる。まだ小さな、藍子と変わらないくらいの年の子の声だ。電話の向こうの子どもの声に触発されたように、由衣も涙声になっていく。

『千葉の家を、出て――、親と縁を切って、振り切って振り切って、生きてきたのに、どうして』

「由衣ちゃん」

『ノンコちゃんはいいよ。合宿行っただけだから。自分は無関係だと思ってるんでしょ？　でも、うちは……』

目を閉じて、法子はその声を聞く。聞きながら、そうだったのか――と思っていた。母から聞く同級生の近況には含まれていない事柄だった。

ふと、思う。

子ども時代、何度か思ったことがあった。

もし、あれが由衣でなかったら、と。

同級生の、普段は由衣と仲のいいクラスメートたちが法子だけを呼び止めて、こっそりとしてきた忠告。由衣はもともと頭がよく、優しくて、子どもたちの間でも人気があった。だから、誰も彼女を表立って悪く言ったり、輪から外したりはしなかった。外されるのは、法子のような取り立てて目立つ長所がなく、コミュニケーションが下手な子どもだった。本人に責任のない、親や家庭のことで本人を外したりいじめたりするほど、私たちは〝子どもではなかった〟からだ。

でも。

もし、〈ミライの学校〉の家の子が、由衣でなかったら。たとえばもし、当時の法子のような子だったなら、どうだっただろう。いや、ひょっとしたら、由衣だって、法子の知らないところで人知れず疎外感を覚えたり、葛藤したりしたことだってあったのかもしれない。

学校でも、〈ミライの学校〉の合宿でも、たくさんの友達に囲まれて人気者だった由衣が、どうして、あんなに熱心に法子と一緒に合宿に行きたいと言ってくれたのか。「やっと一日終わった」と指折り数えて終わりを待つあの合宿のことを、「すごく楽しいよ」と言ってまで。

由衣もきっと心細かったのだ。

「由衣ちゃん、私は――」

無関係だと思っているわけではない。けれど、田中美夏に拒絶されたことを思い出していた。〝関係がある〟という自分の思い上がりを打ち砕かれたことを。

『弁護、やらないで。断って』

法子の言葉を遮(さえぎ)るように、由衣が言った。電話越しでも、睨(にら)まれたと、はっきり感じた。

『伝えたからね。絶対にやらないで。それが、私の気持ちの全部』

ブツ、と音がして、電話が切れた。法子はいつの間にか舗道に足を止め、動けなくなっていた。

かけ直そうか――と一瞬思って、けれどもう一度由衣と話せたところで言えることは何もないのだと気づいた。

スマホをポケットにしまい、保育園まで続く、レンガで舗装された道を眺める。暗くなり始めた川の水面に、この辺りの民家や飲食店の灯(あか)りが反射して揺れていた。その灯りを見ながら、由衣とずっと連絡を取っていなかったことを、改めて思い返していた。

家を出て、親と縁を切って、振り切って振り切って生きてきた、と言った。それ以上詳しいことは聞けなかった。明るくにこやかで優しくて——当時の彼女の性格は、おそらく今も変わらない。それが、こうまで険しい態度になったのは、法子のせいだ。そうさせてしまったのは、自分だ。

別の再会の仕方であれば、彼女はきっと親と絶縁したことも、〈ミライの学校〉を今どう思っているのかも、法子に露ほども感じさせずにふるまっただろうという気がした。けれど、由衣には由衣の、人に明かさずに悩み、葛藤し、決断してきた年月がきっとある。〈ミライの学校〉が由衣の家にとってどんな存在であったのか、子ども時代に法子が見ていたのより遥かに複雑で壮絶な背景があることに、彼女と知り合ってから今日までで初めて思い至った。だって、由衣は卒業するまでずっと人気者で、その後の中学や高校でも、あの町に馴染んだ存在だと思っていた。自分と違って、うまくやれている人だと。

過去を振り切って生きてきたはずの由衣が、法子が弁護を依頼された話を耳にするほど、今も〈ミライの学校〉の誰かと繋がり続けていることにも皮肉な思いがする。弁護士、という言葉を聞いて、咄嗟に法子を思い出し、確認せざるをえないほどに、由衣は今もあの団体のことを気にし続けている。少女時代の彼女たち母子を思い出すと、改めてせつなかった。

自分の仕事に対して、傍からとやかく言われたくない、という憤りは強くある。けれど、それ以上に、由衣に責められた事実に怯んでいた。

反対されるとしても、それは夫や、実母にだと思っていた。思ってもみない方向から飛んできた言葉は、この件の影響力の大きさを思い知らされるようで、つらかった。

「藍子ちゃん、ママが来てくれたよー」

足をただ前に出すようにして歩き続けるうちに、いつの間にか、藍子の保育園に着いていた。いつも通り、洗濯物の衣類や使用済みのタオルなどをまとめてエコバッグに入れ、藍子のいる部屋の前に立つ。担任の先生が、藍子をつれて来てくれた。

おぼつかない足取りでこちらにやってきた藍子が、待ちかねていたように法子の足にぎゅっとしがみつく。

「藍子ちゃん、変わりないです。今日は、みんなで保育士が作った牛乳パックの積み木で遊んだんですけど、藍子ちゃんはすごく高いお城を作って、みんなからすごーいって言われていました」

「そうなんですね。ありがとうございます」

法子が先生と話す間も、藍子は黙って法子の足をつかんだままだ。一般的に女の子は言葉が早いといわれるが、藍子はもともと口数が多い子ではない。まだ十分に自分の言いたいことが伝えられず、そのため友達のものを黙って取り上げてしまったり、手が出るケースもまだまだ多い。今日はそうしたトラブルの報告がなくてほっとする。

「藍子ちゃん、バイバーイ！」

先生の声に、藍子が法子の肩越しに無言でバイバイをする。保育園の延長時間のギリギリ、午後七時をもう回っている。汚れ物のエコバッグと、書類を入れた仕事鞄（かばん）を手にすると、藍子を抱っこしたままの首と背中が重だるく痛んだ。

「藍子、足、貸して」

玄関で藍子に急いで靴を履かせていると、別の親子連れと一緒になった。この時間よく顔を合わせる、法子よりずっと若い二十代後半と思しき母親。いつもヒールで、控えめだけれどしっかりとメイクをしている人で、快活な印象があるため、営業職なのかもしれない、と漠然と法子が思っている人だ。

藍子にさっさと靴を履かせた法子の横で、彼女は、自分で靴を履く子どもの手元を横から覗き込んでいた。

「あー、右と左が逆だね。もう一度やってみようか」

藍子も最近、自分で靴を履いてみたい、と言うことが多いが、急いでいると、ついその気持ちを優先できずに今のように法子が履かせてしまう。——藍子と同じ年齢で、この子は、もうこんなふうに上手に靴が履けるのか。

「上手ですね」

思わず声をかけると、髪をきれいにまとめた仕事帰りの母親が、「ありがとうございます」と微笑んだ。屈託のない笑顔に、胸が微かに圧迫される。この人のように根気強く子どもを見守らず、先回りばかりしているから、藍子は上手に靴が履けないのかもしれない。

「お先に失礼します」

「あ、はい。——アイちゃん、バイバイ。また明日ね」

「アイちゃん、バイバイ」

そのお母さんが、子どもと一緒に藍子に手を振ってくれる。藍子の名前を覚えてくれているのに、自分はその男の子の名前がわからないことが申し訳なかった。毎日送り迎えをしていても、同じクラスの子の名前と顔がなかなか一致しない。藍子がその子の名前を呼んでくれるのを期待したが、藍子は無言のままだ。

「いそがなきゃね。もうこんな時間」

独り言のように呟き、家に帰ったら、すぐに夕食を作らなければ、と考える。冷凍庫の中に何かあっただろうか。園に行って、藍子を抱っこした時になって、やっと家のことを考える。夕食のメニューを朝から計画的に考えている人もきっと多いはずなのに、どうして私はいつもこうなってしまうのだろう。

自分は家事に向いていない、と気づいたのは、最近だ。

日々、必要に迫られて、どうにかこうにかやることはやっているが、夕食のメニューを決めることさえ、仕事をしながらだと並行して考えられない。仕事を言い訳にしているけれど、実は、仕事と関係なく、自分は家事が苦手なのではないかと考え始めたのは、今年、藍子が保育園を落ちてからだ。

仕事をやめて、藍子と四六時中一緒に過ごす――それもいいかもしれない、と一瞬だけ思ったが、すぐに、自分には無理だと感じた。夕食以外に、藍子と二人の昼食のメニューを考え、それを毎日作る。日中、公園や児童館に行く。遊びにつきあう。――世の中の、自分以外の多くの母親たちは子どもと遊ぶことを「つきあう」だなんて考えずに、一緒に楽しそうにしているように思えるのに、法子はついそんなふうに考えてしまう。

どの家庭もそれぞれに大変なのだと頭ではわかっていても、自分が母親でなければ、藍子はもっと親と楽しく遊び、食事だって、今よりバランスのよいものを取り、好き嫌いも少なくて済んだのではないか、と思ってしまう。

藍子がまだ言葉をあまり話さない、ということも理由の一つだろうか。会話が増えてくれば、子どもと過ごす時間の中味は変わるだろうか。

今、休日に藍子と過ごすのは楽しい。平日も、お迎えに行った藍子が法子を見つけてぱっと顔を上げ、しがみついてくるのもかわいい。けれど、それは離れている時間があるからこそ、という気がする。保育園がなくなったら、どうしたらよいのだろう。

「藍子、ちょっと待っててね。すぐにごはんにするから」

自宅に帰り、玄関先に荷物を下ろし、藍子の上着を脱がせてから、急いでリビングの灯りをつける。エアコンをつけて、朝、夫が洗っていったお風呂に栓がされているのを確認して、給湯ボタンを押す。冷凍庫を開けると、作り置きのハンバーグ種がまだ残っていてほっとする。

食事を作る間見せておくために、テレビをつけ、録画した子ども番組を流す。しかし、いつもならすぐに画面に吸い寄せられるようにしてテレビの前に座る藍子が、今日は、法子のそばから離れようとしない。

「どうしたの？」

「つみき、したい。ママ、つくって」

「ごめん。あとでね」

「つみき、したい！」

大きな目で法子を見上げながら、声を張り上げる。今日はいつになく強情だ。法子はため息を飲み込み、「あとで！」ともう一度言った。

「ダメ。ごはんを食べてからにして。おなかすいてるでしょ？」

藍子を引き離し、冷蔵庫から牛乳を取り出してプラスチックのカップに注ぎ、テレビの前のローテーブルに置く。

「これ飲んで待っててね」

「やだー、つみき！」

「つみきなんてないでしょ！」

友人から出産祝いにもらった積み木があることはあるが、一度出してみた時に、小さな部品を藍子が口の中に入れたので、誤飲の危険があるからと押し入れにしまい込んだ。もう少し藍子が成長して、危険が減ったら出してあげようと夫と話している。

二歳児は、一般的にイヤイヤ期と呼ばれる反抗期の真っ只中だ。三歳になって、それが少しよくなったように思っていたけれど、まだ時折思い出したようにこういうわがままが始まる。

法子が台所に入っても、「ママ、つみき！」と藍子が追いかけてくる。台所の入り口につけた幼児の侵入防止用のガードを抗議するようにガタガタ鳴らすのを聞いていると、頭が痛くなりそうだった。

「ダメ！　テレビ観てて」

「ママ、つみき！」

「だから！」

つい、強い声が出る。

藍子のわがままには困ったものだが、今日は涙を流して訴えるところまでいっていないから、まだいい方だ。不満そうにぐずぐずとしていたけれど、しばらくしてようやくテレビの方に行った。

毎日七時近くまで保育園で過ごし、時には土曜日も保育園という状況の中で、藍子が十分に頑張っていることはわかっているし、いじらしく思うけれど、今日はさすがに勘弁してほしい。テレビを見始める姿にほっとする。

ハンバーグ種を解凍し、油を熱したフライパンに入れる。汁物は何を作ろうか――と片手鍋を手にしたところで、ふと嫌な予感がした。いつもは、家に帰ってくると漂っている、白米の匂いと蒸気を感じない。あわてて炊飯器を開けると、やはりタイマーをセットするのを忘れていた。水に浸ったままの米粒を見て、全身でため息をつく。いつもはある冷凍のごはんは、おととい、使い切った。さっき冷凍庫を見た時も入っていなかった。もう、七時。藍子は遅い時間まで保育園にいて、おなかを空かせているのに――。

ちらりとリビングの様子を窺う（うかが）と、藍子はやっとテレビの前に座り、口をだらんと開けて子ども番組を観ていた。ようやく落ち着いた子どもに再び上着を着せ、近所とはいえコンビニやスーパーまでつれて行くことはもう考えられなかった。

麺（めん）か、パンの買い置きはなかっただろうか。このところ、夫の帰りは十時過ぎだ。帰りに買ってきてもらうのを待つわけにもいかない。大人ならともかく、子どもの食事に炭水化物は必須だ。何か――と思って戸棚を開けると、朝、藍子が食べていたメロンパンの残りが半分だけ残っていた。これを出せば、と思った次の瞬間、ハンバーグとメロンパン半分を皿に乗せて夕食にする母親はどうなのだろう、という罪悪感に襲われる。

今からでもごはんを――と炊飯器に手をかけようとしたところで、エプロンのポケットから振動を感じた。ポケットの中のスマホが光りながら震えている。

電話だ。

一瞬、また由衣からかと思う。しかし、手に取ると、画面には山上所長の名前が表示されていた。由衣でなかったことに安堵したが、この時間に山上から電話がかかってくるのは、別の不穏さを感じた。

法子は急いで電話に出た。

「はい。近藤です」

『ああ。近藤先生。すみませんね、あわただしい時間に』

「いえ。大丈夫です」

山上にも、すでに大学生と社会人だが、子どもがいる。幼い子どもの夕食時がどういうものか、経験から想像がつくのだろう。だから、よほどのことがなければこんな時間に電話をかけてくることはない。

法子はスマホを口元に当てながら、リビングに行って、リモコンを手にする。藍子の見ているテレビの音量を下げ、廊下に出た。法子もまた、家庭の匂いをあまり職場に持ち込みたくない。気を遣われていると思えばこそ、なおさらだった。

「どうしました？」

『毎朝新聞から、今、僕のところに問い合わせがあったんだ。田中美夏さんの弁護をうちで引き受けるのかどうか、という確認だった』

背筋に、急に冷たいものを流し込まれたような気がした。声をひそめ、「もうですか」と山上に問い返す。

そうしながら、内心では、とうとう来た、と思っていた。今日、由衣から電話があった時点で、遅かれ早かれ、こうなることは心のどこかで覚悟できていた。しかし、それにしても早い。

電話の向こうで山上が頷く気配があった。

『うん。あまりに早いから僕も驚いた。どこから聞いた話なのか、向こうは明らかにしなかったし、僕も返答はできない、と答えたけど、近藤先生のところに直接問い合わせが行ったりして驚かせてしまうといけないから、念のために連絡した』

「問い合わせは一件だけですか？」

『はい。ただ、まだ一件だけ、というべきかな』

「相手は、山上先生が弁護をすると思っている様子でしたか？　私の名前は出ましたか」

由衣の心配する声が脳裏に響いた。——どうすんの。ノンコちゃんが引き受けることで、小さい頃合宿行ってたこととか、バレて、あちこちでなんか言われたら。

電話の向こうで、山上が答える。

『近藤先生について詳しい問い合わせは何も。うちの事務所に依頼があったのではないですか、ということだけだった』

これもまた、「まだ」というべきなのかもしれない。けれど、ひとまず「そうですか」と頷いた。山上も『ええ』と応じる。

『詳しくは、明日また事務所で話しましょう。夜分に申し訳ありませんでした』

「いえ。わざわざありがとうございます」

電話を切ると、気持ちが重くなっていた。由衣の心配が的中しようとしている。事件の注目度の高さが改めて胸に迫り、自分は何というところに足を踏み入れてしまったのか、と気が遠くなる思いがした。

今ならまだ引き返せるのだ——と、冷たい廊下の壁に後頭部をつけながら考える。引き受ける理由も義理も、法子にはない。この依頼はデメリットばかりが大きく、メリットなどおそらくない。もう何度となく繰り返し考えてきたことだ。

それなのに、なぜ、自分は断ってしまわないのだろう。山上の今の電話は、事実をそのまま伝えただけで、法子にやめたらどうかとは積極的に言わなかった。

ここ数日、繰り返し繰り返し、受けた場合のこと、断った場合のことを想定し、考え続けてきた。受けるとしたら、法子自身にとっても関係者にとってもつらい裁判になるであろうことは目に見えている。

井川久乃の死についての責任の所在を問う、裁判。刑事裁判では「殺人があったのか、被告が犯人なのか」の立証と判決が焦点となるのに対し、民事裁判では殺人の有無だけでなく、「原告が不利益や心の傷を負ったのが被告の責任であるのか否か」も焦点になる。そのため、「被告のせいなのか」という点の他に、「原告の傷は本当にあるのか」「原告が主張する程度が相当なのか」ということも争点となり、訴えられた側としてはそこを重点的に攻めることになるだろう。

現時点で田中美夏が「殺人」を認めている以上、責任の所在が彼女にあることは揺らがない。その上で弁護士として法子がすべきことを考えると、原告である久乃の母親が、娘の死によって本当に損害を受けたのか、またはその程度はどうなのかという点についてを突くことになる。

つまり、裁判では、母は慰謝料を求めるほど娘を大事にしていたのか、という部分に言及しなくてはならない。

幼い頃に別れたきりだった娘の死を、今になって嘆く母親。——あんな場所に預けっぱなしにしていたのだから、この母親が殺したも同然だ、と言われている井川志乃は、訴訟についても、「今更、娘の死で金を稼ごうというのか」とバッシングを受けている。

彼女や、その家族の真意は、法子にはわからない。ただ、久乃の母親は、バッシングを受けたことで、より、何かを取り戻そうと躍起になっているように感じる。金銭ではない、もっと大きな、金額では贖えない何かを求めている気がする。その激情に、法子は果たして対峙できるのか。

久乃が母親に愛されていたか、を問うにも等しい裁判。

法子を睨みつけながら、仲間の女の子たちとひそひそ話をする、久乃の姿を思い出す。彼女が死んでしまったこと、親に愛されていたかどうかということを考えると、胸がつぶれそうになる。

——と、その時だった。

ガシャーン！　と大きな音が、リビングの方から聞こえた。

法子はあわてて廊下のドアを開ける。中に入った途端、焦げ臭かった。ハンバーグを入れたフライパンを火にかけたままだったことを思い出し、あっと声が出たのもつかの間、目が、テーブルの上に釘付けになる。牛乳パックが横に倒れ、床に白いしみが広がっている。藍子のカップも転がっていて、さっきの音は、どうやらそれが床に叩きつけられた音のようだった。

「えっ、ちょっと……」

駆け寄ると、藍子はカップを拾い、倒したパックの中の牛乳をまだ自分で注ごうとしていた。パックが倒れたのは偶然ではなく、藍子が何かしたのだ、とその手つきでわかった。

「何してるの！」

思わず大きな声が出て、強引にその手からパックを奪う。

藍子がきょとんとした顔をして法子を見上げ、次の瞬間、火がついたように泣き出した。

「つみき！」

「え？」

「あいちゃん、つみき、つくるの！」

「あ……」

今日、保育園で、そういえば先生が言っていなかったか。牛乳パックで作った積み木を、藍子がとても上手に積み上げていた、と。普段通りの、お迎えの時の申し送りだと思って、流して聞いてしまったけれど、藍子が、友達に褒められていたと。

つみき、したい。ママ、つくって。

そう言われて、だけど、夕ご飯を作る方が先だから、「あとで」と言った。

「つみき！」

藍子が必死に、手を伸ばす。法子が取り上げた牛乳パックに向け、返してほしい、と手を伸ばしている。床は、牛乳でびちゃびちゃだ。部屋には、焦げたハンバーグの匂いが充満している。ごはんは炊けていなくて、買い置きの麺も冷凍ごはんもない。普段から保育園でがんばっている娘が、つみきをしたい、という声に、法子はこたえることもできずに、電話をしていた。藍子は、「あとで」とごまかす母親を待ちきれず、牛乳パックを空にして、自分で作ろうとしたのだ。

時間がない、余裕がない。

けれど、問題は時間だろうか。もし、この子と遊ぶ時間をつくっても、法子は集中して彼女とただ楽しく遊んであげられる自信がまるでない。

わああー、という藍子の泣き声が、部屋の中に高く高く、響いている。情けなくて、あまりに情けなくて、法子もまた、泣きたい思いに駆られる。のろのろと緩慢（かんまん）な動作で、ひとまず、コンロの火を止める。黒ずんだハンバーグは、もう、食べられないだろう。

響き渡る藍子の泣き声に呼応するようにして、家の電話が鳴りだした。

普段の仕事相手はスマホにかけてくることが多いから、家の電話を鳴らすのはたいてい業者か何かだ。受話器を取らなくてもいいだろうか。マスコミの取材だったら――という可能性は考えたくない。もうこれ以上、今日は何も抱え込めない。法子は床にへたり込んだままの藍子を抱きしめた。「ごめん」と謝りながら。

「ごめん、藍ちゃん、ごめん。お母さん、本当にごめん」

声に出して謝ると、目のふちに涙がせりあがってきた。藍子がしがみついてくる。今、母親に叱られ、法子に対して怒っていても、小さなこの子には、母親が腕を差し出したらその手を取らないという選択肢はないのだと思ったら、食いしばった歯の間から本当に泣き声が出そうになる。

ハンバーグが焦げた匂いと、こぼれた牛乳の匂いがする。泣きたい気持ちに拍車をかけるように鳴っていた電話が、その時、留守番電話に切り替わった。そうなってもまだ、法子は動けない。動けないまま、床にへたり込んで蹲(うずくま)るように藍子を抱きしめていた。

――発信音の後に、メッセージをお願いします、という音声案内に続いて、『あ、もしもし』と歯切れのよい明るい声がした。知らない女性の声だ。やはり業者かマスコミか――と思っていると、声が続けて言った。

『私、区立日野坂(ひのさか)保育園園長の筒井(つつい)と申します。二次募集の結果、四月からの藍子ちゃんのご入園が決まりましたので、ご連絡差し上げました』

その、瞬間。

唇から、長い、長い、息が漏れた。もう吐ききれない、というところまで、ふうーっと全身の空気が抜けていく感覚だった。息と一緒に、いつの間にか、声が出ていく。言葉にならない長い声を、ああー、と一度吐くと、それがもう止まらなかった。

まだ泣いている藍子に体を重ね、声を上げて法子は泣き出した。留守番電話の声が続いている。――封書のご案内もお送りしますが、取り急ぎ健康診断の日程を決めたく思いまして。日中何度かかけていたのですが、いらっしゃらないようだったので、遅い時間になってしまってすみません。またご連絡します――。

「ママ」

いつの間にか腕の中で藍子が顔を上げていた。心配そうに、法子の顔を覗き込んでいる。小さな手が、法子の頭に触れる。

「いいこ」

呟くような声で言って、藍子が頭を撫でてくれる。突然泣き出した母親を、困惑しながら慰めている。その声と、頭に乗せられた掌の重みを実感した途端、法子は再び、高く声を上げて泣いた。

娘がかわいくてたまらない。とてもかわいいし、愛おしく思う。けれど、この子の預け先が決まって、こんなにも気持ちが楽になる。

田中美夏のことを、急に、思い出していた。

どうして、子どもと離れてしまうのか。幼い頃の寂しさを、なぜ、自分の子どもに対して繰り返してしまったのか。

法子が繰り返し、美夏に対して考えてきた疑問。美夏と自分は、考え方がまるで違うと決めつけていたからこそ、法子はそう思ってきた。美夏の〈ミライの学校〉に対する思いと、自分自身の子どもに対する保育園の問題は、これまでまったく別のところにあると考えてきた。けれど、本当にそうなのか。

美夏に見透かされたのは、こういう部分なのかもしれない。〈ミライの学校〉だけが特別で、自分はそこの理念とは離れた場所にいると思えばこそ、母と子が離ればなれになる選択を、美夏はなぜ繰り返してしまったのかと胸を痛めていた。

「なぜ」に答える明確な理由なんて、ないかもしれないのに。

法子がただ、もうこうするしかないから、園を探し、働くことを考えたのと同じように、美夏も「こうするしかなかった」のではないのか。自分の心が許せる選択が、それしかなかった。

藍子と離れるための保育園探しに必死になって、それが見つかったことでこんなにも安堵する。娘を預けることと、我が子への愛情、その二つは話が別なのだと思いながら。

美夏にも、〈ミライの学校〉に子どもを預けた多くの母親たちにも――井川久乃の母親にも、今の法子と同じような気持ちがなかったと、どうして言えるだろう。

子どものためを思えばこその教育、子を思う愛情、離れて暮らす選択、自分の都合。なぜ預けたのかを一言で説明するのは、おそらく無理だ。明確な理由をそこに求めるのは、周囲のエゴだ。

完全に気持ちがわかるとは言えないけれど、法子は今、初めて自分が彼女たちの側に立った気がしていた。それまで自分とはまったく違うと思い込んできた彼女たちと自分との間に、距離などなかった。どうして、今日までの私は、彼女と自分が完全に違うと思ってきたのか。

「ママ、いいこ、いいこ」

藍子が、ぎこちなく手を動かし続けている。「うん」と法子は答えた。幼い娘のその指をつかみ、「ありがとう」と言って、目を閉じる。

「ありがとう。藍ちゃん。大好き」

留守番電話が完全に沈黙し、ハンバーグの焦げた匂いの漂う部屋の中で、娘を抱きしめたまま、法子はのろのろと考える。今日の夕ご飯はどうしよう。すべきことが山積みで、途方に暮れる。だけど、首に回された藍子のあたたかさと、彼女がここにいることを尊い奇跡のように感じる。

かわいい、と呟いてみる。混じりけのない、今の法子の本心だ。けれど、そう呟かなければ藍子と離れ離れになってしまいそうで不安になる。乾き始めていた目のふちに、新しい涙が滲む予感があって、法子はあわてて、ゆっくり瞬きした。

◇◆◇

午前中に、抱えている離婚調停のために裁判所に出向いた後、少し距離はあったが、銀座の事務所まで歩くことにした。

山上は、今日は顧客との打ち合わせがあり、戻りは夕方近くなるはずだ。彼が事務所に来次第、〈ミライの学校〉の件について、いよいよ結論を出さなければならないと感じていた。

皇居のお濠が近いせいか、東京地裁のあたりにくると、法子は水の気配を強く感じる。実際には、ただそういう気がするだけかもしれないけれど、冬の、色の薄い空の下に水の冷たい気配が溶けだして混ざっているような感覚があった。

三月に入って陽射しが少し強まってきた。

田中美夏の弁護を受けるかどうか、心はまだ決まっていなかったが、昨夜、藍子とともに泣くだけ泣いたせいか、気持ちはやけにさっぱりとしていた。

今朝、入園の許可が出た区立の認可保育園に電話をし、藍子の身体測定と面談など準備の一切を夫の瑛士に頼んだ。昨夜はあまりに多くのことがありすぎて、気持ちが一気に張りつめ、逃げ場がなくなったような気がしていたけれど、だからこそ、夫に頼らなければダメだ、と思った。

昨夜、藍子が寝た後で帰ってきた瑛士に、藍子の入園が決まったことを伝え、入園手続きを任せたいことを伝えると、瑛士はあっさり「いいよ」と承諾してくれた。ちょうど、仕事が落ち着き始めたという。その返答に法子の肩から力が抜けた。頼ってもよかったのだ、と思う。

その後、〈ミライの学校〉関連で、田中美夏の弁護の依頼があったことを話した。

事務所にマスコミからの問い合わせがあったことまでを話すと、瑛士は、当初、驚いたように表情を強張らせたが、すぐにダイニングの椅子に座り、話を聞く態勢になった。「それで？」と、法子を促した。

夫婦であり、同業者だからといって、これは「相談」ではない、と思いながら話した。瑛士が法子の口から聞くより先に報道などでこのことを知ってしまうのを避けたいがためであって、どうしたらよいか、夫に意見を求めたいわけではなかった。これは法子の問題だ。

とはいえ、責められ、止められることは覚悟の上だった。それなのに、一通りの説明を終え、夫が黙り込むのを見て、声が出た。

「ごめんなさい」

法子が言うと、瑛士が顔を上げ、こちらを見た。法子が続ける。

「迷惑をかけるかもしれない。引き受けるかどうかはまだ決めていなくて、明日、山上さんと相談する予定なの」

「謝ることないよ。仕事なんだからしょうがないじゃない」

夫が言って、法子は、えっと思う。驚きが顔に出たらしい。帰ってきたスーツ姿のままの瑛士がネクタイを緩める。「うん？」と法子を見た。

牛乳を拭き、コップを拾い上げて片付けたリビングは、数時間前の藍子との騒動が嘘のように静かだった。

「止めないの？」

思わず聞いた。瑛士が困ったように笑う。

「どうして？　そんな権利ないでしょう、オレに。それは君への依頼なんだから」

冷静な声を聞いて、法子は瑛士が自分の同業者であることを、改めて全身で思い知っていた。

「水、もらえる？」

夫の声に、ウォーターサーバーから水を汲んで前に置く。「ありがとう」と言った夫が、一口、水を飲む。長く息を吐き出し、それから、法子を見つめた。

「学生時代に、弁護士を目指そうって決めた時に――」

「ええ」

「一度、迷ったんだよね」

話がどこに向かうのかわからず、ひとまず、頷く。夫の口元に、自嘲に似た笑みが浮かんだ。

「職業にしたら、きっと、自分と主義や主張が違ったり、明らかに非があると思える相手の弁護でも、やらないといけないんだろうなって。しんどそうだと思って、自分には無理かもしれないから、やめようかと思った時もあった。それでも自分は仕事にできるかどうかをものすごく考えて、それでまぁ、一応、覚悟だけはして、この仕事を選んだつもりだけど」

自分はこの人を見くびっていたのかもしれない。打たれたような思いがした。瑛士の目が法子を、正面から見た。

「法子は、きっと今が正念場だよ。受けるにしても、受けないにしても。オレはそこには口を挟めない」

「――引き受けたら、私が子ども時代、合宿に行っていたことが取り沙汰されて、あなたにも迷惑がかかるかもしれない」

合宿に行っていたことをあまり人に言わない方がいいのではないか、と瑛士は前に言っていた。しかし、彼は少し考え込むように宙を見た後で、「そうかもね」と呟いた。相変わらず落ち着いた、それでいて、小さく軽い声だった。

「確かに、そういう報道の仕方をするところもあるかもしれないけれど、〈ミライの学校〉の顧問になるわけじゃないんだし、君はあの団体とは無関係なんだから、君が心配するほど大きな扱いにはならないんじゃないかな」

止めてくれないのだ、と思った。

思ったことで、法子は、自分が夫に止められることを期待していたのだと気づいた。引き受けるのにも断るのにも、理由がいる。自分の気持ちだけで決められないから、誰かに、どちらかに向けて背中を押してほしかったのだ、と。

「よかったね」

夫がふいに、明るい声で言った。

「え?」

「藍子の保育園、決まってよかった。あの園庭の広いところでしょ？　認可園だなんて、すごいじゃない。藍子、もってるよ」

もってる、とは、幸運をもっている、の意味だろう。

楽天的な声を聞いて、肩から力が抜けていく。保育園の申し込みにだって法子が行って、今日だって、帰ってきてから藍子の晩ごはんの用意とこぼれた牛乳の片付けが本当に大変で――言ってやりたい、という気持ちが一瞬、胸の中で大きく膨らんだが、その衝動を押しとどめる。鋭いんだか、鈍いんだか、わからないところも多い人だけれど、その鋭さと鈍さがあるから、一緒にいられるのだと思う。

なぜ、大事な話の途中なのに、話題を変えてしまうのか。その呆気なさに肩透かしを食らった思いで、だけど、法子は自分が夫に信じられているのだ、と思う。選ぶ自由を託されている。

「うん」と法子は頷いた。大暴れの後で、今、寝室ですこやかに寝ている、藍子のことを思いながら。

「あの子は、もってる」

銀座の事務所の前に来た時、ふいに、通りの向こうを歩いている親子連れに視線が吸い寄せられた。

小学生くらいの女の子と、幼児を乗せたベビーカーを押す男性。

目が留まったのは、平日の昼間に小学生の姿が珍しかったのと、その二人と一緒にいたのが男性一人だったからだ。母親か、両親がそろった状態で子どもをつれている光景なら目にすることが多いけれど、この時間、二人の子どもをお父さんが一人で、というのは珍しい気がした。

逆光で、すぐには顔が見えなかった。薄い色の太陽が、彼らを背後から照らしている。

法子に向かって、その親子連れの、お父さんと思しき男性が大きく手を上げた。横を歩く女の子の手を引き、ベビーカーを押して、小走りにこっちに駆けてくる。

「おーい、法子さん」

声を聞いて、はっとした。

近づいてくるのは、沖村滋だった。どうしてこんなところに——と足を止めた法子の前まで、彼らがやってきた。

その時——。

滋の横にいた、ピンク色のダウンジャケットに、デニムのスカートを穿いた女の子の顔が見えた。彼女がこっちを見て、目が合った瞬間、大げさではなく時間が止まった。

記憶が、あの夏に戻されていく。

切れ長の目。薄い眉。小さな口から、こぼれる白い歯。

ミカがいた。

法子の知っている、顔を憶えていないと思っていた、あのミカが。

——おはよう！

——そのパジャマ、すっごくかわいいね。色も、フリルも。

初めて会った、夏の朝。

はっきりと思い出す。ミカの顔。心細くて、もう帰りたいと気持ちが挫(くじ)けていた法子に、明るい笑顔で話しかけてきた、同じ年の女の子。

お母さんと本当は一緒に暮らしたい、とか細い声で秘密を打ち明けてくれて、夜の泉の前に座り込んだ、女の子。

間違いない。この子は、ミカの娘だ。

滋がこの間話していた、彼とミカの十一歳の娘。一目でわかった。

「……滋さん。どうして、ここに」

心は、目の前に現れた女の子に強く惹きつけられていたけれど、父親に呼びかける。

弁護を引き受けるかどうかについては、まだ返答していない。心も決まっていない。今日もアポがあるわけでもないし、前回はやむをえず対応したけれど、こんなふうにアポなしで何度も来られては困る。困惑した気持ちを抱いて言った法子に、滋が朗らかに微笑んだ。

「あ、今日は法子さんの事務所に来たわけじゃないんだ。ただ、ハルカと僕の、年に一度の面会がたまたま今週で。東京に遊びに行きたいっていうから」

そうだ。確か、名前はハルカといった。

年に一度の面会、という言葉に胸が痛んだ。頻度が少ない、という気が一瞬してしまったが、〈ミライの学校〉はそもそも親権を持った母親と子を会わせるのも、一年に一度程度だろう。今日は、学校のある平日だ。けれど、〈ミライの学校〉では、〈学び舎〉の外の義務教育にそもそも重きを置いていない。

「滋さんは、今、どこに住んでいるの？」

そういえば、前回会った時に聞いていなかった。美夏と離婚するまで住んでいたであろう北た。

海道か、それとも、このあたりに近い首都圏なのかと思って聞くと、滋がゆるやかに首を振った。

「いや、普段は静岡。最近は、東京に来ることも多いけど」

静岡、という地名を聞き、はっとする。〈学び舎〉があったことと、それは何か関係があるのか――。法子の気持ちを悟ったように、滋が静かに続けた。

「小学校時代の同級生で、お茶の加工品の工場をやってる人がいて。今はそこで働いているよ」

「そうなんだ」

〈学び舎〉と別に、彼が通っていたであろう小学校のことだろう。滋ならば、きっと、地元の学校にも友達がたくさんいただろう。〈ミライの学校〉の外に出た彼には、そうした繋がりがちゃんとあったのだ。

滋が、横に立つ娘を見る。背は父親の胸の下あたりだ。けれど、普段、保育園に通う藍子と同年代の子たちしか目にすることのない法子には、半分大人のように見える。好奇心いっぱい、といった様子で、その子が法子を見ていた。

かわいい子だった。

法子に向かって、滋が言う。

「お母さんとお父さんの友達の弁護士さんが銀座で働いているって言ったら、銀座や、法子さんの事務所のあるあたりがどんなところか見てみたいって言うから、今日はつれて来たんだ。この間来た時に、近くに遊具のある公園を見つけて、この子たちが遊ぶのにも、ここ、いいなって覚えていて。あと、この間、法子さんのところに買っていった豆大福がおいしかったのも思い出して。ハルカ、大福、好きなんだ」

「……そう」

法子は戸惑いながら、滋の言葉を聞いていた。

せっかく北海道から東京に来たのだから、もっと子どもが喜ぶような別の場所につれて行ってあげればいいのに。この近くに、確かに公園はある。しかし、普段から自然の多い場所で過ごしている子なら、あえてそんなところに行かなくてもいい。大福だって、確かにおいしいけれど、あれくらいのものなら、もっと手ごろに買える場所が、東京にはいくらでもあるのに。

子連れでの東京での過ごし方が、よくわからないのかもしれない。

両親の友達、と言われた法子が働くビルを、わざわざ見に来る。見に行きたいという。手が届く範囲の世界がすべてな純粋さを、親にも子にも感じた。

「こんにちは」

ふいに明るい声がした。ハルカが、少し恥ずかしそうに微笑みながら、法子を見ていた。

胸がいっぱいになった。

話し方が似ている。

声が、というより、話し方が。現在の田中美夏にではなく、子どもの頃のミカに似ている気がした。ハルカの存在を目の当たりにすると、あの夏にミカを一人おいてけぼりにして、法子と滋だけが急に年を取ってしまったような不思議な錯覚に陥(おちい)る。

「こんにちは」

法子も言った。

ハルカに向けて、精一杯、微笑んだ。

「はじめまして」

「ノリコさんですか。お父さんとお母さんの友達の」

まっすぐな瞳の前で言葉に詰まって、けれど、次の瞬間、頷いていた。「そうだよ」と。

ハルカが微笑む。さっきまではきはきと話していた様子から、一転、もじもじした様子になって、法子を見上げる。小声で言った。

「弁護士さんて、勉強、たくさんしたんですか」

利発そうな子だ、と思った。肉親以外の大人に育てられているせいだろうか、初対面の大人相手にもそこまで物怖(ものお)じする様子がない。法子は微笑み、「うん」と頷く。

「勉強、たくさんしたよ」

法子の答えに、今度は横で聞いていた滋が屈託のない様子で笑う。

「やっぱりそうなんだ。昔から弁護士の仕事には興味があったの？」

「子どもの頃はそこまでは」

だから、合宿で滋たちと会った時にすでに意識していた、ということはない。法子の答えにしきりに「すごい、すごい」と無邪気な様子で頷いたハルカの頭を、滋が撫でた。何気ない口調で、言った。

「ハルカも、なりたいものになるためには、勉強、頑張らなきゃな」

ハルカは、はにかむように笑って、何も答えなかった。たった――たった、それだけのたわいないやり取りに、法子はどうしていいかわからなくなる。

なりたいものになるために。

〈ミライの学校〉で育った子どもたちの「未来」がどうなるのか、法子にはわからない。さすがに昔ほどには、強く、大人になってからも団体内部にとどまるように言われることはないのかもしれない。けれど、「なりたいものになる」その自由が、ハルカにどれほど保証されているのか、法子にはわからない。容易に反応が返せなかった。

視線のやり場に困ってベビーカーを覗き込むと、男の子がいた。

ベビーカーの中には、滋が引き取って育てているという、ハルカの弟がいた。この子も、どちらかといえば、滋よりは美夏に似ているだろうか。だけど、やはり両親どちらにも似ている。滋と美夏、二人の面影が溶け合っている姉弟を見ていると、どうしても、自分の子ども時代から今日までの歳月を、否応なしに感じさせられた。

クマのアップリケがついたキルティングのコートを着た弟が、目をきょときょとと動かしている。動かした足が、小さく、ベビーカーを覆ったひざ掛けを蹴り上げる。

――美夏も今、おそらくは東京にいる。けれど、東京に来たからといって、ハルカや滋たちが東京事務所の母親を訪ねていくことはないのだろうという気がした。それが、〈ミライの学校〉の決まりだから。美夏もおそらく、会いたいと希望することはない。

どうして、自分の子に、母と離れて暮らすことを同じように強いてしまったのか。

その問いかけがエゴに過ぎないことを、法子は昨日、藍子を抱きしめて泣きながら思い知ったはずだった。だけど、ハルカたち姉弟を見ると、また思考が強い力でそこに引き戻されていきそうになる。

「あの――」

滋が言い、法子が顔を上げた。互いの目が合ったまま、数秒、間があった。彼は法子に聞きたいのだ、とわかる。

弁護の件、どうなのか、と。

山上と夕方には話し、結論を出そうと思っていた。法子は卑怯なのを承知の上で、「何？」と滋を見た。

何かを問いかけようとしたはずの滋が――小さく、息を吸い込んだ。目から緊張が消え、元通り、穏やかな表情になる。

「もう、行くね。ハルカに大福を買ってあげないと」

「ええ。お子さんたちに会えてよかった」

今すぐに、どちらとも答えられないことを申し訳なく思いながら、ハルカとベビーカーの中の弟、両方に微笑みかける。そういえば、と思って、その時になって、初めて、尋ねた。

「下のお子さん、名前は？」

「カナタ」

滋が答えた。その瞬間、法子の頭の中で、何かが弾けた。

法子が滋を見つめる。彼がもう一度、言った。

「上がハルカで、下がカナタ」

痛烈に――胸が、締めつけられる。

なぜそうなったのかわからなくて、あまりの痛みの大きさに戸惑う。ゆっくりと、後から理解が追いついてくる。名前を聞いたからだ。彼ら姉弟の名前。その名をつけた、親の願いがわかるからだ。

ハルカ、カナタ。

上の子の名前を聞いただけではわからなかった。けれど、今は、その漢字まではっきりわかる。おそらく二人は、遥、彼方と書く。美夏と滋、どちらの名づけかわからない。けれど、子どもたちの名前に、大きな世界を感じた。生まれた土地から離れて、遠くへ行ってほしいという、願いのようなものを。

「なりたいものになる」自由も、そこには含まれている気がした。

法子がそこまで感じ取ったことが、滋に伝わったかどうかはわからない。けれど滋が薄く、微笑んだ。ぽつりと教えてくれる。

「二人とも、美夏がつけたんだ」

「いい名前」

法子は言った。心から、そう思った。

「でしょう」

滋が再び微笑む。横で、ハルカが「そーなんだー」と呟く。滋と法子がそろって彼女を見ると、ハルカが照れたように「知らなかったから」と言った。

「私の名前、お母さんがつけたんだ」

「そうだよ」

滋が言い、ハルカが「ふうん」と気のないふうを装った声を出す。その途端、ああ——と胸に吐息が落ちた。抗(あらが)えない、と感じた。

背中を押してほしい。ここ数日、そう思ってきた。引き受けるにしても、断るにしても。

今はっきり、彼らにそれをされた。強い躊躇(ためら)いに心が支配されているのに、言ってしまう。

「滋くん」

さん、ではなく、呼び方が、遠い昔の友達への距離感になる。自分が冷静ではないのだと自覚しながら、それでも、彼に向けて言った。

「美夏さんの弁護、お引き受けします」

最終章　美夏

足音が近づいてくる。
暗い会議室で、田中美夏はその音を聞く。聞きながら、思い出す。
あの夏のこと。
遠い日のこと。
水野先生のこと。
母親のこと。
父親のこと。
元夫のこと。
もう、おそらくは二度と行くことのない泉のこと。
井川久乃のこと。
――子どもたちのこと。

足音が近づいてくる。その音の主がやってくるのを、ただ待つ。会議室の椅子の背もたれがひんやりと冷たい。

「失礼します」

ドアが開き、彼女が入ってくる。廊下の窓からの光が、彼女の背中の向こうから射している。その顔を、美夏はできるだけ冷ややかに見上げた。

◇◆◇

このところずっと、なぜか、ひさしぶりにあの人たちのことを多く考えている気がする。

「――とんでもない。私はただ、自分が何かのお役に立てればと思って。それだけだったんです」

老いた母の横顔が、そう言う。

美夏の両親は、〈ミライの学校〉で、〈麓の生徒〉の教育係をしていた。美夏の子どもの頃に始まり、水の事故が起きるまでの長きにわたり、全国あちこちで行われていたという〈ミライの学校〉の〈麓の会〉。

〈ミライの学校〉の理念について講演し、来場者たちと〈問答〉を行う。美夏の父と母は、講演後の〈問答〉においては進行役となって〈麓の生徒〉の対話を先導する中心人物だったという。二人とも団体創設メンバーでこそなかったそうだけれど、話がうまく、人の前に立つことにも向いていて、〈ミライの学校〉の理念によく通じていた。

講演ではとりわけ、〈ミライの学校〉に入る前、自分たちが保育園を経営していた頃の話をよくしていたようだ。

まだ働く母親自体が少なく、私立の保育園もあまりなかった頃に始めた園は入園条件も厳しいものではなく、母親が働いている、いないにかかわらず、多くの子どもを受け入れていた。

当時としては画期的なことで、それをしていた両親は立派だった、と美夏は、小学校に入った頃から、周囲の大人たちに言われるようになった。〈ミライの学校〉でそんなふうに「親」の話になるのは珍しかったけれど、何かの拍子に先生たちの口から話が出ることがあり、それで知った。

そんなふうに言われると、誇らしかった。それが他の子の前だと、さらに得意になった。

母たちの口から当時の話を聞いたのは、美夏が高等部に進み、札幌で開かれた〈麓の生徒〉への集会を手伝って、講演の様子を間近に見た時だ。大勢の観衆を前に壇上で語る母の横顔は、美夏が小学生の頃と比べて皺が刻まれ、年を経ていたけれど、親子だけで会うお正月の何倍も生き生きとして見えた。

「私が保育園を始めた頃も、今と同じように、若くして母親になったことで不安を感じているお母さんたちは多くいたし、ごはんをきちんとあげているのかなって疑問に思うような家や、幼い子どもに留守番をさせて長時間帰らないようなおうちの話をよく聞きました。保育園を始めた当時は、どんな家の子でも希望があったら極力受け入れるようにしていたので、あまりに母親に楽をさせすぎじゃないか、母親の都合を優先しすぎじゃないかって、文句も言われました。でもね、その時から思っていたんです。子どもは、天からの授かりもの。親の所有物ではなくて、どの家庭に来たとしても、社会の中で育てて、社会に無事に送り出すのが大人の務めなんですよね。――そんな時に、〈ミライの学校〉と出会い、その理念があまりに自分の理想とぴったり合ったので、びっくりしました」

当時としては画期的な試みを実践していた、素晴らしい考えの持ち主。子どもを園に受け入れることで、多くの母親と家庭を救った人たち。

そんな声が観衆から上がると、母も父も、「とんでもない」と首を振っていた。

「私たちはただ、自分が社会のお役に立てればと思っていただけなんです」

講演を聞いた後もしばらくは、美夏は、両親の生き方や活動に、何か具体的な感想を持てたわけではなかった。ただ、そうなんだ、という思いで話を聞いていただけだ。

どの段階で気づいたのか、はっきりとはわからない。だけど、美夏はある時から、こう思うようになっていた。

うちの両親は、たぶん、世の中の「親」というものをことごとく信用していなかったのだろう、と。

育児に悩む母親や家庭を救いたかったわけではなく、きっと、すべての「親」を信用していなかったから、子どもをそこから取り上げて、自分たちの保育園で面倒を見ることにした。天からの授かりものだから、親の所有物ではない。だから、「ごはんをきちんとあげられているかわからない」家や、「長時間帰らずに」育児放棄しているような家から、子どもを取り上げたのだ。

結果だけ見たら、それでも、立派なことには違いない。子どもたちがすくすく育つなら、それに越したことはない。だけど、それは、決して「親を助け」るためや、「親を救う」ためじゃない。人を信じていないから、だからやるのだ。

どうしてそこまで――と、「社会の子ども」を守るための使命感を、不思議に思うけれど、もっと不思議なのは、では、あなたたちは、自分のことは信じられたのだろうか？　ということだった。「親」としての自分の子育てを、信じられたのか。

一瞬考えて、だけどすぐに結論が出てしまう。

きっと、私の両親は、自分たちのことさえ、信じられなかったのだろう、と。だから、〈ミライの学校〉に入った。私のことを、〈ミライの学校〉という名の社会に託して、手放した。

私自身はどうなんだろう、と考えた。

――外で暮らそう。〈麓〉へ下りよう。

子どもたちと一緒に暮らし、今更、「親」をやろうと自分を見つめる、元夫の瞳の前で考えた。

私は、「親」としての自分を、果たして、信じられるのだろうか――？


「いいよ。一緒に暮らしても。どうする？」

母がそう言ったのは、水の事故の後、両親が北海道の〈学び舎〉へ来た時だ。

講演会の手伝いをしていた高校生の頃から、さらに数年が経過して、美夏は――二十歳を過ぎ、「大人」と呼ばれる歳になっていた。

「いまさら……？」

その言葉が、喉の奥から、絞り出るように漏れた。一緒に暮らす、という両親からの申し出を聞いた瞬間、頭が痺れたようになって、すぐには反応できなかった。

両親は不思議そうに顔を見合わせ、それから、美夏を見た。微笑(ほほえ)んで。二人とも、小さな子どもに「仕方ないなぁ」という時のような顔つきで。

「なに、美夏。ひょっとして、ずっと一緒に暮らしたかったの?」

「昔はよく、お正月の後で〈学び舎〉に帰りたがらなかったもんなぁ。そうか、一緒に暮らしたかったのか」

権利をあげたい、と思った。

その思いが強く強く、胸にこみあげた。実際に刺されたりぶたれたりしたわけでもないのに、胸が焼きちぎれるほどに痛かった。

今のあなたたちからもらったその言葉を、あの頃の私に、あげたい。

お母さんに会いたくて、一緒に眠りたくて、夜の泉に走った私に。

ヒサちゃんが、死んだ朝の私に。

◇◆◇

目の前に、一人の女性が立っている。

他の誰かと一緒に来るかと思ったのに、意外なことに彼女は一人だった。美夏は黙ったまま、彼女を見つめ返す。自分の前に座ろうとする、これから酔狂にも自分の弁護を引き受けようという人物の顔を、正面から見つめる。

「ご無沙汰しています。今日はよろしくお願いします」

近藤法子。

この人と、前にもこうやって、この会議室で向かい合って座った。白骨化した遺体の身元がまだわからなかったあの頃、それを孫ではないかと訴える老夫婦の弁護士として、彼女はここにやってきた。美夏に対して、警戒した、敵意を持った目を向けて。その時も、今日と同じように、紺色のスーツに白のブラウスだった。襟元に弁護士のバッジが光っていた。

「弁護は、お断りしたはずです」

美夏が言う。

椅子の背にかけた法子の手が、一瞬だけ、ぴくりと震えたように見えた。けれど、すぐに何事もなかったかのように椅子を引いて座り、目線を自分の鞄(かばん)に向けて何かの書類を取り出そうとする。美夏は続けて言った。

「私の弁護は、顧問の深田先生にしていただきますから結構です」

「あなたと、お話がしたいと思ってきました」

法子の口調はしっかりとしていて、動揺が感じられなかった。前に会った時とは、何かが違う。自分のたわいない言葉のひとつひとつに翻弄(ほんろう)されていた、これまでとは。

「話?」と美夏は尋ねる。

笑うと、鼻の頭に皺が寄る。いつの頃からか、元夫や自分の両親に向けてすることが多くなった笑い方。顔がこの表情を浮かべることに慣れている。

「話って、何ですか」

「知りたいんです。私も、美夏さんのことが」

法子の顔がまっすぐこちらを見ていた。

「知りたいんです」と、彼女がもう一度、繰り返した。

「あなたに何があったのか」

「何それ」

弁護士の言い方ではないと思った。かといって、彼女個人が美夏にそこまで踏み込んでくる事情も権利もないはずだ。

美夏の小馬鹿にしたような笑い方にも、法子は怯まなかった。落ち着いた静かな目をしている。〝再会〟してから今日までで、初めて見る顔つきだった。

「美夏さんは、井川久乃さんを殺したと主張していると聞きました。殺人を認めていると」

「ええ」

「けれど、美夏さんの周りの人たちは、あなたが殺したとは思えないと言っています。当時、あの〈学び舎〉で過ごしていた先生や生徒、美夏さんのご両親や、滋さんも」

美夏は黙っていた。

両親と、滋の名前が出たことが不愉快だった。――滋さん、という呼び方に、近藤法子は、彼と会ったのだろうか、と考える。

胸に、懐かしい感情がこみあげる。

法子は覚えているのだろうか、と思う。

あなたが、滋に憧れていたであろうことを。憧れて、そして、いつしか、忘れてしまったであろうことを。

二人が手紙をやりとりしていたことを、美夏は知っている。

懐かしい感情。法子と滋、両方に嫉妬し、二人のことが憎らしかった。合宿に来ただけのくせに、ただ〈麓〉の子だというだけで、滋がせっせと法子に手紙を書くことが悔しかった。美夏も、本当は法子に手紙を書きたかった。書こうと思った。だけど、二人が手紙をやり取りしていることを知って、絶対に書きたくないと思った。滋のせいで、書けなくなったと思った。もうどうでもいいことのはずなのに、その時の気持ちだけは覚えている。二人の鈍感さと無神経さが、信じられない、と思った。

今になって、その頃の気持ちをぶつけるような真似をしようとは思わない。けれど、そんな経緯など何もなかったようにして滋の名前を平然と口に出す近藤法子のことは、やはり信用できない。

すると——美夏がまさにそう思ったのと同じタイミングで、法子の表情がふっと緩んだ。

「おかしなことを聞いていい？」

初めて敬語が取れた。美夏は無言で、彼女を見つめ返す。法子が尋ねた。

「美夏ちゃん、私のこと、覚えてる？」

◇◆◇

何を言っているのだろうか——と思う。

呆（あき）れたようにそう思う。覚えているに決まっている。

最初事務所を訪ねてきた時には気づかなかったけれど、名乗られて、すぐにノリコとの記憶が、思い出が、蘇（よみがえ）った。

だけど、あの日、暗い廊下で、彼女が美夏を、ミカとも気づかずに、「あなたたちは何なのか」と言いながら、かつて夏の合宿に参加したことがあると打ち明けてきた時、猛烈な怒りと混乱を心が襲った。

美しい夏と〈学び舎〉の思い出。そこを共有した「ミカ」を、あなたが、目の前の私と重ねていないことに、気づいた。気づいたら、言葉が止まらなかった。

法子が、大人になった美夏を、ミカと思わなかったことを知ったあの時。

自分は、きれいな少女のまま、死を望まれていたのだと思った。思った途端に、心が、びっくりするほど静かになった。そして、気づいた。

そう望んでいたのは私自身だと。

あの夏に、死んでいたらよかった、と。

ヒサちゃんじゃなくて、私が死んでいたら。

死んで時を止めたいと望んでいたのは、誰より、私だ。

◇◆◇

美夏は黙ったまま、法子の質問に答えなかった。

覚えていない、と以前にはっきり告げたはずなのに、またこんなふうに尋ねられることを理不尽にも感じた。——この間のように彼女を打ちのめす言葉を吐けばいい、と頭のどこかで囁く声がする。覚えていない。あなたのことなんて、私の中では取るに足らない思い出だと、法子を打ちのめせばいい。

だけど、そうするには、あまりにも疲れていた。人を傷つけるにも体力がいるのだ。目の前の、落ち着き払った近藤法子が何を考えているのかわからない。なぜ、先日のやり取りを経て、それでも美夏の弁護を引き受けようというのか。

ずっと放っておいたくせに。

それは、奇（く）しくも近藤法子が最初に事務局を訪ねてきた時、美夏が口にした言葉だった。彼女があのノリコちゃんだなんて思いもしなかったけれど、あの時期、次々とやってくる「遺骨の関係者」を名乗る者たちに、美夏は辟易（へきえき）していた。法子の依頼人だったという吉住夫妻にも、美夏は今も怒りを感じている。その怒りが口をついて出てしまうことを、砂原たちから「大人げないですよ」と注意されることがよくあった。結婚していた時には、滋からも、この癖をよく注意された。——だけどその実、彼らは美夏がそうする度、どこか留飲を下げたような顔をしていた。自分では言わないだけで、彼らだって嫌気がさしていたはずだ。

ずっと放っておいて、忘れていたくせに。骨が出てきて、自分の記憶を一緒に掘り起こされた人たちが、何かを取り戻そうとするかのように群がることの、なんと傲慢（ごうまん）なことか。取り戻せるものなど、もはや、何もないのに。

何かを取り戻そうとする人たち——。

それは、自分を訴えている井川久乃の母親もだ。

滑稽（こっけい）だと思う。腹立たしく思う。償（つぐな）わなければならないと決めているけれど、それは、彼女に対してではない。

美夏が償いたいのは、ヒサちゃんだけだ。

向き合わなければならない。美夏は大人になれたけれど、久乃はなれなかったから。だから決めていた。もしも、誰かに聞かれたら、認めると。自分のせいで久乃が死んだこと。私が、殺したこと。

美夏が償いたいのは、久乃と、そして、自分自身のためだ。

けれど、それを、近藤法子になど絶対に明かすものかと思う。

私のことを覚えているか——その問いかけを無視して、美夏が言う。話を逸らさせない、という意思を持って、突き放すように。

「私が殺したと思えない、という人たちは、何を根拠に言っているの？　誰も、直接見ていたわけじゃないでしょう」

大人が不在の夏休み。

束の間の自治をまかされた美夏たちは、ワクワクしていた。困ったことがあれば、幼等部の先生たちのところに行くようにと言われたけれど、大人の目がなく、自分たちで好きにしてい い、と言われた時間はとても魅力的で、輝いていた。

近藤法子が美夏を見つめる。静かな眼差しで。頷いた。

「はい。本当に誰も見ていなかったと聞いて、驚いているところです」

何の話が始まるのか、と思って美夏が黙っていると、彼女が続けた。

「小学生たちが、子どもだけで生活する。大人が誰もいなかった。正確に状況を把握できていた大人が誰もいなかった。——そのことにとても驚いています。子どもを誰も見ていなかったことに」

責めるように強い口調だけれど、直接的に〈ミライの学校〉を糾弾する言葉が出ないのは、美夏も団体の人間だという配慮からだろうか。だけど、法子の口調が怒りを含んでいるように感じる。大人を、無責任だと責めているように感じる。

息継ぎするように間をあけてから、法子が改まった口調になる。

「あの夏、子どもたちの間で、〈自習室〉が作られた、という話を聞きました。そこまでは事実で間違いない、と話してくれた人たちがいます。――美夏さんが、久乃さんを、そこに閉じ込めた、と」

美夏は黙って息を呑み込む。その息を呑んだことを悟られないように、静かに。

「だから？」

美夏はゆっくり、法子に言う。うんざりと。

「閉じ込めたその後で、私が殺したの」

「――美夏さんは確かに久乃さんを閉じ込めた。しかし、それが『殺した』と言えるような状況だったのかどうかはわからない、と皆さん、口をそろえています。当時、美夏さんと一緒に〈学び舎〉にいた人たちを可能な限り、探して話を聞きましたが、多くの人たちが、美夏さんが久乃さんを『殺した』というのは釈然としない、と言っています。亡くなっていた久乃さんを見つけたのは美夏さんに間違いない。けれど、そもそも、美夏さんは、久乃さんに純粋に〈自習〉をしてほしかったのでは、と言っていました。自発的に反省してほしかっただけで、〝殺す〟というような強い感情はなかったと思う、と」

法子の口調は淡々としていた。続ける。

「美夏さんは当時、子どもたちの中でもとりわけ責任感が強く、だけど、決して、自分の思いを一方的に他の子に押しつけたりするような人ではなかったと聞きました。下級生たちにも無理に言うことを聞かせるわけではなく、みんなが仲良くできるように、外れている子に気を配ったり、気が強い子には、そっと優しい声で諭したりするような人だったと。――私もそれは、よくわかります」

法子が言った。その口元に、ごく微かに、本当に微かにだけれど笑みが浮かぶ。自分の睨むような鋭い視線を受けてなお、彼女がそうしたことが美夏には意外だった。

「最初に参加した年、私は、〈学び舎〉の合宿にあまり乗り気ではありませんでした。初めて自分の家を出て長く別の場所に泊まることへの不安もありましたし、私を合宿に誘ってくれた子が別の子たちと仲良くなって、一緒にいてくれる人がいなくなるかもしれないと、ものすごく心細い気持ちになりました。そんな時、私に話しかけてくれたのが、美夏さんでした」

法子の声は、澄み切っていた。拒絶されても、語りかけると決めてきたように。

「美夏さんにとって、私は、毎年接する大勢の子どもの一人にすぎなかったと思います。でも私は、とても嬉しかった。――翌年も合宿に行きたいと思ったのは、ミカちゃんやシゲルくんに会いたかったからです。だから行きました」

心を開かせたい――とでも、思っているのだろうか。だとしたら、笑わせる。胸の奥の空洞に、乾いた風が吹き込んでくるようだ。ごうごうと。その音が、幻なのか本当にしているのかどうか、わからなくなる。会議室は、まるでこの世界に美夏と法子の二人しか存在していないかのように静かだ。

胸の中に、ごうごうと吹きすさぶ風の音に乗るようにして、法子の声が聞こえてくる。

「私は当時、通っていた学校の自分のクラスに仲のいい子がいませんでした。――なぜだかわからないけれど、みんなとうまくいかない。友達が少なく、自分が嫌われているのではないかと、いつも周りの子の顔色ばかり窺(うかが)っていた。だけど、〈学び舎〉に行けば、違う自分になれるようでした。ミカちゃんと話す時、私は、自分が〈麓〉の学校でもうまくやれている子になれたような気がした。それはおそらく、ミカちゃんが私を尊重してくれたから。一人の人間として、友達として、みんなにするように対等に接してくれたから。――美夏さんは私のことを覚えていないかもしれない。だけど、そうしてもらえたこと自体が私はとても嬉しくて、だから、あなたに会いたくて、合宿に行きました」

胸の中で鳴る風の音が強くなる。黙ったまま、美夏は奥歯を噛(か)みしめる。法子に自分のことなど何も話さない――そう決めているけれど、何かを押し殺すように、唇を閉じたまま、前歯にもぎゅっと力を込める。

似ていると、当時、思っていた。

合宿で美夏が話しかけたのは、法子が落ち込んだ顔をしていたからだった。

本当に落ち込んでいたのかどうかはわからない。だけど、合宿には毎年、そういう子が必ずいた。

班の友達や一緒に寝るグループから、外されてしまったり、はみ出したりしてしまう子。美夏は、合宿の参加者から、そういう子を見つけるのがどうしてか得意だった。なぜなら、それは似ていたからだ。

〈麓〉の学校で、うまくやれない自分と。

〈ミライの学校〉の子だというだけで、特別な目で見られる。仲がよくなったと思っていた子にさえ、「え、ミカちゃんて、あの山の上の施設の子なの？　全然そんなふうに見えないのにね」と言われる。

「全然そんなふうに見えない」。何を指して「そんなふう」なのか。直接言われるのはまだいい方で、陰でもずっと言われていた。いびつな褒め言葉のように。そのことに、どんな感想を持てばいいかわからなかった。法子に出会った小学校時代は、まさにそういう時期だった。

　美夏が合宿の手伝いをするのが好きだったのは、やってくる〈麓〉の子と接する時に、自分が特別な、大人っぽくて、かっこいい子になれたような気がするからだった。

〈ミライの学校〉で、普段一緒に暮らしている〈学び舎〉の子たちといても、それはあまりにも日常のことだから心は慰められなかった。だけど、外から合宿に来た子たちは、美夏と仲良くしたがってくれた。同じ年でも先輩か姉を見るように慕ってくれて、嬉しかった。

　あなたに会いたくて。

　法子の言葉に、胸を衝かれる。心のどこかが見えない風で揺れる。法子が丁寧な口調で続ける。

「先日、ここの廊下でお話しした時は、動揺して、うまくそのことが言えませんでした。長くお会いしていなかったので、田中さんがミカさんだということも、すぐにはわからなかった。驚いてしまって、自分の気持ちをあなたにうまく伝えることができませんでした。そうできなかったことを、後悔しています。だから、今日はどうしても伝えたいんです」

法子が美夏をまっすぐに見据える。

「あの遺体があなたでなくてよかった。ミカちゃんが、生きていてくれて嬉しい。はっきりそう思います。――死んでいてほしかったなんて、絶対に思わない。遺体が発見された報道を見てから、ずっと、ミカちゃんでありませんように、と、私はそれしか、思いませんでした」

法子の視線は強く、美夏を捉えていた。彼女がもう一度言った。一語一語を、噛みしめるように。美夏の心に刻むように。

「ミカちゃんが生きていてくれて、また会えて、よかった」

心の内に吹く嵐の音が――強くなる。

ただ、ごうごうと流れていた音が、何かを、震わせる。心の中に残っていた小さな襞が触れ合い、鳴っている。法子の言葉に共鳴するように。

美夏は、その風に抗うように法子を見据え、彼女を睨む。けれど、法子は、その美夏の鋭い視線すら、真っ向から迷いのない目で見つめ返す。もう揺らがない。

何かを言ってやりたい、と思う。あまりに調子がいい、とか、それは本心ではないはずだ、とか。

だけど、口を開いたら、別の言葉が出てしまいそうで、怖かった。だから、また、歯を食いしばる。黙りこくったままの美夏の前で、法子が横の椅子に置いた鞄から、何か書類を取り出す。

「調べてきました。あの夏、何があったのかを、可能な限り」

法子の口調はごく平坦で、興奮も熱量も感じ取れない。冷静な声は、美夏に何も押しつけてこない。そのことが、美夏の心をざわつかせる。

今日はただ、この人を拒絶すればいいだけだと思っていたのに。

近藤法子に弁護は頼まない。彼女がどうして引き受ける気になったのかわからないが、合宿に参加したくらいで〈ミライの学校〉を知った気になっているのなら——束の間接しただけの〈ミカ〉に同情でもしていようものなら、その思い上がりが許せなかった。そんな相手にこれ以上、自分に関わる権利があるなんて思ってほしくなかった。

それなのに、調子が狂う。彼女のまとう、この妙な落ち着きは何なのだ。

「井川久乃さんはルールを守らない子だった、と聞きました」

手元の資料に目を落としながら、法子が言った。

「小学校高学年という難しい年齢になったことも関係していたのでしょうが、あの夏休みの少し前くらいから、放課後学校からまっすぐ〈学び舎〉に帰ることなく、〈麓〉の子とどこかに遊びに行ってしまって、夕ご飯時にも戻っていないようなことがたびたびあり、〈ミライの学校〉の中で問題視されていたようですね。連帯責任だといって、久乃さんが戻るまで他の子どもたちが夕ご飯を食べさせてもらえなかったり、ある時などは、夕ご飯抜きになってしまったりすることまであったとか」

美夏は黙ったままでいた。だけど、思い出す。

久乃が戻るまで、もらえないご飯。低学年の子たちは、〝連帯責任〟の意味がわからず、おなかが空いた、と泣いていた。久乃が戻らなかったせいで夕ご飯抜きになった夜は、大人たちと長い〈問答〉になった。

久乃が門限を守らないのは、これで三回目だから、どうしたらいいかな——。小さい子たちも連帯責任で食べられないのはかわいそうだね――。

「……当時二年生だった高崎さんという男性が教えてくれました。久乃さんが戻らなかった時、とてもおなかが空いてつらかったけれど、美夏さんが先生たちに、『ヒサちゃんと同じ学年の私たちが責任を取るから、他の学年の子たちには食べさせてあげて』と言ってくれて、それで自分たちはご飯がもらえた、と。ずっと覚えていて、今でも時折、思い出すそうです。美夏さんが優しくしてくれたことを」

美夏は能面のような無表情を心がける。唇だけ、そっと嚙む。

高崎はじめ。覚えている。美夏が北海道に行ったため、その後、会うことはなかったが、水の事故の後に一家そろって〈ミライの学校〉を出たと聞いている。――法子は、団体を離れた相手のことも探しだして話を聞いてきたのか。そんな細かいことまで。

優しくなんてしていない。

〈問答〉で聞かれた。先生たちに。

低学年の子たちがかわいそうだね。どうしたらいいかな？　久乃と同じ学年の子たちだけが我慢するのと、小さい子まで含めたみんなで我慢するのは、どちらがいいかな――？

先生たちの問い方は、子どもたちに自発的に考えさせているようでいて、誘導だった。

――私たちが我慢します。だから、他の学年の子たちには食べさせて。

――私たちが、ヒサちゃんにきちんとルールを守るように言います。同じ年の、仲間だから。

大人の望む答え。おなかが空いていて、その時はそう答えるのが正しそうだから、だから言った。本音を言えば、大人が望むそういう「素直ないいこと」を言えば、夕ご飯がもらえるんじゃないかとも思った。

だけど、もらえなかった。久乃のせいで、美夏たちの学年だけ責任を取るように言われた。

ヒサちゃん、大っ嫌い。

美夏の隣で、同じ年の子たちはみんな泣いていた。美夏も思った。ヒサちゃん、大嫌い。

——友達の家で遊んでたの。その子の家族とカラオケに行って、ファミレスにも行って、初めて飲むドリンクバーが楽しかった。

久乃は戻ってきて悪びれた様子もなく、美夏たちを翻弄するように笑っていた。

——ミカってさ。子どもの頃からずーっといい子だよね。

そう言われたのは、〈学び舎〉ではなく、〈麓〉の学校でだ。休み時間だった。美夏と違って、〈麓〉の学校にも友達が多くいた久乃は、その子たちと一緒にクスクス笑いながら、美夏を見ていた。

——私に直接、文句言ったりとかもできないでしょ？　私にまで優しい。なんで何も言わないの？　私みたいだと立派な大人になれないって、先生たちとの〈問答〉では話したりしてるんでしょ？　バッカみたい。

——モンドー！

久乃の後ろで、男子が笑う。

——何それ、モンドーって？

——私、知ってる！　〈ミライの学校〉って、モンドーが大事なんだよね！

久乃たちに言い返せなかった自分の勇気のなさを、思い出す。面倒なことになるのが嫌だった。〈ミライの学校〉の中では、先生にも周りの子たちにも頼られる自分なのに、〈麓〉の学校では、久乃の方が圧倒的に立場が強くて、何も言えなくなってしまう。

——私は、あんなとこ、出てくから。私は出ていけるから。ミカと違って、別に、あそこで〝いい子〟でいたいとは思わないもん。

久乃は軽やかにそう言って、笑っていた。

「私も、井川久乃さんと会った記憶があります。合宿で」

唐突に、法子が手元の紙から顔を上げ、美夏を見た。

「……何か話した？」

美夏の口から問いかけが漏れた。ずっと黙りこくっていたせいで、出だしの声が掠れていた。

法子に尋ねる。

「どんな子に見えた？」

美夏が口をきいたことに驚くかと思ったが、法子の表情は変わらない。

「あまりいい印象は持っていません。故人を悪く言うようでしのびないのですが、合宿の最中、一度も口をきいたことがなかったのに、急にこちらに聞こえるように文句めいた悪口を遠くから言われました」

「なんて言われたの？」

「『シゲルくんは、ミカが好きなんだよね』と」

法子がはっきりとした口調で言う。淡々と続ける。

「当時、私はシゲルくんに憧れていました。だから、言われたんだと思います。『あの二人は両想いだよね』と、久乃さんと一緒にいた他の子たちにも大声で言われて、とても恥ずかしかった。――近づくな、と牽制（けんせい）されたのだと感じました。特に何をした覚えもないのですが、彼女には嫌われていたのだと思います。翌年からの合宿でも、なるべく久乃さんがいなければいい、関わらないようにしたいと思っていました」

ちゃんと話すんだな――美夏は思っていた。少し、感心した思いで。他人事のような感覚で。

法子は覚えているんだ、と。

四年生の夏、合宿の後で、久乃がミカに言ってきた。

――ねえねえ、あの子に、言っといたから、と。

――ミカが手伝ってた班の、あの子。シゲルくんと昨日、一緒にいて、なんか調子に乗ってそうだったから言っといたよ。

久乃が人の悪い笑みを浮かべて、ミカの肩を親し気に抱く。そうされると、気分がよかった。仲間だよ、味方だよ――甘く囁き、あの子、生意気だよね、と別の誰かを指さす。けれど、久乃は怖い子だった。ミカの肩をそうやって抱いた次の瞬間には、別の誰かの肩を抱いて、平気でミカを指さした。ミカを庇（かば）ったのと同じ表情で、平然とミカを貶（おとし）めた。

ヒサちゃんは、そういう、怖いけれど、だからこそ、途方もなく魅力的な子でもあったのだ。

「〈自習室〉は、大人は入ることがあっても、子どもが入れられることは滅多になかったと聞きました。子どもたちも、存在は知っていたけれど、そこは、大人が入る場所だという認識だったと。子どもが入れられることもないわけではなかったけれど、多くの場合、子どもが反省するときは、個室ではなく教室に残されて反省文を書いたりするような形だったそうですね」

法子が静かに美夏の目を見た。

「だけど、美夏さんはその〈自習室〉に入ったことがある、と伺いました。小学生の頃、泉を見に行くのが好きで、何度注意されても一人きりで行ってしまうことがあるから、数時間だけ、中で反省するように言われたことがあると。あとは——四年生の頃、合宿の最中に、外部の合宿参加者の子どもを夜に泉につれて行ったことを叱られて、朝になって数時間、やはり中に入ったとも聞きました」

美夏は黙っていた。無言を貫く自分に向けて、法子がゆっくりと言った。

「その子は、私ですね」

目を逸らさず、まっすぐにこちらを見続けている。その目の圧が不快だった。

「私をつれて行ったことで、美夏さんは罰を受けた。今になって、初めて知りました」

あなたのためじゃない、と思う。

夜の泉に行きたかったのは私の意思だし、合宿の子をつれて行ったのも——あなたがそこにいたのも、たまたまだ。〈自習室〉にだって、自分から入りたいと言ったのだ。大人だけが普段使える部屋でゆっくりと物思いにふけることができるのは、ミカにとっては嬉しいことだった。他の子たちと何をするにも一緒の生活の中で、一人だけで時間を過ごせる〈自習〉が悪いことだとはミカには思えなかった。

〈自習室〉で寝転んで天窓の向こうを見ながら、ああ、でもどうせ入るなら合宿の後にすればよかったかな、と思っていた。シゲルと一緒に合宿の手伝いをするのは楽しいのに。私がいないことにノリコちゃんは気づくかな——。心配、してるかな——。

目の前の近藤法子が言う。

「それでも、子どもが〈自習室〉に入るのは朝や昼間の明るいうちです。そこは絶対に守られていて、出たいと言えばすぐに出してもらえた。だから、大人が不在だったあの夏に、久乃さんが〈自習室〉に夜入ったのは本当に異例のことだったと聞きました」

法子が話を本筋に戻す。美夏は黙ったままでいた。

「前後の記憶がはっきりしない――という人たちも多くいましたが、できるだけ思い出してもらえるように話を聞き、それぞれの証言を照らし合わせていくと、久乃さんが〈自習室〉に入ったのは、大人たちが不在になった、二日目の夜だったようです。夕ご飯に子どもたちだけでカレーとサラダを作って食べて、お風呂に入る。先生たちがいないから、少し羽目を外そうと就寝時間はいつもより遅めで、だけど、全員そろったのを確認してから寝ようとしていたら、久乃さんがいないことに美夏さんたちが気づいた。低学年の子たちに寝るように言って、美夏さんたち――久乃さんと同じ学年の女子たちだけが、久乃さんを探しに行った。〈ミライの学校〉では、同い年の子たちは連帯感が強かったそうですね」

そんなことはない。

声なき声で、美夏はつぶやく。

〈ミライの学校〉では異年齢での結びつきを重視していたはずだったのに、あの年、久乃が勝手なことをするからいつの間にかそうなったのだ。それまで「同じ年の連帯感」なんて意識することはなかったのに、連帯責任の名のもとに、美夏たちの学年だけ、そうせざるを得ない雰囲気になっていた。

あの夜、美夏たちは久乃を探しに行った。

――もっとも、嫌々そうした、というわけでもなかった。大人のいない夜の特別感。みんなで手わけしてバラバラに探そう、と話して、美夏は最初、泉に向かった。

久乃がそこにいる、と思ったわけではなくて、単に夜の泉に行きたかった。決して一人では行かず、誰かと手を繋いでいくように言われていたけれど、先生たちはいない。夜だけど、何度も行って慣れた場所だから、もう目を瞑っていたってたどり着ける。迷うようなこともない。なんなら、迷子になってそのまま遭難してもいいや――とすら、思っていた。

昔からそうだった。

本当にそうなったら困るかもしれないけれど、いつ迷ったり、死んだりしてもいいや、と、どこか自分自身に対して投げやりに思う気持ちが美夏の心の中には棲み着いている。いつからかはわからない。でも、だから、今だって、認めてしまったのだろうか。

自分が、久乃を殺したことを。

「夜になって久乃さんを見つけたのは、美夏さんだった」

法子が言う。

「当時その場にいた子どもたちの証言は、それまでは曖昧なところがあっても、ここからは、ほぼ、そろっていきます。美夏さん一人がどこかで久乃さんを見つけ、怒って、彼女を〈自習室〉に閉じ込めた。皆、見つかった久乃さんには会っていないそうです。〈自習室〉に閉じ込めたのは、皆の話し合いでそうなったわけではなく、感情的になった美夏さんが独断でそうしたと、当時の関係者の多くが記憶している。〈自習室〉は、大人の宿舎にあった、大人が使っていた部屋をそのまま使った、と聞きました」

法子の目が美夏の瞳の奥を見据えている。まるでそこに真実の影を探すかのようにして、美夏に語りかける。

「中には、閉じ込められた段階で、久乃さんはすでに亡くなっていたのではないか、という人もいました。――久乃さんを殺してしまった、あるいは、事故か何かで亡くなっている久乃さんを発見した美夏さんが、〈自習室〉に遺体を隠したのではないかと」

法子の声が低くなる。その顔を、美夏は無表情のまま見つめ続ける。法子がすぐに首を振った。

「実際がどうだったかは、わかりません。誰も久乃さんに会っていないし、姿を見てもいないからです。久乃さんを閉じ込めて、みんなの寝る部屋に戻ってきた美夏さんは、とても怒っていたように見えたそうです。久乃さんを許せないと言っていて、ケンカをしたのかな、と思った人も多くいた。――〈自習室〉は、天窓がひとつあるだけの小さな部屋だったそうですが、大人が長く入ることもあるせいか、座布団や毛布、あとは小さな机のセットなど、生活できるだけの環境はあった。だから、美夏さんが久乃さんを閉じ込めたと聞いても、皆さん、一晩くらいなら大丈夫だから、久乃さんをそこで反省させようという雰囲気になったようですね。――それぐらい久乃さんは問題を続けざまに起こしていたし、普段はどちらかといえば久乃さんを庇っていた温厚な美夏さんがそうしたことで、みんな、こらしめたいという気持ちになったとか」

心の中に激しく吹いていたはずの風の音が、いつの間にか止んでいた。そうなると、ただ法子の声を聞くしかなくなる。聞きながら、二度と戻ることのないあの場所に、気持ちが引き戻されていく。

不思議だ、と思う。

こんなにも覚えている、〈学び舎〉の風景。教室も、廊下も、泉も、みんなで寝る大教室も、大人の宿舎も、〈自習室〉も――。記憶の中でこんなにも鮮明なのに、あそこがもう、どこにもないなんて。

「状況が一変したのは、翌朝です。この日の夕方に、〈学び舎〉の先生たちが帰ってくることになっていた。子どもたちは、起床して、自分たちで朝ごはんの支度をした。この時も、〈自習室〉にいる久乃さんのところには、美夏さんが朝食を運んでいくことになった。美夏さん一人が行きました。一緒に行こうか、と六年生の木下さんという女性が声をかけたそうですが、一人で久乃さんと話したいから、と美夏さんに断られたと話していました」

木下さん――ミエちゃん。

そういえば、声をかけられたような気もする。よく覚えていないけれど。美夏はあの朝、とにかく、一人で行くことしか考えなかったから、声をかけられてもおそらくはそうやって断ったろう。

美夏は、自分だけが、覚えているのだと思っていた。すべてを。だけど、私が忘れていることもあるのか。他の子が、それを覚えていることなんてあるのか。

みんな、いなくなってしまったと思っていたのに。

私と違って、ここを出ていったと思っていたのに。

「美夏さんが〈自習室〉に食事を運んで行って、しばらくして、小等部の〈学び舎〉に、血相を変えた幼等部の先生たちがやってきたそうです」

法子の声は静かだった。

「可能な限り調べてきた」のは、どうやら本当のようだった。だって、美夏は知らない。自分がいなくなった後の、小等部の〈学び舎〉がどうだったのか。

だって、食事を運んでいく、と〈学び舎〉を出て――それきり、美夏は小等部の、あの、ずっと生活してきた〈学び舎〉には二度と帰れなかったのだから。

◇◆◇

〈自習室〉の扉をノックする。

記憶の中の、木製の、質素な、たよりないドアノブの、あの部屋の前に自分が立っているところを想像する。その丸いドアノブの下に、不釣り合いに大きな、真新しい南京錠がかかっている。――大人が使っていたその錠の鍵を、前の日の晩、確かに、久乃を押し込んで、美夏が、力ずくでかけたのだ。

――ヒサちゃん。

トントン、とノックをする。

片手で持った、牛乳と、目玉焼きトーストを載せたお盆が重たい。

――ヒサちゃん、ごはんもってきたよ。私と――。

美夏が呼びかける。

――私と、話そう。

久乃は、目玉焼きトーストにお醬油をかけるのが好きだから、と醬油瓶も、お盆の上に載っていて、バランスを崩しそうになる。お醬油がかけられるのは一人一回まで。一つのテーブルに一つだけしかない貴重な醬油瓶をわざわざ持ってきた。

——ヒサちゃん。

お盆を置いて、南京錠の鍵を差し込む。ドアを開け、お盆を持って部屋に入ると、そこに——。

法子の声が続ける。

「小等部にやってきた幼等部の先生たちは、普段とは様子がまるで違ったそうです。血相を変えていた、興奮した様子だった、目が笑っていなかった——皆さんいろんな言い方をしていましたが、何かが起こったのかもしれない、と思った点は一緒です。——子どもたちは、食事が終わると、集会所に集められた。そこで待機するように言われ、少しして、幼等部と中等部、高等部——つまり、〈学び舎〉の敷地内にいたすべての子どもが集められた。そのまま、高等部の子たちが先頭に立って、その場で、『夏休みの反省』を話し合う〈問答〉が始まったそうです。大人はいなくて、たまに様子を見に来るだけ。大人たちは大人たちで何か緊急にしなくてはならないことがあるようで、高等部の子たちがみんなの面倒を見た。——まだ、夏休みは残っているのに、なぜ、今のタイミングで『夏休みの反省』の〈問答〉が始まるのか、不思議に思ったという人も多くいました」

◇◆◇

〈自習室〉の扉を開けて入り、朝ごはんを載せたお盆を落として。

醤油瓶が倒れ、醤油の匂いが広がる。久乃のために持ちだしてきた、貴重な醤油瓶が割れて、匂いが漏れ出す。こうばしい、いい匂いが。

泣いて、叫んで、美夏は——助けを求めて、〈自習室〉のある大人の宿舎を逃げ出した。どっちに行ったらいいのか、あの日の私は、迷ったろうか。自分のことだけれど、わからない。思い出せない。だけど、おそらく、迷わなかった。

あれから何度か、考えたことがある。

小等部に行こうとは、あの日の私は思わなかったのだろうか。

長くいろいろ話し合ってきた、仲間のみんながいる、小等部。

あるいは、高等部はどうだろう。

行けば、そこにはシゲルがいた。遠い昔、夜に泉のほとりで意識を失ったミカを背中に担(かつ)いでくれたシゲルが。——大人になり、とっくに自分のことなど忘れてしまっただろうと思っていたのに、北海道までやってきて「ひさしぶり」なんて、場違いな挨拶をぎこちなくしてきた、後に自分の夫になる、シゲルが。

一緒にここを出よう、と何も知らない眼差しをまっすぐに向けてきたシゲル。あの子たちの父親になる、あの人——。

幼等部に行かず、どちらかに行っていたら、美夏のその後は変わっただろうか。でも、その時の自分はおそらく迷わなかった。子どもだけの自治だと言われていたのに、困った時にそうしろと言われていた通りにそうしてしまった。

幼等部の水野校長先生のもとへ、駆け出していた。その道しか、美夏には見えなかった。

◇◆◇

法子の声が続いている。

「何かが起こったのかもしれないと思ったけれど、集会所の〈問答〉は続き、『夏休みの反省』が終わっても、秋のお祭りのための出し物を考えたり、そのための班替えをしたり、一つの課題が終わると、次々に別のことが始まる。普通は少しずつやるはずのことを、高等部の子たち主導で夜まで続け、その日は、夕ご飯も食堂ではなく、集会所で、大人の誰かが買ってきたサンドイッチを食べたそうです。——夜遅くなって、やっと自分たちの〈学び舎〉に帰れることになって、戻ってみたら、視察から帰ってきた小等部の先生たちがすでに待っていた。子どもたちだけの生活が急に終わりになってしまったことがわかって、がっかりした、と言っていた人たちもいました」

法子が美夏をじっと見据える。また瞳の中に何かを探されている。その目を前にして、咄嗟(とっさ)に顔を背(そむ)けてしまいたくなる。それをこらえて、美夏も彼女を見つめ返す。

法子が言った。

「——美夏さんがいないことには、その時になって、皆さん、初めて気がついたそうです。集会所にいた時には、話し合う班がいくつかにわかれていたから、美夏さんは、どこかの班にいるんだろうと思って気にしなかった。けれど、美夏さんが戻っていない。久乃さんの姿もない。——久乃さんがまだ〈自習室〉にいるなら大変だと思って、戻ってきた先生たちにその旨を伝えると、先生たちはみんな『ああ、それなら大丈夫』というふうに答えて、事情を知っている様子だったのでほっとして、それ以上、皆さんも気に留めなかったそうです」

手元の資料に、法子はもはや目を落としていない。その必要がないくらい、過去の時間を彼女も辿り、その時に何があったのか、探ってきたのだ。美夏の前で、再現してみせられるほどに、鮮明に。

「翌日も、その翌日も、美夏さんと久乃さんは戻ってこなかった。そして、いつの間にか、美夏さんと久乃さんの荷物が棚から消えて、夏休みが終わり、〈麓〉の学校の新学期が始まる直前になって、二人が急に北海道の〈学び舎〉に移ることになったと告げられたそうです。突然のことで、誰も、二人に別れを言うことはできなかったと」

私は──、法子が口調を改める。主語が自分になる。

「皆さんに聞きました。おかしいと思わなかったのか、と。すると、皆さん、違和感はあったけれど、おかしいとまでは思わなかった、と答えました。〈学び舎〉の子どもたちの中には、それまでも、親の都合で急に〈ミライの学校〉を抜けたり、親元に戻ったりする子たちがいた。そういう子は他の子には何も事情を知らされないまま急にいなくなるから、特別おかしなことだと思わなかったのだと、言われました」

その通りだ。そういう別れ方を美夏もたくさんしてきた。別れの言葉もないまま、ある日突然離れていく子たち。〈ミライの学校〉を抜ける事情を他の子たちに説明せず、極力隠したい、先生たち大人──。

「それからしばらく、〈広場〉が使えなかったそうです」

〈広場〉。花火をして、スイカ割りをして、みんなでどこかに行く時には集合して。

——久乃がそこに埋められていたことは、美夏もずっと知らなかった。昨年、白骨化した遺体が見つかったという報道で初めて知った。

「その夏から、〈広場〉には、天然芝が植えられたそうです。その養生のため、しばらく、〈広場〉には入らないように言われた。すべては、芝を植えることにしたからだと思っていて、おかしいとは思わなかったと」

おもしろいな——と今度は思う。

美夏の知っている、生まれた時から見ていたように思える〈広場〉には、芝なんてなかったのに、美夏が去った後で、あそこはそんなふうになったのか。全然、想像がつかない。

「以上が、当時の子どもたちに聞いたことです。——大人たちに聞いた話は、また、少し様子が違います」

大人、と口にすると、法子の目が鋭さを増した気がした。

「当時、あそこで先生をしていた大人たちの中にも、久乃さんが亡くなったと思しき〝事件〟の前後に美夏さんと直接会った、という人はほとんどいません。出てくるのは、当時幼等部で校長をしていた水野先生の名前ばかりです。——だから、美夏さんが直接会って事情を話したのは、水野先生だけでしょう。美夏さんのご両親も、ちょうど、講演活動で長い出張に出ていらして、美夏さんと会えたのはだいぶ後だったと聞きました」

「……会ったの？　うちの両親に」

美夏の口から、声が出る。流れるように説明していた法子の言葉が、止まる。だけど、取り立てて動揺した様子を見せないまま、法子が頷いた。

「お会いしました」

「そう」

それだけで、言葉が途切れた。法子も何も言わない。法子が続ける。

「美夏さんはおそらく、子どもたちが集会所で話し合いをしている間もずっと、幼等部の水野先生と校長室にいらしたのだと思います。水野先生は、美夏さんを刺激したくない、と美夏さんのご両親が戻ってくるまで、他の大人たちにはほとんど会わせず、自分の考えですべてを進めました」

「すべて」

美夏が呟く。その言葉の裏に、ぼかされたものがあるような気がして、思わず声が出た。すると、その意思が通じたように法子が頷いた。

「久乃さんの死の、隠蔽です」

◇◆◇

状況から鑑みるに――、法子が言った。

「美夏さんが久乃さんの異変を知ったのは、〈自習室〉に朝ごはんを持っていった時なのだと思います」

「異変？」

思わず、美夏が反応する。曖昧な言い方に思えて目線を微かに上げると、法子が小さく頷く。

法子が言う。

「死に触れたのは、という意味です。――私はおそらく、美夏さんが、〈自習室〉で亡くなっていた久乃さんの遺体を発見したのだろうと思っていますが、美夏さんが主張されている通り、それが明確な意思を持って殺した『殺人』であったとしてもかまいません。ともあれ、美夏さんが久乃さんの死に〝接した〟のは、この朝だったと思います」

美夏はまた黙り込んだ。法子の方でも、その沈黙を承知していたようだ。「続けます」と彼女が言った。

「『殺人』だったのだとしても、それは周到に計画されたものではなく、突発的にその場で起こってしまった極めて事故に近い形のものであったのではないかと推測します。遺体を発見したか、それとも手にかけてしまったのか――どちらにしろ、久乃さんの死に接した美夏さんは動揺し、幼等部に残っていた大人である水野先生に助けを求めました。水野先生は、美夏さんが幼等部にいた頃から、ずっと校長先生をされていて、美夏さんもよく懐いていた先生だったと伺いました」

美夏はただ、黙っていた。何も言うつもりはない。法子が続ける。

「そのうえで、動いたのは水野先生です。久乃さんが事故によって命を落としたことを皆に伝え、大変なことになってしまったから、どうしたらよいか、と大人たちが――これは、幼等部だけではなく、視察から帰った小等部より上の先生たちも交えて、話し合いが行われた。そして、〈ミライの学校〉を存続させるため、久乃さんの遺体を埋める方向に大人たちが話を決めていった」

水野先生なら――造作もないことだったと思う。

〈問答〉で何をどう結論づけるか。自発的に話し合うようにみせかけて、ひとつの「これが正しい」という流れに誘導していくこと。

世の中には正解がある、と信じ込ませること。

正解も、これが絶対という正しさも、この世の中には明確に存在しないかもしれないのに、それがあると思えることこそが、誰かに導かれた考え方だと美夏が悟ったのはいつのことだろう。〈ミライの学校〉では、いつでもそれがあるように言われていた。思わされていた。

当時の〈ミライの学校〉には、正解があるのだと信じて、それに向かって突き進みたい大人たちばかりが揃っていた。

「水野先生は、他の大人たちに久乃さんの死は事故だ、と言っていたようです。ただ、遺体を直接見たという人たちに話を聞くと、外傷がなかったからわからない、と言う人もいました。〈自習室〉に閉じ込められた期間や、室温などの環境がはっきりしないから、衰弱死のようなものだったのかもしれない、と思った人もいたようでしたが、水野先生が〝事故〟という言葉以上には説明しないので、聞いてはいけない気がしたと、自らを納得させたようでした。あるいは――」

法子が、息を詰めるようにして言葉を止める。美夏を改めて見つめた。

「……〈自習室〉を勝手に使った子どもを庇っているのかもしれない、と思ったそうです。悪意や殺意があってそうしたとは思わないけれど、久乃を閉じ込めたその子に、おそらくは責任がある。だから、その子の未来のために、水野先生は隠蔽を図(はか)ったのだろうと」

「ミライ」

美夏の口から、また声が漏れる。嘲るでも、皮肉るわけでもなく、自然と声が出た。法子が美夏を見つめる。頷いた。

「『ミカのミライのために』と、言っていた、と話す人もいました。――ただ、その証言をしたのはその人一人なので、本当かどうかはわかりません」

「そう」

鼻先に、ふっと笑みが溶けた。その言葉なら、美夏も聞いたことがある。他ならぬ、水野先生の口から。

――大丈夫、大丈夫、ミカ。

――ミライはミカのものだよ。ミカのミライのために、誰も傷つかないように、僕たち大人が君を守る。

「当時のことを、こうやって調べると、私には、どうしてもひとつだけ、わからないことがあります」

法子が強い口ぶりで言う。美夏は彼女を緩慢な仕草で見つめ返す。

わからないことはたくさんあるだろう、と思う。当然だ。

本当に殺したのか、何があったのか――。

これまでだって、美夏は何度も聞かれてきた。白骨化した遺体が出てきた時、その身元が久乃だとわかった時、久乃の母親からの訴状が届いた時。

当時を知っている美夏の口から事情を聞きたい、知りたいと、団体の仲間たちにも繰り返し尋ねられた。今の団体には当時のことを知らないスタッフたちも多い。あの時、遺体を埋めたという大人たちでさえ、美夏に、今更、聞くのだ。何があったのか、と。

両親だって、そうだ。

当時はほとんど、何も聞かなかったのに。

――水野先生から聞いたよ。大変だったね、ミカ。

そう言って、理解のある他の大人たちと同じ顔をして、ミカを抱きしめた。泣きながら、ミカは言った。ヒサちゃんが死んじゃった――と。

まさか、今になって「何があったのか」なんて質問されるほどに、大人が誰も理解していなかったなんて、思わなかった。

わからないことはおそらく山ほどあるだろう。だけど、法子が「ひとつだけ」というのが気になった。

「教えてくれませんか」

法子が言った。

「どうして、美夏さんは、久乃さんを〈自習室〉につれて行ったんですか」

美夏が目を見開く。うっかり――本当にうっかり、そうしてしまった。ずっと無表情のまま、彼女に対峙するつもりだったのに。

法子に気づかれたかどうかはわからなかった。彼女が続ける。

「どうして、久乃さんを閉じ込めたのか。誰に聞いてもはっきりした理由がわからないんです」

「……どうしてって、どういうこと？」

聞き返すために口を開くと、唇が乾いていた。美夏はうっすらとした笑みを浮かべる。きわめて自然と、顔がそうなった。口の端が、引き攣(つ)る。

「みんな、言っていなかった？　久乃さんは困った子だったって。その日の夜も帰ってこなかったんだから」

法子が美夏に答える。

「当時のことを話してくれた人たちは皆、ミカさんが久乃さんを〈自習室〉に閉じ込めたと聞いて、『仕方ないと思った』と言っています。久乃さんはそれまでも散々周りを振り回してきて、美夏さんはむしろいつも庇っていたのに、それでも勝手なことをするのを見兼ねて、とうとう美夏さんの堪忍袋の緒が切れたんだろうと」

だけど――と法子がはっきり、首を振る。

「私は、それだけでミカちゃんがそんなことをするとは思えない。それまでどちらかといえば久乃さんを庇い、穏やかに接してきたミカちゃんが、誰にも相談せずに独断でそんなことをしたのだとすれば、明確な、何か理由があるはずだと思ったんです」

法子が美夏を見つめる。まっすぐに。

「〈ミライの学校〉は、〈問答〉でなんでも話し合う。そこで育ってきたミカちゃんが、誰にも相談せずに久乃さんを閉じ込めたのだとしたら、絶対に、何かきっかけがあったはずなんです。あそこで育ったあなたが、〈問答〉を、話し合うことを疎(おろそ)かにするなんて、絶対に思えない」

――何、お願いしたの？

耳の奥で、声が弾けた。小さな鈴を転がすような、美しい響きの声だ。

大人に聞こえないほどの、小さな。

◇◆◇

「何、お願いしたの？」

幼い――まだ、小学生になる前だったミカは、ゆっくりとまばたきする。驚いたからだ。これまで誰も、ミカにそれを聞かなかったから。

夜の泉に駆けて、駆けて、駆けて、冷たい水に宝物の絵の具を流してしたお願い。それを聞く、チトセちゃんの目は真剣だった。何を考えているか、よくわからない目をいつもしていると思っていた。だけど、その目が今、まっすぐにミカだけを見ている。

ミカは答えた。

「……お父さんとお母さんに、会えますように」

小さな小さな声は、口にすると、何かが溶けだしていくようだった。ずうっと自分が、誰かにこれを聞かれたかったのだということを、その時になってミカはようやく知った。

チトセちゃんが、唇を引き結んだ。

次の瞬間、チトセちゃんが、無言でミカに手を伸ばし、ただ一度、ぎゅっと強く、ミカを抱きしめた。

ミカと離れると、チトセちゃんの目が、涙は出てないのに泣いているように見えた。

◇◆◇

急に、もう、何十年も前のことなのに、思い出す。

目の前に座る近藤法子は——彼女もまた、もう大人で、毅然(きぜん)とした態度でいるのに、目が泣きそうなのだと、今になって気づいた。

涙が出ていないのに、落ち着き払っているように見えてなお、美夏を見つめる目が真剣そのもので、そして泣きそうなのだ。

「ミカちゃん」

法子が、引き絞るような声で言う。尋ねる。

「何があったの」

「何も」

咄嗟に声が出た。ほとんど考える間もなく、反射的に。この場から一歩も動いていないのに、まるで、激しい運動を終えた後のように息が切れた。

法子を見つめ返し、言い返す。

「閉じ込めたことに、きっかけなんて特にない。あの子はルールを全然守らなかったし、あの日だって、ちっとも悪いと思ってる様子がなくて、腹が立ったから、だからやったの」

「本当にそれだけでしょうか」

法子が粘り強く語りかけてくる。美夏から目を逸らさない。

「それだけよ。いけない？」

「ミカちゃんが理由もきっかけもなくそんなことをするとは、私には思えないんです。腹は立ったかもしれない。カッとしたのかもしれない。だけど、他の子たちに何も相談せずに一人で久乃さんの処罰を決めてしまうなんて、ミカちゃんらしくない」

「ミカちゃんらしいって何？　あなたに何がわかるのよ！」

頭の芯が、燃えるように熱い。子どものように言ってしまう。けれど、法子は怯まなかった。断言する。

「わかります。友達でしたから」

その言葉の思い上がりを――彼女はわかるはずだ。何十年も会うことすらなく、今になってかかわっただけの人間が、そんな都合のいいことをどの面下げて言えるのか。そう思うのに、けれど、美夏は頭から冷たい水を浴びせられたようになる。目が逸らせない。

法子はしっかりと、美夏を見ていた。

「今のあなたのことは、私にはわからない。今の私とあなたは友達ではないから。だけど、子ども時代、私とミカちゃんは友達でした。そして、私の友達だったミカちゃんは、理由もなしにそんなことは絶対にしない」

唇を――嚙みしめる。強く、強く。法子の目が美夏を見据えている。

「久乃さんを閉じ込めた翌朝になって、あなたが『一緒に行く』という他の子の申し出を断ってまで一人きりで朝ごはんを持って行った、ということも気になりました。あなたは、久乃さんと二人だけで何かを話したかったんじゃないですか」

「知らない！」

黙っていればいい、と思うけれど声が出てしまう。話したくなかった。考えたくなかった。もうずっと、考えることを放棄してきたはずだったのに、それにもう一度向き合えと迫られることが不快だった。

ミカちゃん、と美夏を呼んだ次の瞬間に「あなたは」「あなたが」と話す法子が、当時の〈ミカ〉と目の前の自分――田中美夏を、繋がった存在として切り離そうとしないことが息苦しかった。突き放してもらえた方が、いっそ楽なのに。

美夏が必死に振り払おうとしている手を、法子が強い力で摑み、そして、絶対に離さないと決めて食らいついてくるようだ。

「話したくなければ、それでもいい。だけど、私はそこに何か理由があったのだと思っています。美夏さんが久乃さんを閉じ込め、その後、自分が『殺した』と思ってしまうほどの何かが、きっと、あなたたち二人の間に起こった。私はそれを知りたいけれど、美夏さんが話したくないなら、それで構いません。でも、聞き続けます。真実が知りたいから」

「なんでそんなに〝真実〟とやらが知りたいの？　知りたいなんていうことがそもそも傲慢だと思わないの？」

「思います！」

法子が声を荒らげた。荒らげたけれど、それでもなお怯まない。声を張り上げて続ける。

「思うけれど、知りたい。それが、あなたを救うことになると信じているから！」

法子の目から涙が流れていた。

いつの間にか、泣きそうだった法子の両目から、涙が筋を引いて落ちていた。歯を食いしばり、頰を赤くして、法子が正面を見たまま、泣いている。その涙を前に、美夏は絶句する。息を吞み、法子を見つめると、目の奥がかっと熱くなって、涙が押し出される気配があった。その衝動を、あわてて押し込もうとする。

見つめ合った美夏と法子は、おそらく、二人ともまったく同じ表情になっていた。それでも絶対に目を逸らさず、強い目線で互いを射抜くように見つめ続ける。

「あなたは無実です」

法子が言った。明瞭な声で、きっぱりと断言する。

「裁判では、先方の訴えに対してあなたが責任を負う必要は皆無であることを主張します。久乃さんの死が事故だったか、殺人だったかは関係ない。あなたが、自分が手にかけたとどれだけ主張したとしてもそれは変わりません。首を絞めたのかもしれない。どこかから突き落としたのかもしれない。あなたが『殺した』というのなら、それでいい。だけど、それでもあなたは無実です」

法子はまばたきもせずに、美夏を見ていた。懸命に。

「あなたは、十一歳でした。子どもです。久乃さんの死に過失があったとしても、子どものあなたに法的責任を問うことはできない。そして、その子どもを保護する義務や責任を放棄したのは大人たちです。事故だったにしろ、殺人だったにしろ、起こってしまったことは、美夏さんの責任ではない。――事件を隠したのがあなたとその未来を守るためだったというのは、大人の詭弁です。あなたにそう思い込ませたのだとしたら、そのこと自体が虐待にも等しい、あなたのその後を縛る考え方だった。責任を負わなければいけないのは大人たちです。あなたは何も悪くない！」

目の前で、真っ白い光が弾ける。頭が痛い。美夏は黙ったまま、目を閉じる。法子の顔を見つめ続けるのが、つらくなる。

私は、縛られていたのだろうか――。

守ってもらったから。

だから出ていけなかったんだろうか。わからない。きっと、理由はひとつじゃない。

あんなに嫌いなのに、見下げ果てているのに、両親のいる〈ミライの学校〉から離れられないのはなぜなのだろう。

――おかあさん、おとうさん。

泣きながら、夜の泉に絵の具を流す。

横に私がいるのに、母も父も、どうして、見も知らぬ高尚な理想に夢中で、美夏の存在に気づかないのだろう。自分の子ども一人を救えないのに、他の子と、理想的な社会の方ばかりを見るのだろう。

私は、私ひとりに夢中になってほしかったのに。ここにいてほしかったのに。

私の頭の中にある、透明で、美しい〈ミライ〉。子どもの頭を撫(な)でて言われる、子どもの中にしかない〈ミライ〉。私の中に詰まっていた〈ミライ〉は、いつから失われてしまったのか。

◇◆◇

久乃ちゃんが戻ってこなかった夜。

夜の泉に、美夏は彼女を探しに行った。本当にそこにいるとは思わなかったけれど、泉に行くのがとても好きだったたから。自分がそうしている間に、誰かが久乃を見つけておいてくれるといいな、と思っていた。

泉の前に座ると、気持ちが静かになった。

水の匂い。森の匂い。それらに包まれると、何も考えずに「自分」になれるような気がした。

――本当の自分の願い、本当の自分の気持ち。誰かの望む「いい子」でなくてもいいんだと思える。

泉の前でぼうっと泉と向き合い、飽きるまでそうした後、小等部に戻ろうとする途中で――大人の宿舎に灯(あか)りがついていることに気づいた。

今日は誰もいないはずなのに。

一体どうして――と思いながら、美夏は大人の宿舎の中に足を踏み入れた。

物音がしていて、入っていくと、久乃がいた。大人たちの荷物が入ったロッカーの前で、何かしている。

「ヒサちゃん」

美夏の声に、久乃が振り向いた。手に、何かを抱えていた。

かび臭い匂いがしていた。普段は滅多にこっちの建物にはこない。久乃がいたのは、男の先生たちが使っているロッカーだった。

久乃の手が――お金を、持っていた。

普段、〈学び舎〉ではお金を見ることも存在を意識することもない。〈麓〉の学校の子たちはお小遣いをもらっているようだけれど、それを学校に持ってくることはないし、額だって数百円くらいだろう。

久乃が手にしているような紙のお金を見るのは、本当にぎょっとするくらい、美夏には刺激が強いことだった。心臓がドキッと跳ね上がる。

「ヒサちゃん、それ……」

「あちゃー。見つかっちゃった。ミカ、少しあげるから黙っててよ」

久乃がニヤッと笑う。近くにあった、「信田」というネームプレートがついたロッカーの扉を乱暴に閉める。ゆたか先生のロッカーだ。背が高い、みんなのお父さんのような先生の。

「ダメだよ」

注意する声が震えた。怯んでいないように見せたいと思ったのに、情けなく、声がぶれる。

久乃が鬱陶(うっとう)しそうに美夏をちらりと見て、尋ねた。

「なんで？」

初めてじゃないんだ——と美夏は思った。今までも、こんなふうに大人の宿舎に忍び込んだことがあったのかもしれない。〈麓〉の友達と遊んで、いつまでも帰ってこない時、久乃はファミレスやカラオケのお金を友達やその親に出してもらったと言っていたけれど、毎回そうじゃなかったのかもしれない。

「なんでって……」

「泥棒はダメなことだから？　やるとろくな大人にならないから？　そうだね、じゃあ、それのどこが悪いのか、みんなで考えてみよーかー。そうかそうか、ミカはそんなことを考えているんだ、すっぱらしいねー」

久乃の声が、大人が〈問答〉を進行するときの物まねをして長く伸びる。美夏の喉の奥が、カッと熱くなった。

「キレイゴトばっか。ミカも、先生たちも」

吐き捨てるように久乃が言った。斜めに顔を傾けて、美夏を見る。

「あのさぁ、ミカが思うほど、ここの大人たちって、〝立派な人〟なわけじゃないからね？むしろ、よく言うよって思う。お金入れてるロッカーのカギだってろくにかけないような間抜けな人たちだし、それにさぁ」

久乃がバカにするように、ニヤニヤ笑って美夏を見る。ぞくっとするような、怖い笑い方だった。立ち尽くす美夏の首に手をまわし、自分の方に引き寄せる。ロッカーの前の床を指さす。

「それ、見なよ」

肌色が――まず、見えた。見えた次の瞬間に、息を呑む。水着姿の、女の人の写真。『エロ』という活字が目に飛び込んでくる。過激、激撮、純情、爆乳――。漫画もある。服を脱ぎ、微笑んでいる。

一冊だけじゃない。何冊も、置かれている。

久乃が笑う。

「ロッカーで見つけて、外に出しといた。先生たちが帰ってきたらどんな顔するか、考えたら笑えるなって思って。子どもたちにどれだけ立派なこと言ってても、みんな、こんなの読んでるんだよ。いろんな先生のロッカーにあったよ」

足が竦（すく）んで――動けなくなる。胸の真ん中に穴が空いたみたいだ。

「これ、何に使うか知ってる？」

お菓子の箱のようなものを、久乃が笑いながら、かしゃかしゃ、振る。わからなかった。わかるわけがないとわかっていて、それでも久乃は嘲るために聞いているのだ。何かはわからないのに、それは、自分が見てはいけないものなんだ、ということがはっきりわかった。箱の表面に描かれた、丸に矢印や手鏡の持ち手がついたようなマークが、男性と女性を表すマークなのだということは、美夏も知っていた。

「ゆたか先生、誰としてるんだろー」

久乃が言った瞬間に、顔を覆いたくなった。おなかの下の方が、じん、と重たくなるような感じがあった。

〈問答〉でも、久乃はこういうところがあった。

たとえば「愛」について語る〈問答〉。

――先生、愛って、つまりはセックスってことですか。でも、愛がなくて、カラダだけのカンケイとかもありますよね――。

当時、美夏たちはぽかんとしていた。久乃が使う「セックス」という言葉の意味がまだわからなかった。低学年の子たちもぽかんとしていて、先生たちだけが、顔を――耳まで真っ赤にしたり、困ったりしている様子だった。

今、自分の顔が赤くなっているのがわかる。耳に触れる空気が急に冷たく感じられる。

「ミカ、ウブ。真面目」

動けない美夏の前で、久乃が笑う。床に散らばった雑誌の、一番上のものを手にして「ほら」と美夏の前に差し出す。ページをペラペラとめくる。

肌色の多いページで、男の人の手が女の人を触っていた。モザイク。黒く塗られた四角、目の奥がハレーションを起こしたようにチカチカする。目を閉じる女の人。赤いスカーフのセーラー服を着てる。その胸元が乱れて、スカートをたくしあげてて、別のアップの写真は、口の中に何かが――。

久乃が表紙を見せる。表紙に写る女の人は、高等部か、中等部の子たちとそう変わらない年のように見えた。

「これ、ミカの大好きな水野先生のロッカーから出てきたんだよ」

久乃の声が、耳の奥でこだまするように遠く聞こえる。久乃が笑う。

「おじいちゃんでも、こんなの見るんだ。制服が趣味って、校長先生のくせして気持ち悪くない？　ねえ、〈問答〉でこのこと聞いたら、どう答えるんだろ？　これさ、今から、小等部に持ってって他の子たちにも見せようよ。きっとみんな笑って――」

「やめて!!」

美夏は叫んだ。大きな声が出た。

久乃が黙る。驚いたように。美夏も驚いていた。自分がこんな大きな声を出せることに。こんな悲鳴みたいな、聞いたことのない声が喉の奥で眠っていたことに。

嫌だ、嫌だ、嫌だ。

声が、ガンガン、頭の中で鳴っていた。久乃の首を摑んで、引っ張っていく。久乃の手から、お札がこぼれる。え――、ちょっと、まって、ミカ、ええっ、ちょっと――。

揉み合って、久乃の髪の毛を引っ張った。自分にこんな力が出せると思わなかった。ぶちぶち、と久乃の頭から髪が抜ける嫌な感触が伝わってくる。久乃の頭を振り回す。

「何！　何が嫌なの、意味わかんない！」

久乃が叫ぶ。気づいたら、美夏の口からは「嫌だ！」という言葉が、実際に洩れていた。でも、聞かれてもわからない。美夏自身も、何が嫌なのか、どうして、久乃に摑みかかってしまったのか、わからなかった。

大人になった――今なら、わかる。

この時自分は怒っていたのだと。

初めて目にする、そういう雑誌の生々しさ。目がチカチカして、うろたえて。自分が普段接している先生たちがそういう本を見ていたというショック。遠いことのように思っていた性的なことを、大人たちが実際にしている、あまりにそれが身近にあったことの衝撃。

だけど、大人への幻滅より、その時、美夏の心を一番大きく支配していたのは、久乃に対する怒りだった。

言葉にしてそう思えたわけではないけれど、当時の美夏は早熟な久乃より、本当は何倍も何倍も大人で、真の意味で成熟していた。

だから、これはルール違反だ、とわかった。

大人たちは、いやらしい本を見ていたかもしれない。セックスだってしているかもしれない。だけど、久乃がしたことは、人の尊厳を脅かすことだ。思いがまったく言葉にならないながらも、美夏は直感で悟っていた。それが大人であれ子どもであれ、人にはそれぞれ、土足で踏み込んではならない場所がある。そこに踏み込んで、ましてや、他の子たちの目の前に晒すなんて、そんなのは許されない行為だ。

〈ミライの学校〉で、〈問答〉で、ずっと言葉を大事にして、問題を考える練習をしてきた、だから、わかる。久乃は〝キレイゴト〟とバカにするかもしれないけれど、その中で育ってきたから、わかる。混乱しながらも、美夏にはきちんとわかってしまっていた。

大人に幻滅したい気持ちだって、もちろんあった。

立派じゃない――という久乃の言葉が心の真ん中を射抜いたようで、おなかの底が重たく、鈍く、痛む。

いろんな衝動が美夏の胸に一度に押し寄せていた。何が悪い、何がいい――正解を決める〈問答〉でも、模範的な回答が見つからない気がした。こういうことは、そもそも〈問答〉の議題にはなかなかあがらない。

「ヒサちゃん、反省しなよ！」

吠えるような声が出た。不意を突かれて、美夏に首元を摑まれた久乃が苦しそうに手をバタバタさせる。

「何なの！　ミカなんか、私を利用してるくせに！」

久乃が叫んだ。

その声に――久乃を摑まえていた美夏の頭から、すっと血の気が引いていく。久乃がさらに叫ぶ。

「私を悪者にして、全部、自分が〝いい子〟でいるために利用してるくせに！」

「うるさいっ！」

叫んだのは、心当たりがあったからだ。図星を指されて、頭の中が真っ白になった。

利用している。

普段はそんなに語彙力がある方じゃないのに、その時、久乃が使った思いがけない言葉の的確さ、鋭さに心がかき乱される。

わかっていた。

いつの頃からか、自分でも気づいていた。

たとえば、美夏が〈学び舎〉の係の仕事を忘れた時、やらなければならない課題の提出が遅れた時。――大好物のおやつを、一つ、余分にポケットに入れた時。

それがバレて、あなたみたいないい子がどうして？　という目を大人に向けられ、先生たちに怒られることを覚悟して、だけど、「ヒサちゃんが」と美夏が一言告げると、大人はみんな、「ああ――」と頷き合った。

久乃の面倒を見ていて、それで忘れたり、遅れたりしたのなら仕方がない。久乃がおやつをとったなら、仕方ない。あの子はああいう子だから。

久乃を悪者にすれば、いつでも美夏は〝いい子〟でいられる。

――気づかれていたんだ、と思ったら、かっとした。最初は、知られていたという羞恥。次に――再び怒りがこみあげた。気づかなければいいのに、と思った。普段は人の気持ちなんて何もわからないかのようにふるまうくせに、どうして、こういうことには敏いのか。傲慢な怒りがこみあげて、止まらなくなる。

「あんたなんか、反省しろ‼」

反省、反省、反省。

久乃をぶって、叩いて、引きずっていく。やめてよ、という声に抗って、腕をひっかいて、髪を引っ張って、頭を引きずるようにして廊下につれ出す。自分のどこにこんな力があったのかわからない。だけど、久乃が言ったことが、彼女がやったことが許せなかった。

痛いよ、やめてよ！

久乃の声がしている。廊下に引きずっていくと、なぜか――〈自習室〉のドアが開いていた。

どうしてその時――開いていたのか。

まるで、自分たちを招いているように。明かりのついていない〈自習室〉は、天窓の光が真ん中に明るく長く伸びていて、今思い出しても、美夏と久乃を誘うようだった。

嫌がる久乃を、部屋に押し込む。何度もひっかいて、髪を引っ張ったせいで、美夏の手が離れた瞬間、急に解放された久乃の力が緩んだ。

その隙をついて、美夏は久乃を〈自習室〉に突き飛ばした。

天窓の光の中に、久乃が倒れる。倒れた彼女を残して、ドアを閉める。閉めたら、古いドアに不釣り合いに大きな南京錠が見えて――美夏は、それに手をかけた。

ガチン、と音がして錠が閉まる。

すぐに内側から声がした。

「出してよ！」

起き上がったらしい久乃が、ダンダン、ダンダン、ドアを叩く。強い力で。

「開けてよ！　ミカ！」

「お前なんか、そこで反省しろ。〈自習〉しろ！」

大声で言って、ダン！　とドアを叩き返す。久乃の声が、泣き声になる。

「ちょっとやだ、出してよ！　もう、謝るから」

美夏は目を閉じた。瞼が下りると、眼球との間にじんわり、熱い涙が滲んだ。

「謝るよ、謝るから！」

久乃が言う。だけど、ミカは歯を食いしばって、顔を覆い、ドアの前でへたり込んだ。久乃に知られたくないけれど、涙が出てくる。

謝る、というけれど、久乃はたぶん、何を謝ればいいのか、わかっていない。美夏の何を傷つけたのか、あの子にはたぶん、一生、どれだけ説明してもわからない。

「お金なら返すから！」

――許せないのは、お金をとったことじゃない。

許せないのは、彼女が、私に見せたことだ。教えてしまったことだ。私に見せて、他の子にも見せようとした。

これまで美夏が懸命に信じてきたことを、久乃は、自分が信じていないというただそれだけの理由で、めちゃくちゃに踏みにじってもいいと思っている。

そして、実際、美夏は、踏みにじられた気持ちになっている。知らなかった頃には、もう戻れない。

なかったことにしてほしい――、歯を食いしばって、背後に久乃がドンドン、扉を叩く音を聞きながら、美夏は今更のように腕の痛みを感じた。久乃を引きずってくる時に抵抗され、美夏もいつの間にか腕を引っかかれている。強い力で押され、蹴られた体のあちこちが痛い。

「ミカ、お願い、ミカ！」

ドアの向こうの久乃の声は、もうはっきりと弱々しく、懇願する響きになっていた。だけど、美夏はその声に絶対に応えるものか、と決めていた。

久乃が喜ぶのは、構われること。どんな形であれ、こっちが応えること。誰もいない、もう美夏は行ってしまったんだと思って、孤独に打ちひしがれればいい。あの子には、それが一番効く――。

唇の奥からあふれ出てくる泣き声を押し殺して、美夏は、ロッカーの部屋に戻った。床に、千円札や一万円札が散らばっている。たくさんのエロ本が、表紙をぐしゃぐしゃにして転がっている。お菓子のようだと思った箱が開いて、銀色の薄い包みが、駄菓子のように連なって、曲線を描いて落ちている。

美夏は泣きながら、それを――片付ける。見たいような、見たくないような気持ちで、拾って、一番手前にあったロッカーに押し込む。もともとどこに入っていたかわからないから、まとめて、押し込んだ。

ロッカーを閉じると、すぐ隣のロッカーに「水野」と名札があった。

名前を見ると、感情が一気に喉元までこみあげて、これまでで一番大きく、う、という嗚咽が洩れた。久乃の声が耳から離れない。

――これ、ミカの大好きな水野先生のロッカーから出てきたんだよ。

――おじいちゃんでも、こんなの見るんだ。

幼等部の頃から、ミカを見てきてくれた水野先生が、校長室でミカだけにお菓子をくれた思い出や、膝に乗せて頭を撫でてくれたことや——いろんな思い出が一気に押し寄せる。押し寄せると、叫び出したくなった。

　口に手を当て、体を屈めて、洩れ出る息を押し殺して、ミカは泣いた。泣き続けた。

軽く、空気が弾けるような音がして、美夏が顔をあげると、さっきまで暗かった〈自習室〉の窓に明かりがついて、隙間から、黄色い光が漏れていた。——電気、あったんだ、と思う。そう思ったら、少し安心する。久乃の泣く声がいつの間にか聞こえなくなっている。ミカがもういなくなったと思って、向こうも諦めたのかもしれない。聞く相手がいなければ泣くのをやめるなんて、本当にあの子らしい。声はしないけれど、中からは久乃の息遣いが感じられた。〈自習室〉の扉にそっと耳をあてて、それだけを確認して、離れる。

　みじめだった。

　なんで自分がこんな目に遭わなければいけないのか——久乃を呪いたい気持ちのまま、ミカは気配を殺して、大人の宿舎を後にした。

◇◆◇

「ヒサちゃん、〈自習室〉に閉じ込めてきた」

「許せなかったから」

　一晩くらい、あそこで反省した方がいい。絶対に、許したくない。

夜、布団の中に入っても、ミカは久乃が許せなくて、彼女にどう言ってわからせるか、ということばかりを考えていた。

そうしながらも、瞼を閉じると頭に浮かんでくるのは、久乃に見せられた雑誌だった。興味が――まったくないと言ったら嘘になる。あの本に載っていた写真は、一体、何をしていたんだろう。見たらいけない、と思う一方で、今戻って、一人でそっとページを覗いてみたい気持ちもした。そう思ってしまうことが、よくないことだともわかっている。先生たちが持っていた、見ていた、水野先生のロッカーにも入っていた。頭からどれだけ振り払っても、ショックが消えない。衝撃がずっと続いていた。

――ふと、〈自習室〉に閉じ込める時、久乃が手にしていた本のことを思い出した。

一冊だけ、久乃は雑誌を摑んだままだった。〈自習室〉に押し込むときも。――水野先生のロッカーにあった、というあの、セーラー服の子が表紙の雑誌。

久乃から、あれを取り上げなければならない。他の子に、見せようとするかもしれないから。ミカは今、とてもショックを受けているけれど、もし、他の子に久乃が話したら、その子たちだってショックを受ける。そうなると、今のミカみたいに、知りたくなかったと思っても戻れない。

第一、久乃がさらに調子に乗る。みんなと一緒に先生たちのことを笑って、知ったような口をきく。ミカにそうしたように。

明日の朝、自分が行って説得しなくては。〈自習室〉から出してほしかったら、昨日あったことは誰にも言わないように約束させて、雑誌も元通り、ロッカーに戻させよう。

だから、ミカ一人で、朝ごはんを持って行った。

「ヒサちゃん」

〈自習室〉のドアを、トントン、とノックする。

片手で持った、牛乳と目玉焼きトーストを載せたお盆が重たい。

「ヒサちゃん、ごはんもってきたよ」

謝ろうと思っていた。昨日、あまりに一方的に強く言い過ぎたから。

「私と話そう」

相手にきちんと言うことを聞いてほしいのだったら、きちんと対話をすべきなんだ、と思っていた。ミカは、久乃がお金を盗んだことを誰にも言うつもりはない。だから、久乃にも、雑誌のことは黙っていてほしい――。

朝ごはんのお盆には醤油瓶が載っていた。久乃は、目玉焼きトーストにお醤油をかけるのが好きだから。

「ヒサちゃん」

大人たちの事務室から、〈自習室〉の鍵を取ってきていた。返事がないのは、怒っているか、寝ているからかもしれないと思った。きちんと謝ろう。そうすれば、また、久乃と話せると思っていた。

お盆を置いて、南京錠の鍵を差し込む。

ドアを開けると――。

久乃が倒れていた。

寝ているのだろうと思った。だから、お盆を床から持ち上げ、ミカは声をかけた。

「ヒサちゃん、起きてよ。朝だよ。——昨日はごめん。だけど、ちょっとは反省した？」

ことさら明るい声を出して呼びかけたのは、気まずいからだ。だけど、久乃は答えない。

やはり怒って、むくれているのか。美夏は呆れながら彼女に視線を向けて、そして——お盆を、落とした。

朝ごはんを載せたお盆が床に落ちて、弾け飛ぶ。

醤油瓶が倒れ、醤油の匂いが広がる。久乃のために持ちだしてきた醤油瓶が割れて、匂いが漏れ出す。こうばしい、いい匂いが。

すごい音がしたのに、久乃は反応しない。——倒れて、目を見開いたままでいる。わざとそうしているわけじゃないことは、見てすぐわかった。目がおかしい。全然、まばたきひとつしない。どれだけ待っても、わざとじゃ無理なくらいに、目をずっと開いている。

「ヒサ——っ」

名前を呼ぼうとして、喉の途中で声のない悲鳴に変わる。

動かない。

久乃が、動こうとしない。

咄嗟に、部屋の中に目を走らせる。こぼれた醤油とトーストが、久乃が持っていた雑誌の上に飛び散っている。部屋の真ん中には——昨日はその位置になかった、机。

机の横に、椅子。その椅子が横倒しになって床に倒れている。

机の真上には、天窓がある。見上げて、ああ——と思う。

――窓を、開けようとしたのかもしれない。机を運んで、その上に椅子を載せて、手を伸ばして、ジャンプして、天窓をどうにかして開けて外に出ようとしたのかもしれない。机の上には、大きな傷が、白く、掠れたように走っている。

「ヒサ……ちゃ、ん」

手がぶるぶる震えた。青白い、久乃の顔。天窓からの光が、場違いな明るさで彼女の顔を照らしている。目を開けたまま、動かないヒサちゃん。

心が、どこか深いところに落とされていく。

ミカは悲鳴をあげた。

今度こそ大声をあげて、そして、走った。

助けを求めて。

大人に言われた通り、何かあったら頼るようにと言われた、幼等部の、水野先生のもとへ――。

◇◆◇

「あんな……」

法子の前に座ったまま、美夏の口から、やっとのことで、声が出る。何が言いたいのか、自分でもわからなかった。だけど、体の奥底から、ずっとこらえていた声が、引き絞るように、初めて出た。

「あんな、すぐわかる場所に、埋めていたなんて、思わなかった」

法子が息を呑む気配があった。彼女の緊張が、空気を通して向かいの美夏に伝わる。こらえていた涙が重たく、耐えられなくなったように、とうとう、美夏の頬を滑り落ちていく。

「まさか、〈広場〉に埋めるなんて」

「ええ」

法子が頷く。他に何も言わない。ただ、頷く。美夏が続ける。

「残していくなんて、思わなかった。静岡の土地を手放す時に、ヒサちゃんもつれて行ったんだとばかり、思っていたのに」

息を吸い込むと、風が鳴るように、ひゅうっと、泣き声のような声が出る。

「ええ」

正面で、法子が頷く。強く、美夏の目を見て。

「あんな、ずさんな方法で、まさか――」

「ええ」

「きちんと、して、もらってるんだと、ばかり――」

「ええ」

「だって、まさか――」

「ええ」

法子が頷く。ただ、美夏の声を聞く。

走って、走って、幼等部に走って、水野先生の校長室に飛び込んで、あの朝のミカは説明した。久乃が息をしていないこと。――死んじゃったかもしれない、こと。

校長室には、水野先生が一人で座っていた。他の先生たちは誰もいなくて、何か、書類を書いているところだったみたいだ。

「おや、どうしたの、ミカ」

幼等部を出てだいぶ経つのに、ひとりひとりの子どもの名前をはっきり覚えてくれているところが好きだった。ミカのことを覚えてくれている。水野先生の前に立つと、自分が幼等部の頃に戻れたような気持ちになった。

「先生、ヒサちゃんが、ヒサちゃんが――」

まだどうにかなるんじゃないかと思っていた。死んだように見えたのは気のせいで、部屋に戻ったら、久乃は生きているんじゃないか。だって、こんなことは起こるはずがない。久乃が死んだなんて、そんなバカなことが――。

嗚咽して、過呼吸のように、何度も息継ぎをしながら、ミカは、全部話した。

恥も、怖さも捨てて、洗いざらい、全部。

昨日、久乃との間に何があったのか。久乃が何を見つけ、美夏に見せて、そして嘲るように笑ったか。

ロッカーから、久乃が見つけたという、雑誌のことも。

水野先生は目を見開いて、息を詰めたけれど、「それで？」とミカを促し続けた。それで？　どうして、何があって――、そういう言葉を挟むだけで、ミカの話を聞いた。

「ともかく、様子を見に行こう」

水野先生が言って、他の先生たちには知らせずに、ミカと二人だけで〈自習室〉に行った。〈自習室〉に行くと、すべては自分の悪い夢だったんじゃないかというミカの希望はあっさりと裏切られ、久乃は倒れたままだった。

かび臭い部屋に、醤油の匂いが充満していた。

――ヒサちゃん、嘘でしょう、と思う。

天窓からの光に照らされて、醤油と卵と、パンと、牛乳の匂いにまみれて、ページに皺が寄った汚い雑誌のそばで死ぬなんて、そんなの、あんまりだ。あまりにひどすぎる。

「ヒサ、ちゃんは、あの、本が、水野先生の、ロッカーから出てきたとかも、言って、いて」

何度も何度もしゃくりあげながら、怖かったけれど、それでも説明したのは――否定してほしかったからだ。

久乃はそう言ったけれど、やはり何かの間違いなんじゃないか。

水野先生は、あんなもの、見ていなかった。あれは、水野先生のものじゃない――。

水野先生にははっきりそう、否定してほしい。久乃が言っていたことは間違いで、そんなはずはないって。

けれど――水野先生は、黙ったまま答えなかった。

ただ身を屈め、醤油に濡れた雑誌を、手に取る。その雑誌を丸めて、自分の脇に挟むように持った。それから、おもむろに美夏に向き直った。

「大丈夫だ、ミカ」

何が大丈夫なのか、わからなかった。この時もミカは次に続く言葉をまだ期待していた。大丈夫、ミカ。何かの間違いで、これは僕の本じゃない。そんなふうに言われるのを、まだ待っていた。

けれど、違った。水野先生の口から出たのは、全然違う言葉だった。

「大丈夫だ、ミカ。ミカは何も悪くない。――ミライはミカのものだよ。ミカのミライのために、誰も傷つかないように、僕たち大人が君を守る」

先生の手が、伸びてくる。ミカの頭の方に。

昔からよくやられていた仕草。ミライはここにしかない、と言われて、頭を撫でられ、幼等部の頃には、一人だけ、校長室で、水野先生の膝に乗せてもらった、こともあって、先生に撫でてもらうのが好きだった、はずなのに――。

ミカは体を離していた。頭で考えたわけではなく、体が勝手にそうなった。水野先生の手が、指が空を切る。皮膚の厚い、皺の刻まれたその手。

触られたくない、と自分が思ってそうなったのだと、体が動いてしまってから、気づいた。気づくと同時に、猛烈な、ぞわっとする感覚がこみあげてくる。

触られたくない。触らないで――実際に今そうされたわけでもないのに、これまで頭を撫でられた感覚が蘇って、大きく身震いしたくなる。

ミカはその時――どんな表情になってしまったのだろう。水野先生の目が凍りついたようにこっちを見ていた。行き場をなくした手が困ったように宙に浮いたままでいた。

そこから先を——よく覚えていない。

そこが限界だったように、ミカの記憶は、その後、あっという間に時を飛び越える。おそらく、水野先生の校長室に行ったのだ。そこのソファーで眠るように言われた気もする。——それからいつの間にか、場所を移されて、そこで眠るように言われて、ミカは言われた通りにした。すべてを忘れるために目を閉じた。

次に記憶しているのは、両親が来た時のこと。

「ミカ」

心配そうに自分の顔を覗き込む、父と母。

何も食べる気がしなくて、飲む気もしなくて、唇が乾いていた。あれから、どれだけの時間が経ったのかわからなかった。「ごはん、食べていないんだって？」と呼びかける母が優しくて、母のその胸と、父の腕にすがりついて、ミカは泣いた。泣いて、訴えようとして——はたと、立ち止まる。

何を話せばいいか、わからなかった。

本当は聞いてほしい。あったこと、見たことの全部。水野先生と、きちんと話したいけれど、もうそれ以上、何も聞いてはいけない気がして、何も話せないし、聞けなかったこと——。

口を開いたら、全部が壊れてしまう気がした。ヒサちゃんが死んで、ただでさえズタズタに切り裂かれた気持ちが、話してしまったら、本当にどこにも行き場をなくしてしまう気がした。信じていたものが、全部、壊れてしまう。

怖いのは——話しても、また、何も言われないことだった。

水野先生のように、自分のことは何も語らずに、ただ「大丈夫」とだけ言われて、何も知らされないまま守られてしまうこと。どうして、どうして、誰もきちんと話してくれないのだろう。聞いちゃダメな気がするんだろう。

大人にも秘密はあるのかもしれない。だけど、美夏は、自分が彼らの秘密を守ってあげたのだと感じていた。久乃から庇って、先生たちの秘密を守ったのに、だけど、誰も美夏にちゃんとした言葉で説明してくれない。向き合って話してくれない。なかったことにされてしまう。

「大丈夫？　ミカ」

心配そうに、瞳を覗き込む、数か月ぶりに会う、両親。

ああ——と疲れた頭でミカは思っていた。こういうふうに、ヒサちゃんが死んだり、何かがあったら、この人たちは会いにきてくれたのか。いい子にしてたら会えるんじゃなくて、何か、問題を起こせばよかったのか。

唇が震える。

何を一番に訴えたらいいのかわからなくて、震えながら、声が出た。

「ヒサちゃんが、お金を、とってた」

長く寝ていたせいで、声がガサガサだった。

「うん」

美夏の両親が頷いた。

「うん。聞いたよ。ミカはそれが許せなかったんだってね」

「あと」

「うん?」

「先生たちのロッカーから、ヒサちゃんが、エッチな本をいっぱい出してた」

一生分の勇気を振り絞るようにして、言った。

一度にたくさんのことがあって、美夏の中でも、この事実をどう処理していいのかわからなくて、どうすればいいのか、教えてほしくて思いきって聞いた。

口に出した途端に、もう枯れてしまったように思っていた涙が、瞼の裏でじんわり、滲んだ。泣きすぎて、ひび割れた目の端が、涙に濡れた途端に沁(し)みるように痛い。うー、と小さな声が唇の間から洩れた。大きな声で泣きたいのに、もうその元気がなかった。

母と、父が――黙り込んだ。

美夏は、あれ――? と思う。両親が、すぐに応えない。

沈黙の間が長い。その長さに、絶望しそうになる。彼らは、話し合ったわけでもないのに、同時に沈黙を選んだのだということが、わかってしまう。

美夏の涙に腫(は)れた目を、父が掌(てのひら)で覆った。大きくて固い、冷たい手だった。

「そうか。それは、ショックだったね」

「忘れなさい、ミカ。かわいそうに」

え――――。

母の顔が見えない。父が、いたわるように美夏の顔に乗せた手を外そうとしないから。その手が、冷たいけれど腫れた瞼には心地よくて、振り払う気力が湧いてこない。

「でも、お母さん。わたし――」

話したかった。あの雑誌が誰のものか知りたかった。ああいう本を読むことが本当に恥ずべきことなのか、教えてほしかった。子どもがどうしてできるのか、自分がどうして生まれてきたのか、美夏はもう知っている。大人を糾弾するつもりも、尊厳を貶めるつもりもないから、ああいう時、久乃にどう話すべきだったのか、一緒に考えてほしかった。閉じ込めたのは間違いだった。あの子は死んでしまった。でもだったら、どうするのが正解だったのか――。

十一歳の少女として、美夏は傷ついていた。全身で助けを求めていた。

大好きな先生たちが、子どもの前とは違う別の顔を持っているかもしれないと知り、その傷がどうしてできたのかも判然としないまま、悲しみを咀嚼する間もなく久乃が死んで、どこにどんな気持ちを向けたらいいのかわからない。

このままでは美夏は、自分が何に、どうして傷ついたのかさえ、きちんとわからない。

――キレイゴト。

――立派な人なわけじゃない。

久乃が使った言葉を思い出す。キレイでも立派でなくても構わないから、美夏は説明してほしかった。ただ、説明して、一緒に考えてほしかっただけなんだ――。

「大丈夫」

母が言った。水野先生と、同じ言葉で。

「大丈夫。ミカは悪くないよ」

悪くない、悪くない――と繰り返されるたびに、ミカは気づいた。

すべては、自分のせいにされているのだと。

「忘れていいのよ、ミカ」

大人は誰も、美夏と真剣に話してくれない。黙ったまま、美夏と、そのミライを守る。守ってしまう。美夏は悟る。守られたいなら、このまま、受け入れなければならない。

全部、ミカのせいで起きた。だからこそ、大人たちはミカに言う。ミカは悪くない、守ってあげる、庇ってあげる、まかせておけば大丈夫だ――。

大人になって、遺体が発見されて。

久乃の死について、みんなが美夏に尋ねる。だけど、美夏の方こそ知りたかった。誰より、どうして久乃が死んでしまったのか、知りたかった。いつの間にか説明もなく隠されて、覆われて、どうしてあの子が死んでしまったかわからない。当時の大人は死因を調べてくれたのだろうか。大人になってもこれまで美夏は何度も、子どもが死ぬ脱水のニュースを観るたびに喉が締め上げられてきた。久乃は本当は、頭を打ったのではなく、脱水か何かで、一人、長く苦しんだんじゃないか――私のせいで、助けを求めて、狭く小さな部屋の中でもがいてもがいて、死んだんじゃないか。知りたい知りたい知りたい知りたい、知って償いたい、詫びたいから知りたい。

ヒサちゃんがどうして死んだのか、真実が知りたい。知っておけばよかった。あの時、大人に食い下がって食い下がって、きちんと説明してもらえばよかった。何度後悔したかわからない。わからないことが、話さないままだったことが、見ないままだったことが、こんなに苦しい。

こんなに大事なことなのに、大人たちは誰も美夏と話し合わなかった。私たちは、なんでも〈問答〉し合うんじゃなかったのか――。

本当に悪かったのが誰か、「誰も悪くない」「誰のことも傷つけない」と言いながら、全部を美夏のせいにする。すべては、美夏を守るために。

なかったことにするために。

◇◆◇

だけど――。

法子の手がいつの間にか、机の上で美夏の手を握りしめていた。

その手が冷たい。冷たいけれど、細い指と薄いてのひらにこもる力はとても強かった。爪が食い込むほどの力で、法子が美夏の手を摑んでいる。

「ノリコちゃん」

美夏が、名前を呼んだ。

――あなたは何も悪くない！

かつて、ミカに大人たちがかけた言葉を、まったく別の言い方で突きつける近藤法子の名を、大人になって、初めて呼ぶ。

〝再会〟してから今日まで、面と向かって名前で呼んでこなかったから、どう呼べばいいのかわからなくて、迷ったら、その呼び名を選んでいた。我ながら、まるで、子どものようだ。

「ノリコちゃん、私――」

「うん」

握りしめた手に、法子がさらにぎゅっと力を込める。その頬からぼたぼたと涙がこぼれ、顎から落ちて、机の上に小さな水たまりができていた。流れるにまかせて、涙を拭いもしない法子の目が、真剣だけど優しかった。

「うん。何？」

「私、殺してない」

声にした瞬間――ううううう、と、唸るような声が出た。うううううううう――洩れる息が、水が沸騰した時のように高く鳴る。

頭の中に見える、泉を思い出す。

もう二度と、行くことができない場所。あの場所に、ミカはいろんなものを置いてきた。沈めてきた。こんなにも鮮明に記憶しているのに、この世の中の、もうどこにもない場所。

沈めてきたはずの声が、一気に溢れて止まらなくなる。乗せられた法子の手を柔らかく払い、口元を抑え、次に顔を覆う。体を丸めるようにして。

息を呑む声が聞こえた。

次の瞬間、見えない視界をまるごとくるむように、誰かが美夏の全身を包み込む。誰の手か、目を開けなくてもわかる。

「わかった。――わかったよ」

耳のすぐ近くで、優しい声がしていた。

あなたは――。

その声が、言う。

あなたは何も、悪くない。

その声があまりに甘く柔らかで、自分自身の口から洩れる吐息のような声が止まらなくて、美夏は自分の幻聴かもしれない、と思う。幻でも構わない、と思う。

ヒサちゃん――。名前を呼ぶ。泣きながら呼ぶ。私が閉じ込め、時を止めてしまった友達。

ヒサちゃんごめんなさい、と一度言葉にして思うと、胸が張り裂けそうに痛む。

ごめんなさいごめんなさいごめんなさい。私はあなたと一緒に、大人になりたかった。

エピローグ

「主文――」

法廷の正面に座る、黒衣の裁判長の声が響いた瞬間、法廷内がざわり、と揺れた。その風を、この場にいる人々の心の振動を、法子ははっきりと全身に感じた。

法子と山上の座る被告弁護人席の向かいで、大きく息を吞む音が聞こえた。――原告席に座る井川志乃が漏らしたものだとわかり、そちらの方に顔が向きそうになるのをじっとこらえる。ただじっと裁判長の顔を見続ける。

「原告の請求を棄却する」

法廷内に張りつめていた緊張の糸が切れた。

傍聴席から人が立ち上がり、出ていく。マスコミ関係者が席を立ったのだ。今日、入廷する前、裁判所の入り口には、テレビカメラを抱えたカメラマンとリポーターの姿があった。彼らの元に速報を届けるためだろう。

その間も、裁判長の声が続く。

「訴訟費用は原告の負担とする」

井川志乃の顔が、視界の端にぼやけている。見られないけれど、わかる。自分の弁護士と裁判長とを呆然として見ている。彼女の顔が、法子と山上の方に向けられる気配があった。じっと、睨むように見つめる視線が貼りついて動かない。その視線の圧に耐えながら、けれど、法子は彼女が見ているのは、法子でも山上でもない、と感じた。そこに、もう一人、彼女はおそらく、被告である田中美夏の姿を見ている。今日は出廷していない、かつて娘と同じ場所で生活していた彼女の姿を。

そして、井川志乃は、その、今日は来ていない田中美夏のさらに向こうに、もう一人の影を見ている。

主文が読み上げられ、続けて判決の事実及び理由が示される。

被告の当時の年齢を鑑みるに、責任能力が十分にあるとは言えない。また、被害者の死に関して被告に故意または過失も認められない。したがって、原告から被告に対する損害賠償請求には理由がないため、これらを棄却することとし、主文のとおり判決する――。

「閉廷します」

裁判長が告げ、山上と一緒に、法子も裁判官たちの方に頭を下げる。痛いほどに感じる原告席からの視線を意識していないように極力装いながら、裁判資料を片付ける。その指が微かに震えていた。

井川志乃がこちらを見ている気配をまだ感じた。話しかけられるかもしれないと覚悟したが、彼女は何も言わない。視界の端で井川志乃に彼女の弁護士がそっと寄り添うのがわかる。

「近藤先生」

息を詰めたような声で、山上が言った。顔を上げると、彼が続ける。

「田中さんに連絡を」

「――はい」

言葉にしないけれど、山上の目の奥に安堵の光が見えた。右手が小さく拳を握っている。その手の形が自分への労いのように感じ、胸がぐっと押される。

法子もまた、顔に出さないようにしながらも、胸の内で高揚していた。頬が熱く、ひとつ息をすると、興奮がそこに漏れそうだった。

棄却。

美夏の訴えが認められ、井川久乃の死は、彼女に責任がないとされた。法子が主張した通り、当時十一歳であった美夏に法的な責任を問うことはできず、また、久乃の死は事故死であったと認定されたのだ。

美夏が、法廷で証言した通りに。

裁判所の前に、今日はテレビカメラを担いだ人の姿が見えた。しかしそれは、三か月前、美夏が本人尋問で出廷した時の方が、数が多かったように思う。

美夏が、きちんと証言してくれるかどうか。

井川久乃は自分が殺したのではないと、話せるのかどうか。それまで美夏と何度やり取りを重ねても、裁判の当日を迎えるまで、法子はそれがずっと心配だった。美夏が久乃の死を自責の念とともに抱えてきた日々はそれぐらい長い。それまでの打ち合わせをすべてないものとして、やはり「自分が殺した」と法廷で話し出してもおかしくはないと、そう、思っていた。

だけど――裁判で美夏が何をどう証言したとしても、それならそれで、受け止める。

そう決心したはずだったのに、美夏が入廷した際、法子は知らず知らずのうちに固唾（かたず）を呑み、緊張して、肩にも腕にも力が入っていた。

しかし、まっすぐに顔を上げた美夏が落ち着いた声で宣誓をした時に、その目を見て、大丈夫だ、と確信した。

「私は、久乃さんを〈自習室〉と呼ばれていた部屋に閉じ込めました。そうするべきではなかったと、今は後悔していますが、彼女に反省してほしかった。ただ反省してほしかっただけで、殺意はありませんでした」

小さいが明瞭な声で、美夏はそう言い切った。何が彼女にとっての「真実」なのかを話す口調に揺らぎはなかった。

裁判に際し、美夏が法子に明確に希望したことがあった。それは久乃の死因を、可能な限り、調べてほしいということだった。自分に殺意はなかったけれど、閉じ込めてしまった部屋の中で久乃の身に起こったことが知りたい。当時、子どもだからと大人に隠されてしまった真実を知りたいのは、自分も一緒なのだと。

法子もその気持ちはよく理解できた。二十年以上前の遺体は、死因の特定は困難だとされていたが、再鑑定を依頼した。しかし、遺族である井川志乃が、その鑑定請求を頑として拒否し、鑑定はされないままになった。

当時を知る〈ミライの学校〉の大人たちの証言では、久乃の死因は、高い場所から落ちたことに伴い頭を打ったことに起因すると推定され、判決でも、それが認定事実として採用された。久乃の母親である志乃が遺体の再鑑定を拒んだ理由は、わからないままだ。娘の死について知りたい気持ちはもちろんあるだろう。しかし、それ以上に志乃の中では、被告側からの申し出を拒絶することの方が重要だと頑なに思っている雰囲気があった。

美夏が証言台に立ったあの日、志乃は、何度も何度も、原告席から身を乗り出すようにして、美夏の横顔を見ていた。直接話しかけてくることこそなかったけれど、何度も、何度も。

その姿を見ながら、思った。

そんなはずはないし、あり得ない、と思うけれど、志乃の目の中にあるのは、憎しみや怒りを超えた、もっと別のものなのではないか、と。

娘の同級生だった美夏。生きていたら、彼女の娘もまた、美夏と同じ年になっていたはずだ。志乃の目が急に細くなり、彼女がハンカチで目元をおさえるのも、一度や二度ではなかった。ずっと放っておいたのに、娘の死で金がほしいのか――と世間から非難された志乃が、本当にほしいものは、金銭ではないのかもしれない、という気がしてならなかった。なぜなら、裁判の経過の中で、原告は裁判所からの和解勧告を退けていたからだ。

法子たちには、和解に応じる準備があった。本来なら、美夏が「やっていない」と話した気持ちを第一に、彼女の潔白を裁判で明らかにしたいという思いが強かったが、それよりも大事なのは、美夏が囚われた過去から自由になることの方だと感じていた。

原告側は、裁判所からの二度にわたる和解勧告を頑として受け入れなかった。

当時十一歳だった美夏に法的な責任を求めるのが困難であることは、志乃たち原告側にも早い段階からわかっていただろう、と法子は思う。なのにあえてそれをするのは、〈ミライの学校〉や、そこで婦人部長を務めていた美夏に対する嫌がらせか、または真実を明らかにしたいという気持ちが強いからではないか。金銭が欲しいのであれば、不利な裁判を続けるより、和解に応じた方が和解金の支払いを期待することができるし、美夏の側にもその用意はあった。それなのに、志乃はあくまで裁判を続けることにこだわっているように思えた。

法廷で、食い入るように美夏を見つめる志乃の姿を見た時に、改めて思った。

志乃はただ、娘と同じ年の美夏をこの場に呼び、彼女に会いたかったのではないか。それこそが目的だったのではないか、と。そんな単純なことではもちろんないだろうとわかっていてもなお、法子の目には志乃の姿がそう映った。

井川志乃を原告とする裁判は、美夏を相手どった「殺人」による損害賠償と慰謝料を求める裁判と、〈ミライの学校〉を相手どった「過失致死」と「隠蔽(いんぺい)」による損害賠償と慰謝料を求める裁判の二つだった。二つの裁判は互いの利益がバッティングするのを避けるため、併合されることなく別々に審議されてきた。

団体への判決の前に出された美夏の裁判の判決では、当時十一歳だった美夏に法的な責任能力はないとされたが、一方で、それは、〈ミライの学校〉の監督責任や過失について言及するものではなかった。これから出される団体への裁判の結論がどうなるかはまだわからないが、隠蔽が事実である以上、団体に損害賠償と慰謝料の支払いが命じられる可能性は高い。

また、今回の美夏への裁判は、美夏への責任を問うものである以上に、井川志乃と娘の久乃との関係について迫るものだった。法子が、判決を聞く井川志乃を直視できないと感じた理由の一端もそこにある。

原告は被害者とされる長女とは、長女が三歳の時から離れて暮らしており、その後も数回程度の面会があったのみで、二十年以上前からは安否の確認さえ行われていない。——つまりは、彼女たちの間には一般的な親子関係がなかった、と法子は裁判を通じて主張してきた。原告の志乃は、娘の死によって傷を負うほどに娘を大事にしていなかった、志乃は慰謝、つまり慰めを受けるほどの関係にないと言われたに等しい。

そこまで明らかにしてしまって、よかったのだろうか。

考えると、胸が痛んだ。自分はあくまで被告である美夏の代理人だが、美夏もまた、法子と同じ気持ちになるのではないかと感じていた。

——ヒサちゃんの苗字は、私、ずっと高村だと思ってたの。

何回目かの打ち合わせで、美夏が言っていた。

——今回、遺体が発見されるまで。お母さんが再婚していたことも知らなかったし、井川久乃って報道されているのを見て、すごく不思議な気持ちになった。

〈ミライの学校〉に久乃を預けてから、数えるほどしか娘への面会に来なかったという志乃は、団体に届けた娘の苗字をずっとそのままにしていたらしい。戸籍上の名前は井川久乃だったかもしれないが、通っていた静岡の小学校にも苗字の変更が届けられることがなく、美夏の中で、彼女の名前は、「高村久乃」のままだった。本人尋問の中でも、この話は出た。ひとつひとつ尋問していく過程で、原告の代理人が「井川久乃さんを知っていますか」と美夏に尋ねた際、美夏は少しためらってから、答えた。

――知っています。ただ、学校にも「高村」の名前で通っていたので、高村久乃さんだと思っていました。

それを聞く志乃と、傍聴席に座る彼女の息子の顔に変化はなかった。

離れて暮らす志乃と久乃の親子関係が破綻していたと法廷で追認されていくのは残酷に感じた。原告の志乃に、そして何より、亡くなった久乃にも。

〈ミライの学校〉に対する裁判の判決はまだだが、賠償が認められたとしても、それは、娘の死による直接の哀しみへの対価というよりは、「娘の死を隠されていたこと」に対する賠償という形になるのではないか。その違いは、ささいなようでとても大きい。

裁判で志乃が明らかにしたかったこととは、何なのだろうか。自分が罰されたくてあえて裁判を起こしたように思うのは、さすがに穿ちすぎだろう。しかし、それに極めて近い――亡くなった娘の死に接し続ける手段として、志乃はこの道を選んだのではないだろうか。自分自身が注目され続けながら、娘に対する贖罪をしているようにすら、法子には思えてしまう。

電話を耳にあてる。コール音が数回、響く。

今日はこの後、マスコミ向けの記者会見がある。山上と法子がその会見に臨むが、裁判の結果がどうであれ、美夏は出席せず、弁護士にコメントを託すと予め決めていた。美夏本人がそう決めたのだ。

今日、判決を聞く際にも、「出廷しない」と決めた美夏の判断を、法子は前向きに捉えていた。裁判に必要以上に関わらず、あとは法子と山上に任せるとはっきり口にした美夏は、ようやく自身の子ども時代と距離を取り始めたのだと感じていた。

電話が繋（つな）がる。

『――はい』

少し硬い美夏の声が聞こえた。

「近藤法子です」

法子が答える。

「原告の訴えが棄却されました。――美夏さんの訴えが認められました」

勝った、負けた、という言い方はしたくなかった。美夏が電話の向こうで、息を吞む気配があった。やがて、『そうですか』という声が聞こえた。

「ええ」

法子が答える。そのまま二人とも、声が出なかった。

電話の向こうで、やがて、美夏が言った。

『近藤先生』

「はい」

『――ありがとう』

裁判を引き受けてからの二年八か月。その間、美夏から法子に対する呼びかけ方は何度も変わった。近藤先生、先生、近藤さん、法子さん、法子ちゃん。

近藤先生、という固い呼び方をされても、ありがとう、の響きは柔らかだった。その声を聞いて、法子の胸の中に幼い頃の思い出が蘇（よみがえ）る。

――ずっとトモダチ。

美夏に書いてもらった、二年目に会った年のメッセージ。ずっと友達ではいられなかった。途切れたし、これから先も、法子と美夏との間は繋がり、また途切れることもあるのだと思う。井川志乃が控訴をすれば、弁護士として関わることになるだろうし、逆に弁護士と依頼人という関係ができてしまった今、美夏と自分はもう純粋な友達になることはないのかもしれない。

けれど、それでも。

「こちらこそ、ありがとう」

法子も、美夏にまた会えて、本当によかった。

電話の向こうの空気がふっと柔らかくなった。おもむろに、彼女が聞いた。

『昔、迎えに来てくれたこと、覚えていますか』

「え？」

『最初に近藤先生に会った、合宿の時。夜の泉に座り込んでた私を、迎えに来てくれましたよね』

法子は驚いていた。これまで、そうした思い出について美夏の方から話すことはほとんどなかった。法子が返事をするより早く、美夏が言った。

『戻ってきてくれると思わなかったから、あの時、私はとても嬉しかったです。友達だと言ってくれたことも。大人になった近藤先生が、私のことを覚えていてくれたことも』

手を繋いで――一緒に夜の泉からの道を戻ったのだ。

時を経て、かつての自分に、思い出に感謝する。美夏をつれに、戻ってよかった。

「もちろん、覚えています」

法子は答えた。胸がいっぱいになり、息が詰まる。

「今、どこですか？」

電話に向けて、法子が聞いた。

◇◆◇

判決を受けてのマスコミ向けの会見を終え、美夏の待つ場所に向かう。指定されたのは、日比谷（ひびや）公園だった。裁判所からは歩いてすぐだ。

美夏が、裁判所のこんなに近くまで来ていることに驚いた。彼女もやはり、今日は落ち着かない気持ちで判決を待っていたのか。

だだっ広い秋の日比谷公園は、開放感があった。木々が紅葉に色づき、頭上の空が高い。突き上げる水が輝く大きな噴水がある広場の周りで、何人かの子どもが地面を歩く鳩を追いかけている。

広場に足を踏み入れた法子の隣で、山上がまず、「あ」と声を上げ、法子を見た。「近藤先生、あれ」と指さす。

声をかけられた瞬間、法子もまた、ああ――と大きく、全身から息を漏らした。

鳩を追いかける子どもたち。

その顔に見覚えがあったからだ。

美夏と滋の子どもの、遥（はるか）と彼方（かなた）。

最初に会った時から、三年近い年月を経て、中学生になった遥の長い手足が、噴水の光を受けて輝く。弟を気遣いながら、速度を彼に合わせて一緒に走っている。けれど、その彼方ももう年長さん。走り方もだいぶしっかりしていて、動きがすばしっこい。

大きな噴水の広場の向こうにベンチがあり、そこに並んで座る美夏と滋の姿が見える。法子たちに気づいた様子はなく、ただ、小春日和の秋の陽射しを浴びて話す二人の顔が見える。

滋の横で、美夏が、何かを話し、少し、呆れたように微笑(ほほえ)む。

美夏は怒っているような表情に見えることが多いけれど、今日までの日々で、それは彼女の癖のようなものなのだと法子にもわかるようになっていた。不機嫌なわけではない。ただ、喜びの感情を表に出すのが苦手なのだ。どこか皮肉を浮かべたように見える微笑み。だけどそれが気を許した相手への彼女の感情の出し方なのだと、もうわかる。

美夏は、紺のジャケットにプリーツスカートを穿いていた。体のラインに沿った洋服のせいか、無駄な肉が一切ない痩(や)せた体つきが強調されるようだった。その横に、そっと滋が距離を詰めて座り、美夏の顔を見つめている。その様子を見て——ふいに、法子の喉に熱いものがこみあげた。

——あの日本当は、法子は美夏に提案するつもりだった。

——あの日、美夏の裁判の弁護を引き受ける決意を固めて〈ミライの学校〉に美夏を訪ね、対決のような気持ちで、彼女に対峙(たいじ)した時。法子は美夏に言おうと思っていた。美夏は無実であり、久乃の死はあなたのせいではない。

——あなたには、〈ミライの学校〉を訴える権利だってあるのだと。

そのための裁判を美夏と一緒に戦ってもいい、と法子は思っていた。

あなたには〈ミライの学校〉を訴える権利がある。そう告げるべきか、迷った。

久乃の死によって囚われ、団体から多くを奪われたのは、井川志乃だけではない。あなたも一緒なのだと。その覚悟を持って、あの日、法子は美夏の前に座った。

だけど、その提案を呑み込んだ。

口にしなくてよかったのだと今は思う。美夏にとって〈ミライの学校〉がどんな存在なのかは、おそらく一言では語れない。裏切られたと感じたこともあれば、守られたと感じたこともあるだろう。〈ミライの学校〉は彼女のふるさとであり、家族だ。

裁判を進める中で、法子のもとには次々と、〈ミライの学校〉にいたというかつての〝子どもたち〟から、美夏を支援したいという申し出があった。皆、訴えられているのが、自分の知っているミカだったと知って、連絡してきたのだ。法子のように、あの時期の合宿に参加していて、美夏にそこで仲良くしてもらったという人たちもいたし、幼等部や小等部で美夏と同級生だったという人もいた。

長崎からわざわざ、美夏に会いにやってきた森知登世（もりちとせ）という女性との面会には、法子も付き添った。まだ物心がついたばかりであったろう、幼等部時代をともに過ごした二人は、長く見つめ合った後で、そっと互いの肩を抱き寄せた。「会いたかった」と呟（つぶや）いたのは、知登世の方だった。

裁判が始まってすぐの頃に、美夏は自分から〈ミライの学校〉の婦人部長を辞任したいと申し出て、それが認められた。だから、今の彼女は〈ミライの学校〉の中で役職を持っていない。

しかし、だからといって美夏は脱退したわけではない。裁判に関わる中で、法子は、美夏と団体との距離感が少しずつ変わっているようだと感じたけれど、あえて何も聞かなかった。

団体と美夏がどうなっても、法子は彼女の代理人としてできることをするだけだ。

ただ、滋とその子どもたちとのこれからについてだけは、どうか美夏に向き合ってほしい、と、ずっと願っていた。

滋からも美夏からも、互いに連絡を取り合っているようだという気配は感じていた。

判決の出る今日という日に、滋と美夏がともにいることまでは、法子は聞かされていなかった。それがどういうことなのか、二人の間にどんなやり取りがあったのか。想像すると、胸が強く押されるようで、言葉が出なくなる。

——信じて、大丈夫だった、と思う。

彼らがこれからどんな選択をするにせよ、滋を、美夏を、彼らの行く先を、信じて見守って、きっと大丈夫だ。

法子は、美夏が子どもたちと一緒にいるところを初めて見た。

晴れた公園で秋の陽を浴びて駆けまわる子どもたちと、当たり前のように、美夏と滋が、今、一緒にいる。

噴水が高く水を噴き上げる。

それと同時に足元の鳩たちがばっと空に飛び立つ。そのはばたきの音を聞き、彼方が叫んだ。

「お母さん、鳥！」

姉とともに、空に向けて手を突き出す。高く、遥か彼方の太陽に向けてその手を透かすように。

ベンチから立ち上がった美夏が、子どもたちの視線の先を追う。

「え、どこ？」

首を傾げる彼女の声が、法子たち大人に接している時よりも甘く、伸びやかだった。

その声を聞いた瞬間、ああ——と思う。心の底から。

すぐ近くには、昔の美夏によく似た——けれど、明らかに昔の美夏とは違う、彼女の娘が立っていた。

美夏が彼方の手が指す方を見つめ、それから、こちらを見る。法子に気づいた。

法子に向け、ぎこちなく笑顔を作る。ノリコちゃん、とその唇が動くのが見え、声が聞こえた気がした。

その響きを、嚙みしめる。

「美夏ちゃん」

そう呼びかけて、法子は美夏の元へ、今、ゆっくりと歩いていく。

初出

山梨日日新聞、下野新聞、千葉日報、桐生タイムス、陸奥新報、宇部日報、いわき民報、山陰中央新報などの十一紙に二〇一九年三月から二〇二一年一月まで順次掲載。

辻村深月（つじむら・みづき）

1980年山梨県生まれ。
2004年『冷たい校舎の時は止まる』で第31回メフィスト賞を受賞しデビュー。
11年『ツナグ』で第32回吉川英治文学新人賞、
12年『鍵のない夢を見る』で第147回直木三十五賞、
18年『かがみの孤城』で第15回本屋大賞を受賞。
『ゼロ、ハチ、ゼロ、ナナ。』『オーダーメイド殺人クラブ』『水底フェスタ』
『ハケンアニメ！』『朝が来る』『東京會舘とわたし』『青空と逃げる』
『噛みあわない会話と、ある過去について』『傲慢と善良』など著書多数。

琥珀(こはく)の夏(なつ)

2021年6月10日　第1刷発行

著　者　辻村深月(つじむらみづき)

発行者　大川 繁樹

発行所　株式会社 文藝春秋
〒102-8008 東京都千代田区紀尾井町3-23
電話　03-3265-1211（代）

印　刷　凸版印刷

製　本　大口製本

定価はカバーに表示してあります。
万一、落丁乱丁の場合はお取替えいたします。
小社製作部あてお送り下さい。

ISBN978-4-16-391380-3